十朝

首部曲 隱龍

卷一 潛龍勿用

高容 GAO RONG 作品

但教方寸無諸惡
狼虎叢中也立身

但教方寸無諸惡
狼虎叢中也立身

《出版序》

奕峰（大斯文創總監）

《十朝》是以五代十國為背景、十朝宰相馮道為主角的歷史玄幻武俠。

五代十國是一個比三國更混亂的時代，且鋒芒完全被三國掩蓋，以至很少有小說能完整地描繪其風貌，並解析它在歷史中的意義；主角馮道更是一個極具爭議的人物，在當時受到萬民愛戴，宋朝之後卻反轉成千古罵名，雖有王安石、蘇東坡稱誦他為「活菩薩」，但直到近代，始有學者以不同的視野看待這位奇人，其中以南懷瑾老師最為著名。

高容選擇用編年史方式，書寫如此龐大複雜的背景，甚至以公元年為目錄序號，企圖將史蹟與虛構絲絲扣連，重塑一個千古罵名的人物，這樣的題材是驚人且危險的，雖然我們相信她駕馭大世界的功力，仍不免捏一把冷汗，但見了初稿之後，我們何其歡喜能借由高容的妙筆，一睹唐末氣勢磅礴的場景，重新認識那群被歷史洪流淹沒的豪雄奇才。

正史之中，馮道是純樸的農家子弟，出生於唐末，少時在鄉下耕讀，直到二十五歲才正式登場，擔任盧龍劉守光的掾屬，四十二歲當上後唐宰相，官場生涯總共歷經六個朝代（梁燕、後唐、後晉、遼、後漢、後周），服侍過十二位皇帝（劉守光、李存勖、李嗣源、李從厚、李從珂、石敬塘、石重貴、耶律德光、劉知遠、劉承祐、郭威、柴榮），七十三歲與孔子同壽而逝，號稱「十朝宰相」，其精彩的一生就是一部波瀾壯闊、起伏跌宕的五代史。

《十朝》為完整描述這個廣闊年代，將分為三部曲：「隱龍」、「奇道」、「天相」。

首部曲「隱龍」共三卷，描述馮道十六至二十四歲的冒險經歷，主角的事蹟雖是虛構，呈現的方式是玄幻武俠，但每一事件都是建立在真實的歷史基礎上，作者借由馮道的雙眼，帶領讀者觀看繁盛的大唐如何一步步走向滅亡，不只架構出藩鎮割據的勢力，也為馮道備受爭議的人格作了前期的塑立，有了這一段描寫，讀者往後看到馮道的行止，更能感同身受。

歷史中，馮道在宦海裡取巧討好，因此屹立十朝而不倒，司馬光評價他：「為人清儉寬容，人莫測其喜慍，滑稽多智，浮沉取容。」歐陽修罵他：「無廉恥者」，史家也多譏他「老油條」、「人精」、「不倒翁」、「騎牆孔老二」。

但他以一介文人之身，周旋在暴君驕將之間，歷經一次次腥風血雨，卻能堅守「但教方寸無諸惡，狼虎叢中也立身」的處世哲學，始終清儉愛民、樂觀向上，即使身居宰相高位，滿朝皆弟子，也不結黨營私、專橫擅權，這在太平盛世已屬不易，在亂世之中，簡直是奇葩。

除此之外，馮道最大的貢獻便是刻印「九經」。當時老百姓吃不飽、穿不暖，活命已不容易，更不可能讀書，許多皇帝甚至是不識字的土匪頭子，馮道深感當政者若不讀書識理，亂世就永遠不會結束，古聖賢的智慧更將從此湮滅，因此無論多麼艱難，都要刻印九經，將中華文化傳揚出去。在太平盛世，印書不是什麼難事，亂世印書卻是一件艱難壯舉，這浩大工程歷經四朝二十二年，遇上無數天災戰禍，屢屢中斷，若不是馮道這不計毀譽的十朝元老堅定支持，如何能完成？

高容筆下的馮道從年輕到老、從唐末至宋初，一路歷經五代十國興衰，既符合司馬光評價，又不失可愛，處處驚喜，高容說：「這不是替馮道洗白，而是還他清白，還原他在歷史中真正的風骨！」

另外，馮道才名滿天下，文章一出，必遠近傳揚，但後世只留下他少數詩文，和兩部令曾國藩也深深讚嘆描寫為官之道的著作——「榮枯鑑」、「仕經」，十分可惜。小說中，「榮枯鑑」前期化身為秘笈，後期便是真正的為官心得，如此巧妙改編，也增添了不少武俠趣味。

《十朝》不是歷史穿越，也不是一板一眼的正統史書，更不是簡單以五代史為布幕、純寫玄幻武俠，它是一部奇思妙想的「歷史玄幻武俠傳記」，包含了：編年史的考究、玄幻武俠的精彩、栩栩重生的人物、深刻的歷史意涵。

魯迅曾在《中國小說史略》評論《三國演義》：「至於寫人，亦頗有失，以致欲顯劉備之長厚而似偽，狀諸葛之多智而近妖。」其中一句「狀諸葛之多智而近妖」表達了對諸葛亮聰明過分，竟然具備觀天象、借東風等奇能，十分不以為然，也有許多歷史學家持有類似觀點，認為這是《三國演義》的敗筆，但普羅大眾反而認為孔明借東風，火燒連環船恰恰是小說裡最高潮、最精彩的情節！

倘若你跟魯迅先生一樣，認為大小諸節只能對照歷史，不得偏差，那麼《十朝》豐富的想像力肯定會讓你內心糾結，卻恨不能釋手；若是你跟我一樣，是個喜歡在舊歷史裡尋找武俠熱血、奇門左道趣味的普羅大眾，你一定會愛上《十朝》。

如果說作者前著《武唐》是醉人的陳酒，令人回味難已，那麼續篇《十朝》無疑就是大唐燒尾宴，其精彩豐盛絕對讓你嘆為觀止，準備好與主角一起經歷五代十國的冒險之旅了嗎？相信我，打開第一頁，你就停不下來！

後梁勢力圖 公元 907-922 年

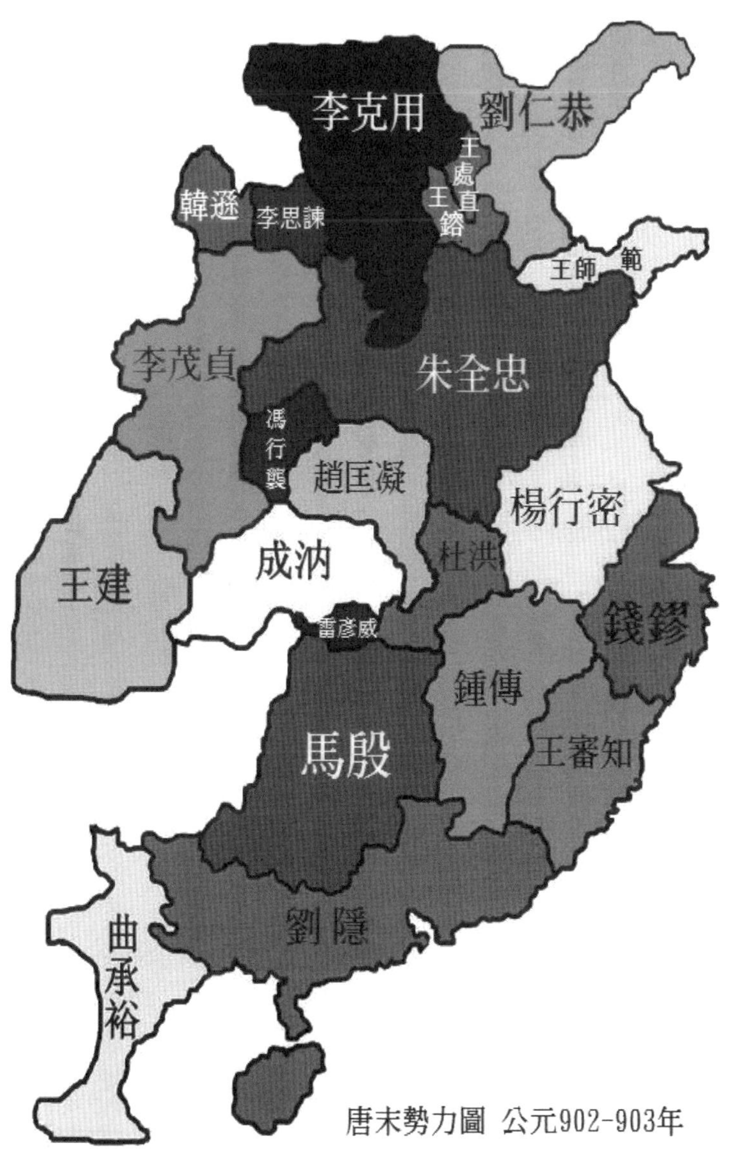

唐末勢力圖 公元902-903年

本書目錄以公元年為序號，章回名稱取自《杜甫詩選》

八九八・一

國破山河在・城春草木深

其先為農為儒，不恒其業。道少純厚，好學善屬文，不恥惡衣食，負米奉親之外，惟以披誦吟諷為事，雖大雪擁戶，凝塵滿席，湛如也。《舊五代史．馮道傳》

「道可道，非常道。名可名，非常名。無名天地之始；有名萬物之母……」

孤月映雪、天地蒼茫，瀛州景城一如往常般，家家戶戶早已熄燈安歇，只有河邊一座農舍還閃著幾許炭火紅光，屋內一名少年席地而坐，就著窗外月光閱讀經卷，在寂冷的雪夜裡，憑添了幾許書香暖意。

時值大唐乾寧五年，曾經繁盛無極的帝國，歷經龐勛起義、黃巢之亂等長達數十年的戰亂，如今已成了藩鎮割據的景象，各方節度使擁兵自重、互相吞併，雖然繼位的李曄（唐昭宗）有心整復，但唐廷的頹勢已如江河日下，就是大羅神仙也難挽狂瀾。

瀛州景城位於「河北道」，乃是盧龍節度使劉仁恭的領地，早年學風頗盛，出了不少文士。少年的祖先曾是五經及第的小官，父親一心嚮往仕宦，卻因為河北是安史之亂的起源地，一向為唐廷所忌諱，他即使參加科舉也屢試不中，最後只得棄讀從耕，把希望寄託在這個聰明兒子身上。❶

少年自幼讀書甚勤，一來出於自己喜愛，二來也為彌補父親遺憾，豈料戰爭頻仍，科舉竟然停辦，少年仕途無望，卻依然勤奮不懈，村裡的人都笑他是書呆子：「讀這麼多書有啥用？肩不能挑、手不能提，連小姑娘都不願意下嫁，習武投軍才有出息！」

少年生性樂達，並不在意街坊嘲笑，仍是粗茶淡飯、曲肱枕之，視富貴如浮雲，一心只愛書成癡。他白日忙碌農事，等到夜闌人靜，便手持經卷，徜徉在書海之中，即使眼前貧苦交迫、遠方戰火隆隆，都不改志趣，尤其當他閱讀到《道德經》的首章時，更是心生觸動，彷彿有一股玄奇力量吸引自己去探索另一個更高深的境界。

暗夜深宵、萬籟俱寂，少年正樂在書中，「啊——」遠方微弱的驚叫聲劃破寧靜，接著傳來馬蹄雜遝聲和男子咆哮：「快！快追！」

少年微微一驚，連忙爬上高桌，伸首出窗外探看，只見十數道火光將黑夜照得亮如白晝，飛揚雪霰裡，一名漢子攜著少女匆匆奔了過來，想躲進河邊密林裡，兩人腳步踉蹌、沿路滴血，顯然已受了傷，豔紅的血跡在雪地上特別醒目，後方十幾名軍裝大漢便依著血滴搜索，高聲呼喊：「張益！張益！快出來！你逃得了今日，逃不了明日，再逃，只會死得更加悽慘！」

「怎麼是汴梁軍？」少年看清那群大漢身穿汴梁軍裝，不禁英眉一蹙：「這些惡寇真是膽大包天，竟敢越過邊界抓人，看來朱全忠的勢力又更大了，也不知劉仁恭還能抵擋多久，守得幾年安穩日子？」❷

當年黃巢軍狠毒殘酷、滅絕人性，只要糧餉不夠，便大舉捉拿百姓放入舂磨砦裡，將活人生生搗碎，充做糧食，與「五胡亂華」並稱史上最慘烈的人吃人的黑暗時期。儘管黃巢之亂已過去幾年，少年並未親身經歷，但村裡老人心有餘悸，總不停傳說，那恐怖景象早已深深印在少年的腦海裡。

朱全忠本名朱溫，正是黃巢底下的頭號大將，後來反叛黃巢，改投唐廷，因平亂有功，升任汴州刺史、宣武軍節度使，封梁王，賜名朱全忠，「全忠」兩字原本意謂著全心盡忠朝廷，可他終究辜負了皇帝的期盼，只全心擴大自己的勢力，如今已是據地最大、兵力最強的藩鎮。

朱全忠手段兇殘、武藝高強，傳說一身玄祕神功——「不老」，已臻至超凡入聖的境界，在小老百姓心中，乃是百戰不敗的天神、殺人如麻的魔鬼，光聽見他的名號，都會嚇得顫慄不止，更別說有膽量與他作對。

要得罪這樣的大人物，少年心中也噗通如擂鼓，但實在無法見死不救，顧不得自己手無縛雞之力，快速抓了牆上的一支火炬，又將桌上的煙花砲塞進懷裡，即衝出屋外，向落難父女奔去。

「張益，你再不滾出來，你的黃花大閨女可要生不如死，咱們兄弟先玩樂一番，再丟去軍妓營！」說罷眾軍一陣哈哈大笑。

張益緊抓著女兒的手拼命往前奔跑，可一聽到眾軍惡毒的話，忍不住滿腔憤恨，停了腳步，道：「曦兒妳快跑，阿爺先抵擋一陣，隨後再跟上。」張曦不肯，只哭著搖頭，張益用力甩開女兒的手，取出背上長刀橫在胸前，回身面對眾軍，破口罵道：「我為朱全忠拼死拼活，到頭來只落得家破人亡、妻兒受辱，老子和你們拼了！」

張曦看父親一夫當關、凜然無懼的氣勢，心想自己跑得慢，才連累了父親，不敢再停留，叫道：「阿爺，您小心些！」便轉身向樹林奔去。

少年雖義憤填膺，卻非莽撞之人，奔跑間已籌思對策：「這些汴梁軍直挨到深夜才潛進來抓人，多少還是顧及劉仁恭的顏面，我且把事情鬧大，將軍兵都召來。」

可惜天不從人願，少年跑得再快、想得再周全，卻眼睜睜看著一把長刀凌空飛落，硬生生砍中張益前胸，張益一個踉蹌，倒臥在血泊中。

張曦才跑了幾步，聽見後方父親慘叫，驚駭得又回身奔去，哭喊道：「阿爺！阿爺！」張益掙扎著起身，叫道：「曦兒快走！阿爺擋著！快走……」

張曦知道這一去就是永別，既捨不下父親，又不能辜負他的犧牲，一時間不知該如何是好，只臉色蒼白、淚水滾滾，雙腳釘在地上，動也動不了。

十幾名高壯剽悍的汴梁軍似猛虎看見小羊般，垂涎欲滴地走近。張曦見父親斷氣慘死，自己又難逃這幫凶神惡煞的毒手，早已嚇得六神無主、萬念俱灰，只雙腿一軟，伏在父親身上痛哭。

此時少年已奔近張曦身邊，揮舞手中火炬，對眾軍兵斥道：「喂！你們幾個大傢伙欺侮一個小姑娘，羞不羞？」

領頭的汴梁軍牙校嘲笑道：「兄弟們，這瘦巴巴的小子想英雄救美，你們怎麼說？」眾軍哈哈大笑：「小子敢來叫囂，把他肚子剖開，看他是不是偷吃了熊心豹子膽！」

少年知道這幫賊兵殺人不眨眼，什麼狠辣手段都使得出來，聽到要開腸剖肚，不由得退了一步。

汴梁牙校見他膽怯，揚刀嘲笑道：「小子還敢逞英雄麼？」眾軍又是一陣狂笑。

少年昂首道：「我本來害怕，但孔老夫子說：『勇者不懼』，我便不怕了！」

汴梁牙校大聲道：「孔老夫子是哪條道上的？咱們兄弟縱橫沙場多年，從沒聽過他的名頭，教他別躲在後面放話，有本事就痛痛快快出來打一架！」

少年搖頭道：「孔老夫子不會和你們動手，那是有辱斯文！」同時搖晃著手中火把。

汴梁軍起初以為那只是普通火把，待聞到陣陣嗆味，又見濃煙直冒，才覺得事情古怪，叫道：「小子弄什麼玄虛！」三名軍漢衝上想揪拿少年，豈料才奔了兩步，便覺得頭暈眼花、脈搏劇跳，接著咯登一聲，仆倒在地。其他軍兵見狀，驚駭之餘，也不敢貿然往前衝，只揮舞長刀，屏住呼吸，慢慢走近。

少年慢條斯理說道：「這是百蟲百花百草毒，想活命，就別亂動，你們動哪兒，那裡就會先腐爛！」指著最前方的一名軍兵，道：「你舉左腿、爛左腿。」又指旁邊那一名軍兵，道：「你舉右腳、爛右腳。」

兩名軍兵嚇得各舉一隻腳停在半空，提也不是、落也不是，碩大的身子只以金雞獨立的姿態站著，不由得搖搖晃晃。

其他軍兵原本要以手遮口鼻，少年又一一點名：「你舉左手、爛左手。」「還有你想摀口鼻，毒氣卻先侵爛口鼻。」最後指著一名以手捂著褲襠的軍士，搖頭長長一嘆：「你見小姑娘長得美貌，就心生歹念，下身妄動，這下可糟了……」幾名軍兵同時臉色刷白，心中哀嚎：「難道我要斷子絕孫！」

眾軍兵嚇得瞬間凍住，不敢稍動，一個個像手舞足蹈的雕像，十分滑稽古怪。少年心中好笑，卻不敢多逗留，因為這藥草再燒片刻便要熄了，道：「太宗說：『玩悅聲色，所慾既多，所損亦大』，你們偏偏不聽，如今損失大矣，只有不言不語、不行不動，才能長命百歲。」

四下煙霧瀰漫，越燒越濃，轉眼已伸手不見五指，少年在煙濛之中，喊道：「記住！不言不語、不行不動三個時辰，才能長命百歲！」

汴梁軍不敢妄動，但這樣站在濃煙之中，反而吸入更多毒氣，不一會兒，便一個個碰然倒地。

張曦十分傷心，又被濃煙薰嗆，一時頭昏目茫，迷迷糊糊中見到一名少年用力扯起自己，以布巾摀住她口鼻，低聲道：「快走！」

張曦剛從地下爬起，旋即一陣頭暈，再度摔倒，少年拼命將她拖起，張曦被這麼拽著往前走，每走一步都必需用上十二分力氣，好像隨時會摔倒，再也起不來。

少年見她神智昏沉、腳步拖沓，恐怕會被汴梁兵追上，遂四顧張望，尋找藏身處，見河邊有一座農家堆放乾糧、器具的倉廩，便拉著張曦進去，躲在一坨稻草中，只探出兩隻眼睛向窗外張望動靜，見無人追來，才稍稍放心。

張曦方才驚嚇過度，此刻回過神來，想到父親慘死，忍不住抽抽噎噎，哭個不止。少年溫言道：「姑娘，妳別傷心，這兵荒馬亂的，能保住一命不容易，妳要堅強些，好好活下去，別辜負張老丈的苦心。」

張曦聽少年好聲安慰，忍不住將滿腔悲苦全傾洩出來：「世道不好，阿爺想讓家人圖個溫飽，才投入汴梁軍，可朱全忠性情凶殘，在每個軍兵臉上都刺了記號，又定下一條『跋隊斬』的軍令，戰爭中一旦將領陣亡，全隊士兵都必須陪死。那一日，阿爺所屬的將領戰死了，他心中害怕，便悄悄逃出營地，又帶著我們全家逃亡，但阿爺臉上有記號，很難躲過追捕，一路上娘和姐姐都死了，好容易我和阿爺逃到了這裡，想是劉仁恭的領地，或許能有個庇護，誰知……」再忍不住埋首痛哭。

少年道：「孔老夫子說：『孝子之喪親也，哭不哀，禮無容。三日而食，教民無以死傷生。』姑娘切莫太過傷心，最多傷心個三日就該振作了。」

張曦氣苦道：「我全家慘死，如今只剩我一個人孤伶伶了，怎麼不傷心？那孔老夫子是誰，我又不認識，幹啥要聽他的話！」

少年道：「孔老夫子說話一向很有道理的。」

張曦氣惱道：「你和他很熟嚒？這麼替他說話！」

少年心想：「孔老夫子學問浩瀚，我怎可能全然熟悉？」便道：「我認識他，他卻不認識我，要較真說起來，也只一點點兒熟！倘若我有緣拜在他門下，聽他幾句教誨，熟悉他全部的道理，不知有多福氣！只可惜我生不逢時，無緣相見！」如此一想，甚覺惋惜，不由得說道：「可惜！可惜！」

張曦越聽越惱火：「你是可惜、可惜，我卻是可憐、可憐！」

少年溫言勸道：「姑娘處境確實堪憐，但孔夫子說：『身體髮膚，受之父母，不敢毀傷。』妳哭泣不止，傷了身子，豈不辜負張老丈一番苦心？老人家在天之靈，絕不願看妳這樣的。」

張曦恍然醒悟，伸袖拭了淚水，昂首道：「你說得不錯，我絕不能讓阿爺白死！」

少年聽她口氣決絕，似有什麼意圖，又勸道：「妳要好好活著，可別衝動作傻事。」

張曦聽他說得誠懇至極，自己實在不該將滿腔悲苦發洩在他身上，頓覺歉疚：「小郎君今日救命大恩，張曦不會忘記，日後如有機會，必當還報。」

少年微笑道：「我只是路見不平，燃草相助罷了！哪有什麼大恩？妳不必放在心上。」

張曦忽然想起，驚問道：「我是不是中了毒，全身要腐爛了？」

少年笑道：「那不是什麼劇毒，只是尋常的蒙汗藥罷了！」

張曦奇道：「什麼是蒙汗藥？」

少年道：「我讀《神農本草經》和《雷公砲灸論》時，發現曼陀羅、川烏、天仙子、雄黃混合一起燃燒，會令人神智恍惚、心口劇跳，甚至是昏迷不醒。我平時便將它們捆成一束一束，讓農家用來驅趕野獸，吸入一些並不要緊，嚴重昏迷的，以金銀花、甘草就可解毒。」

張曦拍手讚道：「那些壞人禽獸不如，用對付禽獸的法子對付他們，再妙不過了！」

少年笑道：「孔夫子說：『君子不可罔也』，他們既然不是君子，我愚弄他們一下，也不算過分了！」

張曦道：「這位孔老夫子話真多，幸好句句有道理。」

少年微笑道：「他自然是有道理的。」

張曦想了想又問：「那你說『不言不語、不行不動，才能長命百歲』，也是孔夫子的道理嚒？」

少年哈哈一笑，道：「那不是孔夫子的道理，是漗小子的胡說八道！」

張曦噗哧一笑：「原來是小郎君胡謅的話，瞧他們動也不敢動，傻得像木頭人了。」

少年見她雖只十三、四歲年紀，一張小臉消瘦蒼白，卻是眉目如畫、清秀無雙，睫梢上的珠淚泫然欲滴，宛如杏花煙雨，這嫣然一笑，又似蘭花吐芬，確實是難得的小美人兒，難怪那些軍兵不肯放過她，心中不禁替她感到擔憂。

張曦恍然明白少年其實是捨命相救，更加感激，柔聲道：「小郎君，你打不過他們，卻冒著生命危險救我，你我素昧平生，你為什麼對我這麼好？」

少年沉默半晌，才緩緩說道：「從前德州有個戶掾（司戶的助手）名叫褚濆，是個勤懇有禮的讀書人，有一天，他帶著女兒去魏州辦事，卻遇上戰亂，女兒就這麼被惡軍擄走了，從此褚老丈發了瘋似的到處找女兒。我常想當時若有人伸出援手，他們父女如今就還能過著和樂日子。」

張曦見他神色感傷，道：「他們是你的親人嚒？」

少年道：「褚叔叔與家父是世交，他女兒寒依是……」臉色一赧，支吾道：「我許了娃娃親的媳婦兒。」

張曦輕輕一嘆：「原來是小郎君的媳婦兒，難怪你如此惦記。」

少年道：「那倒不是，其實我只見過她兩面。」

張曦好奇道：「她是很美的姑娘吧？」

少年道：「當時我年紀不大，她長得什麼模樣，我也不記得了，只是村裡的人都說她年紀幼小，已經能歌善舞，比白狐仙還美。」

張曦心中想道：「那些軍兵最愛抓漂亮姑娘，褚小姑娘一定凶多吉少了，原來他和我一樣可憐，都被賊兵害了親人。」見少年眼底浮了一絲黯然，轉了話題道：「小郎君懂這麼多學問，真了不起！」

少年微微一笑，道：「不是我了不起，是古聖賢了不起！前人留下許多智慧，只不過現今的掌權者都不讀書，對聖賢道理嗤之以鼻，成日裡只一味爭鬥，計算著自己的好處，國家自是紛亂不堪，只有出現一位真正以天下為己任，肯犧牲自己的英雄豪傑，這爭亂才可能停止。」

他望著窗外幽幽白雪，長長一嘆：「這些藩鎮個個想學太宗一統天下、威鎮四海，卻只學了他的英武勇猛，不明白其仁德厚義。太宗曾說：『為君之道，必須先存百姓，若損百姓以奉其身，猶割股以啖腹，腹飽而身斃』，但當權者只想剝削百姓，就是『腹飽而身斃』，這天下怎可能安靖？」

李世民這番話意思是：「為人主君心中要以百姓為先，若一味剝削百姓，就好像割身上的肉來滿足口腹之慾，肚子雖然飽了，身子也已經死去。」

張曦沒讀什麼書，聽不明白少年說些什麼，只知道太宗說了「肚子飽不飽」的問題，輕輕一嘆：「太宗飽不飽，我不知道，我的肚子卻已經餓得不得了！倘若我們生在貞觀年代可有多好！我聽說那時天下大治，人不吃人，可以吃雞鴨牛羊、穿綾羅綢緞，人人臉上都笑嘻嘻！」

少年道：「何時才能出現像太宗一樣的救世英雄，只有天知曉，但咱們的肚子要溫飽，可就簡單多了，只要問問河裡的小魚就行了！」

張曦奇道：「河裡的小魚會通靈麼？怎麼知道我們飽不飽？」

少年笑道：「妳肚子餓了，咱們去河裡抓幾條小魚，牠們被吃了，自然就知道啦！」

「國破山河在，城春草木深。感時花濺淚，恨別鳥驚心。烽火連三月，家書抵萬金……」一陣歌聲飄過了煙水濛濛的河面，傳進草屋，打斷了兩人談話。這歌聲清脆稚嫩，似是小女娃所唱，意中情感卻哀婉淒絕、歷經滄桑。

少年和張曦正打算走出草屋去到河邊，聽見這歌聲，不由得停了腳步，一時間竟沉醉其中、癡癡入迷，似被勾了魂魄。

張曦觸動家破人亡的哀愁，忍不住又潸潸落淚。少年卻想：「在這肅殺的風雪夜，怎會有小女娃獨自坐在河裡歌唱，她不害怕嚒？真是詭異！」聽著聽著，內心深處不由得起了顫慄，便探窗望去。

只見一個小女娃坐在岸邊的小舟裡，小舟隱在樹叢間，夜色深暗，看不清小女娃的長相，幾許月光透過點點樹影，隱約映出她膚如粉瓷、身形嬌弱，穿著一襲杏黃襖衫，寒風吹得她烏絲飛揚、裙袖飄飄，宛如暗夜小精靈一般，既嬌美又詭魅。

少年初懂男女之事，一時間只覺得骨頭酥化、心口火熱，暗叫：「這女娃娃年紀輕輕，竟然只憑著聲音就能勾人魂魄，當真可怕！以後誰遇上她，肯定要倒大楣了！」

「白頭搔更短，渾欲不勝簪……」小女娃歌聲甫歇，忽傳出一聲幽沉長嘆。

少年心中一驚：「小女娃怎會發出男子嘆息？」再凝目看去，樹叢邊映出另一道長長黑影，這才明白女娃對面坐著另一名中年男子，只不過男子被樹叢完全遮蔽了。

少年看著稀奇，為了轉移張曦的傷心，便指向窗外道：「張姑娘，妳快瞧瞧，河邊有個小鬼娃，不只唱歌如妖精，還能吐出男子嘆息。」

張曦才經過一場殺戮，餘悸猶存，聽少年如此說，心中害怕，但又忍不住好奇，一邊緊緊抓著少年手臂，一邊悄悄趴在窗沿往外看去，果然見到小女娃傳出男子輕嘆：「小娃子不懂國破家亡的悲苦，還能唱得如此境界，確實是天生良才。」

小女娃嬌嗔道：「誰說依兒不懂？人家知道這首『春望』是杜公的詩，述說安史之亂、國君落難的慘況……」她想要再說些什麼，畢竟年紀幼小，實在詞不達意，小口張了又閉、閉了又張。

男子道：「當年玄宗寵愛楊貴妃，不事朝政，引發了安史之亂，才導致咱們大唐朝開始衰敗，可見女子手段多麼厲害！」幽然嘆道：「天下盡為英雄物，英雄卻難過美人關！」

小女娃撒嬌道：「依兒不會說，卻會唱，以後依兒把每一首杜公、李公的詩都編成曲兒唱給您聽，您說好不好？」語音輕嫩柔膩，幾乎要將人都軟化了。

男子微笑道：「杜甫、李白的詩是絕品，妳把它們編成小曲，自然好極。將來妳不只要唱給我聽，更要有本事唱給天下的國主聽，將他們迷得神魂顛倒。」

小女娃奇道：「誰是天下國主？是朱全忠那惡霸嚒？還是李克用那傻蛋？李茂貞那混蛋？又或是李曄那可憐蟲？」輕輕一哼：「我才不唱給他們聽，我只唱給真正有本事的英雄豪傑聽。」

張曦聽得兩人對話，已明白個中玄機，不禁好笑：「原來對面有個男子給樹影遮住了！」

少年卻是驚詫：「這小女娃真大膽，不只把當世最強大的節度使都罵了一頓，連皇上也沒放過！那男子平時一定常常辱罵他們，小女娃耳濡目染之下，才會順口說出。那男子敢這樣說話，是有勇有識之人。」

小女娃又道：「在依兒心中，只有樓主才真正有本事，是天下的國主，他們加起來也及不上您一個！」

男子笑道：「小嘴兒真甜！」

少年越聽越驚：「這男子是何方神聖，竟然瞧不起群雄，還想爭逐天下？」轉念又想：「如今能與朱全忠匹敵的藩鎮，只餘河東李克用和鳳翔李茂貞，但他們都被小女娃罵了，可見男子另有其人，究竟會是誰？」

男子道：「有人來了，咱們走吧！」抓了小女娃，一下子便沒入黑暗裡。

張曦和少年才眨個眼，河上已空蕩蕩地沒半個人，只餘幾葉小舟，兩人卻被窗外的景況給驚得僵住了！

當時汴梁軍只有幾人中毒較深，才昏迷嘔吐，站得稍遠的人並無大礙，待煙霧散去，又見沒人中毒潰爛，便知少年嚇唬人罷了，那汴梁牙校便率人循著雪地足跡追了過來。

少年雖知道足印洩露了行蹤，但當時拖著張曦一路奔跑，實在沒法子消毀痕跡，如今已沒有毒火炬，倘若汴梁軍搜進這座倉廩，一下子便能翻個徹底，此地不宜再留，他舉目望向窗外，河邊一片空蕩蕩，幾乎沒有藏身之地，只有那幽寒的江河靜靜蜿蜒在黑暗裡，彷彿隨時能吞沒人。

少年靈機一動，心想：「只能冒險了！」便帶著張曦奔到河岸邊，指著河水道：「快躲到河裡。」

此刻風雪細細，河水冰寒透骨，只怕待不了一刻便要凍死，張曦搖搖頭道：「不行，我挨不住！」

少年道：「現在是退潮，我知道這河壁有一個凹洞能藏身，妳小心下去，躲好了千萬別出來。」

張曦拉了他的手，道：「咱們一起躲進去。」

少年微笑道：「妳拉著我的手先下去，我隨後就到。」

張曦見少年只十五、六歲，看似文弱、穿著樸實，眉宇間卻有著一種難以形容的氣質，和她從前認識的人都不相同，但那究竟是什麼氣質，卻說不上來，忍不住問道：「小郎君你救了我，我還不知道你的大名？你姓馮嚒？」

少年道：「是，我姓馮，單名一個『道』字。」

「馮道？」這名字在張曦心裡輕輕滾了兩滾，卻好像印著一輩子了。

馮道抓著張曦的雙臂，讓她延著河岸壁慢慢往下，喊道：「看到凹洞嚒？」

張曦一到下方，果然看見有一個凹洞，便小心翼翼踩著洞緣，喊道：「踩著了。」馮道這才放開手，張曦躲了進去，卻發現那凹洞只是個淺窄的壁縫，僅能藏身一人，恍然明白馮道並沒打算下來，她心中感動萬分，想道：「他若被抓住，可會小命不保？這可怎麼辦？」

馮道心想：「張姑娘躲在水邊，只要忍不住一個探頭出來，就會被汴梁軍看到，我需把賊兵引得越遠越好！」當下拔腿狂奔，拼命朝村鎮方向跑去，但這雪原草木稀疏，無處可躲避，才跑了幾步，汴梁軍已發現他的形蹤：「在那裡！」

馮道見勢不妙，只好又退回河邊，趕緊對著天空施放一枚煙花，希望引來巡夜的軍兵。

汴梁牙校衝了過來，一把抓起馮道的衣襟，喝道：「賊小子原來躲在這兒！小女娃呢？」

馮道被扼得快不能呼吸，只呼呼喘氣：「你……別亂來，小心又中……中毒……」

汴梁牙校滿肚子火氣，狠狠摑了他一巴掌，怒道：「前帳還沒算，又來作怪！那小女娃呢？」

馮道被打得眼冒金星，一心只想拖延時間，等到軍兵來救，便大聲唸道：「孔夫子說：『匹夫不可奪志也』，我雖是一介匹夫，也不會沒志氣，出賣朋友！」

汴梁牙校喝道：「渾小子，你再裝瘋賣傻，信不信我揍死你！」正要揮拳痛擊時，遠處果然走來一隊軍兵，馮道見領隊是盧龍軍指揮使，心想他軍階比對方的牙校高了許多，自己肯定有救了，連忙高聲喊道：「軍爺！救命！」

那盧龍軍指揮使聽聞呼聲，便率領一隊軍兵大搖大擺地走過來，斥道：「大半夜在這裡吵吵鬧鬧，不知道違反宵禁嚒？」見對方竟是七、八名汴梁軍圍著一名農家子弟，臉上頓時起了一陣古怪。

汴梁牙校放下馮道，昂聲道：「我們奉了梁王之命，前來向劉節帥問安，誰知途中遇上這小賊想偷取銀兩，兄弟們正要抓他回去審問。」他下巴高抬，以鼻孔瞪著盧龍指揮使，一副高高在上的姿態。

盧龍指揮使心中雖有氣，卻硬生生扭成笑意，拱手道：「一個小賊何必勞您大駕，只要通知一聲，咱就把賊子奉到您手上。」

馮道見這指揮使態度卑屈，急道：「他們胡說！這幫汴梁軍越界捉拿我瀛州良民，碰巧給我遇上了，我便出手阻止，我是景城百姓！」

一名盧龍小兵附在指揮使耳邊低聲道：「這小子真是咱們城裡的百姓，學問挺好，文章名傳千里，鄉親們都說倘若不是停了科考，他肯定是個狀元郎……」

盧龍指揮使呸道：「這年頭，狀元如狗屁！還不如多砍幾顆人頭，才能升官保性命！就算科考還在，河北這裡曾出過安史之亂，是聖上心中的刺，怎可能出狀元郎？」

馮道心中一愣：「原來咱們這地方是皇帝心中的刺，出不了大官？可憐阿爺還一心指望我博取功名、光宗耀祖！」想到要辜負父親期許，心中一時難過，但這念頭也只一忽兒，又想：「男兒志在四方，沒有皇上欽點，難道我便闖不出名堂？」他夢想著遠大前程，卻渾然忘了眼前困難。

小兵又道：「可他是里長馮良建的兒子，是遠近馳名的才子，實在不像小賊……」

汴梁牙校想不到這胡攪蠻纏的小子竟是個才子，想冤枉他是惡賊，似乎有些牽強，索性從懷裡拿出一封密函，道：「梁王還有個口訊，讓劉節帥去向李克用提出聯兵建議。」他們原是為了護送軍機密函給劉仁恭，才前來瀛州，途中撞見逃兵張益，便順手擒殺，又見張曦美貌，就想抓她回去。

盧龍指揮使見密函封口處蓋了一枚朱全忠的火漆大印，便鄭重接過，小心翼翼地收入懷中，斥責小兵道：「里長又如何？才子又怎樣？只要不是你老子、我老子、劉節帥的寶貝兒子，就算是天皇老子也可交出去！難道為了一個瘦不啦嘰的書包子，就要跟咱們的盟軍起衝突？若是擔誤軍機大事，你有幾顆腦袋？」

小兵見他發怒，心中害怕，連連垂首道：「是！是！指揮使教訓得是。」

盧龍指揮使向汴梁牙校拱手道：「梁王要我們向李克用提出聯兵，這事恐怕不好辦，去年『安塞』之戰，李克用還記恨呢！」

汴梁牙校哂笑道：「李克用和你們只是小怨小恨，和我們卻是生死大敵，所以劉節帥只要對李克用說：『趁現在大家都專注在長安那件事上，東邊一定疏於防範，咱們先會師魏州，再聯軍南下，直搗朱全忠的老巢汴州。』李克用必會欣然答應。到時候，我軍會埋伏在魏、博兩地，等河東軍一到，你們便反過來與我軍聯手，李克用萬萬想不到自己養了一頭白眼狼，肯定會被打得落花流水！」說罷忍不住哈哈大笑。

盧龍指揮使聽他嘲笑己方是白眼狼，心中雖不是滋味，卻不敢發作，只皺眉道：「李克用的沙陀軍強悍無比，領隊的十三太保個個都是一夫當關、萬夫莫敵的狠角色，去年的安塞之戰已惹火他們了，如今再次背叛，萬一殺不死他，日後報復起來，肯定厲害了！」

汴梁牙校冷哼道：「梁王已經決定，劉節帥只有乖乖聽話的份，哪輪得到你們多嘴？你只管傳話就是！」見盧龍指揮使面有難色，呸道：「十三太保有什麼了不起，瞧你怕得哆嗦！我們軍師才是真正的神人，天下一切盡在他掌握之中，告訴你吧，大太保李嗣源才剛剛離開幽州！」

盧龍指揮使吃了一驚，道：「你說李嗣源來過幽州？」

汴梁牙校冷笑兩聲，現出睥睨之色，意思是：「在你們腳底下發生的事，我們卻比你們清楚多了，你們還敢作對麼？」

盧龍指揮使不由得低垂了頭，拱手道：「請將軍指點一、二。」

汴梁牙校得意道：「此刻李嗣源已乘船離開，正前往長安，一時半刻不會回來，就算他得到消息趕去魏州，還有更大的危險等著他呢！」壓低聲音冷笑道：「信上有了詳細計劃，你們只要照做便行了。」

馮道聞言不由得暗暗吃驚，心想當初劉仁恭只是瀛州景城的小縣令，能立足河北，晉升為盧龍節度使，全是李克用厚恩相待，不僅免費相贈幽州領地，還留下一批兵將扶持他，為的是讓他北拒契丹、南抗朱全忠。

劉仁恭藉此基礎打下滄、景、德三州，壯大之後卻生了狼子野心，不只屢屢抗拒李克用的命令，還關押那班沙陀將領。李克用一怒之下，率五萬大軍攻打劉仁恭，卻因輕敵在安塞吃了敗仗，想不到劉仁恭如今更進一步，居然暗中勾結朱全忠，想置李克用於死地。

馮道對劉仁恭的背義行徑頗為不恥，更為自己的生死感到憂心：「他們把這軍事機密攤在我面前，是絕對不會留我活口了！」原本還冀望盧龍軍兵相救，但見那指揮使一臉詭壞，便知大事不妙，只能急急盤算對策。

盧龍指揮使低聲吩咐：「今日咱們就當什麼都沒瞧見，這年頭，一天不知要死幾百人，死一個臭小子有什麼要緊！」板了臉大聲道：「這小子姦淫擄掠、偷摸拐騙，已犯了十八條大罪，實在死不足惜，就交給將軍處置了！」

汴梁牙校壞笑道：「你能明白事理，再好不過。」

盧龍指揮使低聲道：「那就勞煩將軍清理乾淨了！」

馮道急叫道：「軍爺，您還沒查清楚事情，怎麼可以把我交出去？皋陶說：『罪疑惟輕，功疑惟重，與其殺不辜，寧失不經』，寧可違背律法，也不能亂殺無辜！」

盧龍指揮使啐道：「嘰哩咕嚕不知所云，簡直是瘋子！」一揮手：「收隊！」便領著部屬走了。

汴梁牙校冷笑道：「咱們不認識什麼皋陶，就知道你是待宰羔羊！」

馮道爭辯道：「我兢兢業業學習聖賢之道，幾時作惡多端？天下最大惡賊莫過於朱、劉兩軍，剝削百姓、濫殺無辜，還有比你們更可惡的嚒？」

汴梁牙校抬腿狠狠踢向馮道小腹，罵道：「死到臨頭還敢口出狂言！給我打！」

馮道痛得眼冒金星，仆倒在地，兩名大漢狠狠壓住他，揮拳痛揍：「臭小子！瞧你怕不怕！」馮道大聲道：「孔夫子說：『仁者不憂，勇者不懼』！」

汴梁牙校聽他滿口胡言，怒道：「你不說出小女娃藏在哪裡，我活活打死你。」

馮道昂首道：「志士仁人，無求生以害仁，有殺身以成仁！」眾軍又是一陣拳打腳踢，馮道痛得神智不清，再說不出聖賢之道，心中卻轉著一個念頭：「我多挨幾拳，他們對我的話便會多信幾分。」當下咬緊牙關，不肯求饒。

汴梁軍未料這少年雖然文弱，脾氣卻強硬，無論如何毒打，也不肯說出張曦所在，拔起長刀恐嚇道：「再不說，我割下你耳朵、鼻子！說不說？」

「我說了！我說了！」馮道嚇得摀住雙耳，求饒道：「千萬別動手！一個人若是沒了耳朵、鼻子，那可有多醜！」

眾軍一時停手，馮道勉強站起身，道：「我若是說出小女娃所在，你得放了我！男子漢大丈夫一言九鼎，你可不能騙一個小孩子。」

汴梁牙校不耐道：「答應你了，快說！」

馮道走到河邊，指著漆黑的河水，道：「小女娃跳河逃走了，你們若跳到河裡去尋人，或許能尋見。」

汴梁牙校破口罵道：「這天寒地凍，河水又急，怎可能跳河逃走？凍也凍死了！」

馮道附和道：「軍爺說得對，她或許不是逃走，而是知道逃不過你們的魔爪，所以投河自盡了。」

汴梁牙校心想：「小姑娘全家慘死，她不想受折磨，投河自盡確有可能……」但一個水靈靈的娃娃就這麼沒了，實是懊惱萬分，嘀咕道：「張曦那小美人可是上等貨色，抓回去獻給二公子，肯定能討得獎賞，卻被臭小子壞了好事！」頓將滿腔怒火發洩在馮道身上，又是一陣拳打腳踢，卻怎麼都不解氣，索性拔起長刀，叫道：「小子瘦巴巴的，丟進舂磨砦裡也榨不出幾兩肉，一刀殺了痛快！」

馮道被揍得連連後退，只差半步就落河了，聽對方仍要殺死自己，怒道：「孔夫子說：『自古皆有死，民無信不立』，你明明答應放我，卻無信無義，你離死期不遠了！」

汴梁牙校冷笑道：「你再裝瘋賣傻，才離死期不遠！」說著手起刀落，便往馮道頭頸斬落！

「慢著！」馮道大叫一聲：「我想起來了！」

汴梁牙校硬生生停了刀，斥道：「小子又想耍什麼花樣！」

「碰碰碰！」馮道忽然炸起一篷篷煙花，眾兵嚇得急忙跳開，馮道趁機一個扭身，跳入冰河裡，眾軍兵只氣得一陣破口大罵。

馮道跳河之後，雖知道河裡並無處容身，仍游向邊壁，卻驚見凹洞裡空無一人，張曦竟然失了蹤影！

他受傷不輕，雖然擔心張曦的情況，卻實在沒有力氣在黑漆漆、冰冷冷的深河裡尋人，只得先躲到凹洞裡休息，心中不禁萬分著急：「張姑娘究竟去了哪裡？難道是失足滑落河裡，被急流沖走了？」

卻說張曦原本藏身在凹洞裡，聽見馮道為了自己被汴梁軍痛揍，心中難受，正想爬上岸，忽然間，一股大力扯起張曦的手臂。張曦但覺身子和手臂幾乎要被扯得分離，痛得大叫一聲，但被神祕人挾持住，聲音只哽在喉間咕嚕兩聲。

神祕人見張曦眉目晶瑩、容顏秀麗，冷聲道：「長得這等姿色，將來不知要翻起多大風浪，落到那群狗崽子手裡，簡直是暴殄天物。」

張曦雖看不見神祕人的長相，卻認出聲音是方才和小女娃談笑的中年男子，她害怕至極，又想到馮道性命堪憂，驚惶之下，不禁淚流滿面，全身顫抖不止。

神祕人將她瘦小身子帶得飛起，站到樹梢上，兩人居高臨下，將馮道危急的景況看得一清二楚，張曦見這神祕人本領高強，想求他出手救馮道，卻發不出半點聲音，眼看馮道就要身首分離，只嚇得昏暈過去。

汴梁軍在岸邊叫罵許久，見馮道一直沒有上岸，想道：「這天寒地凍的，再強硬的漢子也抵不住，更何況一個受傷小子，凍也凍死他了！算了，一個臭小子罷了！」便打算收隊離去，忽聽見背後傳來一聲嬌嫩輕笑：「嘻！傻軍頭！」

眾軍回過頭去，見一個身穿杏黃襖衫的明豔小女娃盈盈走來，不由得看直了眼，心中暗叫：「乖乖不得了！丟了小仙子，來個小妖精！」

眾軍見這小女娃年紀雖輕，卻是天生尤物，一勾眼、一淺笑，比張曦更加嬌媚迷人，頓時欣喜若狂，直搶上前去。

神祕人站在樹梢上，傳聲道：「依兒，妳的寒江針練得如何了？」

小女娃答道：「天天都練著，不敢偷懶。」

神祕人又傳聲：「這些賊崽子令人厭煩，妳去打發他們。」

小女娃見這些軍漢長得高大威猛，一時膽怯，退了兩步，嬌聲道：「依兒不敢。」神祕人哼道：「怕甚麼？」小女娃再要說什麼，汴梁軍已逼到眼前，壞笑道：「今日真不賴，一連遇上兩個小美人兒。」

馮道在河下聽見眾軍的笑鬧聲，心中奇怪：「他們怎麼還不走？」便悄悄探出半個頭來窺看，只見到眾兵逼近唱歌的小女娃，卻不知神祕人藏在樹上。

小女娃嬌怯怯地道：「你們別再過來，否則可要糟了！」

馮道暗罵：「這幫惡賊！」便想爬出河岸救人，卻出現一幕驚人景象！

小女娃右手一揮，一篷銀針激射而出，如天下銀雨般，往那幫軍兵臉上灑去。

清冷月光下，一陣銀光星點盤旋飛舞，夾雜著幾下兵刃碰撞聲，一聲聲慘如野獸的哀嚎，眾軍兵便碰碰碰倒落一片。

馮道嚇得足底一滑，險些跌落河底，幸好及時拉住河邊水草，才又慢慢爬回岸邊，露出一雙眼睛窺看，只見每個倒落的軍兵臉上都插滿了銀針！

馮道不由得起了一陣寒顫：「這女娃年紀幼小，手段竟如此毒辣！他們相距至少二丈遠，以她的臂力怎能一口氣射殺七、八名軍兵？」見方才耀武揚威、痛揍自己的軍兵一個個屍橫就地，不禁暗嘆：「我早說你們無信無義，離死期不遠，你們卻不肯相信。唉！孔老夫子確實是先知！」

汴梁軍兵倒落，馮道終於看清小女娃的面貌，他久居農家，平日見的都是粗手粗腳、皮膚黝黑的鄉村老姑娘，從未見過如此精緻如妖魅的小女娃，不由得呆了。

驀然間，一道高瘦的青袍身影宛如鬼魅般從空中輕輕飄落，站在小女娃身前，背對著馮道。小女娃拍手笑道：「樓主真本事，幫依兒打死壞人了！」

馮道這才明白銀針雖是小女娃灑出，那神祕人卻以掌風暗助一把，才能射得如此精厲，心中對這神祕人更加驚佩好奇了。

神祕男子對小女娃說道：「走了！」

小女娃膩聲央求道：「樓主，再等一會兒……」

男子溫言道：「妳都瞧過了，妳阿爺不在這裡，他早就拋下妳不知去哪兒了。」

小女娃櫻桃似的小嘴兒一扁，忍住眼中打轉的淚水，欲言又止。男子牽起小女娃的手，道：「走吧。」

小女娃伸袖拭了淚水，倔強道：「阿爺不要我，我也不要他了！只有樓主對寒依最好，我再也不回來了！」

「寒依？」馮道心中一震，瞪大眼望著前方的小女娃：「她就是失蹤的寒依妹妹！」這時他也看清男子手中提的少女正是失蹤的張曦，連忙雙手雙腳並用，想爬出河岸，但他氣力不繼，才勉強撐上半個身子，卻見神祕人長臂伸出，一把抓住褚寒依後心，分別將二女挾在腋下，飛揚而去。

「張曦！寒依！」馮道張口大喊，猛地一陣狂風襲來，不只將他聲音逼了回去，更將他整個人打得昏暈，向後拋飛數丈，直墜入冰河裡。

（註❶：河北道：唐朝的地方行政區之一，轄境為黃河以北，也是今河北省名的由來。）

（註❷：朱全忠的根基為汴州，先封為宣武節度使、東平王，之後統管多藩鎮，九〇三年才封為梁王，最後滅了大唐，建立「後梁」。史上汴州、梁州兩名稱時常互換，小說為免名稱太複雜，使讀者混亂，統稱「汴梁」，直接稱呼「梁王」，並以「汴梁軍」代替史料常稱的「宣武軍」。）

八九八・二

閭閻聽小子・談笑覓封侯

朱全忠與劉仁恭修好，會魏博兵擊李克用。夏，四月，丁未，全忠至巨鹿城下，敗河東兵萬餘人，遂北至青山口……全忠以從周為昭義留後，守邢、洺、磁三州而還。《資治通鑑・卷二六一》

「轟隆隆！轟隆隆！」宏大的水濤聲、巨大的搖晃將馮道震醒過來，他感到全身虛弱乏力，連雙眼也無法睜開，只有恐怖回憶盤旋在腦海：夜色深沉的雪地裡，他伏在河岸邊，見到神祕男子帶著豬寒依和張曦遠走高飛，他想呼喚她們，卻被神祕人一掌擊落河裡。

河水冰寒透骨，令他全身疼痛難當，漸漸昏死，迷濛之中，似有一股暖流進入體內，退去寒冷，如此反反覆覆，不知經過多久，他才真正甦醒。

「我在哪兒？」馮道緩緩睜開雙眼，見躺在狹窄的船艙裡，不禁滿腹疑問：「我掉落河裡，是誰救了我？」他傷勢仍重，遂慢慢坐起身子，將船窗推開一道小縫，往外探看，只見雲空豔陽高照，江河波瀾壯闊、濤浪滾滾，船桅頂上旗幟飄飄，寫了大大的「河東」兩字，氣勢十分威武，馮道暗驚：「河東軍？難道這是李克用的船隻？」

劉仁恭為讓河北百姓團結抵抗外敵，常常散播消息說朱全忠破城之後，必會屠盡百姓，而李克用的河東軍都是沙陀蠻子，軍紀最差，總是殺人打草穀，馮道自小聽慣了其他藩鎮的殘暴惡行，自是深信不疑，心想才脫離汴梁軍毒手，又上了河東軍船，不禁迭呼糟糕：「這廂出虎口，那廂遇豺狼！」

李克用乃是沙陀族人，性情剛強急躁，征戰時總是一往無前，勇猛如飛虎，因此博得「飛

虎子」的威名，率領的軍隊稱作「鴉軍」，他又別號「李鴉兒」。❶

當年黃巢軍如狂風掃落葉般襲捲大唐，眾藩鎮無力與之對抗，只有沙陀兵最剽悍，為黃巢軍所忌，唐僖宗遂徵召李克用與朱全忠齊力平叛。

消滅黃巢之後，李克用升任河東節度使，封為晉王，卻因朝廷發不出犒賞的軍餉，大肆洗劫長安，逼得皇帝、太子避禍他處，如此囂張的行徑，令唐廷有如芒刺在背。

朱全忠早有稱霸的野心，見李克用武藝高強，沙陀兵悍猛無匹，將來必會成為最大對手，於是在慶功宴上設計暗殺李克用。李克用在忠心侍衛冒死搶救下，逃過一劫，雙方從此結下不共戴天之仇。

之後李曄繼承帝位，心懷整復大志，在成功剷除宦官禍首楊復恭之後，見國土四分五裂，藩鎮目無天子，便起了削藩念頭。

朱全忠於是勾結當朝大宰相崔胤，時時向皇帝進言，說幾大藩鎮之中，李克用的沙陀軍最驍勇善戰、勢力龐大，再加上他們是外邦蠻夷，非我族類，其心必異。崔胤出身清河崔氏的世族大家，位居三公之一的司徒，在朝中勢力廣佈，他的諫言令李曄倍感威脅，因此這削藩的大刀首先便對準了李克用。

河東一戰，朝廷、地方兩敗俱傷，李曄雖然削弱了李克用的勢力，朝廷禁軍也折損大半，朱全忠因此坐收漁翁之利，壯大起來，成了中原霸主。

船頭之上，一名高壯男子負手昂立，神態卓爾不群，目不稍瞬地盯著廣闊江河，就像蒼鷹佇立懸崖頂，冷銳而堅定。

水天接線的遠方，一艘小艇快速馳來，不一會兒，船影漸漸清晰，旗幟上寫著「盧龍」二字，船上有人高聲喊道：「前方可是李嗣源將軍？在下是盧龍節度使劉仁恭次子劉守光，有事想請教將軍，還請允准上船。」

大船沒有停下的意思，劉守光又高聲喊道：「數日之前，將軍光駕幽州，卻悄悄而來，迅速離去，不給我們設宴款待的機會，難道是瞧不上我們父子？」

李嗣源心想自己暗中前來勘察劉仁恭的軍兵分佈，竟被識破行蹤，濃眉一蹙，道：「你有什麼要事，直接道出吧。」

劉守光拱手道：「軍機大事不宜喧嚷，在下奉了家父之命，帶一封密函要呈給將軍。」

李嗣源微然點頭，大船這才慢了下來，讓盧龍小艇慢慢靠近。河東士兵垂下一片長木板，搭在兩船之間，高聲喊道：「劉小將軍請上來！」

劉守光一身鮮亮軍裝，昂首闊步地沿著橋板登上大船，一路左顧右盼、舉止輕佻，宛如貴公子遊賞花船。他身後跟了一名中年男子，頂戴平式幞頭帽，身著灰長袍，胸口插著一柄摺扇，卻是垂首而行，面色陰沉，目光左飄右移，一副戒慎恐懼的姿態。

馮道想不到會在這裡遇見劉守光，回想起當日在河邊聽到的祕密，暗思：「劉仁恭明明與朱全忠合謀算計李克用，今日卻派兒子過來見李嗣源，他究竟玩什麼把戲？」正當疑惑時，艙簾掀起，一名雜役小兵端了水盆進來，笑道：「咦？小兄弟你醒了？」擰了一條沾水的布巾遞給他，道：「擦個臉吧！」

馮道接過布巾，道：「多謝大哥照顧我。」

小兵笑道：「你要謝我們將軍才是，他見你漂浮在河面上，就命人打撈起來，你傷勢嚴重、奄奄一息，他可是每日運功救你。」

馮道心想：「這年頭，殺人比救人容易多了，這位沙陀將領竟肯耗費內力救我這陌生小子，可見他是仁厚俠義之人。」他萬分感激對方的救命之恩，便生了結交念頭，道：「敢問救我的是哪位將軍？名號如何稱呼？我這就去謝他！」

小兵驕傲道：「還能是哪位將軍？我們是『橫沖都』，將軍自然是大名鼎鼎的『李橫沖』！」

馮道長年居住在河北小村鎮，只知道朱全忠、李茂貞、李克用幾位大節帥的名號，並未聽過什麼「橫沖都軍」，道：「原來是李將軍橫沖先生。」

小兵啐道：「瞧你沒見識的蠢樣！」雙眉一揚，驕傲道：「將軍大名李嗣源，是晉王的義子，十三太保之首！去年朱全忠那狗賊攻打兗州，將軍只憑五百精騎就大敗汴梁軍，打得他們屁滾尿流，晉王因此嘉獎將軍，把他率領的五百親兵命名為『橫沖都軍』，意思就是橫沖敵陣如入無人之境！」

當時的節度使常認領許多勇武的青少年為養子，訓練他們統兵打仗，做為心腹將領。李克用手下有十三太保，除了三太保李存勖是親兒外，其餘皆是義子，他們統領的部隊最為精銳強悍，稱為「義兒軍」。❷

李嗣源位居大太保，為人廉潔樸實，打仗卻勇猛如虎，治律嚴謹又能謙和下士，總把領受的賞賜分送出去，因此很得軍兵愛戴。

馮道想不到是李嗣源親手施救，尷尬道：「小弟孤陋寡聞，幸好大哥賜教，否則叫錯恩公名號，可鬧笑話了。」

小兵見他謙虛有禮，也生了親近，笑道：「將軍這會兒忙著，沒空見你，我瞧你臉色還蒼白，先歇著吧，我幫你換藥。」

馮道確實全身虛軟無力，無法站起，苦笑道：「等將軍空閒了，再勞煩大哥通報一聲。」想了想，又問：「請教大哥，咱們如今到了哪兒？」

小兵一邊幫他換藥，一邊答道：「是在黃河水上，大約靠近滑州。」

「滑州？」馮道吃驚道：「這麼算來，我可昏迷三日了！」

小兵道：「不錯，是有二、三天了。」馮道又問：「但不知下一站停靠哪裡？」

小兵道：「哪裡都不停，將軍趕著進京，你多多歇息，等到了長安，你身子也好得差不多啦！」馮道再次道謝，小兵為他包紮好傷口，便收拾東西出去。

馮道心想：「我先養好力氣，一旦船泊了岸，便可下船尋路回家，爺娘瞧我失蹤了，一定很著急。」正打算多睡一會兒，小兵又進來收拾水盆，卻換了一張臭臉，口中怒罵連連：「臭小子！渾蛋小子！」

馮道問道：「大哥，發生什麼事了？」

小兵怒道：「劉守光那乳臭未乾的賊崽子居然敢羞辱將軍，和他父親劉仁恭一個樣，全是狼心狗肺的東西！」

劉仁恭原是瀛州景城縣令，後來成了盧龍節度使，馮道自幼便領受劉氏父子作威作福的行徑，自是萬分瞭解，心想劉仁恭荒淫苛刻、貪婪無度，幾乎把百姓的錢財都榨乾，長子劉守文還算規矩，次子劉守光不過十四、五歲，狡猾凶狠卻勝過他父親。盧龍軍唯一的貢獻便是抵禦了契丹南侵，和其他藩鎮暴軍入城掠殺，因此河北百姓雖然生活清苦，但在劉仁恭底下，至少能保住性命，也就不敢反抗。

馮道心中奇怪：「即使劉仁恭親來，對李嗣源也要敬讓三分，那劉守光難道吃了熊心豹子膽，竟有膽量羞辱李嗣源？」想來想去，唯一的理由便是劉守光帶來的人極有本事，好奇問道：「劉守光如何羞辱將軍？」

小兵忿忿道：「劉守光來送密函，信裡卻寫了一堆難字，那不是整人嚒？瞧劉守光得意的嘴臉，我真想揍他個七葷八素！」

馮道問道：「船上沒有識字之人嚒？」

小兵嘆道：「將軍長年打仗，沒有機會讀書，因此不識漢字，原本簡單的書信便讓安重誨副將唸給他聽，但這回劉守光故意找一個老書蟲，寫了一堆鬼畫符，連安副將也沒法子。」重重揮了一拳，道：「這年頭有誰認識字？那老書蟲再不識相，我便一拳打爆他的頭！」

馮道微笑道：「在下剛好讀過一點書，或許能看懂書信。」

小兵心想軍機事宜不該讓這來路不明的少年知曉，但又不願李嗣源受辱，一時猶疑不決。馮道看出他心思，道：「這樣吧，我在門後聽著，若有什麼可幫忙，再請大哥傳話。」

小兵心中盤算：「他借我的口說出，若說得好，我還能立下功勞，說得不好，我不傳話便是。」道：「就這樣辦吧。」便端了一張座椅到門邊，又拖了馮道過去坐著。馮道微微掀開門簾，凝目看去，見前方甲板上擺了簡單的酒宴，李嗣源與劉守光對面而坐。

李嗣源年近三十，身形魁偉，濃眉大眼，目光沉穩堅毅，氣度謙沖樸厚，並不像血戰沙場、破敵千萬的橫沖將軍。反倒是他身旁立了一名高大武將，劍眉深目，精光深邃威嚴，渾身散發著逼人的殺氣，宛如一把活生生的橫沖大刀，正是他的心腹副將安重誨。

劉守光昂首抬眼、眉飛色舞，得意之情溢於言表。身旁站了一位文士，年約三十，雙手攏在袖裡，態度恭謹，目光卻暗暗閃爍，顯然心中時時揣著計較。

馮道心念一轉，已猜到此人應是劉仁恭三年前重金禮聘的謀士──孫鶴！

在孫鶴的運籌帷幄下，劉仁恭不只逐一取下滄、景、德三州，甚至在去年的安塞之役，輕易擊敗五萬河東軍，因而擺脫李克用控制，自成一方之霸。

「信中之事……」劉守光長眉一挑，笑問：「不知將軍以為如何？」

李嗣源手持信柬，雙眉微蹙，面有難色，遲遲不置可否。

甲板後方整整齊齊排列了十多名軍兵，個個雄偉壯碩、筆直昂立，像石像般一動也不動，目光卻凶狠得如要噴出火來，手中刀槍爍爍，在日陽底下閃耀著逼人的寒芒，似恨不能將眼前可惡的兩人刺個窟窿，偏偏不能妄動。

馮道心想：「橫沖都軍個個神采奕奕，手中刀戟擦得發亮，眼神充滿對將軍的敬重，可見這位橫沖將軍不只治軍嚴謹、帶兵有方，更深得人心，是個真英雄！」想起盧龍軍裝備老舊、行止散漫，從未有如此氣勢，更沒人對劉仁恭打從心底敬服，不禁暗嘆：「盧龍軍要是有這樣的人物，就不怕朱全忠的淫威逼迫了！」內心深處忽然湧生一陣激動：「我讀了這麼多聖賢書，當跟隨真正的英雄豪傑一展抱負，若效力於劉仁恭那樣的貪暴小人，豈不是為虎作倀？」

他微一思索，對小兵道：「將軍對我有救命大恩，我實在見不得他受辱。」

小兵大力點頭，連聲稱是，馮道微笑道：「我有個法子，要請大哥幫忙。」

小兵聽了馮道的提議，雖覺不妥，仍是依言而行，悄悄走到軍伍之中，站到李嗣源斜後方，將擦得閃亮的長刀平貼胸前，以大刀反射信面。

馮道見信中字跡細瘦有如刀刻，頗有行款對稱之美，乃是殷商常用於卜辭的甲骨文字，幸好他博覽群書，倒也識得一點甲骨文，便悄悄招手教小兵進來，道：「你去跟將軍這般說。」

雙方正在談判，氣氛僵凝，小兵不敢直接打擾，只悄悄附在安重誨耳邊說了話。安重誨有些驚疑地瞧了小兵一眼，那小兵嚇得連忙低頭，不敢與他的精光對視。

安重誨道：「啟稟將軍，劉節帥想聯合我軍，從魏州一起出發，往南攻取汴州。」

劉守光不知安重誨為何忽然讀懂了書信，乾笑兩聲，道：「不錯，我們在魏州會師，先取澶州，再進取汴州，搗滅朱賊的老巢。」

李嗣源沉聲道：「四年前，皇上遭韓建那逆賊挾持，陷落華州，義父屢屢命劉仁恭一起出兵勤王，劉仁恭卻總是推辭，教我如何信你？」

劉守光嘆道：「當時契丹常侵擾邊境，我們實在騰不出兵馬！」

李嗣源道：「那麼去年八月，劉仁恭在安塞襲擊我軍，你又如何解釋？」他沒有疾言厲色，語氣卻重如泰山，令人感到一股沉甸甸的壓力。

偏偏劉守光是個不知天高地厚的小痞子，依舊嘻皮笑臉：「將軍都說是去年八月了，這麼久遠的事，怎還記著？大丈夫應該胸襟廣闊，將軍這樣的大人物，不至於小雞肚腸吧！」他狡詐一笑，又道：「世局多變，天下沒有永遠的敵友，只有永遠的利益，長安一事，大家既已達成協議，不就證明了咱們是一家親，朱全忠才是敵人嚒？如今朱賊勢力滔天，不管將軍高不高興，咱們是一損俱損、一全俱全，就只能聯手抗敵了！」

李嗣源雖然武藝高強、打仗勇猛，卻是質樸之人，言辭不若劉守光伶俐，也不願與一個毛小子做口舌之爭，只問道：「你們打算出兵多少？」

劉守光比出一根手指，李嗣源道：「一萬？」

劉守光搖搖頭，李嗣源皺眉道：「難不成是一千？」

劉守光又搖頭，安重誨再忍不住，怒道：「你們出一百人，也敢來談聯兵？」

劉守光不疾不徐道：「將軍在袞州以五百精騎大敗汴梁軍，因而得到『李橫沖』的稱號，可見一場戰役的關鍵是猛將驍兵、謀略周全，並能掌握天時地利的良機，跟兵卒多寡卻沒有太大關係。」

「你的意思是——」李嗣源知道以劉守光的才識，不可能說出這一番話，應是經過高人指點，目光移向他身旁的孫鶴，冷聲道：「你們只派出這一隻老書蟲？」

劉守光道：「將軍少安毋躁，孫先生若沒點本事，怎能襄助我盧龍軍在安塞一役……」

「碰！」李嗣源大掌一拍桌案，精光如刃地瞪著劉守光。

安塞一役是李克用的奇恥大辱，劉守光不斷提起，便是想挫挫李嗣源的銳氣，此刻見他目露殺氣，反而生了懼意，將滿口誇耀的話硬生生吞入肚裡，陪笑道：「我是說孫先生若沒本事，小將怎敢上船來？豈不是拿小命開玩笑！哈哈！」說罷尷尬地自嘲兩聲。

孫鶴見劉守光得意忘形至幾乎壞了大事，趕緊打圓場：「將軍息怒！晉王英明神武，乃是當今罕見的英雄人物，而在下略懂天機奧祕，可依天時地利佈下戰略，自信能以一人之謀敵萬軍之勇，我們雙方配合，此戰必能大勝，還望將軍向晉王進言，促成合作。」

李嗣源暗思：「劉仁恭這老狐狸自從得到孫鶴之後，才開始風生水起，不只連下三州，還在安塞大敗我軍，或許真有些本事。」問道：「重誨，你以為如何？」

安重誨道：「既要合作，不如就請孫先生顯顯本事。」

孫鶴絲毫不推托，微笑道：「在下就測算個天候，請將軍鑑定鑑定。」遂從懷中取出一把蓍草灑在桌上，緩緩撥算，道：「這一卦坎上震下，是『水雷屯』，卦象是『雷雨之動滿盈，天造草昧』……」抬頭觀望天空許久，對李嗣源微笑道：「此次聯軍乃是天賜良機，我軍合作之誠，蒼天可鑑，再過一刻，老天必會降下雷雨，作為證明，還請將軍命人搭起雨棚。」

眾人見此刻日正當中、麗陽高照，怎麼也不相信一刻之後會轉作驚天雷雨，見孫鶴這般裝模作樣，都暗暗好笑。

過了一刻，江面忽然刮起陣陣狂風，東方大片濃雲飄了過來，烏沉沉地佈滿天空，接著便落下細細雨粉，眾軍心中驚疑，連忙搭起雨棚，再過一會兒，竟然天雷隆隆、閃電炸響，四周一片雨淒霧濛，令人宛如置身迷夢之中，說不出的詭奇。

眾軍不禁對孫鶴感到敬懼：「真是見鬼了！此人當真是活神仙！」

李嗣源也心生動搖：「此人若真能預測天時、卜算未知，那真是一夫可敵萬軍，難怪劉仁恭敢生出叛心。」

「哈哈！好一個『水雷屯』卦！」艙門後傳來少年笑聲：「好一個『雷雨之動滿盈』！」

孫鶴心想滿船武夫皆無學識，不可能有人懂卦，少年應是故意學話搗亂，冷斥道：「小子是誰？將軍談話，你也敢喧鬧！」

那雜役小兵奔過去附在李嗣源耳邊低聲報告，李嗣源道：「讓他過來。」

小兵便差人將門內的馮道連人帶椅搬了出來。馮道順勢塞了一張圖紙給小兵，低聲吩咐：

「交給將軍。」小兵將馮道安放在桌邊，又將圖紙交給李嗣源。李嗣源見紙上畫了六道橫線，有的斷、有的連，並不明白是什麼意思。

馮道說道：「卦象常有含意，孫先生可解釋『水雷屯』之意麼？」

孫鶴冷笑道：「我自然可以解釋，但有人聽得懂麼？」

馮道微笑道：「這有何難？我一個十多歲的孩子都看得懂！」指著桌上蓍草道：「震卦代表雷，坎卦代表水，這卦象因此稱為『水雷屯』。」

孫鶴見馮道真懂得一點卦象，便接口道：「『雷』表示春雷一聲，驚醒萬物，而『屯』則是大地萬物萌生時，雖然充滿艱難，只要順時應運，必會欣欣向榮。也就是說我們這一次聯兵，看似艱難險阻，只要順時應運，必會成功。」

馮道拱手道：「在下不才，對這卦象也有一解。」指著外面驚天雷雨，道：「震為雷、坎為水，天空因此成了雷雨交加之象，可見這聯兵之事是風雨飄搖、險象叢生！」

這一比喻，眾人都覺得有理，李嗣源和安重誨不禁互望一眼，暗暗點頭，孫鶴想不到事情會壞在一個少年手上，怒道：「你胡說什麼？」

馮道搖手道：「吔，在下還未說完，先生別急！這險象環生說的是你們盧龍軍，可不是河東軍。」

劉守光聞言，臉色不禁一變，望向孫鶴，意思是：「此話當真？」

孫鶴正要答辯，馮道已搶答道：「你們盧龍軍才剛站穩腳步，便主動提議聯軍，正是春雷一聲驚萬物，但雷聲再大，頂多嚇唬嚇唬人，並不會造成什麼大損害，大而短暫的雷聲，正表示盧龍軍的力量還很幼嫩。」

他指著波濤滾滾的江河，又道：「河東軍是坎卦，如今好像水往下流，漸漸衰落，盧龍軍因此想趁機崛起，但別忘了，水勢宏大，可以翻覆大船、沖走巨石，甚至氾濫成災，你們盧龍軍應該耐心囤積力量——」輕輕搖頭一嘆：「這麼快曝露陰謀，實非好事！」

孫鶴臉色微變，道：「小子休要胡說，我們誠心來談聯軍，有什麼陰謀？」

馮道微笑道：「不如我也送你一卦。」口中喃喃自語，胡唸了一串，向李嗣源使個眼色，道：「請將軍執卦。」

李嗣源恍然明白紙上的圖案是一個卦象，便依著指示，手中運勁，將桌上木筷折斷，擲了一個坎上艮下的「水山蹇卦」。

馮道佯裝吃驚道：「唉呀！水山蹇卦！卦辭應是：『利西南．不利東北．其道窮也．利見大人．往有功也．當位貞吉．以正邦也．』」笑嘻嘻地望著孫鶴，道：「倘若孫先生不懂這意思，我就給您解釋解釋，魏州在東北方，諸事不利，相反的，長安在西南方，正是大吉大利，這意味著——」語聲一沉，似笑似威脅：「你們想在魏州設計陷害河東軍，只是徒勞自傷，好好合作長安一事，扶持正邦，才能立下功業！」

他一心想回報李嗣源的救命大恩，不願橫沖都軍受騙損傷，便將自己在河邊聽到的祕密以卦象喻示揭露出來，卻不知這番話震撼了船上所有人，不只孫鶴、劉守光臉色劇變，就連李嗣源、安重誨也目露利光，臉色陰晴不定。

孫鶴心中驚懼交加：「小子是誰，怎會知道我們在魏州設下陰謀？」

李嗣源、安重誨心中卻想：「他怎知道我們前往長安，是要扶持正邦？」

劉守光更是害怕：「李嗣源、安重誨皆是武功高手，他們若是信了小子，要殺我們，該如何是好？」

孫鶴欲挽回頹勢，慌急間卻想不出方法，只氣得渾身顫抖，斥道：「小子胡說八道！你說我們要在魏州陷害河東軍，有何證據？」

馮道微笑道：「易卦本是根據天地萬象而來，孫先生能測得天時，我卻能測得人謀，不知魏州之戰，誰更厲害些？」

孫鶴臉色倏地刷白，驚問道：「難道你也看過那本書？」又不斷搖頭、喃喃自語：「不可能！不可能！普天之下只有一本，他怎可能看過？」轉對眾人大聲道：「滿口胡言！你們千萬別相信！」

李嗣源見孫鶴慌急的模樣，知道少年所言不假，此次魏州聯軍必有陰謀，臉色一沉，目露殺光。

孫鶴急想脫身，道：「小子胡說八道，難道我們也跟著一起瘋顛嚒？將軍既然見疑，聯兵一事就此作罷！」便拱手告辭。

劉守光再不識相，也知道情況不妙，趕緊要起身，李嗣源大掌卻已按住他肩頭，沉聲道：「既然孫先生堅持魏州聯軍一事必勝，蒼天也以風雨作證，那就畫個押吧！」

劉守光被他輕描淡寫地一按，全身已動彈不得，只嚇得面無血色，顫聲道：「是！是！將軍……怎麼說，我就怎麼押……」

李嗣源吩咐馮道：「小兄弟麻煩你寫幾個字：『魏州之戰，劉仁恭派五萬軍兵相助，與河東軍聯合對付汴梁軍，若違此誓，當歸還幽州。』」

「是！」馮道拿過紙筆，快速揮灑，寫得既飄逸又大氣。劉守光哭喪著臉地畫了押，李嗣源斥道：「今日暫且饒你們一命，滾！」

安重誨低聲道：「就這樣放他們走？」

李嗣源道：「長安之事重要，此刻不宜結怨，徒增紛擾。」

孫鶴臨走前，忍不住回首瞥了馮道一眼，見他臉色蒼白、身骨瘦弱，並不像絕世高人，實在想不透自己怎會栽在這少年手裡，不禁搖頭嘆氣：「此子當真稀奇。」

其實馮道心中也甚驚奇：「就算《易經》寫了許多卦象，這老頭如何能將天降雷雨的時刻算得如此精準？」

眾軍兵見孫鶴攙著劉守光落荒而逃，都哈哈大笑：「這軍師也沒什麼了不起，江湖騙子罷了！」

卻不知孫鶴如此失態，不僅僅是魏州陰謀被一個陌生少年揭破而已，更因這少年無意間戳中他心底最大的祕密，令他深深感覺到少年絕不是憑空而降，兩人如此相遇，必有某種機緣，自己似乎註定是輸的一方，一種被少年取代的恐懼湧上心頭，才令他失魂落魄。

此刻的馮道全然不知孫鶴心中的恐懼，更想不到那祕密竟會牽動自己一生，甚至是影響了五代十國的消長！

孫鶴、劉守光回到小艇上，見李嗣源的大船開走，終於鬆了一口氣，頹然坐倒。

劉守光拍著胸口喘氣道：「這趟真是有驚無險！任憑臭小子說得天花亂墜，李嗣源還是上了當，答應聯軍！」

孫鶴道：「李克用和朱全忠雙雄相爭已久，就算我們不煽風點火，這一戰遲早也是會打起來，重點是『時機』，我們必須趕在他們任一方想併吞幽州前，令雙方大打一場，削弱他們的實力。這『時機』才是最關鍵的，可天下有多少人能明白？」幽幽一嘆，嘆息中充滿著先知的驕傲。

劉守光得意笑道：「先生神機妙算，還怕掌握不了最佳時機？如今只等著他們鷸蚌相爭，我們漁翁得利了！」想到方才受辱，又恨聲道：「朱全忠受創、李克用兵敗身死，是最好的結果，再不然李克用兵敗逃回，一怒之下，斬了李嗣源，也可替我出一口惡氣！」

孫鶴沉吟道：「魏州一戰被小子攪了局，再不是那麼容易，河東軍必有防範，咱們得另謀對策。」不知為何，一想起馮道，心中就感到不安，不禁暗嘆：「一個乳臭未乾、奄奄一息的小子，我又何必在意？或許是我多心了！」

劉守光問道：「先生的意思是……」

孫鶴道：「李嗣源明知有詭，還答應聯軍，是因為他知道李克用絕不願放過任何一個殺朱全忠的機會，但河東軍行動必會更加謹慎，不會直進魏州，我再重新算算……」他靜下心仔細卜算，算了一遍又一遍，結果都相同，不由得雙目放光，暗罵自己：「我真是老糊塗了！先前我早已測出魏博一戰，河東軍必敗無疑，我怎會被一個少年攪得糊裡糊塗？」

劉守光見孫鶴又氣又惱，急問：「究竟如何了？」

孫鶴微笑道：「那少年看似聰明伶俐，其實還是太嫩了些，倘若他只暗暗告知李嗣源，我軍自然會大敗，偏偏他愛顯擺，將事情說破開來，咱們正好將計就計。」

劉守光喜道：「如何將計就計？咱們還出兵嚒？」

孫鶴道：「自然要出，而且要出足五萬軍兵！」

劉守光疑道：「如今事機敗露，李克用怎可能上當？」

孫鶴胸有成竹地道：「一定上當！」劉守光不解道：「這是為何？」

孫鶴一旦安定了心神，立刻恢復了謀士之智，緩緩分析：「如今天下大亂，群雄並立，南方雖有淮南楊行密、兩浙海龍王雙雄相爭，但此刻他們還遙遠，毋需論道。單就北方情勢來說，原本是汴梁朱全忠、河東李克用、鳳翔李茂貞三雄鼎立的局面，但如今除了華州韓建還依附著李茂貞，朱全忠已收服承德王鎔、義武王直、荊襄趙匡凝、平盧王師範，如果再併吞盧龍，三分天下將佔其二，李克用再勇猛，也無力回天，所以只要有任何與我們聯軍攻打朱全忠的機會，他都不會輕易放棄。」

劉守光不耐道：「這形勢我難道不明白，還用得著你這老頭囉嗦！但李嗣源已經知道這是陰謀了！」

孫鶴緩緩道：「李克用雖有疑慮，但以他好強的性子，最有的可能的策略是把軍隊先駐紮在較北方的邢、洺兩州，等探準情勢，再決定是否南下，所以，我們先快馬密報朱全忠，教他趁李克用大軍尚未紮穩之前，發動突襲，李克用若真有本事突圍，我們便發急報給他，說我方為表聯軍之誠，已派出五萬軍兵前往救援，卻在魏博遭到朱全忠剿殺，情況危急，李克用心中再恨、再疑，也必定率殘軍前來相會！」

劉守光撫掌哈哈大笑：「等李克用率殘軍一到，我們便用五萬大軍將河東軍一舉殲滅！那臭小子不過出了一時風頭，說到老謀深算，如何與你這老奸鬼相比？」

河東軍船上，馮道癱坐在椅內，無法起身，仍勉強拜首，道：「多謝將軍救命之恩。」

「唰！」安重誨長刀倏地架在馮道頸上，只待李嗣源一聲令下，就要令他身首分離！

「將……軍……」馮道怎麼也想不到有此變化，驚嚇得說不出話，只喉嚨咕嚕一聲：「在下……不知怎麼得罪您……」李嗣源沒有應答，只精光如刃地瞪視著他。

馮道讀書雖多，心思也算機伶，但長年居住鄉下，見識有限，對人心究竟有多險惡，並不十分瞭解，只覺得自己好像砧板上的羔羊，卻不知為何被宰。他微然抬眼，見四周軍兵高頭大馬、凶神惡煞，恍然想起對方是最兇狠的沙陀兵，不禁暗罵自己：「他們殺人不眨眼，就算吃虧上當受騙，和汴梁軍拼得狗咬狗，又關你什麼事？你何必強出頭！」心想再不說話，必死無疑，拼著被安重誨殺頭的危險，勉強呼出一句：「那卦象是假的！」

李嗣源暗思：「那卦象是他教我擲出，自然是假的，但究意有何用意？」

安重誨見李嗣源眼色稍緩、心意動搖，以刀面勁力狠狠壓住馮道頸項，不讓他出聲，道：「無論卦象是真是假，他知道太多事，不能留！」

馮道呼吸困難，一張蒼白的臉脹得醬紫，心中暗罵：「這人恩將仇報，不是好東西！」

李嗣源道：「且聽他有什麼話說。」

安重誨低聲道：「這兩年我們在孫鶴手上吃了太多虧？這少年不知什麼來頭，只憑三言兩語就嚇得孫鶴落荒而逃，這事絕不簡單，留下他，只怕會掀起大風浪！」

李嗣源一揮手，道：「罷了！一個小孩子，動也動不得，還能使什麼壞？」

安重誨微微收了勁力，卻還不甘心收刀。馮道好不容易能出聲，見李嗣源心軟，趕緊可憐兮兮道：「將軍，若不是您出手相救，我早就一命嗚呼，您要取回我性命，我無話可說，但臨死前，我有忠言相告。」

李嗣源以兩指夾住刀背，緩緩提離馮道的頸項，道：「小兄弟，得罪了。」安重誨只得忿忿然收回長刀。馮道慢慢坐起身子，摸摸頸上的傷口，大大呼了一口氣，笑道：「還好！還好！我欠您一條救命大恩，這點小傷我不會在意。」

安重誨冷聲道：「將軍問你話，你一五一十回答，若有一句假話，就不是一點小傷，是掉腦袋了！」

馮道笑道：「副將大人，您不必老是嚇唬我，對救命恩公，我自會實話實說。」

李嗣源問道：「你真能卜算天機麼？」

馮道微笑道：「在下自幼嗜書，讀過一點《易經》，也牢記幾條卦象，並不是什麼相士，既不會卜測術算，也不懂天機奧秘。」

安重誨怒道：「那你為何胡說八道？」

李嗣源皺眉道：「你教我弄一個假卦嚇走孫鶴，為什麼？」

「此事說來話長！」馮道緩緩說道：「原本我好端端坐在家裡讀書，無意中見到朱全忠派人送密函給劉仁恭，說：『此刻大家都專注著長安的動靜，必會疏忽東邊的防範，你們向李克用提議聯兵，先會師魏州，再直搗朱全忠老巢，李克用必會答應。』」

李嗣源和安重誨互望一眼，心中甚是驚詫，都想：「劉仁恭竟敢暗中勾結朱賊！他們究竟耍什麼把戲？」

馮道解釋道：「這事明著是盧龍、河東聯兵攻打汴梁，其實是反過來，朱全忠早已在魏、博兩州設好伏兵，一旦你們到達魏州，劉仁恭就會倒戈相助朱全忠！」他記心甚好，將那夜汴梁軍、盧龍軍的對話原原本本地說出來。

眾軍聞言，不由得大吃一驚，李嗣源沉聲道：「此話當真？」

馮道舉手立誓道：「千真萬確，在下絕不敢欺瞞將軍，也因為這樣，他們想殺我滅口，我才掉入河裡。」他不知神祕樓主是哪一方人馬，便將這一節掩過，免得又無端遭禍：「誰知我一醒來，正好遇見孫鶴前來提聯軍之事，我欽慕將軍氣度不凡、為人俠義，又有救命大恩，怎能見您受騙卻不吭聲？」

李嗣源微然點頭，馮道續道：「我一個陌生孩子說的話，你們不會相信，因此我選了一條易經卦象，暗中請將軍擲出，又說是天機卜測出盧龍軍想在魏州陷害你們。那孫鶴想不到我早就知道祕密，以為我真能未卜先知，自然嚇得落荒而逃！」

李嗣源細想其中險惡，暗暗心驚：「孫鶴透過我去向義父提議聯軍，是想陷害我，一旦劉仁恭倒戈，魏博兵敗，不只我軍損傷慘重，我也必須以死謝罪，若非這孩子帶來消息，嚇退孫鶴那老狐狸，後果真不堪設想！」不禁慶幸自己一念之仁救了他，更對這少年刮目相看，一拍他的肩，讚許道：「小兄弟你好聰明！」

馮道笑道：「是將軍好心救我一命，好心向來有好報！」

李嗣源問道：「小兄弟，你叫什麼名字，哪裡人？」

馮道答道：「我姓馮名道，瀛州人氏。」

安重誨冷哼道：「瀛州是劉仁恭治下，你怎肯戳穿他的詭計？」

馮道卻不理他，只道：「在下還有一想法，不知當不當說？」

李嗣源道：「小兄弟請說。」

馮道說道：「孫鶴原本想透過將軍向晉王呈稟聯軍一事，但魏博陰謀被識穿，這條路已經走不通了，孫鶴定會改變計劃。但如何改變，我便不知了，要請將軍費些思量。」他對於兩軍情況、地形戰略並不瞭解，因此無法猜測孫鶴接下來的計謀。

李嗣源沉思許久，道：「小兄弟說得對！他們定會再派人去說服義父，義父對朱全忠恨之入骨，就算心中存疑，也會落入陷阱，先把大軍駐紮在較北方的邢、洺兩州，等探準情勢再南下，我得趕回去一趟，將中間利害陳明清楚。」

安重誨阻止道：「長安一事若有閃失，晉王必會治您死罪，怎可不去？」

李嗣源見安重誨露了口風，臉色微微一沉，馮道終於明白安重誨為何要殺自己，心想：「長安將有大事發生，換做是別人，一定會殺我滅口，幸好遇見的是他……」立刻舉手立誓：「將軍，我實在不知長安之事，更不會對人透露半句，若有違背，必遭天打雷劈。」

李嗣源見他如此機伶，如何下得了殺手，誠懇道：「小兄弟，我雖救過你，可你今日之舉，是救我河東軍數萬性命，兩者相抵，我仍欠你一條人情。我當你是朋友、是小兄弟，實在不想殺你，但盼小兄弟對此間事務必守口如瓶。」

馮道見李嗣源這樣一個大將軍，對自己推心置腹，心中甚是歡喜，立刻笑嘻嘻地拱手道：「嗣源大哥，蒙您看重，喚我一聲小兄弟，我絕不會背叛兄弟之義。」

李嗣源哈哈一笑：「好！我信你！以後重誨就是二弟，你就是三弟了！」又對安重誨道：「沒有義父就沒有我，天大的事、我的性命都比不上義父重要，就算因此延誤長安之事，被義父治罪，我仍要回去。」

安重誨道：「我知道此事關係重大，其他人回去通報你都不放心，我回去好了！」

原本兩人要一起完成長安之事，如今分路而行，就是分了力量，或許會各自遭遇危難，李嗣源重重一拍他的肩，道：「義父和河東數萬兄弟的性命，全交給你了！」

安重誨但覺兩肩沉重，胸中熱血騰發，握拳道：「沒有晉王就沒有將軍，同樣地，沒有將軍就沒有我安重誨，我必誓死達成任務，絕不讓晉王有半點損傷。」

李嗣源舉酒杯道：「好！這次咱們兄弟雙頭分進，等完成任務，回到河東，再把酒同歡。」又敬馮道：「三弟，你也一起。」

馮道拿起酒杯小啜一口，笑道：「我身子還虛，酒量又不佳，沾口就好，大哥別介意。」安重誨乾盡手中酒水，便整裝準備出發，過了半個時辰，軍船靠岸，安重誨帶了兩名橫沖軍一起登上滑州碼頭，快馬趕赴北方，軍船則繼續西行，前往長安。

馮道從未離開河北小鎮，更未坐船遊江，這一路上休養生息、觀賞風景，倒也開了眼界，幾日之後，船已順利抵達長安運河，李嗣源下船之前，與馮道辭別，贈了一袋金葉子給他，道：「今日大哥有要事在身，不能多加逗留，我們暫且別過，將來你若有意加入我軍，我一定極力向義父推薦。」

馮道笑道：「多謝大哥。」心中卻想：「我身子骨弱，膽子又小，殺人放火的勾當，實在幹不來，參軍一事就免啦！」

（註❶：沙陀是西突厥一支，原名「處月」。李克用父親本名朱邪赤心，因鎮壓龐勛叛軍有功，唐懿宗賜名李國昌，此後子孫皆姓李。當時南人喜歡鵲鳥而厭惡烏鴉，北人則喜歡烏鴉而厭惡鵲鳥，因此烏鴉對沙陀兵來說，是吉祥的象徵。）

（註❷：李存勖即李存勗。）

一八九八・三　少年別有贈・含笑看吳鈎

馮道下了船，已近黃昏，碼頭大多數船隻都準備歇息，需等到明日中午，才有航班駛向河北。馮道心想難得來到大城，不如先找個客棧安歇，隨意逛逛，明日再乘船回去，又想：「世道混亂，我身懷千金，需準備一些東西防身。」便到附近店鋪買了一把彈弓，三支小煙花砲，又到藥草店買了曼陀羅、川烏、天仙子、雄黃，他將這些藥材捲製成一支支小型的毒煙草，收在懷裡，正打算回客棧歇息，忽見人群中有一道熟悉背影閃過：「是那個神祕樓主！他來這裡做什麼？當日他沒瞧清楚我是誰，就狠下殺手，可見此人並非善類，張姑娘和寒依妹妹落入他手裡，只怕要遭殃，我得設法救她們出來。」他實在害怕這人，卻又擔憂二女情況，心想：「我現在若不追蹤，就會永遠失去她們的消息。」只得鼓起勇氣跟上。

神祕人走了一段路，快步登上一座酒館的二樓用膳，馮道不敢跟上去，便拿了銀兩向一名馬夫買了他的斗笠和馬車，扮做鄉下車夫，等候在酒樓下方，直到神祕人用膳完畢，下樓離去，馮道也假裝趕車，跟他走在同一條道上。

這城鎮車水馬龍、熙來攘往，神祕人並未起疑，只一路向郊外行去。馮道見行人漸漸稀少，越走越忐忑：「再跟下去，肯定被發現。」當時他買了馬車，就是準備情況不妙時，立刻乘馬逃走，相信神祕人輕功再高，也快不過馬兒。

正當他反覆思量對策時，已到了荒蕪野地，四周叢林幽深、長草漫漫，不見半點人煙，神祕人忽然停下，身影一轉，面對戴著斗笠的馮道。

馮道吃了一驚，連忙低了頭，讓斗笠遮住全部面容，掌心暗藏一枝毒煙草，雙手緊握韁繩，想力持鎮定地趕馬通過，卻被對方的形貌嚇得險些驚呼出聲，只見這神祕人身材高瘦、一身青袍，面皮緊緻到沒有半絲紋路，還微微泛著銀光，臉上也沒有半點喜怒之色，明明是活人，卻有如銀面殭屍！

神祕人長袖微動，眼看就要灑出暗器，馮道見過汴梁軍的淒慘死狀，倒抽一口涼氣：「我要被射成麻臉死屍了！」急忙一扯韁繩，想掉轉馬頭，卻已來不及。

神祕人精光一湛，似聽見什麼動靜，旋即收了手中暗器，如一陣風般飛撲向馮道，探手往他背心一抓，急沒入樹叢裡，動作之快宛如鬼影。馮道只覺得全身被一股無形巨力圈制住，無法動彈，不禁嚇得緊緊閉眼。

神祕人卻沒有下殺手，只雙目炯炯盯著前方黑暗處，一副如臨大敵的姿態。馮道恍然明白：「前方有敵人來了，他不想打草驚蛇，才抓了我躲進樹叢裡，哼！想不到活殭屍也有害怕的人物！」他知道神祕人心狠手辣，既落入魔掌，必難逃死劫，卻實在想不出法子脫身，只好安慰自己：「子夏說：『死生有命，富貴在天』，今日我有幸觀賞兩大高手決戰，就算真丟了小命，也賺飽眼福，老天待我不薄了！」

「躂躂躂……」遠處傳來陣陣馬蹄聲，在這月黑風高的荒山野林裡，顯得特別詭異。一輛覆蓋黑袍斗篷的馬車緩緩馳近，馬兒昂首長腿、毛色黑亮，乃是難得的珍品，那斗篷則是繡工精細、價值不菲的黑絲絨，駕車的馬夫卻一身破舊、頭戴斗笠，與華貴的馬車實在不相符。

神祕人挾著馮道躲在暗處，隨著馬車越駛越近，圈住馮道的氣場不由得愈加沉重。馮道被箍得全身都疼痛起來，連呼吸也變得極為細緩，暗思：「難道他想偷襲這輛馬車？」

「你到了！」一道雄渾聲音宛如悶雷般乍然響起，震破了緊繃的氣氛。

馮道正驚疑是誰在說話，卻見夜空中冉冉落下一道紅衫身影，此人英眉飛揚，雙目精炯如火，兩鬢點點霜白，面容微泛紅光，雄偉的身軀散發著絕世高手的氣焰，有如火神般昂立在馬車前方，以傲視寰宇的姿態擋住去路。

馮道雖不諳武功，也感到沉重的壓力：「這紅衣人十分厲害，難怪活殭屍會如此緊張，倘若他能把活殭屍打暈，我便有機會逃走了。」

馬車馳近，緩緩停步，馬車夫輕盈躍下，揭開斗笠，隨手一拋，笑道：「李兄，等得久了？」那渾圓的身材配上笑呵呵的圓臉，活像個笑彌陀。

紅衣人神態高傲，並無半點笑意，只沉聲問道：「一路上沒出事吧？」

馬車夫也不以為意，依然笑呵呵：「還好還好！我派了數隊軍兵分別護送十幾輛假車走在大道上，以混淆視聽，朱賊一定想不到這荒山小徑才是真主兒。」

馮道愕然想道：「一個窮車夫竟能指派數隊軍兵？看來他是身藏不露的高手，為了護送馬車裡的寶物，才故意裝扮粗野，以避人耳目。活殭屍卻知道真寶在這兒，所以趕來奪取，他以一敵二，能有勝算麼？」

「韓兄，你扮得可真像，一路上肯定被不長眼的賊兵找碴了吧！」遠方又傳來朗朗之聲。

馬車夫笑道：「幸好銀兩、拳頭這兩樣好東西，總能擺平世上大多數的麻煩事！」

眨眼間，說話之人已來到跟前，馮道見他相貌雄奇、眉目清舒，頭戴軟腳樸方帽，身穿圓領袍衫，一派書卷氣，衣飾繡工精緻無倫，懸珮掛飾美侖美奐，搭配得十分講究，一看便知出身高門大戶，一樣是文士，自己這種貧苦書生與他相比，可是天壤之別。

馬車夫拱手笑道：「趙兄遠從襄陽趕來相助，拳拳之意，韓某感激感激！」

錦衣書生卻不苟言笑：「咱們之間有什麼情義可言？當初說好了，只要大家齊力護送馬車回宮，便有豐富報酬，趙某只為這報酬而來。」

「廢話不說了！」紅衣人取下掛在背後的長卷軸，對準兩棵大樹中間撒去，「唰！」一聲，卷軸張開，成了一幅大地圖，同時間他袖裡射出四道紅光，卻是四支赤色羽翎將圖面四角釘在樹幹上。

錦衣書生問道：「李兄，這是什麼意思？」

紅衣人微笑道：「諸位守約前來，我自當履行承諾，想出一個利益均霑的好法子！」

馬車夫好奇道：「什麼法子？」

紅衣人虎目一亮，道：「很簡單！只要重新劃分疆界就行了。」

「夠簡單！」錦衣書生似笑非笑地問道：「但不知李兄想怎麼劃分？」

「那就更簡單了！」紅衣人袖中再射出兩道紅光，瞬間在地圖上畫了淺淺的「十」字，將整張地圖均分成四等份，又道：「只要將朱賊旗下土地平分，定約百年，不就一清二楚，再沒有紛爭了嚒？」

馮道仔細瞧去，才發現那竟是一張汴梁地圖，心中暗驚：「這些人……一個馬車夫、一個錦衣書生，還有一個紅衣火神，談笑間就想分了朱全忠的領地，他們究竟是何方神聖？」

錦衣書生面容一沉，不以為然道：「這土地看似分得平均，其實有豐瘠之分、安危之別，高山流水也不盡相同，可謂各有好壞。這次合作大夥都出了力，究竟要怎麼分配才算公平？」

紅衣人道：「咱們同時出手，看誰射中哪一塊土地，便得哪一塊，此後立下百年之約，彼此相安無戰事，只全力攻打汴梁，若有違背盟誓者，其他人便可聯手滅之。」

馮道滿心疑惑：「他們是射飛鏢玩遊戲嚒？看樣子又實在不像。這裡只有三人，土地卻分成四份，還有一份是留給誰？」

馬車夫和錦衣書生互望一眼，心知這是武藝較量，射出自己武器的瞬間，也要設法影響對方武器的準度。

馬車夫暗暗盤算，三人之間，以紅衣人武功最高，若自己去搶最肥美的土地，必遭他阻擾，不如搶次好的。錦衣書生卻想：「他二人早已勾結，我怎麼出手也比不過，貿然爭搶，只會得到最差的土地……」道：「李賢侄還未到，聽聽他的意見吧。」

馬車夫笑道：「他若是路上遭禍了，不赴約了，難道也要等個天荒地老嚒？咱們先分定了，留最後一塊土地給他，就當做懲罰他遲到。」

紅衣人道：「我數到三就一齊出手，各憑本事，願賭無悔。」

馮道不禁氣憤：「大唐土地豈容你們這般胡鬧戲耍？」更覺得感傷：「如今國土四分五裂，連皇上都無可奈何了，我一個手無縛雞之力的書生又能如何？」

「咳咳咳……」馬車裡忽然傳出急促的咳嗽聲，咳得似喘不過氣，到後來，竟似透著一股無法喘息的絕望。

馮道想不到馬車裡並不是寶物，而是一個病患，暗思：「這人病得不輕。」

馬車夫嘲笑道：「咱們這麼四分天下，有人不同意了！」三人一陣哈哈大笑。

紅衣人走到馬車旁，態度有幾分謙卑，又有幾分得意：「天下大事就交由我們幾人處理，您千萬保重，毋需再勞神傷身了。」

馬車裡的人想忍住不咳，卻反而喘不過氣，又急急抽吸，那又吸又咳的聲音竟似在抽泣。

紅衣人微一皺眉，道：「只要您肯說出『安天下』之祕，天下就能早日太平，您又何必這般折磨自己？」

車裡的人終於慢慢止了咳，虛弱道：「自古以來，仁德之政即是『安天下』之術，世人無不知曉，連三歲稚童也能明白，岐王卻始終想不透，豈不是天大笑話了？」

「岐王？」馮道大吃一驚，終於明白活殭屍為何全神警戒，不敢稍有大意，因為眼前的紅衣火神竟是當世三大節度使之一的鳳翔李茂貞！

李茂貞原名宋文通，是正規唐軍出身，曾打敗黃巢亂黨，保護唐僖宗對抗李昌符、李克用等藩鎮，被唐僖宗提拔為鳳翔、隴右節度使，賜名李茂貞，字正臣，希望他是正貞之臣，但李茂貞依然虧負其名，在李曄繼承帝位後，他曾相助剷除宦官首領楊復恭，等鳳翔軍勢力漸大，便時常威逼皇帝。

四年多前，李曄不堪受辱，派兵討伐李茂貞，卻落得慘敗，因鳳翔位於長安西側，李茂貞一下子就率兵殺進皇城，李曄被逼得狼狽出逃，本欲投靠李克用，途中卻被李茂貞的盟友、華州節度使韓建給抓住，囚禁於華州。

李克用得到消息，曾想領兵勤王，遂徵調劉仁恭的軍兵，豈料劉仁恭非但百般推拖，還仗著孫鶴的計策，在安塞大敗李克用五萬大軍，從此擺脫控制，經此一役，原本最強大的河東軍再度受挫，已無力救主。

李曄被囚華州，眼見無援兵來救，為穩住大局，不得不殺宰相杜讓能，又賜李茂貞為岐王，這才使李茂貞息怒，退出長安。

此後李茂貞、李克用雙雄爭鬥不止，直到朱全忠漸漸坐大，北方天下已佔過半，雙李這才發現情況不妙，局面已近失控，轉而聯手對抗朱全忠。

馮道心想另外兩人能與李茂貞稱兄道弟、平分土地，絕非等閒之輩：「那胖車夫姓韓，應是華州節度使韓建，而錦衣書生姓趙，來自襄陽，莫非是荊襄節度使趙匡凝？那麼……馬車裡是誰，竟勞動三人大駕護送？」一瞥身邊的神祕人，想道：「這銀面殭屍又是誰？難道也是名動天下的人物？」他感到自己正捲進一件難以想像的祕事裡，既無法預測事情的發展，也無法逃脫。

紅衣人朗聲道：「我李茂貞對天立誓，只要我能得知『安天下』之祕，必一心扶持君王，掃蕩群寇，安定天下四方。」

「那祕密……」車裡的人聲音微微一沉：「我早已告訴過你了！」

此話一出，趙匡凝和韓建臉色驟變，目光如劍地望向李茂貞。

李茂貞知道對方故意挑撥，要令兩位盟友生疑，濃眉一揚，肅容道：「倘若我得知祕密，早已橫掃天下，又何需與你們結盟，才能抗衡朱賊？」

趙匡凝和韓建臉色稍緩，口裡雖道：「這話也是不錯！」心中卻仍有一絲懷疑。

李茂貞憤慨喊道：「我李茂貞一腔忠君愛國之心，卻無人相信，可嘆啊！」

車裡的人哈哈大笑，笑聲充滿嘲諷：「『不貪不暴、仁德愛民』就能安天下，說了你們也不相信，就算相信也做不到，又何必問呢？」

李茂貞再按捺不住，怒道：「您堅稱施行仁政就是傳說中的『安天下』之術，如果真是這麼簡單，大唐為何會四分五裂？」

「簡單？」車裡的人冷笑一聲：「你們為了一己私利，屢屢掀起戰禍，置黎民於水火，又有誰真正心懷仁德，有資格安治天下？」

李茂貞冷哼道：「自玄宗時期，宮裡便有安天下之祕的傳言，此事總不會空穴來風！」

車裡的人想起自玄宗之後，皇室空有這安天下之祕，大唐國勢仍由盛而衰，不可挽救，忍不住心中感傷，再度輕咳起來，咳了一陣，好容易才停下，長長一聲悲嘆：「倘若這世上真有『安天下』之祕，大唐又怎會弄致於斯！」

眾人聽到這聲悲嘆，不再爭辯，都安靜下來。忽然間，李茂貞指尖一揚，對準樹叢裡馮道和神祕人所在的位置疾射出一支赤色羽翎，道：「有人！」

「有人？」韓建和趙匡凝心中一驚，立刻掣出兵器，一個閃電移身，分站在馬車兩邊，凝神戒備。

神祕人見行藏敗露，反應極快，抓起馮道大力拋出。「啊！」馮道身不由己地直飛出去，眼看一道紅光如利箭般迎面射來，嚇得驚聲大叫，雙臂環抱遮住頭頸，以免被射中要害，心中恍然明白：「活殭屍不殺我，是為了預防被這群高手發現時，把我當餌擲出，引開注意，他就能盡快逃跑！這活殭屍真不是東西！」

「唰！」赤翎幾乎貼著馮道手臂擦掠而過，雖未直接刺中，強大的氣勁已將他推得橫飛出去，在地上滾了幾滾，令他皮肉灼似火燒，臂骨幾乎斷裂，直痛得頭昏眼花，無法起身。

韓建身形一閃，已將他拎起，丟回馬車前，道：「是個小子！」

李茂貞冷聲道：「小子礙事，殺了就是！」

韓建二話不說，手臂一揚，便揮刀斬落，馮道連閃躲都來不及，只心中驚呼：「今日死矣！」

「嗤！」空中一道身影挾著磅礴氣勁截殺而至，銀尖擋住韓建長刀，極準又極快！

韓建感到手中長刀似砍中一道精鋼，寸進不得，反而被震得往後連翻兩個觔斗，才消去力道。

來人手持長槍，以一夫當關的姿態擋護在馮道前方。馮道認出是剛分手不久的李嗣源，大喜喊道：「嗣源大哥！」

李嗣源見馮道還是捲進這件長安之祕，不由得微然皺眉，並無半分重逢喜色。馮道頓覺情況不妙，李嗣源若不下殺手，已是萬幸，更別說要保住自己，心中不由得一涼。

韓建怒道：「你做什麼？」李嗣源拱手道：「他是我小兄弟，請各位給個面子。」

韓建道：「這小子方才鬼鬼祟祟地躲在一旁，已聽去不少祕密，非殺不可。」

李嗣源道：「他身無半點武功，如何能在各位耳下潛伏許久，偷聽祕密？應是剛剛才誤闖進來。」

李茂貞冷聲道：「他方才飛身進來，那力道可不像沒有武功。」

馮道急忙解釋：「各位大爺，我確實沒有武功，方才我來林子裡採草藥，卻遇上一隻野獸，牠可能肚子餓得狠了，一見到我便猛力撲撞過來，我這才飛身半空，跌落這兒。」

韓建哼道：「什麼野獸能在咱們耳朵底下跳竄，卻不發半點聲音，不現半個影兒？」

馮道指著方才藏身的樹叢，道：「那惡獸一臉銀面皮，目光像狼、身子像狗、行動似豹，走路輕盈無聲，力道卻很大，又擅長躲在樹林裡，我原本也沒注意，等牠悄無聲息地靠近了，我才發現，一發現就被撞飛了。」

韓建斥道：「滿口胡說八道！」馮道大聲爭辯：「我沒有胡說！」

韓建冷笑道：「小子，無論你說的是真是假，我只相信死人才不會洩露祕密！」

李嗣源冷聲道：「無論他說的是真是假，我都不會讓你碰他一根寒毛。」

李茂貞道：「賢侄，我邀請諸位前來，實有誠意解決問題，何必為了一個無關緊要的小子傷和氣？」一指樹上的汴梁地圖，道：「方才大家都已經談定，只要齊力辦成事情，那東西便各得一份。」

一方關係到河東軍的龐大利益，甚至是未來的生死存亡、長遠發展，另一方卻是曾出言救過河東軍的小兄弟，李嗣源不禁陷入萬分掙扎：「我就算拼盡全力，也保不下三弟，又何必毀約背盟，令河東軍陷入孤立？」單是一個李茂貞，自己已不是對手，更何況還有韓建、趙匡凝在旁虎視眈眈。

他知道不該為了一個無足輕重的小子破壞大事，卻實在不願馮道喪命，不由得暗罵自己：「這事情優勝劣敗明白得很，我竟然婆婆媽媽，做不下決定？」他心中一直仰慕聖賢之道，卻因不識漢字，不能懂得更多道理，而深覺遺憾，因此他對馮道不只是感念之心、兄弟之義，更有一份愛才惜才、對讀書人的欽仰敬重。

這兩年河東軍屢屢受挫於孫鶴的計倆，他便知道要永久勝戰，絕不能只倚靠武功，當他親眼見識到馮道只憑三言兩語，就逼得盧龍頭號謀士落荒而逃，心中更有一種感覺，真正能一人敵萬軍的謀士不是孫鶴，而是這位奇才少年。

沙陀軍一向勇猛無敵，遠勝其他藩鎮，偏偏缺少智囊軍師、治國大才，因此常被盟友背叛，領土屢得屢失，他相信馮道的出現，將為這個困境帶來一線轉機！

看著眼前這些「交情短暫、時時背叛」的盟友，李嗣源頓時做下大膽的決定：以自己一條命換取馮道對河東軍的效忠之心！

他長槍一橫，朗聲道：「違背兄弟之義，豈是大丈夫所為？」

李茂貞見他沒有退讓之意，怒火勃升，道：「此事非同小可，賢侄執意如此，我們也只好奉陪，就看你有沒本事保住這小子了。」

李嗣源道：「倘若我僥倖勝個一招半式，就請各位高抬貴手，放小兄弟一條生路，我若是輸了，只是我自己技不如人，並不影響雙方盟約。」

李茂貞朗聲道：「好！今日我就替克用兄鑑定看看你的『烏影寒鴉槍』練至幾分火候？」袖中各伸出一支通體紅潤、如血如玉的七尺長刺，刺身上伏滿片片紅色赤翎。

他緩緩揚起雙袖，將內功猛力貫入雙刺，赤翎唰地開展成紅豔羽翼，囂張得就像是衝出地獄的炎炎火焰，火紅身影加上華麗雙翼，令他瞬間化身成一隻浴火鳳凰。

李嗣源心中一凜：「這就是天下排名第一的武器——『鳳翼』？」面對如此強敵，他絲毫不敢大意，立刻將全身意勁貫入雙臂，寒鴉槍頓時黑至發亮，槍柄、槍身、槍尖充滿破山穿石的力道，宛如奔騰欲飛的墨龍。

他沉靜的面容瞬間精光湛射，再不像是謙厚之士，而是傳說中的橫沖戰神凜凜現身，手中長槍一橫，道：「今日嗣源有機會見識到『鳳翔九天』的神威，也是人生幸事，還請岐王指點兩下了。」

兩大高手強勢對峙之際，韓建也掣出兵刃，一步步逼近馮道，趙匡凝則守護在馬車旁，以防車裡的人有任何閃失。

「你們連一個孩子也不放過，還談什麼『安天下』？」馬車裡的人嘲諷後，又劇咳起來，越咳越急，似乎不能呼吸，馮道忍不住喊道：「他氣哽住，再不施救，就要死了！」

車裡的人喘咳道：「讓他……咳咳……讓他來服侍我……咳咳……」

眾高手互望一眼，都緩緩收了武器，韓建問馮道：「小子，你知道怎麼施救？」

馮道其實並不懂醫術，僅在醫書裡見過一些止咳順氣的方法，於此情況，也只能硬著頭皮道：「是。」

韓建大掌忽然一探，使勁捏了他肩骨，馮道痛得大叫：「你做什麼……」韓建又鬆了手，冷冷道：「確實沒武功，去吧！別想搗鬼，若救不活人，你也活不了！」

馮道快步走近馬車，暗想：「這些節度使盡是權霸天下的人物，天不怕、地不怕的，卻對這病人有幾分尊敬，更擔心他受到損傷，此人肯定來頭不小，說不定我可挾持他離開……」

他掀開車簾，只見病人年過三十，生得俊俏清秀，一身錦繡華麗的赭黃衣袍，散發著曄兮如華、溫乎如瑩的氣質，一望便知出身名門，但與趙匡凝的世家書卷氣又不相同。他臉色十分蒼白，似長年不見日光，兩瞳凹陷，眉宇間一股濃得化不開的抑鬱，彷彿全天下的重擔都壓在他頂上了，即使落魄至任這些節度使擺佈，但與生俱來的尊貴、有志難伸的倔傲，都令他顯出一股不容侵犯的氣度。

馮道掀開半幅的車簾，將它垂掛在門邊的鈎子上，道：「這樣才透氣些。」又揖手行禮：「公子爺，我為您拍拍胸背，好順氣解鬱。」

那人咳得說不出話來，只點點頭，馮道便登上馬車，坐到他身旁，根據醫書記載，依樣畫葫蘆地為他揉拍胸口氣穴。

那人見馮道雖然面容樸實黝黑，但神光聰慧、心地善良，暗思：「我此去宮城，生死未卜，或許再沒有機會將那『安天下』之祕傳承下去……眼前這少年是唯一的人選，我只好託他將訊息帶出去了。」

馮道揉拍一陣，問道：「這樣好些了嚒？」

車裡的人咳嗽稍歇，道：「好多了！小兄弟，你讀書識字嚒？」

不知為何，這人明明弱不禁風，比起李茂貞等人都和善可親，也無威脅性，卻有一股凜然之威，令馮道一面對他，自然而然不再胡說八道，只老老實實、有問必答：「我從小最愛讀書。」

那人又問：「你都讀什麼書？《兔園冊》嚒？」❶

馮道答道：「《兔園冊》是三歲讀的，現在我最喜歡老子的《道德經》。」

那人想不到他一個鄉下小子竟然讀《道德經》，便提高聲音問道：「你會背書嚒？」似乎想讓其他人聽見對話，另一手卻悄悄伸進懷裡，拿了一塊玉珮交到馮道手裡，又以指尖在他掌心寫字。

馮道心中一凜：「這是什麼？」為免眾高手起疑，便大聲道：「我背《道德經》給您聽：『道可道，非常道；名可名，非常名……』」不停口地一路背下去。

那人見他聰明伶俐，眼中流露十分欣慰之意，一字字寫下：「天龍山、九號窟、明月夜、酉時刻、安天下、承大業。」

馮道心中思索：「安天下、承大業……難道這就是李茂貞他們亟想知道的『安天下』之祕？無論他們怎麼逼迫，這人都不肯吐密，可他竟然告訴我這個陌生小子？」不禁抬頭深望對方一眼，那人向他點頭示意。

馮道又想：「他教我將玉珮拿去天龍山的石窟屋，天龍山就位於河東境內，可他卻不願意交給嗣源大哥？這信息一定萬分重要，我絕不能有負所託，得想法子盡快逃走，一旦我離開，嗣源大哥也沒有顧忌了！」

他望了馬車外的情景，暗暗籌思對策：「這幫人都是武功高手，我只要有個妄動，任何一個人的一根小手指頭都能輕易捏碎我，我要逃出去，得先分散他們才行。」

馮道一邊為貴客拍胸舒氣，一邊大聲背書，趙匡凝也嗜書如命，家中藏書數千卷，一聽這鄉下小子竟然讀書，忍不住插口道：「小子，你懂《道德經》？」

馮道笑問：「大爺，原來您也知道《道德經》？」

亂世之中，許多豪雄皆出自草莽，斗大的字也不識幾個，趙匡凝卻是出身世家，武功雖不是最高，心底卻有一股文人傲氣，對韓建、李嗣源這些不識字的強豪，暗暗瞧不起，此刻聽馮道問起，驕傲答道：「我自然懂得。」

馮道見趙匡凝神情得意，便故意投其所好：「大爺，我讀《道德經》時，有幾處不明白，卻無人可問，倘若這一回我能保住小命，將來一定要向您多多請教。」

趙匡凝立刻擺出一副倚老賣老的姿態，道：「你今日活不活得了，我不知道，你有什麼不明白，現在就問出來好了！」

馮道心想：「看來這姓趙的沒那麼想殺我。」他畢竟年輕氣盛，想到眾人無故要殺自己，便心生調皮，想藉機捉弄他們，歡喜道：「太好了！多謝大爺賜教！這《道德經．四有章第十八》裡有一句：『國家昏亂有忠臣』是什麼意思？」

趙匡凝與韓建這幫粗漢周旋時，總覺得秀才遇到兵，一聽馮道誠心請教，登時如遇知音，樂得賣弄學問：「天下太平時，政治清明，人人各安其所，都是忠臣，一旦國家紛亂，奸臣賣國逼主，忠臣則盡忠報國，誰奸誰忠，只有等到這時候，才真正顯示出來！」

馮道微笑道：「太宗曾經稱讚忠臣蕭瑀：『疾風知勁草，板蕩識誠臣』，是不是這意思？」趙匡凝點頭道：「正是！」

馮道又問：「所以忠臣會留下千古芳名，而逼主奸臣就會遺臭萬年，是也不是？」

趙匡凝心中咯登一聲，不知如何應答，其他節度使聽在耳裡，想到自己逼迫君王、割地分國的奸臣行徑，不由得生出一絲尷尬，但為免洩露身分，只好強忍怒火，待聽到「遺臭萬年」四字，心中更不是滋味，齊齊瞥開目光，假裝聽不見。

車裡貴客見眾節度使臉色難看，不由得好笑：「這幫傢伙個個殺人不眨眼，被這少年譏刺一頓，竟是半點也發作不得。」

趙匡凝心中也自尷尬，正想阻止馮道再提問，馮道卻搶先說道：「如今國家紛亂，我聽說所有的藩鎮都欺侮皇帝，收了百姓的稅銀，並不上繳朝廷，只用來擴充自己的軍備，唯有襄陽仍貢賦不絕，這荊襄節度使就是『國家昏亂有忠臣』裡的大大忠臣了，一定會千古流芳！大爺，您說是不是？」

荊襄節度使正是趙匡凝，馮道假裝不知眾人身分，拐了彎稱讚他，只逗得趙匡凝樂陶陶、暈呼呼：「不錯！不錯！你這小子真會舉一反三！」

韓建見趙匡凝平時總端著一張臉，宛如欠他八百萬兩、頑固不化的老學士，想不到馮道三言兩語就令他樂不可支，但覺不妥，斥道：「你專心治病，別再胡說八道！」

馮道一臉疑惑地問韓建：「我說荊襄節度使是好人，您卻斥我胡說八道，難道您覺得他是惡人麼？」

趙匡凝冷冷瞪著韓建，瞧他如何答話，韓建不能洩露彼此身分，冷笑道：「小子，那荊襄節度使一邊向朝廷納貢，一邊投靠朱全忠，算什麼忠臣？是牆頭草！」

趙匡凝聞言，登時橫眉怒目，偏偏不能洩露身分，一口氣只能往肚裡吞，馮道卻道：「朱全忠軍力強大，許多人投靠他，是懼於其威，情非得已。但當今聖上仁慈，荊襄節度使卻願意納貢，足見他是感念皇恩的忠臣，不像有些藩鎮，只想挾天子號令天下！」

最末這一句話，正好戳中韓建和李茂貞聯手將皇帝囚禁於華州的惡事，韓建臉色一變，氣吼道：「小子，你胡說什麼！」

馮道不解道：「奇怪，我說的是朱全忠，你為何這麼生氣？難道你是朱全忠？我怎麼看也不像！」

韓建想不能洩露彼此身分，只狠狠瞪了馮道一眼，道：「你再開口，小心我割下你舌頭！」

馮道吐了吐舌頭，果然不再說話，卻換趙匡凝按捺不住，道：「小子，你還有什麼要問的？」

馮道抿著嘴，指指韓建，又扮個凶狠的鬼臉。趙匡凝沉聲道：「趙某教人學問，誰敢生事？你問、我答，有人找麻煩，我擋著！」馮道笑嘻嘻道：「多謝趙爺。」

韓建心想此刻不宜內鬨，冷哼一聲，轉了頭不理會兩人。

李嗣源雖已見識過馮道逼退孫鶴的本事，此刻仍不禁感到佩服：「三弟輕易就拉攏到一個幫手。」

馮道又問：「趙爺，《道德經．貴左章第三十一》裡有一句話：『兵者，不祥之器，非君子之器。』是什麼意思？」

趙匡凝與馮道越談越投契，心中生了親近，殺意也漸漸消淡了，解釋道：「兵器是一種不吉祥的東西，有道君子不使用這種東西。」

馮道看了韓建手中長刀，「哦」了一聲，道：「原來如此！」

韓建長刀大力一揮，怒道：「咱們不是君子，是武將，愛殺人便殺人，管他吉不吉祥！」

馮道不理會他，又問：「趙爺，說到殺人，我可有一句不明白了，『夫樂殺人者，不可得志於天下。』又是什麼意思？」

趙匡凝心中不滿韓建，聽出馮道是故意譏刺他，樂得一搭一唱：「愛殺人者，就難得到天下人心歸服，就算一時得到，也無法順利治理天下！」

李茂貞聽馮道句句意有所指，但想他並不知道眾人身分，或許是自己多心了，韓建卻是忍不住，霍然站起道：「小子故意說：『愛殺人，就得不了天下是不是？』老子就殺給你看！」

馮道笑道：「大爺，您弄錯了！那是『老子』說的，可不是小子說的。」

韓建一愣，怒道：「老子明明沒說，是你這小子說的，想誣賴我嚒？」

馮道堅持道：「那明明是老子說的，你卻硬說是我說的，難道你很想叫我老子嚒？」

眾人見馮道故意捉弄他，忍不住哈哈大笑。韓建被「老子、小子」攪得糊裡糊塗，惱羞成怒道：「你這小子膽敢冒充我老子，我教你腦袋開花！」拿了長刀便衝向馬車，馮道驚呼：「唉喲！小子拿刀砍老子，大逆不道！」

韓建一到馬車前方，車裡貴客冷冷瞪著他，道：「退下。」後方同時傳來李茂貞冷峻的聲音：「回來！」

韓建頓時清醒過來，拿了刀僵在半空中，收也不是、砍也不是，半晌，才恨恨收了刀，狠狠瞪著馮道，罵道：「總有一天，我會宰了你這臭小子！」

馮道嘆道：「你何必這麼生氣？你又不孝順，我也不想收你當乾兒子啊！」

眾人忍不住又一陣大笑，韓建只氣得火冒三丈，卻無可奈何。

趙匡凝見馮道十分有趣，好奇問道：「小子，你為什麼特別喜歡《道德經》？」

馮道斂了笑容，一本正經地說道：「因為它使我名傳千古。」

韓建呸道：「憑你這小子手不能提、肩不能挑，連槍桿子都拿不起，也想名傳千古，真是他媽的天大笑話！」

馮道微笑道：「就因為我沒有半點本事，才要藉聖賢之筆來顯揚名聲。」

趙匡凝更加好奇：「此話何意？」

馮道朗聲道：「我姓馮、名『道』，字『可道』，立志要做個非常之人。《道德經》首句便說：『道、可道，非常道』，意思不就是：『馮道啊、可道啊，將來肯定要行非常道路，成為非常之人！』」❷

「你說你叫——」車裡貴客身子微微一顫，雙目圓睜，不可思議地望著他：「道、可道？」

馮道點頭稱是，韓建呸道：「我說你是：『道、可道，胡說八道！』」

馮道笑道：「無論如何，這千年典籍已經記載了我的名字，我肯定是跟著名傳千古、流芳百世了！」

趙匡凝忍不住哈哈大笑：「有趣！有趣！你這小子當真有趣！」

車裡貴客初時只覺得馮道聰明伶俐，待見他無懼雄強，以《道德經》教訓這一幫目無天子的悍將，內心不由得激動感慨：「天下間有幾人敢當面數落這幫逆臣，這孩子年紀輕輕，就有如此膽量和學識，實是智勇雙全，倘若他早幾年出生，立於朝廷，必能成為國之棟樑。」

然而當馮道說出喜歡《道德經》的原因，卻令他震驚萬分：「道、可道，行非常之道，成非常之人……難道這鄉下小子竟是我大唐安天下的希望？」明知大唐已無可挽救，自己命在旦夕，但只要有一絲希望，他仍不願放棄，凝望馮道許久，終於下了決心，又悄悄拉過馮道的手，在他掌心寫下：「道、可道」

馮道但覺奇怪：「《道德經》我已倒背如流，他為什麼還要寫經文給我？」接下來的文字卻不是原本的經文，而是一句口訣：

「道、可道，非常道，天相奇道；龍、非龍，非真龍，地隱神龍。」

馮道心中一愣：「這是什麼意思？」

車裡貴客寫完口訣，咳嗽也漸漸停了，馮道恍然明白：「原來他有時咳嗽是真，有時卻是假！方才他為救我性命，還要教我傳信，才假裝咳嗽，看來我該走了。」一邊鑽出馬車，一邊朗聲說道：「這位貴主需要馬鞭草，才能壓下咳疾，否則時好時壞，嚴重起來，一下子就要了性命。」

眾人不知什麼是馬鞭草，無法判斷馮道所言是真是假，但想車裡的人十分重要，經這少年醫治後，果然病情稍緩，也只能暫時相信了。趙匡凝問道：「那馬鞭草何處尋找？藥材舖可有得買？」

馮道答道：「馬鞭草喜歡生長在水澤地，前方的小河邊或許會有，我過去找找。」

李茂貞見小河只有十丈距離，若他真敢逃走，轉眼就能抓回，便答應道：「你去吧。」又問其他人：「誰去盯著他？」

李嗣源心想若是韓建去盯梢，等馮道一採到馬鞭草，說不定就會下殺手，但車裡的人太重要，他實在不能離開，心中一嘆，終是靜默不語。

馮道回了一個明白他苦衷的眼神，對趙匡凝說道：「趙爺，可以勞煩您陪我去嚒？我還有點經文想請教。」

趙匡凝一聽到他要請教經文，便來了興致，雖感到離開馬車不大妥當，但想既有李茂貞、李嗣源兩大高手保護馬車，又彼此互相牽制，一時半刻應不會出問題，便起身道：「走吧！」

李茂貞心想趙匡凝已經動搖，望了韓建一眼，要他跟上。韓建明白他意思，便起身道：「我也去。」如此一來，像是分成兩組人馬，互相緊盯對方。

趙匡凝和韓建心存較量，一左一右夾在馮道兩側，施展輕功而去，兩人功力相當，總是併肩而行，馮道不禁擔憂他們一個不合拍，自己立刻會被扯成兩半。

眨眼間，三人已來到河邊，馮道心想：「如今剩下兩個人了……」便用力掙脫他們的挾持，道：「你們架著我，怎麼採藥草？」

韓建和趙匡凝只得放下他，韓建警告道：「我們在這兒看著，你別想耍花樣。」

馮道觀察了風向，走到上風口處，大聲道：「咦？這兒真有馬鞭草！」便彎身拔起水邊小草，同時以長袖遮掩，順手將懷裡毒煙捲悄悄插入土中，點了火苗。

那煙草需一小段時間才會燃燒成濃煙，韓建和趙匡凝只緊盯馮道身影，並未留意他手底的小動作，因此不知他暗施詭計。馮道見未被發現，便看準幾個風勢強烈的地點，一邊大聲叨念：「這兒有一株、那兒也有一株！」快手快腳地拔了七、八株小草，又悄悄將懷中毒煙捲一支支插入土中。

韓建怕馬車那邊生出變化，頻頻催促：「採完沒有？」

馮道見煙捲已開始冒出細煙，需盡快離去，忽然發現樹叢下映出一道長長黑影，恍然明白那活殭屍以他為餌，引開眾高手注意，其實並未逃走，只是更屏息掩藏罷了，馮道不禁暗暗得意：「這回還不毒昏你？」便將最後一支毒煙草插在活殭屍的近處，然後拍拍衣袖，道：「好啦！咱們回去吧！」

三人正打算回頭，忽聽見馬車處傳來陣陣激烈的交戰聲！

（註❶：《兔園冊》：唐太宗七子蔣王李惲召集儒士編著適合鄉村幼兒的四經讀本，以南朝大家庾信和徐陵的文體編撰而成，乃是鄉村十分普及的正規教材，但因內容淺顯，士人多賤之。）

（註❷：老子的《道德經》原文為：「道可道，非常道；名可名，非常名。」唐朝易州龍興觀碑本校釋斷句為：「道，可道，非常道；名，可名，非常名。」）

八九八・四

無勞問河北・諸將覺榮華

> 乾寧三年，李茂貞復犯京師，昭宗將奔太原，次渭北，建遣子允請幸華州。昭宗益悔幸華，遣延王戒丕使於晉，以謀興復。戒丕還，建與中尉劉季述誣諸王謀反，以兵圍十六宅，諸王皆登屋叫呼，遂見殺。昭宗無如之何，為建立德政碑以慰安之……李茂貞、梁太祖皆欲發兵迎天子，建稍恐懼，乃止。光化元年，昭宗還長安。《新五代史・韓建傳》
>
> 光啟中，主部陽軍事，賜紫，入為內供奉……三年，昭宗將幸太原，以承業與武皇善，用除為河東監軍，密令迎駕。既而昭宗幸華州，就加左監門衛將軍。《舊五代史・張承業傳》

卻說馮道三人離開去尋找草藥，李茂貞和李嗣源共同守在馬車旁，各找一塊大石坐著。李茂貞道：「朱全忠已攻佔洛陽，接下來定會逼聖上遷都洛陽、禪讓帝位，如今只有盡快護送聖上回長安主政，才能壓制汴梁軍的氣燄。」

李嗣源冷聲道：「早知朱賊難對付，你們就不該將聖上囚禁在華州多年！」

李茂貞道：「請聖上安居華州，是韓建的主意，可不是我的意思。」

李嗣源道：「若不是你在背後支持，韓建豈有這麼大的膽子？」

李茂貞怒道：「當年聖上聽信宰相杜讓能的讒言，揮兵平藩，對準我鳳翔，我能不自保嚒？」

李嗣源沉聲道：「誰都知道杜讓能是反對平藩的，你兵指長安，聖上沒有法子，只好殺他當替罪羔羊，才平息了李大節帥你的怒氣，但聖上此舉，已寒了忠臣之心，這才讓小人得志，給了崔胤弄權的機會。」

李茂貞道：「你說對了！朝臣心寒、奸相逼迫，聖上留在京城也不安全，更會被崔胤那廝牽著鼻子走。這崔胤與朱賊交相勾結，老是進讒言陷害我們，韓建請聖上移居華州，除了清聽，也是保護聖駕。平藩一事，你河東首當其衝、受害最深，說到底，便是朱賊和崔胤聯手的詭計！」

李嗣源回想起當時慘烈的戰況，河東軍死傷無數，一時沉默無語。

李茂貞語重心長地勸道：「賢侄，大家爭鬥十數年，勞兵傷財，至今朱賊坐大，今日好不容易結成聯盟，韓建也拿出誠意，願意交出聖上，大家應齊力護駕、對付朱賊，切忌互相殘殺……」他手按袖中鳳翼長刺，目光閃過一瞬殺意，道：「等那小子一回來，交出馬鞭草，便了結他，你莫再阻撓了！」

李嗣源既決定保護馮道，便是鋼鐵一般的決心，只冷冷道：「你要動手、便動手，我要擋、便會擋。」

李茂貞暗思：「韓建護駕一事辦得十分隱密，再過幾里路便能把聖上安全送進宮，朱全忠想要阻止，已經沒有機會了，我乾脆趁這當口一併幹掉他，以斷去李克用最重要的臂膀！」心中雖起殺機，臉上反而掛笑，道：「我聽說十三太保裡，以賢侄名聲最盛、武藝最高，不只遠勝李存勖，近兩年，連克用兄也幾乎比不上了！」

李嗣源蹙眉道：「你胡說什麼！我只是義父底下的牙將罷了，名聲幾時勝過他？」

李茂貞冷哼道：「我還以為你目中無人，連晉王也瞧不見了，否則怎敢為一個渾小子擅自違背盟約？」

李嗣源暗思：「這話若傳到義父或存勖兄弟的耳裡，可要惹疑了！」目光一沉，道：「義父常告誡嗣源，時時以戰養戰，方能進步不懈，你要賜武，嗣源一定奉陪，毋需多說廢話！」

「好啊！」李茂貞臉上笑意未止，手中已猝起發難，「唰！」倏然間，鳳翼如一道虹光劃去，十數支赤翎如暴雨迸射，端的是出其不意且狠辣至極！

李嗣源雖已提功戒備，面對如此驚天一擊，仍感到震撼，此刻他若是向後疾退，必會被赤翎射成蜂窩，無論向左或向右閃躲，都脫不出鳳翼橫掃範圍，會被攔腰斷身，這一招正是「鳳翔九天」的必殺絕招之一「百鳥朝鳳」！

李嗣源連思想的時間都沒有，只憑著百戰的本能，身子化成一片鐵板橋倏然倒落，背心幾乎貼著地面向後飛掠，同時長槍轉成屏風擋在上方。數十支赤翎如飛蝗般在他面門擦掠而過，「叮叮叮！」盡被槍屏給撥開，鳳翼卻已在他腰腹劃出一道長長傷口，幸好僅傷及皮肉，若是慢上半分、應變不對，他便是橫斷當場。

萬分驚險間，李嗣源已滑出危地，心中驚嘆：「這鳳翼不愧是天下第一的武器，我太大意了！」足尖一點、彈身飛出，寒鴉槍瞬間使出十八般變化，刺、撻、纏、圈，槍尖點點生花，宛如數十隻狠辣刁鑽的烏鴉，從四面八方撲向李茂貞。

李茂貞鳳翼雙分、翩翩迴翔，左飄右騰地避開殺招，遊刃有餘地笑道：「我曾與你義父對戰三天三夜，仍未分出勝負，你槍法雖然不錯，離烏影寒鴉還有些距離。」鳳翼猛地一劃，往寒鴉槍頭狠狠削去。

「叮！」李嗣源槍尖才擋下鳳翼翼尖，赤翎忽如飛瀑當面散射，李嗣源急使一個滾地葫蘆，才狼狽躲開，但長槍這麼急速抽回力道，已讓鳳翼餘勁順勢攻入肺腑，震得他直吐出一口鮮血。

李茂貞得意笑道：「看來傳言有誤，義子和親兒畢竟是不同，克用兄還是防著你，對你留了手！」

沙陀族之勇猛無敵，就在於一往無前、打死不退，更何況李嗣源是最強悍的「李橫沖」，即使受了內傷，也立刻彈身而起，道：「我不足義父一成功力，你偷襲我卻失敗，怎可能與他戰成平手？你今生是休想勝過他了！」招式一變，再度攻去，寒鴉槍旋轉騰飛、千變萬化，硬如棍、軟如鞭、行如蛇、轉如盾、去如箭、來如風，每一勢道都夾帶狂暴罡勁！

李茂貞面對這瘋鴉式的攻擊，鳳翼左揮右掃，宛如兩把大鍘刀，唰唰劃去，讚道：「小子，這才有點勁！日後我見了你義父，定會跟他說長江後浪推前浪，有你這義子，他可退出戰場，安享晚年了！」

李嗣源怒道：「男子漢大丈夫，打便打，不必亂嚼舌根！」暗想：「這鳳翼實在厲害，只要一個不慎，就會肢離身斷，必須脫出它包抄的範圍才行。」槍尖倏然點向對方翼尖，借力一個倒翻入空，瞬間再俯衝而下，槍尖宛如千萬鴉喙般，忽撲忽啄、忽戳忽扎，漫天灑罩向李茂貞。

李茂貞雙翼高舉過頂，交織成紅色大傘，護住上身，將所有槍尖彈擋回去，同時間，一大篷赤翎暴射向天空，又疾快又繁密，他相信絕沒有人在這情況下，能避過鳳翔九天的第二殺招「鳳鳴朝陽」！

李嗣源身在半空，正往下撲殺，驀然見到這沖天羽瀑，大吃一驚，「叮！」寒鴉槍頭倏然一個彈射，槍身再往前伸出三尺，一抵鳳翼翼尖，李嗣源借力彈飛出去，落到樹梢上，不禁慶幸寒鴉槍能伸縮自如，否則這一失著，必死無疑。

兩人從未正面交戰，李茂貞也想不到寒鴉槍暗藏機關，竟讓李嗣源一連避開兩擊絕招，心中殺意更增：「今日不能一舉斃了他，將來必成大患！」他催動功力，鳳翼瞬間開展如屏，紅光暴長數倍，瞬間照亮了幽暗夜幕！

李嗣源再度撲衝而下，槍尖越轉越快、越轉越快，不斷旋化出一隻隻寒鴉，虛實交錯地飛撲過來，轉眼間，竟似有百多隻烏鴉展開密如驟雨、無隙不入的攻擊！

同時間，李茂貞也衝升上天，硬生生突入槍光烏影之中，直撲向李嗣源！

兩人正面對衝，是一擊決生死，沒有半點僥倖，李茂貞功力高上一籌，佔了勝算，然而這一瞬間，比的卻不是功力，而是意志力！

李茂貞意在殺了李嗣源，而李嗣源心知不敵，意在同歸於盡，一旦李茂貞身死，鳳翔軍便群龍無首了！

生死決殺，只在頃刻！

就在兩人槍尖、翼尖幾乎交觸之際，李茂貞陡然識破李嗣源的企圖，暗罵：「瘋子！老子犯不著陪你去死！」鳳翼微扭，借滑轉力道帶著自己向旁側飄了出去，躲過李嗣源如狂瀑般下撲的槍勢。

李嗣源俯衝的力道太大，無法收速，只能直擊而下，槍尖才點地，立刻再借力撲向李茂貞，槍光烏影越聚越大，宛如墨雲團團旋轉。槍身每一舞動，刺風、割風都激盪出「呀呀呀——」的烏啼聲，隨著揮轉越快，漸漸地，群鴉叫聲響徹雲霄，烏影寒光更渲染成風起雲湧、滾滾黑潮的景象，彷彿一股吞蝕天地的黑暗力量，直是震撼人心、逼人欲狂！

李茂貞身處烏影風暴籠罩下，心中震驚：「想不到他烏影寒鴉槍已練至如此地步，我太小看他了！」只得使出絕命殺招「火鳳焚天」，赤翎漫天激射，道道紅光環繞身周，整個人化成浴火鳳凰，深入群鴉之中，追逐吞噬，紛紛鴉影盡被火鳳焚掃為虛無。

兩人激戰不休，一時之間，天地成了半黑半紅，宛如熊熊大火燃燒著黑暗地獄！

馮道三人趕了回來，見到這等景象，都驚得目瞪口呆。忽然間，李茂貞射出一支赤翎，李嗣源身處激戰中，只閃身避過，並不知那赤翎是射向樹幹上的汴梁地圖，將地圖分成三片。

馮道頓覺不對勁，忙望向趙匡凝和韓建，見兩人臉色驟變、手按兵器，馮道恍然明白：「這是暗號！李茂貞教他們一起出手殺了嗣源大哥，就不需四分汴梁，而是三分汴梁了！」連忙喊道：「嗣源大哥，他們要聯手，你快走！」

李茂貞聽馮道喊破自己的企圖，心生一計，假意飛撲向馮道，李嗣源連忙搶上，「唰唰唰！」一槍光漣漣，猛刺十數擊，李茂貞連連倒退，李嗣源原本勇武，見搶得勝機，立刻一槍追一槍，槍槍相連成一條墨龍般，猛力貫破李茂貞護擋的屏翼，直入中宮，卻想不到中了對方的誘敵之計！

李茂貞看準他打鬥時總是橫沖無畏，因此故意引他深入，兩隻鳳翼陡然圈轉，左右合攏包圍，以龐大的氣場束縛住他。李嗣源驚覺被包夾，想退出危地，已經來不及，驀然間，鳳翼衝出驚天紅光，赤翎從四面八方射向身在中心的李嗣源！

另一方面，韓建早已憋了一肚子窩囊氣，得李茂貞首肯，立刻挺起長刀，卻不是加入戰圈，而是飛身砍向馮道。馮道心知對方會下殺手，一喊完話，便衝向馬車，大叫：「趙爺，我還有一句經文要問……」趙匡凝聞言，立刻飛身追上，一邊喊道：「等他問完，再殺不遲！」一邊長臂伸出，抓向韓建背心。

韓建感到一股氣勁衝撞後心大穴，心中大驚，連忙迴刀砍去，怒道：「你窩裡反！」趙匡凝的絕招卻是「劍指江山」，大掌倏化成兩指，硬是夾住刀身，將韓建從空中拖下來，道：「你不助戰，追小子作什麼？」

韓建怒道：「我瞧你是故意偷襲！」長刀猛力砍去，再不管不顧地與趙匡凝爭鬥起來，他刀法厚重嚴實、趙匡凝指法詭譎難纏，雙方一時難分勝負。

馮道拼命奔向馬車，喊道：「小子又來砍老子，真是大逆不道，老子怕了你，只好逃之夭夭，不收你當乾兒子了！」一口氣跳上馬背，拉了韁繩，打算駕車逃走！

此時李茂貞正要一舉射殺李嗣源，瞥見馮道居然帶走皇帝，吃了一驚，李嗣源趁他分心之際，足下一蹬，全力向後彈飛，長槍轉成螺旋，掃開四面八方的赤翎，一陣嗒嗒急響之後，已退出鳳翼包圍。

李茂貞宛如火鳳飛身急追、翼尖直刺，李嗣源連連退掠，奔行間槍舞如風，連人帶槍捲化成一條墨色飛龍，兩人面對面滑行十數丈，鳳翼翼尖始終逼在李嗣源胸口三尺之內，李嗣源脫不出殺機，李茂貞也觸不到他。

李嗣源功力原本輸了半籌，此刻又是退掠，只要長氣一盡，退掠之勢稍有停頓，就是鳳翼穿胸！

雙方僵持間，二道細微激光劃破夜幕，天地驟然亮起，整片荒林宛如浸沐在一片銀光中，甚是虛幻奇詭。

眾人心中一凜，以眼角餘光望去，只見一道黑影從遙遠天際破空而來，身未臨、劍光先至，穿越眾高手，一劍刺得馬車頂檐斷骨碎、木屑飛揚，瞬間破個大洞！

所有高手被這一幕驚得身形頓滯，腦中只轟閃過一個念頭：「朱全忠的刺客來了！趁我們內鬨時行刺聖上……」

車裡的貴客自是當今皇帝李曄，這一剎那，幾乎必死無疑，馮道卻剛好扯起轡繩，策馬疾奔，馬兒受兩股力量衝突，驚嚇得猛地甩跳起來，刺客那一劍被震偏了，只刺中車頂角落。馮道見有刺客，嚇得連連催馬快奔，那馬兒受了驚嚇，亂蹦亂跳，卻不奔跑。

黑衣刺客身凌半空，被馬車震得無法再施力，心知此間俱是強敵，若一擊不中，非但自己喪命，對汴梁軍更是後患無窮，因此一出手即使出十成功力，想不到竟壞在一個少年手中，但他應變極快，左手閃出另一把短劍，對準車頂下的李曄猛力刺落，卻被一股浩大的氣勁擋住！

李嗣源正被李茂貞逼殺，鳳翼翼尖已近在三尺之內，見刺客再度殺向馬車，不禁瞳孔收縮，全身都僵硬起來，這生死一刻，他必須決定自救還是救皇帝，電光火石間，他拼著被李茂貞刺殺的危險，寒鴉槍霍地一偏，向旁側突竄出去，「叮！」這一斜擊，擋住刺客的第二劍，他自己卻是胸口空門大開，將性命交給了李茂貞！

鳳翼翼尖、十數支赤翎同時追到李嗣源胸口，只要再向前挺進半分，立刻就是數個透明窟窿，李茂貞心念電閃：「李嗣源若死，聖上必跟著喪命！」鳳翼連忙向上一掃，將赤翎掃得轉了方向，飛射向馬車頂。

黑衣刺客眼見赤翎迎面射來，拔劍彈跳而起，待赤翎飛過，身形一個倒栽葱，拼盡全力再刺第三劍！

李嗣源一個倒翻，平竄到馬車頂上，雙臂高舉長槍過頂，以無堅不摧的厚實內力硬擋下刺客的驚天劍勁，「噹！」一聲大作，兩大高手槍劍相抵、內力相拼，竟是不分軒輊！

馮道原本要策馬前奔，猛然被一股巨力壓住車頂，震得他險些跌落馬車，回頭一看，原來是李嗣源和刺客在車頂上比拼內力，卻佔不到半點便宜，暗呼糟糕：「哪來這麼多高手？」只見那人蒙面黑衣，渾身都迸發著凜冽殺氣，唯一露出的雙瞳，眸光如劍，似能穿透重重夜霧，致人於死地！

李嗣源認出他是朱全忠底下四大猛將之一，喝道：「是氏叔琮！岐王快動手！」

李茂貞心念急轉，眼前這兩人都是頂尖對手，若論單打獨鬥，一時難分軒輊，此刻卻是任自己宰割，究竟殺誰留誰，才能有助鳳翔大業？三人之間頓呈現複雜而微妙的關係！

氏叔琮精光一湛，似笑非笑道：「李嗣源，你還看不透麼？這是殺你的陷阱！」

李嗣源心中一凜，道：「你休要挑撥離間！」

氏叔琮冷笑道：「我不妨告訴你，此趟長安行是河東軍的死套，一是我和李茂貞聯手殺你，二是汴梁、盧龍聯軍，在魏博圍殺河東軍。」

李嗣源道：「我已派人傳訊，義父不會落入圈套！」

氏叔琮冷笑一聲，轉對李茂貞喊話：「只要岐王出手相助，梁王願以慈、隰、石三州做為回報！」

慈、隰、石三州乃是李克用領地，氏叔琮這話是把河東當做囊中物，當著李嗣源的面分起臟來了，李嗣源但覺是可忍、孰不可忍，心思一個激動，氏叔琮的劍尖立刻推進了幾分。

良機一閃即逝，李茂貞瞬間騰身飛起，身如一道紅光，對準目標疾射而去！

李嗣源憑著鳳翼振動的氣流，已知道李茂貞打算殺了自己，他緊握長槍、奮力上抵，想脫出這危機，但在氏叔琮強力壓迫下，怎麼也無法脫身！

車內的李曄被震得暈頭轉向，驚魂甫定，抬眼見到兩大高手在頂上拼命，心想自己恐怕難逃一死，急下命令：「馮道，你快走！毋忘託付。」

此時煙草越燃越烈，毒煙順風飄了過來，對這幫高手雖沒什麼大影響，卻能掩護馮道離開，但馮道見李嗣源命在頃刻，實在無法自顧自的逃走，靈機一動，大喊道：「樓主，我搶到馬車了，快動手！」

「樓主？」暗夜之中，火光點點、煙霧沖天，眾人心中一時浮現江湖上諸多樓主名號：「難道是近年竄起的『煙雨樓』？江湖傳說他們十分神祕、鬼使倆最多，他施放滿天毒煙，是想一網打盡？」

李茂貞正飛身撲向李嗣源，心中一驚：「方才李嗣源拼命保護這小子，莫非河東軍與煙雨樓結盟了？我落入圈套了！」

藏身暗處的銀面人正是煙雨樓主，忽見四周毒煙瀰漫，又被馮道叫破形蹤，也吃了一驚，不由得屏息退了半步，這一丁點聲音，已讓李茂貞驚覺樹叢裡確實藏有高手，心念電閃：「我方才一意擊殺李嗣源，想不到螳螂捕蟬，黃雀在後，險些中了暗招！」他原本要刺殺李嗣源的翼尖陡然一轉，改撲向煙雨樓主的藏身處，同時射出一把赤翎。

煙雨樓主立刻反手射去一把寒江針，「叮叮叮！」赤翎、銀針互相交擊，炸成一片紅光火花，煙雨樓主趁機沒入黑暗之中。

李茂貞豈容他逃脫，飛身追入樹林，煙雨樓主見李茂貞翼尖急刺過來，猛力發出一掌，李茂貞連忙提功相迎，煙雨樓主卻只是虛晃一招，借對方勁力倒掠出去，一個翻騰從樹叢間飛出，拋落遠方，就此遠颺。

李茂貞瞥見他戴著銀色人皮面具，暗思：「此人武功絕頂、行事鬼祟，應是成名高手不願曝露身分，才故意蒙了面具，掩飾武功，究竟是誰？」追了十數丈，見敵人輕功高明，一時半刻間並追不上，又想：「這人藏身許久，已將所有祕密都聽去，需盡快護送聖上回宮，免得再生事變。」便回轉馬車處。

卻說馮道一引開李茂貞，立刻舉起彈弓對準氏叔琮，射出一枚煙花砲。氏叔琮與李嗣源比拼內力正到了極處，任何一丁點動靜，都會造成致命危險，忽見一枚煙花迎面炸了過來，又聞到奇異的煙薰味，以為那煙花有毒，立刻屏住氣息，彈跳開來，他這一退身，卻被李嗣源的內力直衝而入，受了創傷。

李嗣源心想若能一舉斃了氏叔琮，就除去朱全忠的頭號大將，旋即飛身追上，「唰唰唰！」連環疾刺，每刺一槍，氏叔琮便後退一步，三槍連出，氏叔琮也退了三步，正當李嗣源豁盡全力刺出第四槍時，氏叔琮猛提一口真氣，雙腕向外用力一甩，手中薄利長劍頓時轉成了螺旋狀，邊緣盡是鋒刃，交叉護擋在身前。

李嗣源槍尖刺中雙劍的交叉點，突覺勁道有異，長槍竟被一股古怪力量給旋了出去，他槍勁過猛，連人帶槍直衝出去，同時間氐叔琮的短旋劍已狠狠扎了過來！

李嗣源想不到氐叔琮的雙劍如此古怪，驚愕之餘，立刻向外一滾，閃身避開。

氐叔琮受了內傷，心知這場對決拖延越久，越是不利，必須盡快退離，見李嗣源讓開，立即施展輕功，想飛身逃走，李嗣源反手一掃，長槍橫擋住他的去路，氐叔琮走脫不得，只能奮力對戰，他左右手各持一劍，左長右短、左輕右沉，長劍可圈、絞、掃，短劍可鑽、刺、扎，搭配起來正是攻守俱佳，但這失衡劍最厲害的不是武器差異，而是搭配千變萬化的內勁，此刻左劍向左旋、右劍向右旋，但只要他手腕一個翻轉，倏忽之間，左劍便會成了右旋，而右劍則變成左旋。因此無論受到多猛烈的攻擊，失衡劍總能輕易卸化，也能攪亂攻來的力道，一旦對方驚慌失措，便是他搶攻之時。

李嗣源每一槍都能化出無數鴉影，氐叔琮又受了內傷，但無論如何變招，槍尖不是差著數寸，就是被螺旋劍勁盪了出去，如此奇異的內勁當真未見，一時間竟無法對付。

李嗣源暗思：「此刻他受了創傷，我還收拾不下，倘若他功力全在，勝負便不可知了，難怪他是朱全忠手下第一猛將！」當下槍光閃爍，有如黑海翻騰。

氐叔琮的修為只在朱全忠之下，原以為今日一舉刺殺天子，即可名動四海，豈料遇到李嗣源槍法高明，心中也甚驚詫，他雙劍左撥右擋，在槍影間穿插來去！

兩人交手十數招，李嗣源對失衡變化不熟悉，雖無法取勝，但他槍法淩厲，每一擊都可穿山破甲，氐叔琮就算能卸去七分力道，還得承受三分，他受傷在先，如此纏鬥，真氣消耗極快，劍勁越來越弱，早已不是對手，他打算迅速退去，決定使出失衡劍法的絕招「左旋右捲」，雙劍一捲一纏，藉螺旋勁力，將兩道劍氣捲在一起，絞住李嗣源的長槍，但李嗣源長槍猛力一轉，只聽得嘎吱長響，有如烏鴉嘶叫之聲，失衡雙劍已被分開。

這一交手，李嗣源知道氏叔琮已是強弩之末，遂使出「寒鴉捲風雲」，風狂雨驟地猛攻，氏叔琮只能強忍創傷、拼命接招，如此一來，氣血流失極快，但見李嗣源瘋狂纏鬥，無止無休，再過片刻，恐怕連逃命的力氣也沒有了，危急間，心生一計，冷笑道：「安重誨半途已被截殺了，我今日的任務其實是來拖住你！你儘管打吧，此刻李克用已落入陷阱，全軍覆沒了！」

「重誨死了？」李嗣源心神一時混亂：「義父生性衝動，定會上當，我河東兄弟必死傷慘重！」

氏叔琮趁這機會，左劍一個猛然右旋，捲向李嗣源槍尖，右劍倒轉成左旋，鑽向李嗣源手臂，他重傷之餘，雖不如先前迅捷，但這一擊，仍淩厲驚人。

李嗣源原以為已捉摸到失衡劍勁變化，想不到瞬間竟然倒轉，當真古怪至極，他怕長槍被捲住，本能地向旁閃避，氏叔琮卻只是虛張聲勢，足尖輕點槍尖，身子一沉，隨之彈起，嗖的一聲，直衝上天，從紛紛鴉影之間竄出，遁入煙霧之中，李嗣源只想趕回魏博救援，也無心戀戰，只得放了他離去。

卻說另一邊，馮道見李嗣源、氏叔琮兩人離開馬車頂，立刻一扯韁繩，策馬疾奔，正暗呼僥倖，忽感一股極強的勁力壓迫頂心，竟是大刀劈至！

韓建精光湛射，厲喝道：「我們保護的人，小子也敢碰！活得不耐煩了！」當下長刀倏落，要將馮道劈成兩半。

「啊！」馮道大叫一聲，以為自己要一分為二，忽然間，一道比自己更大的喊聲在耳畔響起：「吼！」竟是韓建的驚天慘嚎！

趙匡凝見機不可失，掌倏縮為拳，拳力聚於一指，猛力點向韓建背心處！

兩人見刺客來襲，好不容易停鬥，韓建萬萬想不到趙匡凝會忽施偷襲，他閃之不及，不由得心中大駭，只能飽提內力硬擋，然而趙匡凝全身力道都聚於指尖，以一指破江山的氣勁直驅而入，衝撞得韓建幾乎骨斷身碎，他向前撲滾出去，卸化部份力道，仍嘔了一口血，待回過氣來，已顧不得砍殺馮道，忙揮舞長刀，撲向趙匡凝。

趙匡凝這一出手，是與韓建結下樑子了，剎那間極盡全力，連點十數指，直攻韓建頭、胸、腹多處要害，迫得他連連後退，笑道：「韓大節帥有種就衝著我來，為難一個小孩子，算什麼英雄好漢？」馮道剛保住一命，驚魂未定，另一道勁風已隨之襲來，竟是趙匡凝右指點殺韓建，左手大掌一揮，將他掃飛出去！

李嗣源驚見馮道遠遠飛出，已來不及救援，他奔到山坡邊往下探看，見下方一片漆黑、草木叢生，漫漫長長，看不出馮道是生是死、滾落何方，於此之際，他心中掛念李克用安危，也無法再待下去，見遠方有一輛馬車，立刻施展輕功飛奔過去，那是馮道當初追蹤煙雨樓主留下的馬車，他解了車索，跳上馬背，便策馬離去，急趕去魏博救援。

李茂貞放棄煙雨樓主，回到馬車旁，見李嗣源居然不告而別，猜想是河東出了大事，而趙匡凝和韓建兀自爭鬥不休，他雙翼大展，橫身切入其中，猛力一個迴旋，將趙匡凝、韓建分開，三人這才齊心合力護送皇帝回宮。

卻說馮道被趙匡凝掌力一掃，像砲彈般拋飛出去，落往一個山林斜坡，他身不由己地沿著坡道滾落，滾得筋骨欲斷、頭昏腦脹，直滾了十數丈遠，才到達坡底。趙匡凝那一掌其實力道綿軟，且含有橫移卸化之功，是送他離開危地，因此他雖然全身疼痛，卻沒受重傷。

馮道不禁納悶：「那趙匡凝無緣無故打我一掌，究竟是好人還是壞人？」他休息了半天，疼痛稍減，便慢慢起身，一跛一跛地走出山林，到了小鎮，已是晌午時分。他先吃飽喝足，在客棧歇宿一晚，隔日清早準備好乾糧、飲水，便起身前往天龍山。

他雖不知道馬車貴客是皇帝，但可感到對方託付的事情十分重大，不能有一點閃失，因此他不敢走陽關大道，逕揀林間小路行走，他滿身傷痕，行路緩慢，經過近一個月的跋涉，終於抵達河東道太原府。

天龍山位於太原西北方的石州，山下有一座「天龍寺」，馮道下馬進入寺廟裡，只見庭院東側有一座鐘樓，西側有北漢建立的千佛樓，樓旁有座莊嚴的「禪堂院」，一群僧尼正在院裡誦經禮佛，那安祥幽靜、與世無爭的氣氛，令馮道連日來緊張的心情鬆緩許多，他先向寺僧借宿，到了傍晚，問明去石窟的路徑，便依照指示，穿過「禪堂院」迴廊，從寺院後門出去，順著山路一圈圈往上盤繞，走了許久，山林小徑漸漸成了懸崖峭壁，右側高聳的崖壁鑿成一個個三壁三龕的方形洞窟，窟裡雕塑著釋迦、彌勒、阿彌陀三尊佛像；左側卻是千丈深淵，馮道沿著懸崖小徑緩緩往上走，深怕一個滑足，便跌個粉身碎骨。

酉時一刻，馮道準時到達九號石窟口，這石窟十分巨大，分成上下兩層，窟裡有兩座雕像上下疊立，上層是三丈高的彌勒佛坐像，頭頂蒼天，雙腳踏著蓮花足墊；下層是四丈高的觀音石像，身披瓔珞、羅紗飄逸。後方石壁浮刻著許多小雕像，一尊尊彌勒、羅漢各展姿態盤坐在蓮座上，構成一幅意境深妙的淨土世界。

窟外有一座四重簷歇山頂式的木閣樓，維護著兩座巨佛，這座大閣倚壁而立，高與山齊，氣勢十分雄偉，旁邊石壁還題了一首小詩：「重簷閣在半空懸，大佛居中一笑禪。」

此時天地肅靜、風雪淒涼，這高閣似飄懸在茫茫九霄之上，兩座巨佛宛如天神般，以肅穆悲憫的目光俯瞰下方，看著恣意妄為的人們，不斷掀起一波波殺戮戰爭。

懸壁上一尊尊肅立的佛像，白天看來莊嚴神聖，到了夜晚，卻變得面目嚴厲、詭異陰森，那恐怖的氣氛甚至令馮道有種錯覺，自己會被這巨大的黑暗吞噬，心中頓生不安：「這麼可怖的地方，真有人來收信嚒？萬一發生什麼凶事，這懸崖峭壁的，要逃命也困難，我先四處探探，看有無其他出路。」

他繼續往前走去，經過十、十一、十二號石窟，到了十四號石窟附近，前方一片漆黑，看不見任何景象，似乎是萬丈深淵，他不得不退回九號石窟口，赫然間，他感到有些怪異：「觀音石像後方原本浮刻著許多小佛像，但最深處好像多了一尊玉佛？」

那玉佛有大半身子藏在觀音像後方，看不清樣貌，馮道不禁納悶：「是我記錯了嚒？」他實在好奇，便打了火摺，睜大眼往前探看，只見玉佛左邊袖子裡露出的手掌光滑細瘦、白皙如玉，其肌理骨節、髮絲紋路、衣服皺摺盡雕刻得栩栩如生。

正當馮道心中驚詫，想再前進幾分探個究竟，洞裡忽飄出一縷低沉細微的呼吸聲，馮道嚇得掉了火摺，四周瞬間一片漆暗。馮道心底發冷：「難道這裡有鬼怪？」又敲自己一個爆栗：「子不語怪力亂神！我怎可忘了聖賢教導，自己嚇自己？那不過是風雪聲而已！」

「凡夫俗子竟敢踏入鬼神地界！」石窟裡突傳出一聲尖喝，那聲音似男似女，如煙絲飄渺，又像孤魂夜哭，十分詭異。

馮道嚇得雙腿一軟，跌坐在地：「這玉佛會說話！」又趕緊俯身拜倒，顫聲道：「晚……晚生誤闖神仙寶地，絕非故意，實在是……」

玉佛陰森森道：「這裡不是神仙寶境，是鬼門地獄！」

馮道微微抬眼看去，只見四周夜色蒼茫、沉靜淒迷，並無半點人影，心中不禁叫道：「我瘋了！我肯定是瘋了！竟跟一尊玉像說話……」雖感到恐怖萬分，仍鼓起起勇氣道：「有人託我來送信。」

玉佛桀桀一笑：「你莫要胡說八道！這裡是鬼門地獄，誰會來傳訊，難道是送給閻王老爺？」

馮道心中猶豫：「這信息如此重要，我不能隨便說出，但這裡只有這尊怪玉佛，難道他真是收信的傢伙？」便試探道：「有人讓我送來一方玉珮，說：『天龍山、九號窟、明月夜、酉時刻、安天下、承大業』。」

「轟！」石像後方忽然發出一股掌勁，竟把馮道打得飛落懸崖！

「啊！」馮道往下急墜、嚇得心膽俱裂的瞬間，崖頂忽然拋來一條長樹藤，捲住他的身軀，將他吊在半空晃來盪去，馮道急得大叫：「我說的是實話！」

「誰讓你來的？」崖頂玉佛一聲尖喝。

馮道生怕對方聽不到，大聲喊道：「我不知道他是誰！」

玉佛哼道：「這玉珮是不是你偷來的？」

馮道咬牙道：「我沒偷！真是他讓我來傳信的！你快讓我上去！要是我支撐不住，墜下崖去，你便什麼都不知道了！」

這威脅倒起了作用，玉佛哼哼兩聲，道：「我可以讓你上來，但你要敢說一句假話，我就把你打下十八層地獄，讓閻羅小鬼拔出你的舌頭，教你一輩子說不出話！」

馮道想到拔舌的慘狀，喉頭咕嚕一聲，吞了口唾沫，又道：「那玉珮上刻有龍之九子『魚龍』的圖象！」

「玉龍子？」玉佛呼地一聲，一扯長藤，便把馮道捲上崖頂，道：「你近前來，讓我瞧瞧玉珮。」手中藤條再一扯，馮道便身不由己地飛撲到洞窟口。

洞窟裡忽然發出微微暈光，如鬼火飄零。馮道壯了膽子睜大眼觀看，只見那玉佛其實是個活人，而且是身穿宦官服飾、全身膚光如玉的老人，幽魂似地坐在洞窟裡，手中持著一盞紅紗燈籠，望之不似人身，相之不似人面，聽之不似人聲，察之不近人情，風雪之中，他全身都被薄薄雪粉覆蓋，似結了一層白霜，但手中那盞稀微燈火竟不熄滅。

馮道心想自己只是來送信，與人無冤無仇，即使他看來蠻橫可怕，等弄清楚誤會，自能脫身，便拿出玉珮，道：「就是這個了。」

老宦官收回玉珮，指尖順勢一扭，樹藤「唰！」地一聲騰飛而起，圍著馮道打轉，瞬間將他一圈圈綁了起來。

馮道跌倒在地，被綁得不能動彈，惶急叫道：「公公！你做什麼？你快放開我！」

老宦官冷哼道：「你是個滑頭小子，捆得紮實點，才不會作怪。」

馮道納悶道：「我幾時滑頭了？」

老宦官厲聲道：「我問你，你如何得到玉珮？」

馮道將自己在荒野中遇見李茂貞、馬車貴客的情景快速說了一遍，他口才清晰、條理分明，該說則說、該瞞則瞞，老宦官默默聽著，臉上無任何表情，似乎一切都在他意料之中，直至馮道說出自己名「道」，字「可道」，老宦官森冷的瞇眼忽然湛出一瞬光芒，喃喃道：「原來如此！難怪他讓你過來。」他忽伸出五爪，猛地往馮道下身狠抓一把，馮道被綑得不能動彈，只痛得哇哇大叫：「你這個無禮之人！」

老宦官威脅道：「你若不能通過考驗，我便把你削成小宦官，與我一生作伴。」

馮道氣惱道：「你究竟要考驗什麼？」

老宦官卻不回答，只哼哼笑道：「小傢伙挺有趣的，有你伺候左右，倒也不寂寞。」便下山去了。

馮道獨自躺在黑漆漆的洞窟裡，既害怕鬼怪出現，又怕被惡獸給吃了，就這麼提心吊膽，忍受風侵雪寒，直挨過兩日，終於見到老宦官回來，他原本害怕這老頭，此刻卻覺得看見活人總是親切多了。

老宦官背上還馱著一大袋東西，指氣輕輕一彈，便斷開馮道的藤索，馮道一得解脫，立刻跳身而起，拔腿狂奔，他雖然餓了兩天，沒什麼力氣，但此刻一心想逃離虎口，乃是使盡吃奶力氣拼命沿著懸崖往下奔去，遇山石阻路，蹤躍即過，始終感到一股冷氣吹在耳畔，他大聲叫嚷，盼有寺僧聽見，趕來救人，但老宦官輕功何等高明，猶如疾風掠影般緊跟在後，追了一小段路，似乎覺得玩樂夠了，咻地一聲拋出樹藤，再度纏綁住馮道，哼哼笑道：「餓了兩天，還能跑這麼快，看來身子挺健壯的，很好！很好！」

馮道氣得大叫：「我不要當宦官，你快放開我！」

老宦官冷森森地打量著他，哼道：「當宦官有什麼不好？」

馮道被他箍得全身發疼，罵道：「你武功絕頂，卻欺侮我一個沒武功之人，不覺得卑鄙無恥麼？」

老宦官一怔，臉上微微一紅，呸道：「我是最卑賤的閹人，名聲於我，何足道哉？」

馮道想不到有這麼厚臉皮之人，一時無可奈何，只好道：「兩國交兵，不斬來使，我只是來送信的，你不可以殺我。」

老宦官道：「我抓著你，只是一人對一人，哪來的兩國交兵？再說，派你送信的那個人，我也不敢與他交兵。」

馮道稍安了心，又問：「那你究竟想做什麼？」

老宦官臉上露出一抹詭異笑容，道：「不殺你，關著你總可以，關你一輩子，倒是不錯！」便抓了馮道一步步走回九號石窟，又伸手到石壁上的小詩，依著第八、九、十一、六的順序按下「大佛中空」四個字，石壁隨即發出「喀喀喀」巨響，緩緩移出一道沉厚石門，隔絕了懸崖通道。

老宦官從懷裡拿出一朵石花，俯身到觀音石像下方，將石花插入蓮花旁的一個小洞，轉了三圈，又拔起石花，收回懷裡。

不一會兒，觀音足趾下的地板竟然緩緩移動，露出一個洞口，老宦官抓著馮道一個投身，便跳入黑漆漆洞底。馮道心中驚駭：「難道他想把我關在這地洞一輩子？」不由得毛骨悚然，急道：「你不能關我！」

老宦官落地之後，打亮火摺，冷笑道：「我高興關便關，你能奈我何？」

馮道連忙道：「這裡無飲無食，你關我一輩子，時時要送食物給我，也太麻煩了！」

老宦官這回倒同意了：「你說得不錯，是挺麻煩的！這樣吧，就關你兩年，如果你有本事活下來，就當你命不該絕，可以離開，要是活不了，你也不是『那個人』，那麼餓死、悶死也不算冤枉了！」

馮道怒道：「什麼這個人、那個人？你究竟把我當成什麼人？」

老宦官道：「就是解開謎底之人！總之把你丟進去關個二年，便知道你能不能解開謎底了！」他一邊說話一邊快速飛奔，前方出現一個巨大石門，門上寫了「青史如鏡」四個大字。門側有一面圓形銅鏡，鏡子中心微微凹陷，老宦官將石花放入鏡中凹陷處，一個旋轉，洞門即緩緩開啟，露出一條長隧道，接著再關起洞門。

馮道見那隧道越來越寬，形成一個十數丈寬、看不見盡頭的長遠洞窟，兩旁排列無數石像，最前方是一尊三丈高的軒轅黃帝坐在指南座車上，雙目神威炯炯，揚起手臂指向前方，威風凜凜地指揮兵馬，另有四尊大石像排在後方。馮道認出他們是黃帝身邊的四位賢臣勇將——風后、力牧、常先、大鴻，雖是石像，卻雕刻得栩栩如生，精眸凌厲，猶如搏兔之鷹，令人油然生畏。

老宦官往深處行去，兩旁的洞窟不斷移出一尊尊石像，不斷向他們發動攻擊，老宦官忽前忽後、左飄右移，一一閃過，他奔如閃電，即使石像越移越快，左阻右擋，他也絲毫不遲滯，可見這條石窟路他已走得十分嫻熟。

馮道被他拎著奔行，晃盪得頭昏腦脹、幾欲嘔吐，仍好奇地左右張望，見這些石像盡是黃帝時期的人物，一舉手一投足盡殺氣騰騰，宛如絕代高手，不禁連連讚嘆：「究竟是何人在這地洞雕刻了千百尊王侯將相，融入厲害武功，排列成陣法？太神奇了！簡直是鬼斧神工！」

忽然間，老宦官閃過一個彎道，「唰！」前方赫然移出一尊三丈高的石像，左手展圖、右手護心，雄姿煥發地擋住前路，老宦官瞬間力貫下盤，頓住腳步。

馮道認出這是手持「湯誓」討伐文，準備攻打夏桀的商朝開國君主成湯，在他後方是兩軍交戰、氣勢磅礴的情景，但並不是千百座石像互擊，而是虛虛幻幻的影子，看來十分詭異。

老宦官方才闖關，一往無前，此刻卻起了猶豫，馮道見旁邊的石壁刻著「商湯境」三字，好奇問道：「『商湯境』是什麼東西？」

老宦官雙眼迷離地望著前方幻境，幽幽說道：「這是一道玄境，裡面埋藏著『安天下』的祕密！」

馮道恍然大悟：「難道這就是李茂貞他們搶破頭的『安天下』之祕？口訣裡『地隱神龍』四字指的就是這祕密埋藏在地窟裡？」

老宦官道：「不錯！這幻境裡的『安天下』之祕，乃是曠世奇人日月道長和崆峒開派宗師飛虹子兩人傾畢生心力，為我大唐留下的最後一點希望！自從玄宗時期，皇室裡便代代相傳著一個祕密，說二百年後大唐會陷入末世紛亂，只有解開天龍石窟裡的謎題，天下才可恢復平靜。」

馮道見他一向陰陽怪氣，但提及兩位高人時，卻露出欽敬的神情，心想：「這日月道長、崆峒派宗師能得他如此欽佩，一定是非常之人。」不禁悠然神往，豈料下一刻卻聽老宦官道：「聖上既派你來破解，咱們也只有勇敢地走進去了！」

馮道見他語氣慷慨，一副壯烈成仁的姿態，頓感不妙：「慢著！我們為什麼要『勇敢』地走進去？」

老宦官道：「這玄境裡有特別的機關，進去的人從沒能活著出來。」

馮道驚道：「那咱們還進去？」

老宦官毅然道：「聖上既派你來破解機關，必有其道理，我瞧你沒有武功，是過不了關卡，也只好捨命陪你走這一遭，你若破不了玄境，咱們就一起死在這裡！」

馮道急道：「什麼『聖上派我來破解』？晚生只是來送信！」

老宦官哼道：「倘若不是聖上派你來破解，你怎會曉得『道、可道，非常道，天相奇道；龍、非龍，非真龍，地隱神龍。』這兩句口訣？」

馮道生長在鄉下地方，從小便認定皇帝是「天高皇帝遠」、神仙一般的大人物，從未想過皇帝竟是如此虛弱、受人挾制的可憐模樣，而自己不但為他揉穴舒氣，還受他重託，一時間只覺得腦子嗡嗡響，事情一團混亂，呆了半晌，才吐出一句：「馬車裡的貴客真是皇帝？」

老宦官肅容道：「那玉龍子正是大唐皇帝代代相傳的寶物。」他深吸一口長氣，昂首挺胸，就要大步邁入，馮道心中一涼，阻止道：「慢著！你會不會弄錯聖上的意思，他只是派我來送信，並沒要我破解謎題。」

老宦官用力一擰他脖子，怒道：「你好大膽子，竟敢羞辱咱家！」

馮道被扼得不能呼吸，呼呼喘氣道：「我……怎麼……羞辱你了？」

老宦官忿忿甩開手，道：「咱家從小看著聖上長大，整天都在估摸他的心思，怎可能弄錯？你居然說我不解聖意，這還不是羞辱？」

馮道實是哭笑不得，只能婉言解釋：「晚生沒這意思，只不過滿朝文武人才濟濟，個個學富五車、武功高強，聖上為何不派他們，卻要派我一個鄉下小子來破解謎題？」

老宦官道：「誰說聖上沒派過人？自從玄宗留下這祕密，歷代先帝都曾派人進來，方才那石像陣還不困難，但到了玄境這一關，無論是文臣武將、高達賢士，都沒有人活著出來。後來為免再折損英才，多是把犯了死罪的臣子送來破陣，百多年來，仍是沒有人破出。我也不明白聖上為何派你過來，你不學無術，卻得聖恩眷顧，是何等榮寵，咱們做奴婢的要知道感恩戴德，更要拼了命完成聖上旨意，就算賠了性命又如何？」

馮道看著老宦官九條馬車也拉不回的決心，似乎任何殷勤討好、卑屈求饒、頑強抵抗都不管用，實比那些殺人不眨眼的節帥更難應付，一時間竟無法可想，不禁在心中罵道：「瘋子！瘋子！這人是個瘋子！」但怕對方捏死自己，不敢罵出聲，只忿忿道：「咱倆又沒山盟海誓，為什麼非要死在一起不可！」

老宦官道：「你說得不錯，我原本不需陪你進去送死，但我瞧你楞頭楞腦，半點武功也不會，玄陣裡不知有什麼危險，我陪你進去，也多點勝算。」

他長長一嘆，像是在臨終前回憶著自己的一生：「咱家出身寒微，自幼淨身入宮，得內常侍張泰收為義子。義父時常教導我們這班小宦官，說：『聖上即是咱們的天，聖意即是天意，不得有半點違背。』

打從進宮那一刻起，我們張眼閉眼想的都是主子的心思，如何為主子解憂，討主子歡喜，這是從小刻入骨裡、浸入髓裡，天經地義，要是心裡對主子有一絲不敬不重，都該自掌嘴巴，怎敢有一刻背恩棄主？可這世上偏偏有許多狼心狗肺的東西，忘了聖恩，欺迫主君，那是咱家想都沒法想的事情！

我年少時，看著聖上從襁褓中的嬰孩一日日長大，一日日聰明健壯，心中不知有多歡喜，後來我蒙聖恩榮寵，得賞內供奉，聖上常對我說：『我大唐江山原來不是這樣的，我要學太宗、玄宗，把大唐的榮光再建立回來！承業，朕只相信你，你一定要幫助我。』

我總是回答：『就算千刀萬剮、赴湯蹈火，老奴一定不負聖意。』

四年多前，聖上想發兵攻打鳳翔，我心裡擔憂得很，但主子要做的事，做奴婢的怎能反對？我告訴自己：『如果有人敢動聖駕，我必要拼盡全力保護他，生死無悔。』那是從小刻在我們每個小宦官的心裡，是對聖上、對自己、對天地立下的誓言，決計不能食言。

可是聖上卻對我說：『朕不要你護在身邊，你去李克用那裡。』

他派我擔任河東監軍，一方面是在李克用身邊下功夫，監視河東軍的行動，另方面便是要我守護這天龍石窟裡安天下的祕密。聖上曾大力掃除亂政的宦官，眾人都以為他痛恨宦官，沒人想到那祕密其實就藏在宦官手中，那宦官早躲在李克用的領地裡。❶

後來朝廷兵敗如山倒，李茂貞大舉攻入京城，聖上想到河東避難，我趕緊教李克用領兵勤王，準備迎接聖駕，豈料中途被韓建那逆賊攔截，將聖上囚禁在華州多年，直到前些時候，李茂貞、韓建、李克用見朱全忠勢大，便商量要護送聖上回長安主持大局。」

馮道這才知道眼前古怪的宦官竟是河東監軍，名為張承業，心想：「原來『安天下、承大業』意思是安天下之祕在承業公公手中。而那時我遇上的長安祕事，卻是眾節度使要暗中護送聖上回宮以對抗朱全忠。」他擔心皇帝和李嗣源的安危，插口問道：「聖上安全回宮了嗎？」

張承業點點頭，慨然道：「聖上被李茂貞、韓建、趙匡凝送回宮，還加封韓建那逆賊為太傅、許國公，賜了鐵券！」

馮道想不到一個皇帝面對囚禁自己的逆臣，不但不能降罪，還得加官晉爵，其中的辛酸無奈實不足為外人道，不禁生了同情：「幸好聖上回宮了，再怎麼說，宮裡總有些忠心大臣。」

張承業卻道：「宮裡只有另一群豺狼虎豹！崔胤仗著朱全忠的支持，與宦官爭鬥正凶，聖上回去長安，仍是險關重重、生死未卜，他一定是沒法子了，才會派你這楞小子來天龍山。」

馮道低呼：「聖上就連回宮也不安穩？」

張承業點點頭，嘆了口氣：「一時之間還沒有危險，只是有志不能伸，如入水火。」

馮道嘆道：「我以為亂世戰爭，只有百姓苦，想不到皇帝也這麼苦！」想李曄暫時無虞，轉口問道：「李嗣源後來如何了？」

張承業道：「朱全忠和劉仁恭聯手在魏博伏擊河東軍，李克用兵敗撤退，駐紮在邢、洺兩地，數天之內，朱全忠派大將葛從周接連攻下邢、洺、磁三州，大殺河東軍三萬人，還俘虜了百多名軍官，李克用軍隊退到青山口，已退無可退，只等著被滅絕了。」

「啊！」馮道驚呼一聲，急問道：「李嗣源早已識破朱全忠的詭計，還派了安重誨回去報訊，李克用怎會中計？」

張承業道：「安重誨在半路被汴梁高手截殺，受了重傷，因此來不及傳訊，幸好後來李嗣源趕到，率領橫沖軍衝鋒陷陣，如入無人之境，汴梁軍見到他的氣勢，心慌膽寒、士氣潰散，不多久便被擊退了。李嗣源收兵之後，才發現身上中了四處箭傷，流的血將大腿都浸透了，李克用親自為他解衣敷藥，還賜酒安撫，如今這個橫沖將軍已是名震天下了！」

馮道鬆了一口氣，張承業又道：「聖上尊禮大臣、夢想賢豪，有恢復前烈之志，偏偏大唐江山淪落至此，奸臣逆賊橫行，令他不但壯志難酬，還這麼多災多劫！」說著說著不禁紅了眼眶。

馮道見他難過，心中一軟，道：「你是絕頂高手，如果待在聖上身邊，必能多一份助力。」

張承業懊惱得連連頓足，道：「我奉了皇命，需留在李克用身邊，否則豈能令聖上遭受這等屈辱？我自幼苦練『軟玉綿掌』，就是為了保護聖上，可現在他受苦受難，我卻不能隨侍在側，真是有愧聖恩！」

馮道勸道：「或許這安天下之祕只是一個虛無的傳說，否則百多年來，怎會無人能解？你徒然留在這裡，豈不白白浪費一身本事？」

張承業道：「馮小兄說的確實有理，我也這麼想過，我只要想到聖上受人欺辱，卻無能為力，就像有一把刀扎在心口上！但聖上深信天龍石窟埋藏著挽救大唐基業的祕密，老奴也只能遵行聖旨，守在這裡了。」

他拉袖拭去眼中淚水，仰首喟嘆，又像是對自己立下誓言：「承業原本低賤，卻蒙聖上器重，交託大任，我何德何能受此殊榮？唯有一腔赤膽忠心可報聖恩，告慰義父在天之靈！大唐若不在了，承業要歸於何地？聖上若駕崩，承業心中慚愧，既無面目活在世間，也沒臉死後謁見聖主，這天上地下，竟沒有一處容身。」

他深深望著馮道，懇切說道：「我等了許多年，才盼到有人來，你是第一個奉聖命前來破陣之人，或許也是最後一個，這一次，我們定要全力以赴！」

馮道初時覺得這老宦官陰森可怖、喜怒無常，此刻聽他一片忠君赤誠之心，不禁深受感動：「人人都說宦官誤國，可忠心護主的宦官卻是更多，只不過他們默默盡忠職守，並不像弄權的宦官那樣顯揚名聲。我既遇上這機緣，就應該承擔下來，盡力助他完成心願，也完成聖上旨意，或許蒼天垂憐，我們真能破開謎題，解救聖上和天下百姓。」

他生性豁達、隨遇而安，想到這謎題竟無人解開，一股少年意氣油然而升，生死之事反而不那麼在意了，道：「晚生淺讀百卷書，正是為了救國弘道、安鎮天下，玄境之祕雖然深奧，也未必不能解，就算真的不行，咱們盡了力，也無愧於心。」

張承業原先還怕他不肯用心破關，自己這一去是白白賠死，但見他也有英雄志氣，頓時懷著視死如歸的勇氣，背起那一袋包袱，抓起馮道大步走進幻境裡：「好！咱們就闖上一闖，若真能活命出來，我再收你當小宦官，教聖上賞你個內供奉！」他對義父張泰感念在心，覺得當個大宦官實是最好的賞賜，馮道聞言，卻是哭笑不得。

這一老一小滿懷忠心熱血，抱著一絲希望，攜手踏入百多年來都無人能破的奇境。

這地洞原本十分漆黑，一旦進入幻境，卻有點點螢光川流不息，閃閃爍爍地映出周遭景象。只見前方雷轟電閃，將兩軍交戰的慘烈情狀，映照得一清二楚，旌旗上寫著「商」的一方，步步進逼、節節獲勝；另一方旗幟寫著「夏」，卻是連連敗退、血流成河。

「夏商對決……」馮道心念一轉，道：「這好像是商湯大敗夏桀的鳴條之戰。」

張承業睜大眼瞧了一會兒，喜道：「看起來是有那麼一點兒像，小子懂得不少啊！」他帶著馮道一路小心翼翼地往前行，穿過了千軍萬馬，軍兵似看不見他們，並沒有發動攻擊，待商軍大勝之後，商湯便在「亳」登基，建立商朝。

接著是幾位商君傳承王位，一幕幕幻影在他們身畔流轉而過，兩人彷彿身歷其境，又似穿過一道時光長廊，歷經了商朝的興衰，直到前方出現一座富麗堂皇的高大殿堂，便再無去路。

臺上坐著一位身穿九重錦衣的皇帝，左手環抱一位妖嬈美人，右手拿著軍旗，臺前鑿池儲酒、四周懸肉如林，下方是一排排取悅君王的歌舞伎，文武百官戰戰兢兢地伏跪在旁，場面十分華麗氣派。

遠處卻是戰火肆虐、屍血成河的慘況，與如今大唐烽火連綿、百姓受苦的景象竟如此相似，馮道心中頓時湧起千重浪滔，激動難已：「這是紂王和妲己，兩人極盡驕奢淫逸，又連年征戰，讓百姓陷於水深火熱之中！」

張承業也觸動內心千萬愁緒，道：「戰火不止，聖上一生顛沛流離，何時才可脫離苦難？」

馮道心中仰慕李世民，自然而然答道：「太宗曾說：『為君之道，必須先存百姓』，只有百姓安居樂業，皇帝才能安享高位，如果為君不正，戰爭禍害就永遠不會消失！」

張承業感慨道：「太宗的話總是有道理，可憐聖上仁愛寬厚，偏偏生不逢時！」

馮道指著前方情景，道：「紂王連年征戰，強征窮苦奴隸，弄至民怨沸騰，各諸侯紛紛起兵反抗，對照我大唐的農民起義、藩鎮割據，正是一模一樣的景況！」

張承業睜大了眼，驚道：「你說什麼？」

馮道心想被囚禁在這幻境裡，多半是九死一生，索性放了膽子說道：「我說貪奢暴虐是一個王朝敗亡的最大原因，我大唐今日的慘況就跟這幻影一模一樣！自從我懂事以來，便聽說朝廷昏庸，上至皇帝下至百官，個個貪婪荒淫、橫徵暴斂，致使朝政腐敗、民不聊生。」

「你……你……」張承業想不到他如此大膽，原本玉白的臉氣得幾近死灰，全身更不停顫抖：「你簡直大逆不道，斬十次頭也不夠！」

馮道大聲道：「反正我都要死在這兒了，斬不斬頭又有什麼分別！《史記》裡說：『王者以民人為天，而民人以食為天』，農民、農業乃是一國之本，可我大唐階級分明，所有利益都掌握在皇族、官員、地主手裡，低微的農民只能不斷被壓榨，甚至被強徵從軍，上戰場當砲灰！」

張承業怒不可遏，斥道：「你一個鄉下小子懂得什麼，怎能胡說八道？」

馮道也不甘示弱，更大聲道：「我生於農耕之家，自然懂得農民的痛苦！農民本是最勤懇純善，日出而作、日落而息，只求一頓溫飽。但懿宗、僖宗時期，苛斂繁重、災荒連年，農田屋舍盡變成廢墟，農民連安身立命的地方都沒有，這才被逼得揭竿而起。大中十三年的裘甫起義，咸通九年的龐勳起義，正是農民反抗的第一把烈火，雖很快被熄滅，卻點燃了燎原大火——黃巢之亂！」他憤慨道：「黃巢固然是殺人不眨眼的惡魔，說到底卻是朝廷腐敗所致！」

張承業倏地抓住馮道的背心大穴，怒道：「我瞧你也沒本事破出玄境，不如就此殺了你，也省心許多，不必再聽這逆言惡語污了耳朵！」他指勁只要稍一用力，立刻就能抓碎馮道的脊骨。

馮道哼道：「你殺了我，就辜負聖上託付，一個人孤伶伶地待在這裡慢慢死去，多麼可怕！不如留下我，或許真能想出法子呢！我說話雖不中聽，卻還能陪你解悶！」

張承業指勁不由得鬆了幾分，馮道心中好笑：「聖上果然是老宦官的死穴，只要一提起聖上，他便沒轍了！」他扭了扭身子，示意張承業放開自己，張承業卻不肯放手，斥道：「小子別要滑頭，破不了機關，我立刻殺了你！」

馮道哼道：「誰說我破不了？」

張承業一愣：「你有法子？」指勁又鬆了幾分。

馮道說道：「門口銅鏡上刻著『青史如鏡』四字，這幻境又是歷史長河，映照著大唐今日的處境，只要從這點下手，應有機會破解。」

張承業聽到「青史如鏡」四字，一時又生了感慨：「青史如鏡，那是太宗告誡小皇帝們的話，偏偏……唉！」遂放開手，垂首悲嘆。

這「青史如鏡」是日月道長、飛虹子一生之心血，其中蘊意何等精妙，馮道雖聰明至極，一時間也想不出破陣之法，過了半刻，張承業見他蹦不出一個字，又抓起他威脅道：「我不殺你，卻能折磨你，管教你求生不得、求死不能！」

馮道暗暗好笑：「這老宦官認定我是皇上派來的解謎人，氣成這樣，也不下殺手！」悠哉道：「你這麼嚇著我，我腦子一片空白，便什麼都想不出來。」

張承業忿忿甩開他，馮道見這幻境沒什麼危險，又有張承業照看著，也沒什麼好擔心，道：「我得睡個覺，讓腦子清醒些，才能好好思索。」說罷便仰身躺倒，他著實累了，頭才沾地，即呼呼大睡。

張承業見他絲毫不怕自己，罵道：「誰准你睡了？」氣得想一掌拍扁他，大掌剛舉起，又想起萬一傷了他，怎麼向皇上交代？只得忿忿收了內力。

馮道感到一道冰風拂過，瞬間醒了幾分，揉揉眼，含含糊糊道：「這東西百多年來都沒人想透，難道你指望我一刻間就想出來？」翻個身又即睡著。

張承業恨得牙癢癢，卻拿他沒法子，只能自己設想，他走來踱去，心中翻覆思索：「青史如鏡、青史如鏡……」卻始終想不出所以然。

約莫過了一個時辰，張承業已按捺不住，重重踢了馮道屁股一腳，道：「你快起來解謎！」

馮道驟然吃痛，果然清醒過來，頓覺一肚子火，他一邊揉著屁股坐起，一邊看著眼前紂王、妲己盡情享樂，百姓受苦受難，真是越看越惱火，罵道：「百姓都吃不飽了，還興建華麗鹿台？」對張承業道：「你轟垮鹿台，為受苦的百姓吐一口氣，我便告訴你謎底！」

張承業怒道：「轟垮鹿台意謂著推翻商朝國君，是逆賊之舉，這青史如鏡是教人安天下，怎可能犯上作亂？你這麼胡來，萬一觸動什麼機關，咱倆都要死無葬身之地。」

馮道伸伸懶腰，道：「你不肯也罷，那我只好繼續睡了……」話未說完，張承業已飽提綿掌轟向鹿台，剎那間，地面震動，發出巨雷悶響，巍峨宮闕紛紛崩塌，頃刻間化作一片焦土，塵煙紛飛中，前方幻景迸裂開來，炸出無數天光。

兩人見「商湯境」果然破滅，驚得說不出話來，張承業直呼：「怎麼可能？」

馮道心中雖有一點靈思，也沒想到這麼輕易就破了機關，得意地哈哈大笑：「我沒說錯吧！」

張承業心中受了衝擊，一時無法接受，只覺得腦子嗡嗡響，不斷搖頭嘆氣：「這玄境竟是教人目無君王、大逆不道？這如何使得？如何使得？」感嘆未畢，兩人忽然騰空而起，如流星般劃過天際，再緩緩飄落，但見下方群山巍巍、江河漫漫，兩人最後落入了金戈鐵馬的殺戮戰場裡！

旁側一座高峰刻著三個大字「周武境」，張承業有了經驗，立刻道：「這是周武王攻打商紂王？」

馮道輕易破了第一關，又睡了一覺，心情大好，笑道：「看起來確實是牧野大戰。」

兩人一路往前走，看著周武王滅亡商紂之後，在周公、姜子牙輔佐下安邦定國，建立宗法制度，一代代君王相繼傳承，周朝從豐盛榮景一路走向殘破衰敗，最後場景停在天災頻仍、餓殍枕藉的慘況，周幽王卻抱著寵妃褒姒坐在驪山高臺上，一樣的暴虐驕奢、浮華淫逸，視百姓如芻狗，而前方同樣再無出路。

馮道兩人彷彿也看見了大唐榮光流逝，漸漸走向衰亡，卻無能為力，心中傷痛實有如刀割，張承業忍不住咽咽落淚，馮道默然不語，內心只迴蕩著一個巨大的聲音：「這樣輝煌的王朝，敗落並非一朝一夕，明明有中興的機會，為何這些君王都看不見百姓的苦難？任由國家一步步走向衰亡？」

前方周幽王為博美人一笑，點燃了烽火臺，各地諸侯以為外敵攻打進來，紛紛領兵勤王，豈料趕到驪山，卻是鬧劇一場，諸侯們氣急敗壞，周幽王和褒姒得意不已，縱情歡笑，那笑聲對比百姓的悲哭聲，實是說不出的刺耳。

馮道見妲己、褒姒迷亂君王，以至王朝敗亡，暗暗告誡自己：「大丈夫要做大事業，應守身持節，絕不能沉湎美色，否則小者誤己、大者誤國。」

張承業回想起昔日宮廷遊宴的歡樂情景，感嘆道：「聖上日理萬機，十分勞累，偶有享樂，也是應該，只不過這褒姒迷亂君王，導致國家敗亡，實是紅顏禍水，這褒姒該殺！」

馮道憤慨道：「商紂貪戀酒色、暴虐而亡，這周幽王卻不知借鏡，竟然走向一模一樣的路子，商朝這樣，周朝也是這樣，我大唐又何嘗不是？玄宗本是個英主，卻因沉迷美色，而引發了安史之亂，也造成我大唐江河日下，之後的懿宗、僖宗更是荒淫無度，人之愚蠢，真莫此為甚！」腦海忽閃過一絲靈光：「一模一樣的景況……歷史輪迴真好像照鏡子一般，難怪這裡取名『青史如鏡』，要破出玄境必與朝代衰亡有關！商朝要破的是鹿台，那麼這裡應是……」剛有了念頭，卻被張承業尖銳的吼聲給打斷：「你竟敢將我大唐明君比做暴虐無道的紂王？」

馮道知道他一心護主，也不再爭辯，只道：「周幽王烽火戲諸侯，拿軍國大事胡鬧，使天子威信一落千丈，這才導致滅亡。那烽火臺是天子與諸侯破裂的象徵，你試著毀了它吧。」

張承業愕然道：「怎麼不殺褒姒嚒？」他一掌轟向烽火台，幻境果然破滅，兩人瞬間落入另一道時光長廊裡，走過春秋戰國，進入了「秦皇境」。

秦嬴政以雄強兵馬橫掃各國，一統天下，稱頌自己為「始皇帝」，並施行嚴刑峻法，百姓歷經多年戰亂，卻不得休息，在沉重的徭役、兵役、賦稅之下苦不堪言，直到秦始皇在巡遊南方的路上病死，丞相趙高、李斯共謀，欲立傀儡皇帝胡亥為秦二世，因此假傳聖旨殺害太子扶蘇，幻境便停在扶蘇接旨的光景，不再前進。

張承業見到趙高的毒計，想到聖上正受權臣挾制，憤慨道：「奸臣弄權、背主欺君，這奸相趙高和崔胤的嘴臉真是一模一樣！」

馮道搖頭道：「扶蘇誤信賊臣，真是愚不可及！倘若他能權宜變通，先坐上皇位，再設法剷除兩名奸相，施行德政，秦朝也不會兩代即亡，百姓便能多幾年安康。」

張承業不悅道：「明明是權臣欺主，你為何老說聖上不好？」

馮道哼道：「君王不能分辨忠奸，令奸臣位高權重，國家才會一團混亂。」

張承業怒道：「崔胤背後有朱全忠支持，聖上才會事事受挾制。」未等馮道開口，已對準趙高幻影發出一掌，恨聲道：「禍害權臣實在該殺！」

剎那間，趙高幻影消失，「秦皇境」爆裂開來，巍峨的宮宇、長城紛飛破碎，炸出無數天光，兩人飛過天際，落在了煙霧迷漫的湖沼地，但見夜色深深、蒼野茫茫，前方兩軍正廝殺激烈。

一方是氣吞山嶽、力拔江河的項羽，另一方是略不世出、國士無雙的韓信，兩位絕世英雄在垓下對決了一場天地動容的曠古之戰。

項羽率領十萬楚軍，勇猛地對抗六十萬漢軍層層包圍，韓信親自率領三十萬主軍正面進攻，命兩位副將左右夾擊，雙方均傷亡慘重，項羽被迫退回垓下，準備整軍再戰。

烏雲蔽月，陰風怒吼，楚軍面對生死茫茫的戰況，士氣已十分低落，忽然聽見淒涼哀怨的楚歌悠悠傳蕩，再難壓抑思鄉之情，剎那間意志崩潰，棄甲奔逃。

項羽見大勢已去，趁著夜色昏暗，率軍突圍，一路苦戰，待逃到烏江，僅餘二十八騎相隨，烏江亭長勸項羽回江東休養，以圖再起，項羽自覺無顏見江東父老，命令隨從盡皆下馬，與漢軍搏殺，一口氣殺敵數百人，直到身疲力盡，自刎而死。

劉邦終於建立了輝煌盛世，卻大殺功臣，軍功第一的韓信落得三族盡誅的下場！

馮道看得心神激盪、震撼無已：「項羽悍猛遠勝劉邦，韓信軍威足可震動天下，為何一個走到烏江自刎，一個落至三族盡誅？而劉邦不只是最後的得利者，更建立了輝煌的大漢王朝？」

他原本只是個鄉下小子，但這段時日屢遭危難，常吸收大人物言論，又受了「青史如鏡」的刺激，一夕之間開闊了視野，增長了識見，對許多局勢已能自行推敲，融會貫通，不禁想起李克用和朱全忠的雙雄之爭：「李克用悍猛堪比項羽，但一味窮兵黷武，只徒然耗損自身實力，就算想結盟李茂貞、劉仁恭，也因識人不明，屢遭叛變；反觀朱全忠，不只武功絕頂，更懂得運用謀略，時時利用朝廷勢力打擊對手，其狡猾有如劉邦！或許他身後有高人指點，那高人雖不如朱全忠勇猛，卻能指揮他，就像老子所說：『柔勝剛、弱勝強』。」

只見「兩漢境」中，劉邦採用了郡國並行制，長年下來，諸侯權力漸大，朝廷為鞏固王權，四處平亂，弄至國力空虛，外戚篡權，天子只好勾結宦官，對抗外戚。

到了東漢後期，外戚、宦官各自結黨，鬥爭不斷，甚至拽制著皇帝的廢立，最後董卓以勤王為名，率大軍進京，一掃內廷各方勢力，漢王朝終走向滅亡，天下再度四分五裂。

這一幕幕幻影，與大唐內有宦官、權臣爭鬥，外有藩鎮割據的情景遙相呼應，馮道、張承業兩人的心境也從一開始的激昂悲憤，漸漸變為五味雜陳，深思翻攪，彷彿有什麼東西在內心深處醞釀，卻不知它會漫流成怎樣的驚濤駭浪。

張承業悲痛道：「聖上就是擔心藩鎮割據，國家四分五裂，才想平藩，想不到為時已晚。這董卓原本應該領兵勤王，卻暗懷豺狼之心，倒行逆施，豈不像是——」

「李克用！」

「朱全忠！」

兩人同聲說出，看法卻完全不同，隨著話聲一出，「碰！」張承業已發掌擊滅董卓的幻影，瞬間進入了「魏晉境」。

兩人徐徐往前行，一路沉默無言，看著魏晉皇室為拉攏世族，建立了「九品中正」制，世族因此越加囂張。

晉武帝為掣肘世族，大肆封賞宗藩為王，然而繼位的晉惠帝無能管治，終於引發「八王之亂」，幻境終了，停在「五胡亂華」的情景，只見匈奴、鮮卑、羯、氐、羌這些北方胡夷傾巢而出，成千上萬的鐵蹄如潮浪湧向中原，大肆殺戮，就像五馬分屍般，企圖撕裂割據這塊沃土。

短短時間，北方已屍橫遍野、血流成河，成了人間煉獄，軟弱的晉廷無力抵擋，只得南遷，百姓跟著離棄家園，一波波逃往南方，留在北方的漢人紛紛建立塢堡、軍隊以求自保。這場戰亂歷經了三百年之久，與黃巢之亂相互對映，實是天地間最慘烈的兩大浩劫！

兩人一路看盡各朝興衰、戰火無情，都不如這「五胡亂華」來得令人沉慟震撼，即使馮道性情隨遇而安，也不禁感傷落淚，張承業更已老淚縱橫，握了馮道的手，懇切道：「小兄弟，我們一起匡扶聖上、中興唐室，絕不可讓那些凶狠外族、逆臣惡賊毀了我大唐王朝！」

馮道心中卻想：「聖上已無能力安頓四海，反倒是河東正當強盛，嗣源大哥義勇雙全、心存仁善，說不定有安鎮天下的希望。」正色道：「張公公，有朝一日你若能面見聖上，一定要勸諫他，河東軍是唯一可壓制汴梁軍的希望，崔胤勾結朱全忠，是與虎謀皮，他二人此刻還假裝忠臣，一旦宦官除盡、李克用勢微，時局就會改變！朱全忠第一個殺的必是崔胤，接著就是聖上！」

張承業聞言如雷轟耳，但又知他說的是事實，半晌，沉沉一嘆：「聖上為了壓制李克用，才放任崔胤、朱全忠結盟，這也是無可奈何，都是這些逆臣不好！」

馮道忍不住道：「朱全忠明明狼子野心，為何聖上寧可信他，也不信李克用？」

張承業道：「聖上不喜歡李克用！你瞧瞧這五胡亂華的情景，那李克用是沙陀人，正是屢屢侵犯我大唐邊境的突厥後裔，突厥天性殘狠，惡如凶獸，就算久居中原，表面斯文，骨子裡也難馴化，怎能相信？」

馮道放眼望去，見這些夷族滿臉鬍虬、目光如火，身形魁梧如山，行止殘狠如猛獸，屠城掠地千里，不禁感到憂慮：「如今北方契丹虎視眈眈，難道我大唐最後也要經此浩劫？」

他的家鄉河北之地，一向是抵擋契丹的最前線，這幾年在劉仁恭「火燒草原」的計策下，有效阻擋了對方的攻勢，但河北的百姓都知道，那只是暴風雨前的寧靜，只要契丹大軍整備好，必會一舉南下，到時中原內亂，劉仁恭若無援軍，必抵擋不了外族入侵，這也是劉仁恭不惜背叛李克用，投靠最強大的朱全忠的原因之一。

張承業全力擊出一掌，將滿懷痛怒發洩在石勒的幻影上，道：「這『胡皇』石勒屠殺百姓數十萬，最是殘暴！」

「魏晉境」一旦破碎開來，兩人便進入了「隋文境」，見到隋文帝勤儉愛民，天下總算暫得休養，可好景不常，繼位的隋煬帝窮奢極欲、濫用民力，建東都、修馳道、鑿運河、征高麗，終導致群雄四起、聲討暴君，原本應該保護皇帝的禁衛首領宇文化及卻率叛軍衝入皇宮，擒捉皇帝，楊廣逃生無門，只得束手就擒。

「逆賊！」張承業見到皇帝遭難，一口氣往上衝，忍不住撲上去搶救，卻因為是幻影，只撲了個空，叛軍又拿起繩索縊殺楊廣，楊廣不斷痛苦哀嚎，但喉頭被扼，叫不出聲，面目扭曲猙獰，四肢不斷掙扎。

這一幕像雷電轟擊般，令張承業腳步一個踉蹌，重重跌坐在地，他臉色蒼白無血，全身不停顫抖，淚水無聲無息地湧流出來。

馮道可感受他心中是多麼悲痛絕望，因為無論忠臣多麼努力，末代皇帝幾乎都逃不出被逆賊扼殺的結局，這血淋淋的一幕，挑起張承業內心深處最大的恐懼，彷彿長年擔憂的噩夢忽然化成了真實，殘酷地呈現在眼前，令他不由得抱頭慟哭：「老奴罪該萬死，竟沒能護住你……」

馮道想起馬車裡與李曄共處的情景，也萬分難過，蹲下來扶住張承業，勸慰道：「公公別傷心，聖上還活著！這隋文境應是最後一關，咱們快快破關出去，說不定就能扭轉危局。」

「對！對！」張承業忽然清醒過來，連忙拭去淚水，道：「咱們趕快拿到安天下之祕，就能回去解救聖上！」抬眼望了前方景象，氣憤道：「宇文化及這逆臣辜負皇帝的信任，最是該殺！」遂起身發掌擊去，豈料幻境並未破碎，他狠狠發去數掌，見幻境安好如故，一時氣極，發了瘋似地擊打宇文化及的幻影，尖聲罵道：「這逆賊怎麼不死？怎麼還不死？」

馮道知道他心中難過，也不阻止，待他發洩夠了，才道：「張公公，您得留點力氣破關。」

張承業愕然停了手，道：「難道不是殺這逆賊？」

馮道搖搖頭，張承業雖然心有不甘，但想他屢屢破關，只好道：「你破關便破關，別再對聖上不敬！」

馮道心想：「楊廣荒淫無道，壓榨百姓來滿足自己，才招至滅亡……」但他不忍再刺激一個忠心老臣，繞了彎道：「這場景只有幾個逆賊和楊廣，你打了逆賊不下數十掌，怎麼也打不散，不如……」低聲道：「試著打楊廣看看！」

「殺皇帝？」張承業心中咯登一聲，掙扎了半晌，終於忍痛擊碎楊廣幻影，四周幻境果然破碎開來。

馮道心中雖有數，仍感到十分震驚：「想不到最後一關竟然結束在『弒君』！」不禁想道：「皇帝和各方節度使都以為這『安天下』之祕是爭奪江山的利器，殊不知『天下』兩字指的並不是權力江山，而是天下百姓。只有真正體察民情，心存百姓，方能安治天下，日月道長、飛虹子兩大高人聯手設下這機關，以境喻意，告誡歷代皇帝需以青史為鑑，實是用心良苦，可惜百多年來都無人能體會。」

「隋文境」破滅的剎那，兩人心中同時一緊，都猜想「大唐境」會出現什麼情景，卻已經回到現實，且出現一幕驚悚景象！

「唉喲！」陰暗的洞穴裡，百多具白骨屍橫遍地，乍見到這恐怖景象，馮道嚇得驚呼出聲，連忙躲到張承業身後。

張承業見白骷髏身上都穿著大唐朝臣的服飾，嘆道：「他們是從前進來闖關的人，個個都是我大唐英才，卻都死在這兒！」

馮道仔細看去，見有人手中拿著《孫子算經》、《周髀算經》、《九章算術》，想以數算來解開玄境，有人拿著《說文解字》、《楚辭》、《詩經》，試圖以詩文意義來解謎，更有拿著《河洛》、《易經》、各式武功秘笈來破解的，文臣武將各展聰明。

馮道心中不禁納悶：「這玄境其實不難，門前大字『青史如鏡』已經破題，為何百多年來都無人能解？」

卻不知初期進來的人，都是皇室的忠誠志士，心中只想如何延續大唐國祚，平定天下叛亂，並沒有反君思想，後期雖進來一些犯罪死士，但礙於先前的英傑試盡各種方法，都未能全身而退，因此這玄境之謎被渲染得十分可怕，眾人盡朝著更複雜、更深奧的方式探究，卻忘了安治天下最基本的道理就是「以民為本」。

馮道出身耕讀之家，對底層百姓的苦難實是切身之痛，才能一下子就瞭解這「青史如鏡」的喻意。但他並不知道百多年前武則天、飛虹子破入玄鏡的那一次，大唐盛世而斷，出了武周王朝，此刻也是一模一樣，大唐既將末世而亡，邁入一個新局面，再度印證了青史如鏡，歷史軌跡一再輪迴重覆。

前方有一座數丈高的塔臺，臺上有個被水力驅動、緩緩轉動的古怪圓球，圓球表面刻畫著一道道線條，乃是赤道、黃道、恒穩圈、恒顯圈，又鑲嵌無數閃亮的星鑽，每一顆星鑽都對應著天上星辰，散發出晶瑩迷眩的光芒，這些光芒時近時遠，有暗有亮，交織出「青史如鏡」的幻影，圓球四周有一道濃雲緩緩繚繞，似一條雲龍隨著天地的運行飛翔盤旋，雲尾迷漫散亂。

兩人不知道那條雲龍即是大唐龍脈，對前人能在地底建造出如此偉大的奇觀，都驚佩無已，馮道興奮道：「我在書上見過這圓球，『渾天如雞子，天體圓如蛋丸，地如雞中黃』，天地間充滿水氣，上刻群星圖景，這是能測算周天星辰運行的『渾天儀』！」

張承業倒不稀奇，道：「不錯，是渾天儀，小子真有見識。」

兩人走上前去，見渾天儀下方擺放了二本書，分別是《天相》和《奇道》，張承業拿起《奇道》翻了幾頁，凝視良久，忽然間淚水滴滴落下，濺濕衣襟，神情哀切，悲不自勝。

馮道歡喜道：「張公公別再哭啦！咱們快把書拿出去，等您研究了安天下的祕密，就能扶持聖上，挽救大唐了。」

張承業卻搖頭道：「聖上為一國之主，我跟在他身邊幾十年，看過的金銀器玩難道少了？我一介老奴還貪圖什麼奇珍異寶？這兩本書是鎮國之寶，交給不該的人，只是枉然。」

馮道不明白他是什麼意思，一心只想離開這詭異地洞，道：「你不研究這秘笈，總該把書帶給聖上或其他高賢。」

張承業道：「說來慚愧，朝廷雖有千百彥士，卻無一人能勘透境中祕訣，連稍稍突破也稱不上。但你一個孩子竟然只花了二天時間，便破盡機關，可見你真是傳承天命之人，只有你盡快通曉書中道理，才能解救大唐。」

馮道一時愕然，但想這老宦官一旦認定的事，便十分死心眼，也不再勸說，道：「晚生不過是僥倖而已。您武功高強、見識廣博，不如我們一起研究這學問，此刻先出去再說吧。」

張承業道：「咱家自知輕重，不敢妄視。」將書本恭恭敬敬放回原位。

馮道初時只被他的赤誠忠心感動，此刻見他視寶物如浮雲，不禁打從心底生了尊敬，卻不知張承業心裡正轉著另一個念頭。

張承業道：「我方才翻了兩頁，見書中的本事並非一蹴可成，如今國難當頭，聖上處境危險，咱們得全力以赴，只有使上非常手段了！」

馮道不解道：「什麼非常手段？」

張承業探指伸出，疾點馮道穴道，馮道咕咚一聲摔倒在地，怎麼也沒想到兩人才共歷一場患難，這老宦官竟然毫不念情，說出手就出手，驚慌叫道：「張公公，你做什麼？」

張承業放下肩上的大包袱，道：「你就靜心在此閉關。這穴道半個時辰後自會解開，袋裡有足夠的乾糧，半年後我再來找你。」

馮道急道：「晚生不懂半點武功，萬一學不成怎麼辦？豈不白白浪費時間，還不如將書拿出去，集思廣益！」

張承業道：「你名道、字可道，又連破機關，豈不是因緣？緣分既至，如何不成？」

馮道知道他說得出做得到，此刻再說什麼都已無用，叫道：「半年之後，你忘了我怎麼辦？」

張承業道：「老奴心心念念便是聖上的囑託，怎可能忘記？」

馮道急道：「萬一、萬一，你有個什麼萬一，怎麼辦？」

張承業道：「那是你的命數，也是大唐的命數了！」說罷便轉身離去，想到自己完成聖託付這不可思議的任務，不禁淌下淚水，哼哼而笑。

馮道又急又怒，卻動彈不得，破口罵道：「你這忘恩負義的老宦官！」望著那離去的背越來越小，終至消失不見，才意識到自己真要被關在這玄平乎、暗漆漆的洞底，再也出不了……

（註❶：監軍：唐廷派駐在各藩鎮監督將帥的官吏。）

八九九

牢落乾坤大・周流道術空

「唉！」馮道嘆了口氣，想道：「《奇道》書中不知寫了什麼，竟讓張公公生出歹念，將我關在這裡……」心中雖萬分好奇，但被點了穴道，也只能靜靜躺在地洞裡。

過了半個時辰，穴道果然自行解開，他連忙起身，打開張承業留下的包袱，拿出乾糧大吃一頓：「我先吃飽，才有力氣幹活。」他著實餓了，一邊狼吞虎嚥，一邊忍不住拿起《奇道》翻閱。

《奇道》首頁是數張夾紙，顏色稍白，與後面泛黃的書頁有些不同，可見這段文字並非是原著，是後來才夾訂進去的。開首即是那兩句口訣：「道、可道，非常道，天相奇道；龍、非龍，非真龍，地隱神龍」，落款是「飛虹子」，顯示下面這篇文章是崆峒開派宗師飛虹子所寫：

「天下大勢，合久必分、分久必合，歷史輪迴、永無休止。

每逢國家衰敗、君王昏庸，必有英雄豪傑乘勢而起，以戰亂滌清世間污濁，開創新天地、新太平。

然亂世是英雄之高臺、百姓之煉獄。戰禍一久，蒼生受苦最深，其間更有許多暴虐武夫並非真龍天子，僅為一己私利、愚蠢野心而妄動干戈、加添禍亂。

天幸軒轅黃帝創立華夏之初，曾求問仙道廣成子如何安治天下，廣成子即留下無數典籍，傳予有緣人。這幫傳徒乃依天機擇定，代代一脈相承，出於亂世、隱於太平，心有大志卻淡泊名利，身有大能卻掩藏鋒芒，以尋帝、立帝、輔帝，安治天下、減少戰禍為己任，稱為『隱龍』。」

馮道想道：「我認得這個廣成子！《莊子．外篇．在宥》曾記載這個故事，說黃帝曾求問廣成子如何治理天下，廣成子卻不回答，只教了修身養性的方法，原來這仙人還留下無數典籍給隱龍，以守護蒼生。但不知歷朝歷代之中，誰是隱龍？」

但見下方列了一串人名：姜子牙、老子、鬼谷子、張良、諸葛亮……日月道長、袁天罡、飛虹子，有的如雷貫耳，有的卻從未聽聞。❶

書中續寫道：「每一代隱龍起初的學問雖傳承自前人，但隨著所遇機緣不同，體悟不同，多會以自身絕學再修撰成書，有些著作廣傳於後世，如《鬼谷算經》，有些只會密傳於下一代隱龍，如《天相》、《奇道》。

太宗時期，袁天罡預知大唐將盛世而斷，其後武周立朝，遂帶領弟子李淳風隱居『閬中』，觀天地萬象、察世情百態，融合歷代隱龍之心血，修撰了《天相》、《奇道》兩本奇書，並傳贈予我，以輔佐大唐再興。」

馮道終於明白兩句口訣真正的意思，「道、可道，非常道，天相奇道」是指廣成子留下了非常之道，歷代隱龍本其根源、匯集心血，成就了《天相》、《奇道》的綱要，最後由袁天罡帶著弟子李淳風編撰而成，再傳承下去；「龍、非龍，非真龍，地隱神龍」則是指隱龍雖有奇能異術，足以稱霸一方或自立為帝，卻因深知天命，為安定天下，甘願隱伏，只一心輔佐明君，並不會成為真龍天子。

馮道想道：「原來《天相》、《奇道》是第一術師袁天罡所著，後來傳給飛虹子，而飛虹子是最後一位隱龍，也是留下『安天下』祕密的人。」

書中又道：「隱龍乃是人間稀品，有如鳳毛麟角，不只一脈單傳，師徒之間往往生死相隔上百年，才有機緣相遇，就如你我一般。」

馮道陡然見到「你我一般」四字，心中一跳：「我是飛虹子的傳徒？莫非……我也是隱龍？」他雖立志要在這亂世裡建立一番事業，光耀門楣，但畢竟是鄉下小子，該如何行事，始終懵懵懂懂，讀到這裡，想到自己極可能與這些奇人一樣，擁有絕頂本事，將來流芳百世，不由得又驚又喜，幾乎不敢相信：「天下奇人多得是，為何獨獨挑中我？」

飛虹子寫道：「隱龍多經奇遇險患，才得以大成，非天資聰穎、心志堅強、淡泊名利者不可擔當。」

馮道哈哈一笑，頗是自得：「因為我天資聰穎、心志堅強、淡泊名利、志節高尚，這才雀屏中選！」

下方卻寫道：「隱龍一身本事，足以自立為帝、指定君王、挾天子以令諸侯，但天命使然，既不能享受榮華富貴，更會顛沛流離，年少時已飽經風霜，或遭受大罪，或生死煎熬，或千古唾罵，或勞苦一生卻是為人作嫁，一個絕頂之人怎甘願受此枷鎖、終生埋沒？因此身為隱龍，必須看透生死名利，具有大智慧、大勇氣，方可承擔一切。你天性隨意、不受拘束，唯有歷經一番寒徹骨，才可真正成為隱龍使徒。」

馮道越看越心冷，嘆道：「姜子牙熬至古稀才出頭，諸葛亮壯志未酬遇阿斗！這隱龍太過辛苦，只有不怕難、不怕死的傻瓜才肯當，難怪別人也不搶！我怕死得很，實在不適合……」不禁意興闌珊，減了興致。

飛虹子續寫道：「這裡的《天相》並非原書，而是為師的手抄本，所差異者，乃是缺少最後一章『天星篇』。天星變化牽扯甚廣，在你未經足夠歷練之前，不宜輕易觀閱，因此為師將原書另作安排。」

馮道快速翻開《天相》，只見書中分成四大篇，依序是「天象」、「地理」、「人相」、「天星」。

首篇「天象」記載了風、雷、雲、霧……等各種天空氣象變化；第二篇「地理」則是描述了山、土、江、海等地形佈置；「人相」則詳述了如何鑑別人體形貌，馮道越看越驚奇：「想不到天地自然景象、人之五官形貌，竟蘊涵如此多的學問！」見最末一篇「天星」內容一片空白，心中更加好奇：「這『天星篇』不能輕易觀閱，究竟寫了什麼？」

飛虹子似明白他的疑問，續寫道：「時機一到，你前往河北之地，尋找孫氏後人，自有機緣尋到。」

馮道一愣：「河北？那不是我的故鄉嚒？」想到河北，不禁掛念起雙親：「我無故離家許久，雖然已託人傳信說我在外遊歷，想闖一番功名再回家，但爺娘一定很擔心。」他屢遭險境，始終不能回家，頗是無奈，又想：「河北說大不大，說小也不小，人海茫茫、亂世動蕩，這無憑無據，我去哪裡找孫氏後人要書？」

書中又寫道：「藏書之人有一特徵，既熟讀《天相》，必有非凡本事，能顯揚名聲，不會隱於鄉野。」

馮道一拍自己的腦袋，笑道：「不錯，我怎會想不到！孫家得到《天相》已久，早將書中絕學練得滾瓜爛熟，打遍天下無敵手，又豈會沒沒無名？」

若是別的地方，他見識不多，或許猜想不出，河北名人他卻如數家珍，腦海裡快速搜尋，但當世豪雄、名門望族都無孫氏，最驚天動地的大人物莫過於劉仁恭，忽然間，他心中一震：「難道是孫鶴？所以他才能預測天雨？一定是這樣！孫鶴讀通了《天相》之後，便成為劉仁恭的首席謀士！」頓時湧起諸多疑問：「孫鶴不是隱龍，卻能閱讀《天相》，還能看到『天星篇』，那他豈不是能用這絕頂本事呼風喚雨、稱霸天下了？飛虹子為何要做這樣的安排？」

書中沒有回答，馮道又想：「如今孫鶴位高身貴，出入多有大軍隨護，我一個鄉下小子，怎麼向他開口要求寶書？還不被他們大卸八塊！就算我使巧計竊取，他隨意弄本假書給我，我從未看過『天星篇』，也不能分辨真假。這老仙道連面也不露，就派我做這麼危險的事，真是不地道！再怎麼說，總得教我一些無敵本事，讓我保住小命才是！」

飛虹子彷彿能透析他一切疑惑，又寫：「為師既不能當面指點你，為免你誤入歧途，遂融合吾畢生對天道之體悟、武學之精華，撰寫了『榮枯鑑』，收錄在《奇道》首章，望你循序漸進、勤懇學習。你此刻內力空虛，強學絕頂武功，反而傷身，『榮枯鑑』自成一絕，已足以保命，你若不幸身亡，便是你性情張揚、不夠隱忍，不配成為隱龍，是為師選錯了人。」

馮道內心不禁湧上一股難言的滋味，似萬分驚喜、前景光明，又似任重道遠，更加迷惘：「『榮枯鑑』是什麼東西？既不是高深武學，又能自成一絕，究竟是怎麼絕法？」

只見下方續寫：「二十五歲之後，你若還活著，便已通過考驗，自有一身本事，習不習武，也不重要了。」

「二十五歲？」馮道心想：「難道那時我會遇到人生中的大坎？看來我得仔細研究這書，學好本事保命才是！」

他心中好奇，便打開《奇道》第一頁，果然上面寫著大大的「榮枯鑑」三字，他再往下翻去，這不看便罷，一看之下，口中食物險些吐了出來，書頁上畫了一張可怖的男子人像，全身赤裸，盤膝而坐，左半邊膚色紅潤，皮光肉滑，有如剛出生的嬰兒，右半邊卻是焦黃面皮緊貼枯骨，無半點肌肉，骨頭盡突了出來，彷彿是參坐枯禪百年的老骷髏，身上還畫滿了經脈走向、穴位黑點。

馮道乍看之下覺得驚詫，再看兩眼，卻是驚嘆：「這飛虹子的畫技也未免太精湛了！竟把半枯半榮的景象畫得栩栩如生，如此嚇人，也不知他有什麼艱苦故事，才創出這麼可怕的武功，將人練成了半副骷髏？」

他翻開下一頁，書中寫道：「首篇『圓通』：吾以廣成子之養氣祕訣『迴圈經』為本，修改而成新篇，其文如下：『天理有常，明者不棄；道之靡通、易者無虞……』此篇乃是一切功法之基礎，具有延年益壽之效，修習者神遊文意之中，依圖示運氣，日日修練、勤奮不綴，必有助益，切記需徐緩漸進，勿急躁速行。」

原來當年飛虹子修練「迴圈經」時，有得天獨厚的環境，他深知後人難有自己的奇遇，遂將功訣稍加修改，變成今日的「圓通」篇，其功效雖不如原本的「迴圈經」，卻更容易修練。

文末還附了一段註釋：「『道』之精髓乃是幽深沉寂，精神寧靜、形體自然，封閉所有感官，即可長生。天地各有主宰，陰陽各有府藏，萬物自然成長，只要處於陰陽和諧的境界，就可與天地日月同常。」

馮道驚奇道：「咦？這好像廣成子回答黃帝的修身之法，意思是什麼都不做，只要睡覺就好，但睡覺如何能修身、治天下？」思索許久，對字義雖能理解，意境卻不能體會，幸好他曾研讀些許醫書，對經脈、穴道頗為熟悉，心想：「飛虹子說照圖修練，我便依樣畫葫蘆，總能學個七、八分像。」

他學著可怖男子的姿勢盤膝坐下，沉定心思，再根據圖中經脈指示，冥想自身氣息，才練了一會兒，便覺得眼皮沉重，只得停了下來：「我讀書時總精神奕奕，練起功來卻昏昏欲睡，看來我真不是練武的料子！不如先看看《奇道》寫了什麼？」便快速跳過「榮枯鑑」，往《奇道》內文看去，見滿篇盡是兵陣、機關、算術的運用，不禁頭大如斗。

他讀書雖多，但無論是祖上留傳、市面買到或街坊相借的書，多是《大學》、《中庸》、《論語》、《孟子》等聖賢書籍，至於兵陣、機關、算學這類專門著作，並非一般老百姓可得，因此他全無基礎。

《奇道》並不是一般入門書籍，而是專門高深的著作，他才讀了幾句便遇瓶頸，完全不知所云，從前他自負學多識廣、揚名鄉里，第一次感到自己有如井底之蛙，就算寶藏在前，竟然看也看不懂，不由得萬分氣餒：「難道我真要練那古怪神功才能出去？」

他回頭望去，忽然發現這個石洞裡雖是白骨森森，卻也藏書無數，每架白骨身上都有幾本珍品，《太玄經》、《孫武算經》……等全是名家大作，是窮鄉小子一輩子也不可能得到的寶書，不由得欣喜若狂、激動難已：「這裡是個大寶窟！我何其幸運，才能進來研讀先賢著作，我竟還垂頭喪氣？」

他對武學原本沒多大興趣，再看男子圖像，真覺得越看越可怖，立刻說服自己：「入寶窟不取寶，只顧著睡覺，已是天大罪過，若是一覺醒來，變成半榮半枯、左骷髏右嬰兒的怪物，豈不糟糕？」這麼一想，被囚禁的煩惱瞬間拋到九霄雲外，他起身走向骷髏散落處，將一本本經典拾起：「這些全是聖賢前輩留下的精華，我讀通了，也是一身本事，為何非要學那本嗜睡成怪物的書？」

他很快將這些著作分門別類，依深淺難易疊好，先由《河圖》、《洛書》看起，接著是揚雄的《太玄經》、王弼的《周易注》和歷代大賢的易學論著，然後進入算學之門，研究起《算經十書》，這十本算經乃是唐廷「國子監」算學科必讀的書籍，也是當時最頂峰的數學著作，頗有難度，馮道耗費了不少時間，才終於讀通。❷

待易學、算學都有了基礎，馮道最後進入兵法之道，研讀《武經七書》，這七本武書記載了自古以來兵法運用、排佈陣局的精華，實是亂世爭雄的寶典。❸

無論術算或兵陣，馮道對未知的學問一向癡迷，不鑽研則已，一旦入門便是泥足深陷，越是繁難，越想突破，被關在如此奇異的地洞裡，四周還有百多架骷髏相伴，倘若換成別人，早就瘋了，偏偏他愛書成癡，如此閉關讀書，與世隔絕，簡直是如魚得水，只恨不能永遠浸淫在浩瀚學海裡，不受打擾，他餓了便隨手抓袋裡的食物來吃，完全忘了幽禁的可怕。

張承業想到大唐存亡全繫在一個少不經事的鄉下小子身上，時感憂慮：「小子關了許久，也不知是生是死，學習得如何？會不會病了、懶了，不思上進？」等不了半年，就悄悄前去探望。

他小心翼翼走進地洞，聽見洞窟深處尚有呼吸，稍稍安心：「小子還活著！」想到馮道可能大吵大鬧，哀求放人，又想：「我需好言安撫，讓他專心閉關靜修。」便端了一張笑臉走進去。

馮道卻未發覺，只埋首書海之中，張承業覺得小子很受教，心中十分安慰，便悄悄放下半年份的乾糧、衣物，退了出去。

張承業心想馮道既然上進，便時時來探望，總帶上好吃好用的，原本還擔心過了一段日子，馮道便會偷懶，但無論何時前來，馮道都視而不見，只專注學問，張承業忍不住詢問進境如何，馮道也總是「嗯」聲作為回答。

如此過了半年，這一日張承業前來探望，見馮道時而臉上掛笑，時而手舞足蹈，還在石壁、地上寫了滿滿圖文，張承業擔心他是不是被關得瘋了，便故意站到馮道面前，喚道：「小子！」

馮道瞥了他一眼，又低首看書。張承業見他態度冷淡，陪笑道：「我知道你生咱家的氣，我給你帶好吃的來了。」

馮道「嗯」了一聲，又繼續看書，張承業故意試探：「小傢伙，想不想咱家帶你出去？」

馮道斬釘截鐵道：「我不出去！」

張承業見他形如瘋魔，不由得擔心起來，嘆道：「你方才入門，學不會也是應該，是咱家逼你太緊了，你不出去，也該休息一下，不如咱們聊聊。」他興沖沖地聊起外面景況，馮道卻意興闌珊，初時還應付兩句，張承業說得多了，只教他別吵，幾回之後，馮道索性背了身對他，張承業無奈，只得離去，不免擔憂：「這小子瘋瘋顛顛的，我大唐的命運交在他手裡，真可靠麼？」

斗轉星移間，馮道在「青史如鏡」裡已待了一年多，他焚膏繼晷、嘔心瀝血，將洞裡藏書都翻了個遍，不只學識快速增長，心智更是脫胎換骨，不再是一無所知的鄉村野夫，這時再重新翻閱《天相》、《奇道》，忽覺得興致盎然，妙趣無窮，待他研畢兩本奇書之後，更如走出雲霧般，天地煥然一新，任何學問道理都能自行融會貫通，再無任何局面能困住他。

這一日，馮道自認已將洞中藏書記熟，也知道如何通過石陣，便收拾行囊準備離開，他信心滿滿地走向軒轅石像陣，調皮想道：「算算日子，公公應該過來了，我先穿過石陣到洞門口迎接，他一打開石門，忽然見到我，定會嚇一大跳！」他越想越得意，便依著自己對陣法的理解，大步走進石陣裡，豈料才走了四、五步，腦中剛想：「我踏中巽位，會有右方突襲……」正要閃身，冷不防「碰！」一聲，右肩已中了一拳。

這一擊足有數十斤重，馮道伏趴在地，痛苦得無法起身，忽聽到碰碰聲響，正是觸動了機關，石像要蜂湧過來，他驚慌想道：「我不離開這陣地，只怕要被踩死！」忍著痛想起身，才爬起一半，「碰！」一聲，後背又中了一拳，打得他直飛丈許，倒地不起。

幸好這一擊將他打出陣外，暫時脫離了危險，但他全身似要碎裂，胸口氣血翻騰，口中不斷汩汩出血，頭暈眼黑，漸漸昏死過去，他不由得著急起來：「這麼下去，我一定會失血而亡，等公公到時，只見到一具乾屍，肯定要痛哭流涕……」但獨自被關在洞窟裡，實在是求救無門、無法可想。

馮道等了許久，張承業竟未前來，他感到自己生息如絲抽去，全身似雪冰冷，萬分絕望之際，腦中忽閃過一絲靈光：「飛虹子說睡覺神功有延年益壽之效，就算變成半具骷髏，也勝過全副乾屍，這就是好死不如賴活，說不得，只好咬牙練一練了！」

他雖然無法起身，但腦海中還有「圓通」的印象，便沉定心思，冥想經文涵義，意識神遊文句之中：「天理有常，明者不棄；道之靡通、易者無虞……真氣自丹田而出……」一股真氣緩緩自丹田湧出，行至後背「命門穴」，也不知是受傷沉重，還是經文使然，漸漸地他心跳慢了、血也流得慢了，彷彿全身心都靜止了，不知不覺間，已昏迷不醒。

過了許久，馮道甦醒過來，但覺全身輕盈舒泰，傷勢雖未痊癒，血流卻已凝結，心中十分驚奇，趕緊捏捏臉頰，慶幸道：「還好皮肉還在，沒變成骷髏！這法門還真是神奇！」頓時對「榮枯鑑」佩服不已，又想：「我雖看得懂陣法，但這石像出手太快，我沒有內功，手腳便來不及反應，可見腦子裡知識再多，若沒有對等的功力，也是無用，看來我要通過石像陣，還是得乖乖修練『榮枯鑑』。」

他緩緩起身，拿了點食物充飢，待吃飽後，即開始修習「圓通篇」，此刻他心無掛礙，進境甚快，不過數日，傷勢漸癒，再過一段時日，體內似有一股氣流滾來滾去，甚是好玩，他一旦生了興趣，便是沉迷其中，日夜無休的練習，練到極處，體內真氣運轉圓和通暢，有如明珠流動，令百骸充盈。

這時他終於體會了「圓通」的養氣、運氣之妙，也理解出其中奧義：「這篇經文源自於黃帝求問廣成子如何安治天下，廣成子卻不回答，只告訴黃帝修身養命之道，其實治國與治身是相通的，『休養生息』即是不二法門，從前我見小識窄，才看不明白！」

馮道對「圓通」功法練得嫻熟了，便往第二篇看去，書中寫道：「交結者，氣之運行，可集結一處，堅如石壘；可奔竄血脈，行如流水，更可散諸四肢百骸，交結成網，如此運氣自如，隨心所欲，如遭敵襲，攻之不破。」

「如遭敵襲，攻之不破？」馮道依言練習數回，恍然明白其意：「一旦遭遇敵人攻擊左腿，便將全身真氣集結於左腿，使其堅如石壘，便可抵擋；若敵人攻擊右臂，便將真氣聚於右臂，以抵擋敵人；敵人若當面發射大把暗器，便將真氣散諸面門、前胸，交結成堅韌的氣網……」

他練習「交結」一段時日之後，終於明白此功訣為何稱為「榮枯」，原來一個人的真氣總是有限，尤其像他這樣內功粗淺之人，真氣更是薄弱，一旦將全身真氣集結於某處，彷彿極其榮盛，可發千斤之力、擋萬鈞之重，同時間身子其他處必會枯虛如草、軟弱如絮，不堪一擊。也就是說在遭遇危難時，這武功能發揮及時護體之效，但並非像李茂貞、李嗣源他們所練的，是戰鬥時打敗敵人的絕頂神功。

馮道不禁苦笑：「原來這『交結』是挨揍的功夫！」

他練習一段時日，自覺耐打了，便再往下，第三篇「解厄」是療傷功訣，當身子有了創傷，可將全身真氣集中，運往該處止血療傷，便能快速復原。

馮道心想：「這篇倒是不錯，萬一遇到超強敵人，連交結的氣網也抵受不住，便用『解厄』來療傷，當初我闖石陣時，若練好了『交結』，便不怕它們的撞擊，萬一真擋不住了，就用『解厄』療傷，也不會被揍得七葷八素、奄奄一息了，這一篇不可偷懶，我得好好練練！」

他以「圓通」為根砥，又有了「交結」運氣的經驗，只花一小段時間，便將「解厄」篇學會，再往第四篇看去，書中寫道：「聞達者，將全身真氣集中於雙耳，功成之後，可傾聽花開葉舒之聲、辨明風拂雲捲之音。」

馮道心中納悶：「花兒綻放、嫩葉舒展，有聲音麼？狂風自然有呼嘯聲，但微風輕拂，非武功高強者不能聽見，更別說雲高萬里，輕軟如無物，捲曳之間，怎可能有聲音？」

他生性好奇，對不明白之事，非要弄懂不可，便依法修練，練了一段時日，便發現只要將真氣聚於雙耳，原以為寂靜無聲的洞穴竟然精彩紛呈，石壁呼吸聲、塵沙落地聲、渾天儀轉動聲，甚至雲龍飛旋聲，聲聲交織，有如樂章。

待練好了「聞達」，馮道已迫不及待翻至下一篇「謗言」，只見書中寫道：「謗言者，將全身真氣運轉震盪於口、唇、舌、喉及至丹田，功成之後，可吐鳥獸人語，千變萬化，雌雄難辨。」

馮道生性奇趣，一見這「謗言」內容立刻著迷，歡喜道：「啊哈！這個有趣，我練成後可發出不同聲音，一忽兒男、一忽兒女，像戲子般騙人，可學小狗汪汪叫，也可學老虎嚇張公公！」便興沖沖地練起，依著書文所述將真氣流轉於口腹之間，一下子捲舌、一下子震唇、一下子鼓肚，豈料練不到一會兒，便口舌酸軟、面頰僵硬，不由得大嘆這「謗言」奇功實在不如想像中有趣，所幸他性子堅毅，越學不會的東西越是好奇，待勤練一段時日之後，終於能在小小口舌間，自在地運轉真氣。

但下一篇「明鑒」，卻實在超出了他的想像！

書中寫道：「明鑒者，乃是吾以畢生武學《日月神功》為本，修改而成新篇，此功以真氣匯聚於雙眼，功成之後，可細察萬物之秋毫興衰、明辨山河之起伏變遷、遠觀天星之明暗移換。」

馮道初時只覺得「榮枯鑑」是逃命挨打的本事，心中懷疑這樣的武功，怎能與朱全忠、李茂貞一爭長短，又如何安定天下，直到看見「聞達」、「明鑒」兩篇，才明白「榮枯鑑」並非一般武功，而是與日月陰陽道理相通，且蘊藏著一種大智慧，可觀天運之符表、考人事之盛衰、透萬物之世情的奇能，無怪乎飛虹子稱其為「自成一絕」。

馮道心想：「我自負廣讀聖賢書，但師父睿智圓通、識見非凡，具大智慧、大神通，我實在遠遠不及。」從前他戲弄李茂貞等威震天下的梟雄，絲毫不覺得他們有什麼可敬可畏，但面對這已經作古的宗師，不自禁心生敬服，誠意拜倒：「師父在上，請受徒兒三拜。」他連叩三首，總算真正認了飛虹子為師。

「明鑒」之奇能最為特殊，馮道也花最多時間修練，就算練好了，感到自己眼力大增，可明辨山河之變遷，細察萬物之秋毫，卻沒把握能觀星斗移換，更不明白要如何運用。

這日，馮道終於進行到最後一篇，書頁內只寫道：「節義者，修習之人需至軒轅石陣中體悟真意，功成之後便可出關，此後一路艱難，任重而道遠，你我師徒有緣無會，為師言盡於此，但盼汝胸懷蒼生、好自為之。」此後便是一片空白，再無其他贅述。

馮道想到練完「節義」便可離開，歡喜之餘，立刻奔進石陣中，隨著陣位變化忽而直走、忽而斜行，在石像間穿梭來去、自由進退，彷彿嬉行於曠野間，不受任何拘束，心中真是說不出的暢快愜意。

他奔行了一陣，忽然想道：「如果只是破陣出去，我學懂了陣法，又練了內功，早就可以大搖大擺地走出去，這『節義』究竟要教什麼？」

他站在陣眼中心仔細觀看，忽然覺得這些石像明明凝立不動，怎麼會有一種錯覺，它們似在緩緩移動？正前方的石像手持書卷，側身抬臂，似在吟誦詩句，過了好一會兒，卻似移開了，換成右邊的石像移到眼前，揮手抬足、五指斜拂，再過一刻，又換成左邊石像緩緩移到面前，雙手一前一後，倒立走路。

馮道實在不解，便伸手抓住一尊石像，確認它有千斤沉重，真是一動也不動，但過得許久，仍感到幾尊石像間，似有一種微妙的移位關係。

他就這麼站在石像前，與它們大眼瞪小眼，觀察許久，終於看出端倪：「是影子在動！」再抬眼一看，不禁啞然失笑，原來是渾天儀上點點星光照耀，光華拂過石像，在地上留下參差錯落的影子，渾天儀緩緩運轉，星子光芒閃閃爍爍，交織出青史如鏡的奇景，同時也投影在石像上，石像的影子便似天上星宿般，無時無刻不在運轉。

幾個影子在馮道腦中閃過，連成長串動作，他驀地一跳而起，啊喲叫道：「這不是一招武功麼？」

這百多石像單一看來，無甚稀奇，只要瞭解兵陣者，大多可看出這是依據「握奇經」中的「八陣兵法圖」排設，如此一來，所有入洞者的心思只會想著鑽研陣法、計算石像方位，是以百多年來，竟無人發現其中奧祕。只有修練過「明鑒」者，才能看出每尊石像舉手抬足、俯仰伸展，盡蘊藏微妙的拳理，藉著星光掩映、影子旋轉，相互交織的流影連串起來，竟變成一套武功。

馮道見前方影子雙掌輕迴、十指細捻，似嫘祖養蠶織衣，覺得十分有趣，便伸手投足地揣摩起來，道：「這一招就叫『嫘祖養蠶』！」見第二個影子雙臂旋舞、提筆揮灑，心想：「這肯定是『倉頡造字』。」又學第三個影子雙腿撐地、雙臂抱胸，道：「這是『荊山鑄鼎』！」接著學了「隸首定數」、「風后制陣」、「伶倫定曲」等動作。

數招過後，雖覺得每一招都精微奧妙、十分有趣，但招式之間似乎無法貫通，這麼多石像，實不知哪個為先，哪個為次，才能形成一套武功。

「為山九仞，豈能功虧一簣？」馮道索性將每一座石像標上數號順序，日日待在石陣裡參悟，花了大半月時間，排出千百種先後變化，排到他頭暈目眩、腸枯思竭，卻仍排不出一套妥善的武功。

這一日他重新回去研究《天相》和《奇道》，想在書中尋找線索，翻至《奇道》的兵陣篇，思索道：「日月道長開山闢穴，將石柱雕刻成百多尊石象，排設成陣法，是為了守護大唐龍脈；後來飛虹子進入洞窟，又重設機關，將一身驚世絕俗的武功化繁為簡，融入石像之中，希望傳人能勘破其中奧妙，繼承隱龍的衣缽……」驀地福至心靈，一拍自己腦袋：「我怎麼想不到這武功和兵陣是一體的，不能只練招式，無視兵陣，須將陣法方位和武功招式相融！」

馮道明白了其中竅要，再循著這個法子看去，便發現石像是依九宮方位運轉，前招後式一旦連接得天衣無縫，便組成了三十二勢長拳。他身隨影動，但覺每個招式都出乎意外、奧妙無窮，越是揣摩，越是驚嘆無已。

數月時光一晃而過，他將「節義篇」練完，已然明白這是一套結合陣法的拳腳武功，招式固然精妙，但並不是李茂貞、李嗣源那種毀天滅地的絕世神功，說穿了是結合陣位，巧妙閃躲、撤退逃命的武功，心中不免有些失望：「如果我能學會絕世武功，就能一舉收拾朱全忠、李茂貞那幫逆臣，也可保護聖上、解救大唐了，可師父一身絕學，為何只留下這樣殺敵不足、保命有餘的武功？」又想：「如今我一身本事，比起當年的鄉下小子可好太多了，如果不能闖出一番功業，豈不愧對隱龍的稱號？」這麼一想，不由得志氣昂揚，對未來前景充滿無限希望。

他學好「節義」，已完成飛虹子囑咐的功課，但因為地洞的兩道石門仍然關閉著，必需由張承業保管的石花鎖鑰開啟，也只好安份地等候張承業到來。

這一日他修練完「圓通」內功，抬眼望去，見「軒轅境」石像兀自運轉不休，心中想道：「日月道長能鑿地為窟、刻石為像，設陣為機關，建造出如此宏大的景像，師父也能以此為根基，在石像、星光的運轉上，改變設定，再融入自身武功，可見這地洞機關再精妙，也是人力設計，必有脈絡可尋，我既是隱龍，為何不破解機關，創出自己的天地？」他讀了不少機關學的書，一時技癢，又心生調皮：「當年我困在陣中，任公公擺佈，如今我通曉周天萬象、陰陽易理，還不換我困他一困？」

他興沖沖地細觀陣法，見整個地洞隱藏無數軌道，每座石像底下裝有輪盤，心想：「這道理和木牛流馬、千里船一樣，由軌道帶動巨輪，巨輪推動石像！」這洞窟中有許多前人留下的刀劍器械，他便利用這些工具改造機關設定。

一個月之後，張承業終於到來，聽見洞窟裡沒有半點氣息，不由得一驚：「小子不會出事了吧？」這石陣他早已走過無數次，所有步法都牢牢記得，此刻心急，便憑著本能左穿右梭，飛步急奔，直闖入石陣裡，奔了幾步，忽覺得不對勁。

他修為絕頂、敏銳異常，一發覺四周暗藏殺氣，立刻提心防備，剎那間，一股濃烈殺氣湧至背心，他反手橫掃，以掌刀推開石像手臂，暗驚：「怎會誤觸機關？」才退身閃過，另一座石像已伸指戳來，指尖離他腰際僅有半寸。危急間，他身子一扭，雙手呈拈花之勢，拍開對方指尖，忽見風后石像倏然移到面前，不由得驚呼：「不好，這裏是震位，我算錯了！」連忙向左奔了三步，繞過一座石像，剛走兩步，忽地一陣罡風迎面撲來，卻是軒轅黃帝巍然擋路。

張承業跺足叫道：「這陣法怎麼全變了？」語音已帶了哽咽：「小子是大唐的救星，若有什麼萬一，豈不糟糕？我如何對得起聖上？」

馮道屏住氣息躲在暗處觀看自己的傑作，正自得意，聽到張承業的話，反倒有些不好意思，便竄身進去，想帶張承業出來，豈料他人未到，手才伸去，張承業正自擊打四面八方湧來的石像，神志慌亂間，驀地感到有一股猛烈力道抓向後心，來不及細辨，以為也是石像攻擊，當即使勁抓向馮道手腕，罵道：「石崽子，竟敢偷襲咱家，當真卑鄙無恥！」他指力綿中帶勁，足以絞碎石像手腕。

馮道知道自己功力與這位大內高手相差甚遠，不敢正面相較，手腕連忙一個奇妙扭轉，像滑蛇般從張承業的五指縫隙脫去，飄身後退，笑道：「卑鄙無恥罵得不錯，但我不是石崽子，而是鄉下小崽子，名聲於我，何足道哉？」

張承業驚道：「你……你還活著？」不由得喜極而泣。

馮道不是第一次見他忽喜忽怒、忽哭忽笑，倒也不奇怪，但見他為自己哭得這麼傷心，頓覺歉疚，喊道：「張公公，這陣法變了，你依我口令出來。」

張承業一邊閃躲石像攻擊，一邊驚愕問道：「怎會變了？」

馮道尷尬一笑，道：「我改了點機關。」

張承業恍然明白自己是被捉弄了，竟不生氣，反而又哭又笑：「好！小子了不起，看來你已經學足一身本事了！」

馮道喊道：「踩巽位、轉坎位……」不一會兒張承業已奔出陣法，卻忽然放聲大哭，哭得馮道歉疚不已：「原來公公這麼關心我，我這般捉弄他，實在太不應該了。」只得俯身拜倒：「晚生不好，惹您傷心了。」

張承業最初見到他手中的玉龍子時，以為他是藩鎮派來的探子，想竊取「青史如鏡」中的「安天下」之祕，才對他威脅壓迫、諸多試探，此刻見他竟能破出玄關，通透其理，終於相信他是天命之人，多年漫長悲鬱的等待，總算露了一線曙光，那憂國憂君的之心稍得抒解，不禁歡喜得嚎啕大哭：「馮郎才思敏捷、縱貫古今，終於破除祕訣，我大唐有救了！有救了！」

馮道扶著他坐下，張承業邊拭淚邊道：「當年這一首安天下口訣，不知想煞多少才彥，當初有人說大唐千秋萬歲，求不求得解，又有什麼關係？可誰知不過幾十年，就頹敗如山倒，再也……再也……」說到傷心處，又哭了起來。

馮道安慰道：「公公莫再傷心啦，晚生定會盡力報效聖恩。」

張承業聽他答允，頓時收了淚，歡喜道：「既然馮郎允諾，那咱家便直說了。」

馮道不禁一愣，心中暗罵：「這老宦官詭計多端，騙我同情，肯定要教我做什麼難事！」但他是讀書人，心存「信義」二字，話已出口，也只好答允：「您老有什麼吩咐，但請說吧。」

張承業道：「還記得二年多前，聖上在李茂貞、韓建等人的護送下回到長安。」

這事馮道親身參與其中，自是印象深刻，答道：「記得。」

張承業感傷道：「聖上回到長安，日子也不好過，崔胤不只逼迫聖上殺了大宦官宋道弼、景務修，就連與他們勾結的宰相王摶也不放過。」

馮道點頭道：「藉宦官之禍剷除其他宰相，手段確實高明，從此崔胤便可專制朝廷，再無人抗衡。」

張承業嘆道：「這樣一來，殘存的宦官對崔胤更是恐懼入心、恨之入骨，後來神策軍中尉劉季述、王仲先兩個宦官頭子密商，決定奉太子臨朝，引李茂貞兵馬為外援，發起政變。

他二人佈置妥當，便領兵入宮，將聖上及皇后幽禁在『少陽院』，只從小洞裡送進食物。那時正值嚴冬，隨從的宮婢衣薄不能禦寒，凍死許多人，嚎哭聲傳至院外，十分淒慘。劉季述本來想殺掉崔胤，但礙於崔胤背後有朱全忠撐腰，不敢動手，只免除他的職務。

劉季述幽禁聖上，矯詔教太子登位，但害怕李克用、李茂貞和韓建會興師問罪，便派使者前去大梁，想奉朱全忠為皇帝，將大唐江山白白送給他！」

馮道氣憤道：「這幫賊子當真無恥！」

張承業哼了一聲，道：「那劉季述也不是真心的，只不過想將燙手山芋丟給朱全忠，讓三大藩鎮鬧個狗咬狗。朱全忠何等精明，豈會上當？他不想在宮廷政治中陷得太深，反而派人暗殺一些宦官，警告劉季述不要太過火了。同時間，崔胤為反擊劉季述，也暗中慫恿朱全忠以勤王為名，揮師進入長安。」

馮道叫道：「這可糟了！東漢末年，何進引董卓進宮除滅宦官，就是引虎驅狼，下場悽慘！狼群為禍雖烈，只要用些手段，仍可對抗，一旦猛虎入宮，便是亡國之禍！大漢殷鑑不遠，這崔胤身居司徒高位，怎不多讀點史書？竟胡作非為！」

張承業道：「崔胤也不是沒學問，只不過人急無智，鋌而走險罷了，他後來或許也想到這一層，便趕在朱全忠入京前，慫恿了神策軍將領孫德昭對付劉季述。孫德昭向來痛恨這幫宦官輕侮天子，只是擔心自己勢力單薄，才不敢動作，見崔胤拿出一套暗殺計劃，當下就派士兵埋伏在宮苑裡，準備反擊。天佑我朝！孫德昭一舉功成，誅殺了劉季述，終於迎聖上復位，把太子降為德王。」

馮道皺眉道：「經過這一役，聖上更離不開朱全忠和崔胤的勢力了！」

張承業嘆道：「可不是！聖上論功行賞，不只提拔了孫德昭，還讓崔胤輔領朝政，兼領三司諸使，軍國大事盡交付予他，此刻他真是權傾朝野，尊榮無比！」

馮道急道：「聖上難道看不透崔胤的為人麼？」

張承業道：「聖上英明睿智，豈不明白？否則就不會四次罷免崔胤的相位了，可偏偏他背後有朱全忠支持，聖上也無可奈何！」嘆了口氣，又道：「京師十二宿衛軍已經被朱全忠滲透，許多將領都是他的親信，聖上故意將宮城禁衛的指揮權交予宦官韓全誨，提拔他擔任神策軍護軍中尉、驃騎大將軍，便是要他抵禦崔胤和朱全忠的勢力。後來李茂貞聽見這消息，特意進宮請求加封，聖上雖氣憤他厚顏無恥，為制衡朱全忠，還是答應了。這幫人盡是豺狼虎豹，聖上手中兵力薄弱，也只能這麼周旋著。」

馮道說道：「崔胤與宦官勢不兩立，如今大權在握，豈容得下韓全誨？」

張承業嘆道：「原本劉季述這一班逆臣已被剷除，聖上可稍稍喘口氣，但崔胤進言說只要宦官還在，朝廷就不得安寧，必須斬草除根，才能永絕後患，聖上拗不過他，只好答應大誅宦官。最近宮中表面上寧靜，實則是風雨欲來。」

馮道憂心道：「宦官盡死，奸相還不一手遮天？崔胤還不難應付，最可怕的是朱全忠，再無人可制衡了！」

張承業長長一嘆：「這兩年，朝廷裡南衙和北司爭鬥嚴重，已到了你死我活的地步，雙方都勾結藩鎮為黨援，各藩鎮也藉朝廷力量互相吞噬，我和聖上努力周旋在李茂貞、朱全忠、李克用三人之間，使他們不敢隨意弒君逆反，但這幫惡賊的耐心已漸漸耗盡，保不定什麼時候就下殺手。」❹

馮道問道：「崔胤要如何誅殺宦官？」

張承業道：「崔胤下令百官如有密奏，必須以布囊封住，不能在大殿上面奏，免得被宦官知曉，所以咱家也不知道。」

馮道又問：「聖上應該知道計劃吧？」

張承業道：「崔胤性格狡猾，計謀一日數變，我又待在晉陽，距離遙遠，等聖上得知確切消息，再飛書傳來，不但中途可能被攔截，我也來不及應變，所以有賴馮郎進宮打聽了。你既承天之命，便需出來保護聖主，周全一切。」

馮道說道：「晚生得聖上深恩相待，必要還報，但不知公公可有什麼安排？」

張承業拿出幾樣事物交予馮道，分別是一套宦官服飾和令牌、一套禁軍服飾和令牌、一張長安宮城地圖、一張洛陽宮城地圖、一本詳述當今勢力分佈的抄本《藩鎮錄》，最後一物卻是一張人皮面具，叮囑道：「我怕他們有一方被逼急了，錯手殺了聖上，所以我要你立刻進宮，萬一有什麼動靜，可適時救出聖駕，這些東西可使你自由進出宮城。」

宦官和禁軍服飾、地圖、抄本，馮道都可理解，唯獨對那張人皮面具十分好奇，拿在手上仔細觀看，他想不到世上竟有如此精緻有趣的事物，問道：「這是什麼？」

張承業答道：「聖顏！」

馮道愕然道：「聖上的容顏豈可隨意揑造？」

張承業肅容道：「當然不行，這東西乃是天下第一巧匠婆留所造，只有三張，是救命寶物，之前兩次兵禍，聖上都靠著它度過危難，如今這已是最後一張。」

馮道聞言，但覺不妙：「公公將這寶物交予我，是什麼意思？」

張承業道：「手拿聖顏之人，必須有隨時為聖上捨命的覺悟，前兩次都有義勇宦官為聖上捨命，戴上面具衝出去引開追兵，你聰明至極，應該知道怎麼辦。」

馮道喉嚨咕嚕一聲，吞了口涶沫，心想：「我明白啦！這意思是要我在萬分危急時，當聖上的替死鬼！」問道：「這東西如此好用，怎麼不叫那個巧手婆留一口氣造個十多張？」

張承業道：「一來，這婆留乃是神龍見首不見尾的人物，當時得他應允製作三張面具，純屬機緣湊巧，後來他人已不知去向；二來，事不過三，計謀再好，連用三次也要教人識穿。」

馮道點點頭，又想：「這易容計已用過兩次，鐵定一次比一次難騙人，非到萬不得已，絕不能輕易使出。此去艱難重重，一個不好，還得賠上性命，張公公武功高強，不如說服他一起去，也多點保障。」便說道：「張公公，您深知皇宮情勢，隨我回去，咱倆聯手，也好救出聖上。」

張承業道：「不，聖上一旦見到你手中的玉龍子，便知道你已完成使命，他會下令將所有宦官都清除，這些宦官雖然可憐，卻也是大逆不道、罪有應得！」

馮道說道：「原來如此，所以聖上才派你到河東避禍。」

張承業仰首道：「咱家任務已經完成了，聖上這一舉，正是要連我都除去，如此一來，這世上除了你，便再沒有人知曉天機，更沒有人知道安天下的祕密就著落在你身上！」

馮道心中一驚，連忙道：「但我只學得一半本事，還有一些東西並未勘透。」

張承業道：「沒時間了！你既能學得一半本事，相信將來也必能完成使命。」

馮道勸道：「不！活著才能效忠聖上，死了便什麼都沒有了，我們都要盡力活下去。」

張承業皺眉道：「君要臣死，臣不得不死，老奴無論如何是不能違背聖上的意思。事有輕重緩急，小兄弟，你莫再掛念老奴生死，只要你能扶持聖上安定天下，老奴便死而無憾了。」

馮道知道這老奴忠心之烈，無論如何是勸不回的，只有威脅道：「公公，如果您輕賤生命、輕易殉主，那恕晚生只能就此撒手，再也不理什麼安天下了！」

張承業沉默許久，嘆道：「罷了！罷了！你這小子聰明至極，我武功強你百倍，你卻總是有法子威脅我。」

馮道微笑道：「晚生豈敢威脅公公，只會說服您罷了。」

張承業道：「咱們立刻分頭行事，你進宮保護聖上，我留在晉陽掌握外界局勢，必要時我會說服李克用出兵。咱們做臣子的生死都不打緊，務必要盡力救駕。」說著竟跪下來。

馮道趕緊扶了他，誠懇道：「晚生得聖上慨贈秘笈、公公栽培，方能有此才學，不敢或忘。聖上遭難，凡忠君良臣都該致力搶救，公公此舉，豈不折煞晚生？」

兩人相視一笑，心中同時湧起赤忱熱血，一起走出地洞外，邁向艱難的前方。

（註❶：飛虹子、袁天罡、日月道長等故事，請參考拙作《武唐》。）

（註❷：算經十書：《周髀算經》、《九章算術》、《海島算經》、《張丘建算經》、《夏侯陽算經》、《五經算術》、《輯古算經》、《綴術》、《五曹算經》、《孫子算經》。）

（註❸：武經七書：《孫子兵法》《吳子兵法》《六韜》《司馬法》《三略》《尉繚子》《李衛公問對》。）

（註❹：南衙指朝內官僚，因衙署居於宮城之南而名之；北司則指宦官。）

九〇〇・一

浩歌淥水曲．清絕聽者愁

唐昭宗以宦官怙權，驕恣難制，常有誅翦之意。宰相崔胤嫉忌尤甚。上敕胤，凡有密奏，當進囊封，勿於便殿面奏。以是宦官不能知。韓全誨等乃訪京城美女數十以進，密求宮中陰事。天子不之悟，胤謀漸泄。《北夢瑣言》

馮道乘了快馬一路南行，準備潛入皇宮保護李曄。這一日，他抵達「華州」附近，見夜色已深，前方有座荒廢的茅草屋，心想：「今日已趕不及進城，就在這兒歇一宿吧。」遂下馬進屋，吃了兩顆椽頭蒸饃，準備曲臂當枕，和衣而睡。

屋外忽傳來一陣馬蹄聲，馮道心生好奇，起身探看，見遠方來了七、八名身披黑衣連帽斗篷的女子，到了渭水河畔，便勒馬停步，其中一名佝僂老嫗揮著手杖喊道：「大家在這兒等候姑娘，再一起乘船進城。」

眾女子下了馬，靜靜地圍坐在河畔，老嫗又道：「再過一日就要進城了，趁這會兒四下無人，妳們再多多練習迷魅之舞，熟能生巧。」

眾女子齊聲稱：「是」，便起身對著茅草屋排成兩列隊形，緩緩卸下斗篷，裹在斗篷底下是一個個絕色少女，最年長不過十六、七歲，最小才十一、二歲，個個膚光勝雪、清麗無雙，貼身的薄紗彩衣令她們纖嫩的胴體若隱若現，髮上的珠釵翠瑤為她們秀美的容顏添了粉豔，彷彿在蒼茫暮色之中，綻放一片柔和春光，直教馮道眼睛為之一亮。

這樣青春美貌的少女本該受盡寵愛、驕傲任性，可她們卻像是一尊尊空有虛殼的美麗木偶，雙眸空洞、神色木然，眼底隱隱流露著不屬於這年紀的絕望灰黯。

「咚！」老嫗輕拍腰間的小花鼓，少女們神色倏變，立刻換了甜美笑容，成了嫵媚迷人的小妖精，同時纖腰一軟，一起俯跪行禮，嬌聲喊道：「聖上萬安！」含羞婉約之中，洋溢著青春熱情。

馮道愕然想道：「這幫少女竟是要進宮服侍聖上？」

「麗宇芳林對高閣，新妝豔質本傾城。映戶凝嬌乍不進，出帷含態笑相迎。妖姬臉似花含露，玉樹流光照後庭……」少女們不知草屋裡有人，一邊嬌聲輕唱、一邊揮灑彩帶，忘情地翩翩起舞。

馮道見她們將南朝後主陳叔寶的詩詞《玉樹後庭花》改編成舞曲，甚是新奇有趣，一時間只看得目不轉睛、心口怦然，卻聽那老嫗斥道：「這次入宮，首要任務是取悅聖上，妳們一個個木頭似的，連個棄妃都不如，怎能討好龍心？」

少女們隨著韻律不停迴旋，裙擺篷轉飛揚，露出一雙雙修長白皙的玉腿，身子也更賣力扭出妖嬈動作，最後竟開始卸下一件件羅衫，一時風光綺麗，令任何男子都會血脈賁張、神魂迷亂。

馮道乍見到這活春宮圖，不由得驚呼：「非禮勿視！非禮勿視！」趕緊以雙手遮眼，背轉過去，那甜膩的歌聲卻變得嬌喘吟哦、淫迷浪蕩，馮道此時已看不見景象，便改用雙手摀住耳朵，道：「非禮勿聽！非禮勿聽！」但豔色風光仍在腦海裡揮之不去，他速速唸起「圓通篇」經文，唸了一遍又一遍，心火終於漸漸退去，暗想：「這等風光，天下有幾個男子能抗拒？聖上又如何招架？孔夫子說：『飲食男女，人之大欲存焉』，實在有道理！」回想起二年前李曄受辱不堪的模樣，心中忽湧起一陣難言的感傷：「國家衰敗至此，聖上還有閒情賞玩歌舞，大享豔福，可憐張公公一心殉主，還教我入宮捨命相護！」一時間怒從心起，去意難決。

「唉喲！」屋外傳來一聲嬌呼，卻是最年幼的少女一個不慎，扭了腳踝，跌倒在地，旁邊一名女子去扶她，關心道：「嬌兒，妳沒事吧！」

嬌兒揉著疼痛的腳踝，支吾道：「宋柔姐姐，我沒事，但……我害怕……」少女們聽了這話，都垂首不語，嬌兒忍不住浮了淚水，哽咽道：「這是我第一次辦事，萬一失手了，咱們是不是都會死？」

宋柔對老嫗道：「嬌兒是我們當中最美麗的，聖上極可能選中她侍寢，可偏偏她是最生嫩的，這中間要是出了差錯，大家都得陪葬，這一次任務是不是……」

老嫗斥道：「別再說了！」又舉起手杖狠狠擊打嬌兒的背，罵道：「妳聽不聽話？」

嬌兒雖然疼痛，仍是哭喊道：「我害怕！我不進宮！不進宮！」

老嫗罵道：「姑娘就快到了，要是聽見這話，妳還要命不要！妳知道了祕密任務，還想活著離開麼？」

嬌兒臉色瞬間灰白，驚恐地說不出話來，彷彿那姑娘比老嫗的手杖還可怕，其他少女一聽到「姑娘」二字，也是臉色霎白，低下頭去。

馮道雖看不見情況，但聽少女們忽然安靜下來，心想：「這姑娘一定是醜惡的夜叉婆，才教她們怕成這樣。」

老嫗慈聲安撫少女：「妳們只要在獻舞之前，以『傾城香』沐浴淨身，讓香氛迷漫內殿，到時候聖上神魂迷茫，便任由妳們擺佈了，有什麼可怕的？」

宋柔道：「可是『傾城香』只有半個時辰的功效，若是來不及完成任務……」

老嫗臉色一沉，道：「妳們受訓許久，連這點小事都辦不了，還不如死了好！」見少女們臉色蒼白、忐忑不安，叮囑道：「這次任務十分重要，妳們想活命，一定得沉住氣，進了宮，韓公公會派人接應，只要照著計劃辦事，必能全身而退。好了！別垂頭喪氣，快起來練習吧！」少女們只得披上衣衫，重新翩翩起舞。

馮道驚詫想道：「原來她們進宮迷惑聖上是為了執行祕密任務，倘若辦事不力，就會全數喪命，這任務是夜叉婆和韓公公聯手安排的，那韓公公……難道是韓全誨？」一念及此，但覺事情比想像的還複雜：「此時宮中風雲密佈，她們偏偏選在這時候入宮，究竟有什麼圖謀？」

他想起「青史如鏡」中，許多帝王因沉迷美色而亡國，暗下決心：「我絕不能讓她們危害聖上，我得阻止她們進宮！」便高聲吟詩：「煙籠寒水月籠沙，夜泊秦淮近酒家。商女不知亡國恨，隔江猶唱《後庭花》。」

這首《泊秦淮》是杜牧借陳叔寶荒淫亡國的典故，諷刺醉生夢死的晚唐君王，詩中的《後庭花》正是呼應少女們的舞曲《玉樹後庭花》。

少女們正舞得熱烈，乍聽到陌生男子的吟詩聲，驚得花容失色，連忙披上衣衫，慌亂地退到江邊。老嫗怒斥：「誰躲在那兒偷窺？」她識破聲音是從草屋內傳出，便提了手杖大步走去，想狠狠教訓這個登徒子。

馮道背對門口高聲吟詩，是讓少女們有時間整理衣容，聽見老嫗氣沖沖走近，大義凜然地說道：「晚生無意偷窺，只是途經此處，聽見有人想藉美色迷惑聖上，圖謀私利，才忍不住出聲。」

老嫗微微一愣：「難道他將方才的話都偷聽去了？此人不可留！」心中頓起殺機，暗提內力準備進入草屋殺人滅口。

「長安回望繡成堆，山頂千門次第開。一騎紅塵妃子笑，無人知是荔枝來。」一縷柔媚又率性的歌聲飄過河面，彷彿在煙水迷茫中散出絲絲金色月華，讓人想追循著它的光芒，飛上青天。

「這聲音……」馮道心中一震，渾然忘記剛才為什麼背轉身去，又不由自主地回首望向窗外。老嫗聽到歌聲，也收斂殺氣，轉身回去召集少女們到河岸邊恭謹等候。

「新豐綠樹起黃埃，數騎漁陽探使回。霓裳一曲千峰上，舞破中原始下來。」一艘畫舫穿過波光粼粼的江水輕盪而來，船側點綴著幾盞碧紗燈籠，迷幻的燈火映照出船上人影，女子一身紫花衣袍，獨坐船頭，衣袂飄飄，宛如凌波仙子，雙手橫抱琵琶，十指飛揚撩撥，小弦琤琤如流水、大弦咚咚似花鼓，彷彿在一片清虛寧靜的夜氛中，以一種極具渲染力的深情，款款訴說著明月映照下，大唐那曾經繁華、如今憔悴的似水流年。一時間，四周的蟬鳴鳥唱都成了紅塵紛擾，只有她的歌聲才是勾人心魂的仙樂，前方的豔麗少女盡化為一片虛白荼蘼，只有彈琴人兒才是真正的絕色。

馮道原本只是想阻止少女，忽然發現凶惡的姑娘竟是自己尋找多年的褚寒依，再顧不得老嫗可能殺了自己，大步走出草屋外，目光凝注著畫舫裡的倩影。

「萬國笙歌醉太平，倚天樓殿月分明。雲中亂拍祿山舞，風過重巒下笑聲……」褚寒依的琴音起伏跌宕、華麗熱鬧，宛如萬國朝拜、絢爛歡娛的景象，忽然間，曲音一轉，急速墜跌，似天堂墜落地獄般，繁華笑聲盡化為煙硝荒塵，充滿一去不復還的悲沉。

馮道心中激盪，忍不住撫掌讚道：「好一個妃子笑！好一曲《過華清宮》！」

「姑娘來了！」少女們竊竊私語，語氣甚是驚恐敬畏。

老嫗催促少女：「妳們快上船去。」少女們不敢多做逗留，立刻魚貫登上畫舫。

馮道拱手朗聲道：「在下有事請教，冒昧之處，請姑娘見諒。」

褚寒依清澈的眸光在他臉上冷冷一掃，旋即仰望天空，彷彿他並不存在，待少女們都上了船，輕聲道：「昨晚星空清澈，今夜卻是雲蔽月色，恐怕快下雨了，起船吧。」

畫舫順著江水緩緩而下，碧紗燈火映照江面，褚寒依兀自彈琴唱曲，歌聲如詩如夢，勾人心魂。馮道心想：「她離家多年，不知有什麼遭遇，我若貿然相認，恐怕會惹她生厭。」但好不容易尋到了人，怎能放棄？一時拿不定主意，便在河堤上信步跟隨，與畫舫並肩而行。

夜空忽然湧來一大片烏雲，遮蔽了月光，不一會兒，更撒下綿綿細雨，馮道仍一路跟隨，不一會兒，全身已經濕透。

少女們竊竊嘻笑：「傻小子是瞧上誰啦？這麼癡癡跟著！」

老嫗冷聲道：「老身去打發那個登徒子！」

褚寒依淡淡道：「隨他去吧。」玉手一揚，教駛船的舟子解下繩索，慢慢升起風帆，白帆鼓風，船便行得快了。

馮道見帆船漸漸遠去，一時情急，再顧不得男女之嫌，提氣疾追，不多時已然追近，朗聲道：「不敢請教姑娘芳名，只想閒談兩句。」見畫舫不停，又道：「姑娘的歌聲不屬於塵世，就像明月映照江水，即使江岸人事已非，仍是波光渺渺、餘韻不盡。」

褚寒依終於將船慢了下來，淡淡道：「郎君說得真動聽。」

馮道朗聲道：「在下深感慚愧，誠心向妳致歉。」說罷深深一揖。

褚寒依道：「郎君請上船吧。」

馮道輕輕躍上船頭，走進布置高雅的畫舫內，見褚寒依膚白勝雪、雙頰微暈，柔軟的身子慵懶地倚琴斜躺，秀亮烏絲隨意散落在大紫花袍上，嬌媚的姿容有如微沾雨露的海棠，不禁怦然心動：「才兩年不見，一個小女娃就長成美姑娘！我爺娘可真有眼光，給我選了這麼一門好親事，果然比白狐仙還美！」

褚寒依淡淡道：「郎君一意上船，究竟有何指教？」纖指一比對面草席，道：「坐吧。」

馮道拱手道：「多謝姑娘賞座。」便依示坐下。

褚寒依見馮道全身皆濕，吩咐老嫗：「春雨陰寒，容易著涼，妳去準備熱茶、風爐過來，給郎君暖暖身子。」

老嫗應聲而去，過不多時，捧著一只三足銅鼎風爐和一盆木炭過來，她先用炭撾打碎木炭，再用火筴把碎炭一一夾入風爐裡，點燃炭火，又端來一組精緻茶具，呈放到褚寒依前方的桌案上。那茶具乃是鎏銀打造，再以鎏金在表面精鑄各式花紋，整體煥發著細膩優雅的光采，馮道從未見過如此精美的器物，心中暗暗驚嘆。

褚寒依纖纖素手執起一支青竹茶夾子，從鎏金銀龜盒裡夾出一枚餅茶，放在風爐上方，以文火慢慢炙烤，柔聲道：「這是顧渚紫筍蒸青餅茶。」

馮道出身窮鄉僻壤，連吃飽都有問題，哪有餘力研究各式茶藝，幸好他博覽群書，記得陸羽《茶經》記載：「陽崖陰林，紫者上、綠者次，筍者上、芽者次。」喜道：「這紫筍茶乃是上中之上、頂級之茶，多謝姑娘盛意款待。」

其實褚寒依並非刻意招待，只是船中所備都是上等茶，她自幼所學，都是為了對付王公貴族，因此備足全套的茶藝功夫乃是習以為常，見馮道神色驚喜，心中覺得他少見多怪，表面仍禮數周到地輕聲道：「舟中無酒，只好以薄茶代酒，幸得郎君不棄。」

馮道見那枚餅茶上有「龍」字圖樣，乃是書上所說進貢給皇帝的「龍團」，心想：「她帶這麼好的餅茶，就是為了討聖上歡心，我今日真是有口福，皇帝都未嚐過，我先替他嚐嚐！」

江面風急，火焰飄忽不定，褚寒依示意老嫗拉了屏風擋住風勢，又不斷翻動餅茶，使之受熱均勻，過了一會兒，餅面漸漸冒出一個個蛤蟆似的疙瘩，褚寒依將餅茶遠離火焰五寸，繼續烘烤，待餅茶整個軟了，才拿離開風爐，用紙囊封住熱餅茶，鎖住精華香氣。

老嫗端來一只兩耳大肚釜，放到風爐上方滾燒開水，褚寒依則把冷卻的餅茶放入鎏金雲紋的茶輾子裡，細細輾成碎粉，再將碎粉倒入金銀絲結條的茶蘿裡，反覆篩出細粉，最後將細粉收集到鎏金鴻雁紋的茶盒裡備用。

柔輝如水的月色、波光粼粼的江河，佳人十指曼妙地流轉於鎏銀美器之間，一層層交互渲染的光暉，構成一幅絕美的春江花月仙子烹茶圖。天地曠然，彷彿所有柔光都映照在這一方小舟上，即使馮道口才便利，此刻也找不出一句話形容心中感受，只覺得全人全心都被眼前的美景吸引，一時間如癡如醉、如夢似幻。

「啵！」一大肚釜裡的熱水冒出一個魚眼大的氣泡，打斷了靜謐的氣氛。

「第一沸！」褚寒依從鎏金雲紋銀鹽台裡舀了一點細鹽，擲入滾水裡，過一會兒，見細小水泡從釜邊連珠冒起，再執起鎏金蔓草紋的長柄勺，舀出一瓢沸水，暫放在熟盂裡備用，柔聲道：「第二沸了，郎君請耐心等等，就快好了。」

馮道微笑道：「不急！我還盼這水煮得慢些。」心道：「這樣才能慢慢談心。」

褚寒依不明白他話中含意，柔聲解釋：「水不能煮太老，三沸剛好。」她以長柄勺在湯心旋轉出水渦，使水受熱均勻，再將方才篩好的細茶粉投入水渦中心，不到片刻，水面滾滾有如翻波鼓浪，她抬眼望向馮道嬌媚一笑：「第三沸了。」執起長勺仔細刮去湯水上的一層墨綠色水膜，道：「這茶沫味道不正，得去掉！」又將剛才舀出放在熟盂裡的那一瓢水，重新倒入鍋中，漸漸地，那茶湯孕育出一朵一朵的沫餑，細沫如青萍花漂浮在潭水上，厚餑如碧空裡層層堆積的浮雲，交織出一幅茶中山水畫。

褚寒依優雅地舀了一碗茶湯裝入盞中，遞到馮道面前，道：「茶湯的精華全在這上面的沫餑，第一碗茶湯最多沫餑，是最好的，只用來招待貴客，稱做『雋永』，即是雋味永長之意，請郎君指教。」

馮道見茶湯上方有一白色圓沫特別明顯，下方青沫叢叢，似形成一幅圖畫，驚喜道：「皎月懸空、浮雲微微，一葉白舟飄浮於青白色的湯水上，就像這艘畫舫徜徉月色江水裡，茶香暈放，似江霧清新，這茶中山水簡直與今夜情景完全呼應！」

褚寒依聽他談吐不俗，不禁刮目相看，微笑道：「這茶沫原本平常，經郎君慧眼一觀，倒成了奇景！」

馮道笑道：「從前我讀劉禹錫的詩句：『驟雨松聲入鼎來，白雲滿碗花徘徊。』心想茶面怎可能作畫？還以為那只是詩人的浮想，想不到今日能親眼目睹，真是太幸運了！」

褚寒依見他歡喜，笑問：「郎君以為這水丹青喚什麼名字好？」

馮道笑讚道：「姑娘如此絕藝，世上本無任何名字可以匹配，但美人相問，在下若沉默不答，可太不識趣了，只好借用名詩相襯，稱做『春江花月夜』可好？」

褚寒依原本愛極了「春江花月夜」，想不到馮道會以此詩題名，心中升起了靈犀相通的奇妙感，柔聲道：「郎君也嚐嚐味道，看妾的手藝配不配得上『春江花月夜』的詩中況味？」

馮道凝望茶面，嘆道：「這茶畫如此美麗，在下怎捨得入口？」

褚寒依微笑道：「這不算什麼！我們南方還流行鬥茶、水丹青等玩藝兒，今夜時間短促，只能煎茶款待，也弄不出真正的丹青，下次有機會，我再點一幅真正的水丹青，請郎君品鑑……」

馮道聽她話中之意，似乎不討厭自己，喜道：「姑娘行蹤飄忽，下回是何時？不如先約下來。」

褚寒依忽覺得自己不該主動提「下回見面」之事，微一羞赧，道：「有緣自能重逢。」不等馮道再問，轉口道：「飲茶要趁熱！茶湯熱時，濁物下沉，精華浮在上面。如果冷了，精華隨熱氣消散，茶香也就消失了。」見馮道兀自不捨，微微一笑：「你將鮮白的沫餑、鹹香的茶湯、柔嫩的湯花一起飲下，不就成了肚中水墨、胸中詩畫嚒？」

馮道哈哈一笑：「好一句『肚中水墨、胸中詩畫』！姑娘妙人妙語，在下承教了！」他舉盞品聞，但覺心曠神怡，好似每個細孔都被江水清氣充塞般舒暢，嘆服道：「若有茶藝比試，姑娘肯定能奪第一！」

褚寒依心中歡喜，謙遜道：「郎君真是謬讚了！」

馮道又道：「我老鄉是北方的瀛州景城，那節度使劉仁恭最喜歡賣劣茶葉給百姓，牟取暴利，鄉里貧苦，有時大家餓極了，就拿餅茶直接喫盡肚裡，沒這麼多講究，今日在下真是大開眼界！」說到「瀛州景城」時，他特意加重語氣，抬眼凝望褚寒依，想瞧瞧她神色如何。

褚寒依微微別過玉首，避開他目光，淡淡道：「原來郎君是北方人！妾卻是南方人。」

馮道見她刻意迴避，暗想：「看來我得多花點功夫，慢慢說服她。」正想再說些什麼，褚寒依忽然臉色一沉，道：「禮數也敬過了，妾倒有一事要請教郎君。」

馮道說道：「姑娘請說。」

褚寒依道：「方才我家幾位小姑娘以『玉樹後庭花』練習歌舞，不知怎樣得罪了你，讓郎君以兩句『商女不知亡國恨，隔江猶唱後庭花』狠狠教訓？」

馮道歉然道：「原先我以為她們想藉美色魅惑君王，這才出言不遜，後來聽姑娘以《過華清宮絕句三首》抒發心志，便知道是誤會了。」

褚寒依輕輕「哦」了一聲，並不領情：「郎君方才還說：『好一個妃子笑』，不就是諷刺我們以妃子笑迷惑聖上麼？為何現在又反口了？」美眸橫了他一眼，露出「瞧你如何自圓其說」的嬌俏表情。

馮道雖非好色之徒，但正當年少，如何招架得了美人兒的各式風情？一時神思蕩漾，起了鬥趣之心：「她心中惱我，就給我臉色，我定要逗她笑一笑！」便搖頭晃腦如老學究般說道：「這『妃子笑』三字實富含深意！」

褚寒依瞧他裝模作樣，冷笑道：「郎君有高見，小女子願聞其詳。」

馮道先喝了口茶，才緩緩說道：「春秋時周幽王為博妃子一笑，點燃烽火，導致國破身亡。杜牧這首《過華清宮》借古喻今，以『妃子笑』諷刺玄宗為博楊貴妃一笑，不惜千里快騎遠送荔枝，若非兩人窮奢極欲、醉生夢死，安祿山又怎能造反？我大唐也不會由盛轉衰！杜牧這句『霓裳一曲千峰上，舞破中原始下來』真是筆力萬鈞！而姑娘將這首曲子表現得蕩氣迴腸，更是振聾發聵，遠勝千萬諫言，聖上若是聽見，必能有所感悟。可見姑娘進宮面聖，並非貪慕虛榮，而是心懷百姓苦難。」

褚寒依冰雪容顏融化成一抹春光，微笑地舉茶相敬：「我接受郎君的歉意。」

馮道歡喜道：「姑娘終於笑了！」喝了口茶，卻又嘆道：「可惜自古以來，只要美人兒一笑，災禍必到，小則傷身、大則誤國。」

褚寒依才平了怒氣，聽聞這話，笑意頓時僵住：「郎君對女子偏見頗深。」

馮道搖頭道：「這可不是在下亂說，『美人兒一笑傾舟、再笑傾城、三笑傾國』乃是古有明訓！」

褚寒依冷哼道：「妾孤陋寡聞，只知傾國傾城，不知什麼『一笑傾舟』。」

馮道說道：「像姑娘這麼美麗，只要輕輕一笑，就能惹得男子心思迷亂，犯下糊塗事。」

褚寒依聽他讚美自己，芳心微喜，柳眉一軒，道：「這船上只有你一個男子，難道你說自己要犯下糊塗事？」

馮道認真道：「姑娘笑意迷人，我若是神魂顛倒，一個不慎，跌入河裡，是不是一笑傾舟？」

褚寒依噗哧一笑，啐道：「郎君飽讀詩書，卻滿口胡言！」

馮道感慨道：「人家周幽王一笑傾城、玄宗一笑傾國，我卻來個一笑傾舟，這豈不笑掉人家大牙，還不算糊塗事嚒？」

褚寒依雙頰微暈，嫣然道：「我保證這船平平穩穩，就算郎君落河，我也能拎你上船！」

馮道拱手道：「那我先謝過姑娘的救命大恩啦！」

褚寒依笑意盈盈地為他斟了茶，馮道又道：「姑娘答應不會一笑傾舟，我便放心了，但船上這幫美人兒如果都對著聖上笑，妳說聖上消不消受得了？肯定要傾城傾國了！」

雖然老嫗一上船，就稟告這書生可能已經聽去祕密，但褚寒依未料他會如此單刀直入，玉容一沉，道：「郎君有什麼意見，但請直說，不必彎彎拐拐！」

馮道說道：「既然如此，我便直言了，得罪莫怪！妳們進宮其實是另有所圖，可惜不大高明，只會全軍覆沒。」

褚寒依美眸閃現一絲利光，馮道卻似不見，繼續說道：「『玉樹後庭花』雖是帝王享樂曲，卻也是有名的亡國詩，姑娘以這曲子獻給聖上，是嘲笑聖上有如陳叔寶荒淫無道，還是詛咒我大唐亡國？」

褚寒依冷哼道：「凡是貪圖享樂的帝王都會喜歡『玉樹後庭花』這種豔曲，只有明君才會察覺背後的含意，你以為聖上會明白麼？」

馮道又道：「聖上並不是昏君，肯定會大發雷霆，妳們這一去，必死無疑！」

褚寒依露了一抹促狹笑意：「原來郎君是憐香惜玉！」

眾少女聞言，不禁噗哧笑了出來，紛紛以嘲笑的目光瞅著馮道：「這人是書呆子麼？」

馮道頓覺得有些難為情，但想此事關係少女性命，又影響宮城各方形勢，絕不能有半點妥協，挺了挺胸，昂首道：「妳們想入宮迷惑聖上，這一去，很可能喪命，在下想請姑娘高抬貴手，放她們離去。」

褚寒依淡淡道：「這是她們的命，怨得誰來？」

馮道想不到她如此狠辣，心中一寒，道：「若不是受到逼迫，誰願意送死？」

少女們見馮道執意上船，竟是為自己出頭，既忐忑不安又感到不可思議：「這人是傻的噬？他得知我們進宮的祕密，姑娘不殺他已是大恩大德，他竟還指責姑娘，真是自找死路！」

褚寒依以極溫柔、極溫暖的笑意，回首問眾少女：「妳們是自願入宮，還是受我逼迫？」

眾少女頓覺不寒而慄，低首囁嚅道：「郎君，我們是自願入宮的。」

褚寒依露出一抹得意笑容，道：「如何？」

馮道沉聲道：「妳一定要帶她們進宮？」

褚寒依不甘示弱地回瞪著他，道：「不錯！」

馮道斬釘截鐵地說道：「無論如何，我不准她們進宮！」

「不准？」褚寒依美眸微瞇，以一種不可思議的眼神盯望他許久，緩緩道：「郎君是何方人物、憑什麼本事？妾尚未領教。」

「憑這個！」馮道從懷中取出一物，「啪！」一聲放在桌上。

「他是韓全誨的手下，是……」褚寒依美眸圓瞪著桌上的令牌：「公公！」瞬間她有一種從高傲山巔墜入谷底的感覺，好半晌，才回過神來，恍然明白這一剎的失落，是暗恨自己有眼無珠，竟被一個公公吸引！

幸好懸崖勒馬，為時未晚，當下把剛生起的一點好感硬生生地摁熄，她昂起玉首，冷聲道：「郎君拿出這令牌是什麼意思？」

馮道原本只是猜想她們與韓全誨有關，看著褚寒依失落、失算、失望的神情，知道自己押對寶，露出一抹得意笑容，道：「韓公公派我來取消妳們的行動，我原本不願透露身分，但妳屢勸不聽，我只好拿出令牌來阻止妳！」

褚寒依看著他既得意又調皮的神情，芳心深處不禁湧起一絲難言滋味，但覺這人幾句話就逗得自己忽喜忽嗔、忽上忽下，百轉千迴，她暗吸一口氣，定了定心神，冷聲問道：「韓公公真的改變主意？」

馮道沒有半點心虛地道：「不錯！」

褚寒依道：「你既是韓公公的親信，應該知道崔胤準備將宦官一網打盡，但如何行動、何時舉事，卻十分隱密，我們若不進宮服侍聖上，如何打探消息？」

馮道恍然明白：「原來她們的任務是套問聖上有關崔胤的計劃，這美人計的確高妙，誰也想不到聖上會自己露了口風！」道：「不必讓姑娘們冒險，韓公公已命我入宮打探消息了！」

褚寒依不信道：「崔胤身邊豈無韓公公的密探？但用盡方法，也探不出任何消息，又怎會改變主意派你前去？」

馮道微笑道：「我自有妙計，請姑娘給三天時間，我若失敗，便任由妳行事。」

褚寒依斷然拒絕：「不行！萬一崔胤這兩天就動手，肯定來不及應付。如果崔胤成功掌控朝廷，朱全忠就會進一步挾持聖上，到那時便無人可壓制他了。」

馮道目光望向那幫少女，褚寒依知道他的意思，問道：「嬌兒，妳說說，妳真不願進宮嚒？」

嬌兒顫聲道：「多謝郎君好意，我們全是汴梁軍的受害者，雖然人小力弱，仍願盡一己之力扳倒朱全忠，我們真是自願入宮的。」

「更何況……」褚寒依柳眉一揚，微笑道：「郎君恐怕高估了自己！當初韓公公無計可施，才找上煙雨樓，我們乃是受邀入宮，並不完全聽命於他，樓主既沒取消命令，這一趟路我們是非走不可。」

馮道知道她口中的「樓主」就是二年前遇到的銀面殭屍，心想：「我原以為韓全誨就是煙雨樓主，看來是猜錯了，樓主另有其人！」望了褚寒依一眼，又想：「她背後勢力複雜，我要帶她回鄉，恐怕得花好大一番功夫。」說道：「姑娘執意如此，不如我們賭上一局，雙方同時進宮，看誰先打探出消息。」

「行！」褚寒依昂起玉首，美眸與他對視，毫無退卻。

馮道心中得意：「憑著玉龍子身分，我能直接問明聖上，商量如何應對局面，還不勝得妳一塌糊塗？」笑問：「姑娘輸定了！但不知妳要輸什麼給我？」

褚寒依瞧他胸有成竹，暗想：「這傢伙是個小滑頭，難道真有什麼厲害詭計？」卻也不肯示弱，毅然道：「我若輸了，便如你所願，立刻帶她們離開宮城，有多遠、離多遠！但不知郎君輸了，要輸卻什麼？」

馮道昂首道：「我一定不會輸的！」見褚寒依快要發火，笑道：「好吧好吧！我吃點虧，倘若我輸了，便隨妳回去拜見樓主，親自向他送禮致歉。」

兩人一問一答間，畫舫已行出里許，天色更深黑了，江水在兩岸燈火映照下，波光閃閃、迷離如幻。

馮道目光投往流逝的江水，似欲言又止，褚寒依道：「郎君還有其他事嚒？」

馮道忍不住問道：「姑娘識得褚濆嚒？」

褚寒依俏臉現出不屑之色，若無其事地道：「不認識。」旋即別過了頭。

馮道似乎聽到一聲嘆息，只是那聲音並非從她朱唇吐出，而是從那雙美眸流露出來，一時無法追問下去，只得轉了口問道：「那麼張曦呢？她可是和姑娘一起待在煙雨樓裡？」

褚寒依聽了這話，眉間登時罩上一層寒霜，道：「今夜多謝郎君指教，咱們就此別過，若是有緣，宮城再見！」

馮道確定了張曦也在煙雨樓裡，忍不住追問：「張曦如何了，盼姑娘見示。」

褚寒依不願回答，只道：「莫讓其他人事打擾了今夜興致，妾再彈奏一曲，為郎君送行吧！」說罷便吩咐舟子將船靠岸。

馮道見她下逐客令，不好死皮賴臉地待著，想將來還可於宮城相見，也不急於一時，拱手道：「在下先走一步，告辭了。」便走向船頭，準備登岸。

褚寒依皙白的玉手按在琴弦上，細膩攏撚，琴聲如切切呢喃，又似淒淒傾訴，彷彿在迷離雨夜對情人訴說心語，一雙美眸更晶亮得有如寶石，深深地向他射來，大雨霏霏，卻掩不住那耀眼動人的光芒。

馮道回首相望，看著她美絕人寰的姿容，聽著傲絕塵世的琴音，忽然感到在那柔弱的外表之下，似乎隱藏著某種驚天動地的祕密。

琴音忽轉，變得力道萬鈞，沉雄悲壯，彷如千軍萬馬對峙沙場，戰鼓雷鳴：「一笑相傾國便亡，何勞荊棘始堪傷。小憐玉體橫陳夜，已報周師入晉陽。巧笑知堪敵萬幾，傾城最在著戎衣。晉陽已陷休回顧，更請君王獵一圍……」

她甜美的嗓音輕柔地演譯著李商隱的《北齊二首》，似娓娓道盡當年北齊後主高緯沉湎聲色，寵倖馮小憐，以至荒淫亡國，再次以古事諷刺今日的唐主，份外有種壓迫人心的沉重和濃得化不開的情懷，少女們不禁紛紛落下淚來。

馮道下船離去，忍不住長聲吟和：「君王遊樂萬機輕，一曲霓裳四海兵。玉輦升天人已盡，故宮惟有樹長生！」

琴音倏止，餘韻仍縈繞不去，天地之間，只剩江水溫柔地拍打著石岸，永不止息。

馮道既然和褚寒依打了賭，心想一定要用最快的法子探出消息，下了船後，立刻換上宦官服飾，連夜奔赴長安宮城。

他依張承業的吩咐，先到「永樂坊」找一位宦官張彥弘，此人乃是張承業暗收的心腹義子，被安排在右神策軍裡擔任護軍中尉，長久以來，一直暗中監視著左神策軍首韓全誨的一舉一動。

馮道尋到張彥弘府邸，走近巷弄間的側邊小門，伸手敲了事先約定的暗號：「叩叩叩、叩叩！叩叩叩、叩叩！」

房門呀的一聲開了，出來一個老僕，馮道作揖道：「晚生奉命前來拜訪張中尉。」

老僕二話不說，便領著他進入府院裡的一座隱密書房，等了半個時辰，張彥弘才出現。馮道拿出張承業給的令牌，道：「小人是承業公公的同鄉晚輩，他讓我過來，請張公公安排一份宮中差事。」

張彥弘一聽是義父交代，十分識相，並不過問馮道入宮要辦什麼事，只道：「小公公想要什麼差事，當差多久？」

馮道恭敬答道：「承業公公非常思念聖上，讓我代他問候聖安，然後待在宮裡熟悉環境，短則三天、慢則十天，請公公盡快安排，事情緊急，越快越好！」

張彥弘是個聰明人，心想：「這事一定跟崔胤的陰謀有關！義父遠在河東，雖能避開災禍，但他老人家擔心我們宦官全軍覆沒，便派這小兄弟代替他進宮勸諫聖上，事關重大，我必要安排妥當。」想了想便道：「今晚宮中有個盛宴，我安排你過去，能不能見到聖上，受不受到賞識，但憑本事了！」

馮道行禮道：「多謝公公安排。」

張彥弘隨即傳喚一名宦官進來，馮道瞧這人生得頭小額尖、臉色青白，說話細聲細氣，已有二十五、六歲年紀，看來卻只有十七、八歲的身架子，應是從小就在宮裡當差。

張彥弘吩咐道：「張平，小通子今晚身子不適，你讓……」他不知馮道叫什麼名字，瞄了他一眼，馮道趕緊咧嘴一笑，雙手作揖：「小馮子向平公公請安！」

張平點點頭，微笑道：「小子挺懂規矩！」

張彥弘續道：「小馮子是我的同鄉晚輩，在宮中待了兩年，始終楞頭楞腦，沒見過什麼世面，就讓他代替小通子的班，服侍今日晚宴，有什麼事，你多擔待著。」

張平暗思：「這小子在宮中待了兩年，怎麼這麼眼生？」但想既是張中尉交代，也不便多問，只恭敬稱「是」，便領著馮道離開張府，兩人並肩而行，直向皇宮。

張平笑道：「小馮子運氣真好！今日有美人兒進貢獻舞，聽說是韓公公尋遍大江南北才找來的絕色，要給聖上解解悶氣，你在旁邊服侍，正可一飽眼福！」

馮道暗想：「寒依妹妹動作好快，我可得加把勁，絕不能輸了！」

張平見他不答，酸溜溜地道：「宮裡有宮裡的規矩，尋常宦官是不能進入內殿服侍皇帝，若不是張中尉吩咐，豈能破這個例？你別仗著有靠山，便胡亂作為，還是要警醒些。」

馮道搓著雙手，佯裝緊張：「我絕不敢給平公公惹麻煩，日後還要請您多多提點！」說著便塞了二兩銀子入對方手裡。

張平讓銀兩滑入袖子裡，嘿嘿笑道：「小馮子既有張中尉當靠山，哪裡還需要我提點？日後老哥要仰賴你才是。」

馮道謙遜道：「平公公別笑話我，我在宮中當差兩年，從沒近眼瞧過聖上，這才求張中尉安排個位子，讓我侍候在聖上身邊，僅此一晚，我就想瞧一瞧聖顏長得如何，是不是有三頭六臂、三眼六角那麼厲害？將來回鄉去，也好拿出來吹噓！」

張平哈哈一笑，道：「原來如此，別說老哥不關照你，今晚就給你個好差事，讓你服侍聖上飲酒，這可夠近了吧！」又啐道：「人家都瞧豔姬獻舞，就你想瞧聖上，真夠怪了！」

馮道尷尬陪笑道：「咱們是公公，瞧豔姬獻舞，豈不自找苦吃？」

張平笑道：「那是！那是！不過瞧瞧也無傷大雅！」

兩人一路談笑，經過曲折迴廊，穿過一處處庭院花園，「大明宮」雖然經過戰火浩劫，許多宮殿已殘破不堪，但餘下的樓閣仍是雄偉大器、富麗豪華，馮道幾時見過這等景象，也算開了眼界，暗嘆：「朝廷再窮，皇宮還是飛簷繪彩、棟樑雕花，遠勝過尋常百姓的屋不避風、瓦不擋雨！」又想：「劉仁恭的城殿雖然金銀滿堂，卻俗氣許多，和這裡一比，簡直成了一方土霸，難怪有點本事的，個個都想當皇帝。」

雖然他對當皇帝沒多大興趣，但年少氣盛，再加上學了一身本事，不免懷有風雲之志，想到自己只能成為隱龍，暗道：「不如我搶了王位，再轉送給別人，證明自己真有當皇帝的本事也好！」他也不是真心想造反，只是看到皇宮富麗堂皇，百姓卻水深火熱，感慨得胡思亂想罷了。

不一會兒兩人已到「承香殿」，殿門口昂立兩排宿衛軍，個個彪猛如虎，手中槍戟一致對外，彷彿警告著生人勿近。

馮道見到這等景象，回想起張承業曾說京師十二宿衛軍中，朱友倫等四名軍領是朱全忠的親信，而李繼筠則是李茂貞的親信，暗思：「禁宮之內本是神策軍鎮守，如今連宿衛軍也這麼大搖大擺地進宮嚱？這班宿衛軍必是朱全忠的人馬，不只保護聖上免受宦官之害，也監視著聖上不可與宦官聯合，難怪張公公憂急聖上安危，非教我進宮輔聖不可。」他瞄了這班凶神惡煞一眼，對李曄的處境同情之餘，也擔心自己這半調子的武功，是否真能保護皇帝。

張平吩咐道：「聖上尋歡作樂，最不喜歡旁人打擾，你只要捧著酒盤在一旁杵著，有酒噤聲、沒酒添酒，別添亂就行了！」便大步走了進去。

殿裡有許多宦官正在整理晚宴的擺設，一見到張平，都恭敬喊道：「平公公好。」

張平領了馮道站在龍椅旁側、侍酒的位置，道：「待會兒，他們都會退出去，只留下兩、三個人服侍聖上，你就待在這個位置直到晚宴結束，或聖上教咱們退下，才可離去。」

馮道點頭稱是，張平又鄭重叮囑：「記著！不管瞧見什麼都別作聲。」

馮道好奇問道：「會瞧見什麼？」

張平露了一臉壞笑，猥瑣道：「你說聖上尋歡，會瞧見什麼？」

馮道從沒想過自己這麼闖入晚宴，會瞧見非禮之事，想到獻舞的美姬就是船上那幫少女，暗呼：「這下糟了！」孔夫子的諄諄教誨頓時湧上心頭，又彷彿看見褚寒依美眸冷冷瞪視自己，不由得萬分尷尬，想道：「寒依妹妹，我可不是故意的，要真看見不該的東西，我緊緊閉眼就是……」

張平瞧他楞頭楞腦，又叮嚀道：「你得張大眼，隨時瞧聖上有酒沒有，偶爾瞄瞄美人兒是無妨，但別瞧得眼睛發直，忘了服侍聖上。」

馮道心中咯登一聲：「閉眼也不行嚒？」心口不禁怦怦而跳。

「聖上駕到！」門外傳來一聲長喊，殿門敞開，所有宮女、宦官立刻伏地跪倒，李曄穿了一身寬鬆的褐袍，在幾名宦官的陪侍下大步走進殿內，一揮手道：「起身退下吧。」眾僕婢退下，只餘張平、馮道和另一名宦官。

馮道心想：「兩年不見，聖上看來容光煥發、精神飽滿，可見宮中生活優渥，將他養得健壯了！」又想：「我也高大許多，不知聖上還認不認得？我容貌沒多大改變，相信只要他瞧上一眼，一定能認出的。」便故意抬頭挺胸，與李曄朝個面對面，可李曄卻恍若不見！

待李曄坐定後，張平高聲呼喊：「獻舞！」

絲弦聲起，一隊隊薄紗粉衣、打扮妖豔的少女蹁躚進來，果然是船上那幫少女，馮道見褚寒依不在其中，暗暗鬆了口氣。

李曄哈哈大笑，讚道：「好！果然是絕色！」一連拿了幾個酒杯歡快暢飲，馮道見李曄低頭舉杯，便將玉龍子握在掌心，以袖口遮住，故意露了一點出來，李曄卻只沉醉在前方的雲香鬢影之中，對馮道的暗示全然無視。

馮道暗想：「難道聖上沒瞧見？」趁斟酒時，乾脆露出大半截玉龍子，但李曄飲酒助興後，只歡喜地望向前方舞姬，雙目圓睜，一瞬也不瞬，似半點也捨不得放過，再沒低頭瞧馮道一眼。

馮道原本信心滿滿，以為只要玉龍子一出現，就能向李曄詢問崔胤的計劃，想不到皇帝只縱情酒色，對玉龍子半點也不在意，他心中頓感不悅，但自小根深蒂固的忠君愛國思想，又念及李曄、張承業的栽培之恩，暗忖：「聖上時時受壓迫，或許這一刻，他也是借酒裝瘋、放縱自己吧……」無奈低聲喚道：「陛下，您還記得小人嚒？道、可道……」

李曄冷瞪了他一眼，馮道見他目光凶厲，似乎把自己當成想攀爬上位、又不識相的小宦官，一時呆愣：「聖上居然不理！這……」只得把話吞回肚去。

過不多久，隨著樂曲變成輕盈活潑，少女們拍掌挽臂、舞弄雙袖，馮道知道下一段樂曲，少女們就要開始卸衣，忍不住還是閉了眼，卻在這時，張平喊道：「獻菜。」

殿門外走進四名年輕貌美的綠衫宮婢，每人手中都端著一個大金彩盤，盤上擺了各式佳餚和一盞盞小薰香爐，不一會兒，整個殿室已是氤氳瀰漫、甜香醉人。

馮道發現其中一名端酒壺的少女竟是褚寒依，心中驚詫：「她竟裝扮成宮婢潛進來！」

李曄看得興起，宏聲喊道：「這小杯子不過癮，拿酒壺過來！」

馮道趕緊走向褚寒依，向她拿取酒壺，低聲道：「妳別壞事，快走！」

褚寒依卻假裝不相識，只冷冷遞了酒壺給他，馮道也知道她不會離去，無奈接了酒，又轉身回去，恭敬遞給皇帝。李曄高高舉起酒壺，仰首張口，讓酒水像雨瀑沖瀉而下，那豪爽的姿態彷彿一口氣能吞下千盅酒。

張平道：「請陛下一邊欣賞歌舞、一邊吃喝茶點。」一招手，四個宮女立刻繞過跳舞的美人兒，端了金盤準備獻給皇帝。

忽然間，李曄眼睛一亮，對其中一名宮女驚為天人，伸指端起她的下頷，道：「妳叫什麼名字？」

褚寒依俏臉含笑、垂眸羞答：「侍女依兒。」

馮道心中一緊：「她對我冷冰冰，對聖上就笑盈盈！」忍不住出聲道：「陛下……」

李曄恍若不聞，只對褚寒依充滿興趣，笑問：「妳會跳舞嚒？」

褚寒依露出一抹迷魅笑意，嬌聲道：「奴婢自小習練歌舞，就盼有一日能討陛下歡喜，報答君恩。」

李曄捏著她滑膩的頷尖，哈哈大笑：「好！給朕瞧瞧妳有什麼本事。」

褚寒依放下金盤，走入少女之中翩翩起舞，她衣衫與眾女不同，飄逸的舞姿別有一股惹人心憐、勾魂懾魄的嬌媚，這麼融入其中，非但不突兀，反而令這場豔舞更加綺麗夢幻。

李曄想不到這個小宮女竟如此迷人，一時心生驚嘆，意醉神迷。

馮道也目不轉睛盯著褚寒依的絕妙麗影，看著她盡情旋舞、笑意燦爛，彷彿漫天戰火都已消逝，大唐又恢復了絢爛歡娛的盛世，一時間心中五味雜陳，不知是喜是愁。

「麗宇芳林對高閣，新妝豔質本傾城。映戶凝嬌乍不進，出帷含態笑相迎。妖姬臉似花含露，玉樹流光照後庭……」

褚寒依最厲害的卻不是舞藝，而是歌聲，當她開口唱曲時，所有舞姬被她的歌聲牽引，在殿堂中央旋舞起來，時而狂放、時而妖嬈，李曄漸漸神思迷茫，眼中盡是白影綽綽、美人玉臉。舞姬聲嘶力竭地唱跳，李曄推杯換盞地狂飲，漸漸地，整個宮殿渲染出一種幽幻迷魅的意境。

到後來，褚寒依和羅嬌兒坐入李曄懷裡，柔若無骨的玉臂攀住他的頸項，細軟的纖腰宛如水蛇纏繞他身子，十指時而輕拍、時而揉捏，李曄左擁右抱、暈頭轉向，已經無法思想。

「鸞咽姹唱圓無節，眉斂湘煙袖回雪。」兩姝嬌甜的歌聲中，卻流露一絲淒涼；舞姬們盡情狂舞，卻柳眉含雪、神色傷感。

李曄伸指端起褚寒依嬌豔的小臉，問道：「怎麼啦？」

褚寒依淚光瑩然，似唱似吟：「『清夜恩情四座同，莫令溝水東西別』，陛下希望四座同恩，長夜醉飲，奴婢雖然卑微，也盼望能長伴君側，然而陛下的恩憐，只如江水東流，今夜過後，就是曲終人散！」

李曄愛憐地撫著她的臉龐，笑道：「不散！不散！朕與妳日夜相伴，怎會散了？」

褚寒依時吟時唱，聲音如慕如怨：「『亭亭蠟淚香珠殘，暗露曉風羅幕寒』，這酒酣耳熱之際，誰會想到殘燭淚痕呢？誰又會因曉露寒風，感受到賤婢的淒冷呢？」

李曄摟緊她的身子，笑道：「不冷！不冷！朕與妳同床共衾，就不冷了！」

褚寒依貼近在他耳畔，膩聲道：「妾有一祕密舞技，從未展示於人，只盼能為陛下獨舞。」

李曄知道這是豔舞，心中激蕩，哈哈大笑：「好！就只給朕一個人瞧，誰都不許瞧了！」大力攬抱起她纖細的腰枝，霍身站起，向內殿大步走去。

馮道心中一急，竟忘了君臣之儀，直奔出來擋在李曄面前，道：「陛下，那……」

李曄怒斥：「什麼？」

馮道被他精光一瞪，但覺有如雷電劈頂一般，整個人似矮小了半截，渾身不由得顫抖：「這……就是君威嚒？」支吾半晌，才硬著頭皮道：「那個……道可道、非常道……」

褚寒依柳眉微蹙，依在李曄耳畔嬌聲道：「妾服侍陛下，小宦官卻在一旁唸道德經，這是哪門子情趣？」

李曄正是全身火熱，哪容得下旁人潑冷水，怒罵道：「狗奴！竟敢胡鬧！張平，拖下去宰了！」

「是。」張平三步併兩步過去，猛力拽著馮道往外走，怒斥道：「早教你不要惹事！」

馮道心中著急，一時間卻想不出辦法，只頻頻回首，卻見褚寒依含淚的晶眸射出一絲戲謔清光，誘人的朱唇微微一噘，流露似笑非笑的得意，彷彿在說：「小子，你死定了！」

馮道被拖出殿外，眼睜睜看著「未婚妻」被皇帝擄走，森冷的朱紅殿門緩緩關上，急得大叫：「陛下！陛下！」

張平尖聲罵道：「小命都不保了，還嚷嚷什麼？你安份點，乖乖就死，免得連累咱家！」

馮道這才意識到皇帝竟是要殺了自己！

新月清高，酒宴散場，褚寒依被李曄帶入內殿寢室裡，服侍的宦官點燃幾盞燈籠火，眾人便悄悄退下。

宮燈熒熒，原先隱在朦朧夜霧裡的白杏花，被紅燭火映成點點粉霞，宛如少女春情初動，隨風輕舞的黃綾帳幔後，褚寒依倚在李曄懷裡撒嬌道：「門外一幫宿衛軍凶神惡煞的，人家很害怕。」柔聲唱道：「冀馬燕犀動地來，自埋紅粉自成灰。君王若道能傾國，玉輦何由過馬嵬？」

這首《馬嵬》詩是李商隱嘲諷唐玄宗沉迷女色、荒廢朝政，以至兵禍驟降、寵妃難保的批判詩，李曄聽了卻不生氣，反而哈哈大笑：「妳唱這曲子，是怕一旦宿衛軍造反，朕便拋下了妳？不怕！不怕！」

褚寒依膩聲道：「陛下，您讓他們離開吧。」嬌軀一旋，離開李曄的懷抱，翩翩起舞，又唱：「海外徒聞更九州，他生未卜此生休。空聞虎旅傳宵柝，無複雞人報曉籌。此日六軍同駐馬，當時七夕笑牽牛。如何四紀為天子，不及盧家有莫愁。」

李曄聽她又以李商隱的《馬嵬》詩比喻宿衛軍夜間擊打刁斗，已經約定造反，笑道：「不必擔心，他們是朕的人，不敢造反。」

褚寒依一個輕盈仰身，姿態優美地軟倒入李曄懷裡，睜著天真無邪的美眸問道：「奴婢有一個疑問，陛下別生氣。」

李曄看著她瑩白如玉、柔媚入骨的小臉，什麼怒氣都息了，笑道：「妳問吧。」

褚寒依道：「宮裡常常有反叛，有時是宦官，有時是宿衛軍，有時又是藩鎮，陛下如何應付這麼多賊子？又怎麼判斷誰是自己人、誰是奸臣？」

「這軍國大事，本不該洩露，但不說出來，妳這小丫頭便不能安心服侍朕……」李曄拿起桌上酒壺仰首而飲，喝了好大一口，才放下酒壺，又輕點她小巧鼻尖，道：「這樣吧，朕就透露一點消息給妳。」

褚寒依嬌聲道：「奴婢洗耳恭聽。」

李曄雙眼迷茫，滿臉醉意地說道：「最近韓全誨想要造反……」

褚寒依睜大了美眸，假裝驚詫萬分：「韓公公想造反？」

李曄揉捏她嬌嫩的小手，道：「別怕！朕已經讓崔胤著手對付他，門外那些宿衛軍就是梁王派來保護朕的。」

褚寒依輕輕「哦」了一聲：「原來朱全忠是大大的忠臣，一早就派人來保護陛下！」

李曄握拳捶桌道：「朕決定一舉剷除宦官，免得他們時時威脅我！」

褚寒依顫聲道：「奴婢預祝陛下旗開得勝！」

李曄喝了口酒，笑道：「妳不用害怕，只要陪朕看好戲。」

褚寒依哆嗦道：「奴婢不怕，陛下英明神武，天塌下來，也有您頂著。」

李曄不勝醉意，大聲道：「妳說不怕，為什麼打顫？妳不相信朕有本事對付逆賊嗎？告訴妳，朕已準備好萬全的計劃，就藏在龍袍內襯裡！」說著湊嘴過去，對著她嬌嫩的唇瓣猛力親下。

褚寒依身軀一縮，往下溜去，輕巧地躲過了親吻，李曄正要發怒，卻見褚寒依美眸淒然，淚眼汪汪地唱道：「忽然聞道別，愁來不自禁。眼下千行淚，腸懸一寸心。兩劍俄分匣，雙鳧忽異林。殷勤惜玉體，勿使外人侵。」❶

李曄見她楚楚動人的模樣，直被勾引得心花怒放，又聽到這豔詞，更是慾念沖升，笑道：「朕來憐惜妳的玉體了……」說罷雙臂大張，撲身過去，褚寒依閃身避過，心中著急李曄怎麼還不倒落，接下來要如何應付？李曄一個撲空，竟然就這麼伏趴在地，再也不起。

褚寒依走到李曄身邊，輕喚道：「陛下！陛下！」見李曄呼吸沉重，一動也不動，她知道「傾城香」終於生效了，便將李曄扶上龍床，再翻開他的龍袍，果然發現內襯有一行細小的針線縫。

她輕巧地割開細線，從內袋取出一張薄如蟬翼的絲絹，見上面畫了地形，寫了幾句詩詞，她一時間猜不透其中含意，心想：「外面全是宿衛軍把守，我這麼丟下皇帝，一定出不去，無論如何，先送出計劃圖再說。」

她悄悄打開窗戶一小縫，觀察外邊地形，然後摘下一支髮簪，將圖紙捲成一縷細繩，繫在髮簪上，又取下腰間裝飾的彩絲，這彩絲是牛筋製造，堅韌易彈，是弓弦的最佳材質，她將綁著計劃圖的髮簪當做細箭，搭在彩弦上，再運起內功往後猛力一拉，彎成弓弦，對準窗外目標，指尖一鬆，「咻！」髮簪穿破窗紙射出，直飛射過太液池，釘入柳樹幹！

褚寒依把圖紙射出，心想：「外面全是朱全忠的宿衛軍，我得趁陛下清醒之前，趕緊設法離開。」正籌思對策，背後忽然傳來一聲呼喚：「依兒！」竟是李曄清醒過來。

褚寒依驚得幾乎跳起來：「聖上怎會這麼快就醒了？」她不知李曄是否發覺異樣，心口怦怦跳，緩緩轉過身，纖手輕撫著垂散柔軟的髮絲，微笑道：「陛下，奴婢在這兒。」

李曄不悅道：「妳站在窗邊做什麼？快過來！」

褚寒依雙頰湮染了紅暈，坐到床邊，柔聲道：「妾得陛下恩寵，歡喜得睡不著，可陛下太過勞累，需多多歇息，讓妾為您舒緩身子吧。」她指尖暗暗抹上「傾城香」，想藉著替李曄揉捏頭頸，再度迷昏他。

李曄雙眼迷醉，笑道：「滿園後宮，真沒一個比得上妳，妳想怎麼伺候朕？」

褚寒依嬌聲道：「妾先伺候您寬衣……」

李曄笑道：「朕想和妳玩個遊戲！」

褚寒依心中一顫，不禁蹙了眉，指尖緩緩揉向李曄鼻下人中穴，乍然間，李曄大掌一把抓住她玉指，一個猛力翻身，將她壓倒在床上。

褚寒依萬萬料不到他出手如此之快，心中一急，不自覺生了內力抵抗，卻掙不脫他的擒捉，褚寒依心中生出不安，輕喚：「陛下……」嬌軟的語氣近乎求饒，李曄一雙精眸冷銳地盯著她，狂放笑道：「朕來恩寵妳了！」另一手更開始解開她胸前的纓絡扣子。

剎那間，褚寒依幾乎想推開他奪路而逃，然而李曄大掌一把抓住她雙腕，力氣之大，竟令身負武功的她半點也推不動！

「妳真是不安份！」李曄看著她的眼神，像老貓戲弄小鼠般：「可朕就喜歡妳這麼撒野！」

褚寒依面對他灼灼挑釁的精光，忍不住閉上雙眼，掙扎著想縮進錦被裡，李曄卻一把撕下錦被，將她雙腕綑在床柱上，以指尖夾住她的下頷，道：「看著朕！」

褚寒依只能緩緩睜開雙眼，李曄精眸森利，冷笑道：「妳不喜歡和朕在一起嚒？還是怕朕看出妳別有企圖？」

褚寒依哽咽道：「沒有……」

李曄猛力一握她纖細的雙腕，褚寒依痛入骨髓，忍不住輕呼出聲，然而手骨的疼痛，比不上心裡的恐懼。

李曄以指尖抬起她的下頷，眼中閃爍著迷醉的光芒，柔聲道：「妳這麼閉著眼，難道不願瞧著朕？」

「不……妾不敢冒犯天顏……」褚寒依想不到自己空有一身武功，竟全身酥軟，發揮不出，只驚得臉色蒼白，香汗淋漓，她勉強睜開眼，對視的瞬間，忽然感到這個皇帝一點也不是任人宰割的傀儡，反而有一種君臨天下，教人無法反抗的可怕威勢。

李曄斥問道：「妳服侍朕究竟有什麼企圖？」以指尖抬起她的下頷，深深地凝望著她，眼前容顏明明年輕稚氣，卻已經嬌豔絕倫，足以傾倒眾生，他神思蕩漾、慾火焚身，再顧不得斯文做作，伸手抓住她衣襟，猛力撕裂開來！

（註❶：張鷟的豔詞《別十娘》。）

九〇〇・二　天老書題目・春宮驗討論

卻說馮道被張平一把拽出殿外，準備帶去處決，兩人拖拉一陣，到了樹叢間，離開宿衛軍的視線，馮道立刻塞了一物到張平的手心，張平低眼一瞧，竟是一片金葉子在掌心裡閃閃發亮，一時摸不清馮道底細：「亂世裡，隨手能拿出一片金葉子，這小馮子不簡單啊！」

馮道低呼道：「平公公饒命！」

張平忿忿用開他，跺足道：「叫你小子別惹麻煩，偏偏惹得聖上殺你，你教咱家該怎麼做才是？」他口裡罵得大聲，眼底眉梢豈有半點怒氣？目光更沒片刻離開手中的金葉子。

馮道見他裝模作樣，低聲道：「平公公可知道最近宮裡就快發生大事了！」

張平挑著兩道細眉，哼道：「你一個小宦官好好服侍聖上就是，理什麼宮中大事！」

馮道更壓低聲音：「平公公，那是我用一片金葉子才打聽到的消息，是要命的消息！」他附到張平耳畔道：「聖上打算命宿衛軍殺盡我們宦官！」

張平雖知道皇帝在崔胤的慫恿之下，對宦官日漸不滿，生起殺心是遲早之事，但聽到這個小宦官如此直言，仍是心中一跳，道：「你如何知曉？」

馮道悄聲道：「平公公別管消息打哪兒來，總之這事是千真萬確，我今日潛進聖上身邊，便是想勸聖上收回成命。」

張平哼道：「憑你這鄉下小子？倘若你能辦成事，田令孜、劉季述那幫大宦官又怎會人頭落地？」

馮道又道：「無論如何，咱們宦官得團結一心，平公公若幫著聖上殺了我，豈不少了一份助力？您今日放了我，來日我必在張中尉，還有韓公公面前替您美言幾句。」

張平頻頻跺足，嗔道：「唉喲！聖上要殺你，張中尉要保著你，這該如何是好，你小子惹得公公我心煩意亂哪！」

馮道又塞了一片金葉子給他，笑道：「這可不心煩了吧！」

張平頓時眉開眼花，笑不攏嘴：「走吧！走吧！」揮手讓馮道離去。

馮道擔心褚寒依的安危，急奔回「承香殿」，忽見空中射出一道利光，雖只一瞬而過，但他目光犀利，見那細針從皇帝寢殿的小窗射出，直釘入太液池對面的柳樹幹，心知那東西必是褚寒依所射，與崔胤殺宦官的計畫書有關，此刻自己若是搶先去拿細針，就能早一步得知計劃，也就勝了這場打賭，可以帶少女們離開，但他實在無法棄褚寒依安危不顧。

整座「承香殿」守衛森嚴、燈火通明，時時傳來嘻鬧笑聲，馮道悄悄潛至上方，移開一片金琉璃瓦，往下探去，忽聞一縷極淡的香氣從下方冉冉上傳，令人筋骨舒軟、意念非非，他感到迷香有異，趕緊凝神守志、屏住呼吸，便溜了下來，悄悄潛入皇帝寢殿的隔壁房室，想解救褚寒依。

李曄在承香殿內的龍床上，正準備歡快享受，忽聽見外面傳來吵鬧聲：「走水了！走水了！」焦燒的氣味一下子就竄進屋裡，李曄怒罵一聲，驟然站起，不顧榻上美女的死活，快速走向殿外。

褚寒依雙腕被綁，全身虛軟，根本無法脫困，急得放聲狂喊：「陛下！陛下救我！您不能將我丟在這兒，陛下……」她見李曄頭也不回的離去，只能拚命運功，卻怎麼也使不上力，喊到聲嘶力竭，也無人進來，想到自己會被活活燒死，不禁在心中咒罵：「這皇帝殘忍好色、惡毒無比，簡直就是魔鬼！」

濃煙宛如一條條毒蛇，從窗隙不斷竄入，快速擴張蔓延，形成蓬蓬黑浪的詭怖景象，殿外的呼喝聲原本此起彼落，到後來漸漸安靜，再沒有半點聲息，所有人都已離去，只留褚寒依孤伶伶地躺在絕境裡，死亡的陰影就像漫捲而來的烏雲，籠罩著她弱小的身子，驚惶之餘，她再忍不住噎噎抽泣。

「小姑娘哭鼻子！」煙霧迷濛中傳來一聲嘲笑，隱隱出現一道人影。

褚寒依正自絕望，乍聽見馮道的聲音，不由得驚喜萬分，呼喊道：「小宦官！你怎麼來啦？」

馮道笑吟吟道：「有好戲，我怎能不來？」

褚寒依忽想起自己衣衫不整、模樣狼狽，一時羞惱，斥道：「你不准過來！」

馮道恭敬道：「姑娘吩咐，在下莫敢不從，告辭啦。」

褚寒依急呼道：「你別走！」

馮道笑道：「姑娘不讓我救，又不准我走，難道想教我陪妳死在這兒，做一對苦命鴛鴦？」

褚寒依怒道：「大火就快燒來了，你還說胡話！」

馮道認真道：「這怎是胡話？在下可以為妳一笑傾舟，卻不能糊裡糊塗死去。姑娘執意不讓我救，我總不能自作多情、自討沒趣，也只好先行一步了。」

褚寒依急道：「你怎能見死不救？」

馮道微笑道：「放心吧！宿衛軍快過來了，他們見到姑娘如此美貌，肯定會出手相救。」

褚寒依想到那些豺狼若是進來，必會凌辱自己，心中害怕，又想：「再怎麼說，他只是個宦官，最多便宜他瞧個兩眼、嘲笑兩句，還能怎麼？」一抿唇，支吾道：「你……你快過來！」

馮道說道：「我遵命過去了！」

褚寒依聽他腳步聲靠近，忽然又喊：「慢著！」

馮道不耐道：「大姑娘，情況緊急，妳究竟要不要我過去？」

褚寒依想了想，道：「你可以過來，但要閉著眼。」

馮道大聲道：「好吧！那我過去啦！我閉著眼了……」

褚寒依聽出他分明站在原地，半點不動，急道：「小宦官，你怎麼不動？」

「唉喲！」馮道驚呼一聲，褚寒依急問道：「怎麼啦？」

馮道悠然道：「我閉著眼，什麼都瞧不見，不小心跌了一跤，看來我只能慢慢走，走到天黑又天亮，火燒眉毛、火燒屁股，美貌小姑娘活活燒成了紅粉骷髏，才能走到姑娘身邊……」

褚寒依知道他故意捉弄自己，簡直氣炸，但此刻性命攸關，只能強忍怒氣，好言道：「你睜了眼，快過來！」

馮道喃喃唸道：「孔夫子，晚生可是救人性命才非禮一視，若看見什麼違禮之事，您可不能怪我！」

褚寒依聽他滿口胡言，拖拖拉拉，心中恨極：「待我脫身，一定要挖你眼珠、割你舌頭，將你碎屍萬段！」

馮道先拿殿室裡一件女子彩袍蓋在她身上，再為她解開繫繩，道：「好了！咱們快走吧！」卻見褚寒依仍躺著不動，但覺奇怪：「妳還不起身，難道真要等大火燒來？」

褚寒依雙頰紅透，一咬朱唇，囁嚅道：「我中了傾城香，一時半會兒使不上力……」

「哈！」馮道忍不住取笑：「原來姑娘想以『傾城香』迷害聖上，卻是自作自受！」

「你……！」褚寒依深吸一口氣，強忍心中殺意，道：「你揹我出去。」

馮道聽她語氣似命令，應是平時頤指氣使慣了，搖搖頭道：「這麼便宜的事，在下本該欣喜若狂，但姑娘迷香實在厲害，說不定我前一刻背妳出危地，下一刻妳便迷倒我，謀害我性命！我怕死得很，這種吃虧事，是萬萬不幹的。」

「你……！」褚寒依心中殺意再沖升了幾分，一咬牙又忍下，使出撒嬌本領，柔聲道：「馮公公，你救我性命，是大恩大德，妾怎會害你？」

馮道更用力搖頭：「妳剛剛才陷害我，幸好小馮子鴻福齊天，大難不死。」

褚寒依眨著水汪汪的大眼，楚楚可憐道：「人家都認錯了，還不行嚒？難道公公真狠得下心害死我嚒？」

馮道辯白道：「我怎麼狠心啦？殺妳的是大火，害妳的是皇帝，剛才小馮子還拼命阻擋，誰知妳自甘跳入火窟，我也無可奈何。」

褚寒依氣惱道：「你究竟想怎樣？」

馮道見她命在旦夕，還如此驕橫，實在有趣，悠然道：「公公、公公這麼叫著，聽來挺憋扭，不如改個字兒。」

褚寒依問道：「什麼？」

馮道笑道：「叫老公！老公、公公不過一字之差，妳叫起來也不拗口。」

這「老公」一詞其實是個雙關語，既是夫君之意，民間俗稱宦官也稱老公，褚寒依心思慌亂，一時未能領會，只問道：「你年紀輕輕，怎是老公？最多也是小公公！」

馮道笑道：「妳若好聲好氣，喚得情真意摯，我心中一軟，便救妳出去。」

褚寒依扁了扁嘴，嬌聲喚道：「老公，求求你快扶我起來，帶我出去。」

馮道一邊扶她坐起，為她穿上彩袍，一邊笑嘻嘻道：「老公十分公道，老婆一片婆心！」這幅對聯是唐朝士子麥愛新夫婦所題的恩愛詩句，從此「老公」、「老婆」便代表夫妻稱謂，褚寒依一聽，陡然明白他是故意佔自己便宜，怒火沖升至極點：「你……！」

馮道見她目露寒光，認真道：「孟夫子說：『男女授受不親』，妳若不是我老婆，我怎能隨便抱妳？但妳方才已喚我老公，咱倆從此就是恩愛夫妻，妳若起心害我，那可是謀殺親夫、天理不容！」

褚寒依不知是氣是羞，一張小臉脹得通紅，馮道見她嬌豔無比，歡喜難言，忍不住又逗她：「妳多喚兩聲，我聽著舒服，手腳就麻利些，也能快快救妳出去。」見褚寒依朱唇緊抿，道：「妳不喚，我可走人啦！」

褚寒依原以為他是假意嚇唬，但見那灰衣身影一下子就消失不見，急喊道：「馮公公！小馮子……」心想：「我暫且答應他，等脫了身，便一刀殺了他。」趕緊高聲呼喊：「我……我答應你了……你別走！馮老公！老公！」

馮道一溜煙又回來，笑道：「乖乖老婆，這樣我便相信妳不會使壞害我，能安心救妳出去。」說話間，已將褚寒依揹在背上，向殿外奔去。

兩人才踏出帳幔，濃煙迎面撲來，彷彿雲濤阻斷前路，褚寒依大叫：「咱們……咳……」

一開口，就被嗆得說不出話。

馮道說道：「別怕！我一定帶妳出去！」遂施起「節義篇」的神奇步法，左奔右竄，一忽兒就到了殿外。

褚寒依這才發現守門的宿衛軍早已離開，濃煙從隔壁殿室衝奔過來，卻沒什麼火勢，頓覺得事有蹊蹺，冷聲問道：「是你放的火？」

馮道笑道：「不做點手腳，怎麼引開宿衛軍，救出我的好老婆？」

褚寒依這才明白為何他滿口胡言、拖拖拉拉，一點也不擔心火勢會燒過來，心想那支繫著崔胤計畫圖的金簪射入太液池畔，只要一恢復體力，就能點倒這小宦官，去取回圖紙，卻見馮道一路往太液池的方向奔去，問道：「你帶我去哪兒？」

馮道答道：「去太液池取回崔胤的計劃圖。」

褚寒依驚愕道：「你怎知道那圖紙在太液池？」

馮道笑道：「老公本事高強，無所不知！」

褚寒依聽他仍自稱「老公」，哼道：「明明是宦官，還想學人家成親！」

馮道不解道：「宦官便不能成親麼？本朝有一半宦官是有老婆的，很多五品宦官還有三妻四妾，妻妾被封為誥命夫人，甚至連岳丈大人也升了官，像仇士良的妻子被封為魯國夫人，大宦官高力士娶呂玄晤之女為妻，呂玄晤就被擢為少卿；李輔國娶元擢之女，元擢也成為梁州刺史……」

褚寒依怒道：「我阿爺早死了，沒福氣封官！」

馮道歉然道：「對不起，我說錯話了，但伯父英年早逝，又是誰養大了妳？」

褚寒依欽慕道：「是樓主！他天縱英才，是大英雄，才不稀罕什麼官位！」

馮道暗想：「她對幼年之事心懷芥蒂，卻把草菅人命的煙雨樓主當成是大英雄，這可有些難辦。」笑了笑，道：「煙雨樓主是不是大英雄，我不知道，但妳是宮女，我是宦官，剛好湊成一對，一旦破了崔胤的陰謀，立下大功，就請聖上賜咱們一個對食，說不定妳還能當個誥命夫人呢！」

褚寒依聽他越說越不像話，似乎真把自己當成未婚妻子，一時羞怒交加，衝口道：「你雖能成親，卻不能成事！空娶個妻子有什麼用！」

馮道笑嘻嘻道：「原來寒依妹妹想得這麼遠，一下子便想到洞房花燭啦！」

褚寒依氣得直想一針刺死他，偏偏舉手無力，只能聽他繼續胡說：「別心急，一旦成了親，妳便知道咱家行不行了！」

褚寒依但覺他口齒伶俐，自己無論說什麼，都是徒招羞辱，哼了一聲，不再說話，忽然想起，忍不住又問：「你怎知道我的名字？」

馮道笑道：「娶妻娶賢，我要娶妳為妻，自然得託媒人把妳的身家八字都打聽清楚，我可不想娶進夜叉婆。」

褚寒依怒道：「你說我是夜叉婆？」

馮道笑嘻嘻道：「妳現在這麼依依順順地貼著我，自然是解語花，倘若動刀動槍，豈不像張牙舞爪的夜叉婆？」

褚寒依嬌軀軟弱地貼觸在馮道背上，感受到男女肌膚相親的溫膩，耳裡又聽馮道巧語調笑，直是羞不可抑，心中一時迷亂不安：「我和他只在船上見過一面，他卻像什麼都知道，莫非他事先查過煙雨樓底細？」

談話間，兩人已來到太液池畔，馮道先將褚寒依安放在隱密的樹叢裡，再走近柳樹，從樹幹上取下繫著圖紙的髮簪。

褚寒依心知這一來，他幾乎就勝了賭局，偏偏無力阻止，哼道：「我會全身乏力，不只是中了傾城香，還有你的火煙吧！」

馮道得意道：「那火煙是我的獨門祕技，名叫『傾國煙』，與妳的『傾城香』是天造地設的一對，傾城傾國合力發威，連大黃牛也會傾倒一片，何況妳一個嬌滴滴的小姑娘？」

褚寒依聽他隨口胡謅，都能與自己拉扯一起，冷嘲道：「說什麼傾城傾國，連一個軟腳皇帝也傾不倒！」

馮道卻是振振有辭：「聖上有神威護體，自然傾不倒啦！」

褚寒依啐道：「你又滿口胡言！倘若聖上真有神威護體，又怎會受崔胤擺佈？」

馮道答道：「因為這個聖上不是真的聖上，只是一個妄想當皇帝的高手，來『承香殿』坐龍椅、享美女，預先過過皇帝癮！」

「啊？」褚寒依驚愕得櫻桃小口微張，露出迷死人不償命的嬌憨表情，馮道一時意亂情迷，直想一口親下，好容易才忍住衝動，取笑道：「偏偏有人把自己當肥羊，一頭熱地往虎口裡送！」

褚寒依想到方才那人在寢殿裡輕薄自己，又羞又惱：「我們豈不白白便宜了那傢伙？」

馮道得意道：「幸好老公天縱英才，及時趕到，救出寒依小娘子！」

褚寒依心中雖感激，仍不假辭色：「你如何確定那皇帝是假的？」

馮道不能洩露玉龍子的祕密，道：「我自幼在宮中服侍聖上，滿目所見盡是稀世珍寶，養得一對好眼力，真品、贗品自然可以分辨出來！」

褚寒依並不相信：「你能分辨真假皇帝，為何張平不能？其他宦官宮女也無人識出。」

馮道答道：「聖上憂心國事，心疾難解，一向病體奄奄，可今日他容貌雖相同，又刻意穿了寬鬆袍子遮掩，仍可看出這假皇帝精壯許多。張平認定他是皇帝，其他小宦官就算看出，也不敢吭聲，只能將錯就錯。」

褚寒依不解道：「這回我們入宮，韓公公特意交代張平妥善處理內廷之事，可見韓公公十分信任他，為何張平會把我們帶到假皇帝面前？」

馮道露了一個富含深意的笑容，道：「傻妹子，張平一定是被收買了！韓公公掌管禁軍，不宜在內殿進出，而張平一向負責內廷事務，因此韓公公把妳們託付給張平，也可免去崔胤的懷疑。豈料張平一早就投靠了崔胤，便將計就計，故意帶妳們到假皇帝面前！」

褚寒依忿然道：「張平也是宦官，為何要背叛韓公公？難道不怕被崔胤殺頭嚒？」

馮道一邊從髮簪取下圖紙，一邊說道：「妳別忘了，誅殺宦官是聖上默許的，張平日日服侍聖側，眼看宦官大勢已去，因此投靠敵方，而崔胤承諾保他身家性命，他把妳們帶到假皇帝面前，必有陰謀！」

褚寒依原本聰穎，只不過遇到假皇帝太震驚，才一時無法反應，如今聽馮道提醒，微然轉思，已明白其中深意，沉吟道：「你是說假皇帝接見我們，是為了傳遞假消息，好讓我們誤判情勢。」

馮道笑讚：「不錯！妳總算開竅了！」將圖紙交給褚寒依，髮簪卻收入自己懷裡，得意道：「定情之物！」

褚寒依想不到他會給圖紙，暗暗歡喜，見他不肯還髮簪，橫了他一眼，道：「這樣的髮簪我不知有幾百個，丟了哪一支，我也不會記得，你愛拿便拿去！」遂打開圖紙開始研究。

馮道坐到她身邊，瞄了兩眼，見是一張「大明宮」地圖和一首小詩，道：「這圖紙暗藏密語，沒這麼容易解開，萬一假皇帝發現妳逃走了，又派兵來捉妳，可太危險了！」

褚寒依忽然想起，嬌嗔道：「如果聖上是假的，這圖紙肯定也是假的，我們豈不白忙一場？」

馮道微笑道：「這張圖紙未必沒用，崔胤不知道我們已識破假皇帝的身分，正可將計就計！」

「你的意思是——」褚寒依想了想，道：「崔胤的計劃是根據韓公公得到這張圖紙所設計？」

馮道讚道：「不錯！老婆真是越來越聰明了！我們只要反其道而行，就能推測出崔胤真正的計劃。」

褚寒依歡喜道：「現在我們該怎麼辦？」

馮道答道：「找個安全地方，好好研究這張圖紙。」

褚寒依道：「把東西交給韓全誨也算完成任務。」

馮道又揹起她，道：「這法子不錯，妳指路吧。」

褚寒依疑道：「你不是韓公公的親信嚒，怎不知道他在哪兒？」

馮道嘻嘻一笑：「到了韓公公那裡，妳自會明白。」

褚寒依啐道：「原來你不是韓公公的人，真是滿口謊話的小騙子！」

馮道再度揹起褚寒依，根據她的指示，往西北方而去，一路藉著樓閣、林木掩護，小心翼翼地穿過太液池、望仙台、宣徽殿，出了崇明門，左轉大和門，終於到達左神策軍營。

褚寒依向守營的軍領出示煙雨樓信物，軍領便帶著兩人前往韓全誨府邸，進入廳堂等候。那廳堂極為寬大氣派，接待的僕人指示馮道坐在下方的客座，便入內通報。馮道將褚寒依安放在椅子上，又興沖沖坐在她鄰座。

過了許久，一個面皮白皙、鳳眼狹長、銀髮齊肩的高大宦官走了出來，往前方主位大剌剌坐下，居高臨下地俯瞰兩人。

馮道見他氣度不凡，應該就是韓全誨，起身拱手道：「韓公公，晚輩小馮子奉張中尉之命前來，要與您商議共同對付崔胤一事。」

韓全誨摩挲著光禿禿的下巴，頷首道：「宦官本該通力合作，張彥弘有此認知，再好不過！」

褚寒依忽然插口：「韓公公，此人滿口胡言，先前騙我說是您的手下，如今又說是張中尉的下屬，說辭如此反覆，肯定是崔胤派來的細作，應該一刀殺了，免得洩露消息。」

韓全誨以為他二人是一道，聞言頗是意外，狹長的鳳眼斜睨著馮道，好似隨時能射出殺人的劍光。

馮道也想不到褚寒依說翻臉就翻臉，咋舌道：「嘖嘖嘖！老婆恩將仇報，想借刀殺人，謀殺老公！」

褚寒依指尖忽然閃出一支梅花長簪，嗤一聲，以迅雷不及掩耳的速度抵住馮道頸邊，呸道：「你再說一句輕薄話，信不信我一針刺穿你咽喉！」

馮道愕然道：「妳這麼快就恢復了？」

褚寒依恨聲道：「你死期到了。」美眸緊盯著韓全誨，似乎只要他一點頭，立刻就會結束馮道性命！

馮道嘆道：「我才救妳脫險，妳便拿刺相向，難怪莊子說：『青竹蛇兒口，黃蜂尾上針；兩者皆不毒，最毒婦人心！』古聖賢話果然有道理，我竟然像紂王一樣，被美色迷得暈頭轉向，該打！」說著輕摑了自己一記耳光，又轉向韓全誨道：「韓公公，此刻宮中風雲詭譎，相信您也不願和張中尉翻臉，您請他過來，他能證明我身分。」

褚寒依冷聲道：「張中尉若不是真心合作，這樣只會洩露消息，還是一刀殺了，才永無後患。」

韓全誨是左神策軍護軍中尉，張彥弘則是右神策軍護軍中尉，兩人職位原本相當，只不過韓全誨後來兼任驃騎大將軍，權勢更大些，張彥弘才禮敬他幾分，雙方若真鬧翻，必是兩敗俱傷，韓全誨其實討不了多大好處，他因此拿不定主意，只目光閃爍。

馮道更加把勁勸說：「韓公公，您若殺了我，必會得罪張中尉，使神策軍分裂，最大的得利者將是崔胤！」

韓全誨自然明白這個道理，想了想，問道：「如果不請張中尉過來，你可有法子證明自己？」

馮道答道：「我和褚姑娘有一場賭局，看誰先探出崔胤的計劃，如今絲絹上的謎題未解，賭局還未分出勝負。」

韓全誨方才也瞧過絲絹上的圖文，研究了好半晌，全無頭緒，心想此人看似滑稽逗趣，其實說話條理分明，或許真有點本事，多一個人猜想，也多一分解答的可能，問道：「你真能解開謎題？」

馮道恭敬道：「晚生盡力一試。」

褚寒依道：「韓公公，他只想拖延時間，不可相信。」

馮道笑問：「難道妹子怕輸了賭局，才急著殺我？」

韓全誨道：「你若解得出謎底，令咱家滿意，我便相信你的話，也相信張中尉是真心合作，另外咱家再加個注——」他陰白的面皮湛放玉光，五指微一施勁，輕易在紫檀木椅的扶把捺了個指印，冷聲道：「你若解不出，或是解得慢了，輸給褚姑娘，咱家便當場捏碎你頭骨！」

馮道在張承業身上見識過這詭異玉光，心想：「原來『軟玉綿掌』是大內公公的絕學，但張公公全身都泛玉光，比他只臉皮發光，是更高一籌了！」微笑道：「既然韓公公要加注，小馮子也不能吃虧，如果我輸了，任憑發落，但如果我僥倖勝了，請韓公公盡快送走煙雨樓一班女子，包括這位褚姑娘，還有皇帝！」

韓全誨愕然道：「送走皇帝？」

馮道說道：「不錯！為證明張中尉合作之忱，我會說服皇帝隨你們離開，但請韓公公盡力護駕。」

對韓全誨來說，這無疑是最大的寶物，如此一來，他倒是盼馮道勝了，微笑道：「聖上千秋萬歲，原是咱們做奴婢最大的心願，只要馮公公真能說服聖上，咱家拚死也會保護主子離開。」

褚寒依聽韓全誨竟然稱呼一個小宦官「馮公公」，心知兩人已同聲一氣，急道：「韓公公，這小子真有問題！」

韓全誨一揮手讓她放下簪子，道：「褚姑娘，這謎題未解，大家應該團結一致，莫要趁了崔賊的心意，日後煙雨樓要如何處置他，只要不在我軍府裡，咱家也沒法干涉。」

褚寒依恨恨地收了梅花簪，美眸橫了馮道一眼，啐道：「你小心不要輸了腦袋！」

馮道摸了摸自己的腦袋，嘻嘻笑道：「多謝老婆關心。」

褚寒依見他揚揚自得，哼道：「憑你也想說服皇帝？先解開謎底，再吹牛皮不遲！」

韓全誨微笑道：「馮公公既有信心，咱家很是期待。」

褚寒依暗思：「聖上十分寵信崔胤，韓全誨使盡力氣，都討不了便宜，他一個小小宦官，如何能說服聖上？但瞧他神情，並不似說笑，這中間究竟有什麼玄機？」正想教韓全誨將絲絹攤在桌上研究，馮道已朗聲說道：「這圖紙中間是一幅尋常的大明宮圖，左上角有一首小詩：『取二川，排八陣，六出七擒，五丈原明燈四十九盞，一心只為酬三願。』這其實是幅上聯，說的是諸葛亮的本事。」

褚寒依想不到他只瞄了兩眼，竟把整張圖紙記得一分不差，不由得暗暗驚詫：「我絕不能輸了，他說這是上聯……我明白了，謎底必然藏在下聯！」

馮道見她柳眉輕蹙、眸光瑩瑩，支頤沉思的姿態，宛然一幅活生生的美人愁思圖，他欣賞陶醉之餘，更生憐愛，關心道：「這個對子極難，是個千古絕對，妹妹可慢慢細想，千萬別太勞神了。」

這話原是好意，聽在褚寒依耳裡，卻似嘲笑，橫了他一眼，便轉過身去，以背相對。

馮道見她如此認真，也不再打擾，逕自在廳堂間遊走，自得其樂地觀賞軍府的擺飾，有時還會與韓全誨閒談兩句，好似這場賭局只有褚寒依一人比試。

韓全誨閱人無數，見馮道談吐不俗、行止悠哉，心想：「這小子頗有些門道，張彥弘從哪裡找來這等人才？」

褚寒依自小受煙雨樓主訓練，琴棋詩畫樣樣精通，心思也玲瓏剔透，只不過遇了奇才怪傑的馮道，才處處受制，如今經他提醒是對聯，想了一個多時辰，已有下聯，哼道：「這千古絕對也沒什麼難，你瞧好了！」

她纖手提筆在白紙上寫道：「平西蜀，定南蠻，東和北拒，中軍帳變卦水土木爻，金牆偏能用火攻。」寫的是諸葛亮的功績，她自信再沒人能對出更好的下聯了，柳眉一挑，露出一抹既嬌媚又得意的笑容：「如何？」

馮道撫掌讚道：「老婆不只美豔絕寰，還才華絕頂，老公我真是太福氣啦！」

褚寒依俏臉一寒，「啪！」一個巴掌拍去，馮道一溜煙地彎身躲過，瞬間又回到桌邊提起筆，笑道：「我借妹妹的對子，也來寫一幅下聯！」

褚寒依一掌失手，驚愕之餘，倒也不好再追打了，卻見馮道運筆揮灑：「燒西糧、殺南門、東□北圍，中軍帳變卦水土木爻，金牆偏能用火攻。」字跡灑脫飄逸，實是大家風範。

韓全誨和褚寒依不由得眼睛同時一亮，馮道笑道：「妹妹的對子雖好，只跟諸葛亮有關，我這幅對子卻跟崔胤有關，妳說誰勝了？」

褚寒依不甘示弱：「你的對子雖好，只跟假謎底有關，因為這是假皇帝給的，解出來又如何？仍不是真正的計劃！」

馮道讚道：「妹妹真聰明，我真是越來越喜歡妳啦！只不過——」微笑道：「這圖紙上的消息是真的！」

褚寒依蹙眉道：「可你明明說皇帝是假的！」

馮道望向韓全誨，道：「我原以為假皇帝給假消息，是為了誤導你們，可是當我看見這幅對聯，便知道計劃是真的！」

韓全誨道：「願聞其詳。」

馮道問道：「韓公公得知朱全忠要派兵屠盡宦官，必會請李茂貞支援，是也不是？」

韓全誨頷首道：「岐王和咱家是有些交情。」

馮道指著圖紙，道：「鳳翔位於長安西方，因此大軍必會從西側進來，如果朱全忠想引開他們，最好的法子就是火燒鳳翔糧倉，引鳳翔軍回頭保護自己的營寨，這就是『西燒糧』。一旦鳳翔大軍離開，宿衛軍便可從南邊的『昭慶』、『含耀』兩道城門入宮，大肆殺戮了，這就是『殺南門』之意。」

褚寒依問道：「宿衛軍為何是從南邊進來，卻不從其他地方進來？」

馮道指尖移向圖紙西邊，道：「朱全忠派一股軍隊去李茂貞的地盤燒糧，西邊必會引發大戰，而北方是龍首山，神策軍的大本營又在東側，因此，宿衛軍只能從南方殺入。」

「龍首山」位於長安北方，從秦嶺綿延至渭河，狀似飛龍，屏護著南方的京城，當年「大明宮」群殿坐北朝南，建立在龍首坡原上，便有「天子坐鎮龍首俯瞰天下」、「飛龍守護大唐」之意。

褚寒依想不到這其中暗藏許多學問，心中驚嘆，口裡卻不服氣：「你的對聯『東』字下還少一個字，也不算勝了！」

馮道微笑道：「妹妹說得是！東邊既是神策軍坐鎮，他們能做什麼？我一時還想不出來。」望向韓全誨，道：「但這中間必須有一個餌，宿衛軍才能師出有名，這個餌是聖上！」

褚寒依好奇道：「為何是聖上？」

馮道指著「中軍帳變卦水土木爻」一句，道：「『中軍帳』裡坐的是皇帝，水土二字合起來也是一個『圣』字，因此這個餌必是指聖上！」

韓全誨沉吟道：「明早聖上要去東郊遊獵……」

馮道撫掌道：「這就對了！」提筆在「東」字下方補一個「獵」字，成了「東獵」，道：「他們要在聖上遊獵時動手！到時宿衛軍會以護駕之名，光明正大進入殿前廣場，伴隨聖上走出東城門，如此一來，神策軍既不會起疑，也不能防備。」

他指尖移向東邊的大和門，道：「一旦聖上出了東城門，伴駕的宿衛軍會立刻回頭殺入。」

韓全誨微笑道：「伴駕的宿衛軍頂多幾百人，東側是我神策軍的大本營，雙方動起手來，他們不可能勝出。」

馮道拱手道：「韓公公萬萬不可輕敵，對方敢以少擊眾，必是精銳盡出，或許有氏叔琮這樣的絕頂高手，只要擋得一時，讓宿衛軍從南城門進入，就可牽制住神策軍的行動，然後——」他指尖移向東郊獵場。

韓全誨也是領兵之人，陡然明白全案，驚仄道：「朱全忠真正的大軍是藏在五里外的東郊獵場上！」

馮道點點頭，道：「到時汴梁大軍從東方過來，直殺入東城門，神策軍在兵力不敵之下，只能退向北方，但北方有龍首山做屏障，擋住去路，令神策軍逃無可逃、退無可退，這就是『北圍』。」

韓全誨聽馮道這麼一分析，不由得暗生冷汗，態度更多了幾分尊重：「馮公公說得甚是，咱家需做好萬全準備才是。」

褚寒依心中暗暗佩服：「他雖嘻皮笑臉，卻真正有智識，我這次輸了，倒不冤枉。」也不再鬥氣，問道：「『木爻』二字又是什麼意思？」

馮道沉吟道：「唯獨這兩字，我未完全悟透，或許卜卦多用木籤、蓍草之類，才稱作『木爻』。」

褚寒依又問：「最後一句『金牆偏能用火攻』是什麼意思？」

馮道微笑道：「此詩以五行作下聯，五行之中，『金』屬西方，再次點明他們將在西方縱火，也是暗暗嘲諷李茂貞，即使鳳翔城是金牆鐵壁，他朱全忠一樣能燒毀！」

褚寒依納悶道：「他們既然費盡心思安排了假皇帝，又為何要給出真計劃？」

馮道想了想，道：「我們若認出假皇帝，便會以為計劃是假，其實計劃卻是真，這就是兵法所說：『實則虛之、虛則實之，虛則虛之、實則實之，虛虛實實，莫辨真偽』。」

褚寒依半信半疑：「既是虛實莫辨，你怎知他一定給真計劃？說不定他給了假計劃呢！」

「因為設下計謀的人，自比諸葛亮！」馮道英眉微蹙，第一次露出了憂色，道：「他寫了真計謀，是故意挑釁我們，他認定我們對不出下聯，就算對得出，也無法分辨真假，但最重要的是，他自負就算我們識破真計謀，也破解不了！」從前的想法不禁再度浮上心頭，而且越來越清晰：「朱全忠身邊的高人自比諸葛亮，他設下這一局，是在找當世對手！」

馮道已經意識到朱全忠能快速擴張，全仰賴這高人的運籌帷幄，此人目標是將朱全忠拱上帝位，也是這場保皇戰役中，自己最大的對手！

韓全誨道：「既然馮公公肯定這計劃是真的，咱家自有法子應付，為何說破解不了？」

馮道解釋道：「你們拿到圖紙到聖上遊獵只餘一天時間，這對聯原本十分困難，要耗費多年才可能解開，幸好寒依妹妹天資聰穎，一下子便寫出下聯，才讓事情變容易了。」

褚寒依哼道：「不必你巧言討好！」

韓全誨道：「既已破解謎底，鳳翔軍又駐守在長安西郊，半日之內就可進入皇城，怎會來不及？」

馮道問道：「若遇到西燒糧，您以為李茂貞會回去顧守鳳翔，還是前來援救宦官？就算他留下一部份兵馬，也不夠對付南邊的宿衛軍，更何況東郊還有汴梁大軍！」

韓全誨一時沉吟不語，褚寒依道：「難道真無法可解嚒？」

韓全誨沉嘆道：「時間緊迫、兵力懸殊，如何解得？」

馮道微笑道：「原本無法可解，可設局之人萬萬想不到會出現我這個奇才！」

褚寒依怒道：「盡說風涼話，你有法子就快快說出。」

馮道笑道：「好老婆，別著急，解法我一早就說出了！」

韓全誨微一轉思，問道：「馮公公的意思是送走聖上？」

馮道點頭道：「這是釜底抽薪之計。」

褚寒依恍然明白他在柳樹底下瞥見絲絹謎題時，就已經解開謎底，一路籌思對策，自己真是棋差一著也不止，不禁暗嘆：「倘若樓主是世上第一聰明人，那他肯定排名第二了！」

韓全誨道：「咱家會把這消息盡快傳給岐王，讓他多派兵馬保護京城。」

馮道又道：「最好還有高手扮成宦官入宮護駕，免得朱全忠派人暗殺聖上，卻誣賴給宦官。」

韓全誨讚許道：「馮公公考慮得很周全，接下來要如何行事？」

馮道想了想，道：「此刻最重要的是找出聖上的下落！崔胤怕聖上反悔，便請聖上移駕，名為避禍，實為軟禁，但無論如何，聖上一定還在皇宮內，只是不知躲在哪裡。」

韓全誨道：「我讓宦官們大肆搜查。」

馮道阻止道：「不可打草驚蛇！倒是有一個人可以給咱們消息，聖上既答應崔胤的計劃，表示這段時間，崔胤還不敢胡來，必會派人好好服侍聖上。」

褚寒依、韓全誨齊聲道：「張平！」

馮道微笑道：「不錯！只要從他下手，必有收獲。」

韓全誨道：「張平身手一般，我派人將他捉起，嚴刑拷打，不怕他不吐實。」

馮道搖頭道：「如今聖上站在他們那一邊，就算打死了張平，找到了聖上，也無濟於事。我想向韓公公借幾張空白信紙和一封朱全忠的信函。」

韓全誨與崔胤交手多時，曾攔截過幾封朱全忠傳入朝廷的書信，立刻從書櫃暗格取出一封，交予馮道：「這不是什麼重要密函，有用嚒？」

馮道微笑道：「只要信封上有朱全忠的火漆印信即可。」提筆在白紙上描摹起書信的字跡，練習了幾回，便仔細謄寫到一張空白信紙上，他運筆如神，不一會兒，已經寫好，雖不完全相同，也有六、七分像。

他收好書信，對韓全誨詳述計劃，又道：「尋找聖上之事便交予晚生，明日寅時之前，聖上會以宿衛軍裝扮去到西北方的『大福殿』，那兒有一條通往宮城郊外的密道，請韓公公安排好人馬，隨時準備接應，請務必保護聖上安全。」

韓全誨此刻再不敢有半點小覷之心，道：「馮公公放心，咱家會通知張中尉，依計劃準時接候聖駕。」想到此役關係著神策軍和宦官的存亡，不由得深吸一口氣，長嘆道：「咱家本無逆反之心，若非崔賊逼迫太緊，我也不需挾帝自保，難得馮公公深明大義，願助一臂之力。聖上是我們宦官的保命符，我一定不會讓他有任何閃失。」

馮道拱手行禮，道：「多謝韓公公相助，晚生告辭了。」又對褚寒依道：「好妹子，妳不送送我麼？」

褚寒依隨他走了出去，問道：「你如何將皇帝送至大福殿，交到韓公公手上？」

馮道微笑道：「天機不可洩露！不過妳既是我的老婆，我也可以透露一點讓妳知曉，他們給妳一個假皇帝，老公便替妳出一口氣，也送給他們一個假皇帝！」

褚寒依柳眉微蹙，道：「你一人深入虎穴，有點兒危險，不如我隨你去吧。」

馮道歡喜道：「老婆是擔心我麼？果然打是情、罵是愛，方才還喊打喊殺，這會兒可捨不得了！」

褚寒依哼道：「我擔心你武功太差，辦不好事情！」

馮道拍拍胸脯道：「危險的事交給老公，老婆只要負責簡單的事，就是和妳的好姐妹們快快出宮！」往前走了幾步，又回首向褚寒依揮手道：「好老婆，別擔心，我一定會回來娶妳的！」

褚寒依望著馮道漸漸遠去的身影，心中輕輕一嘆：「他雖是個書呆子，看似傻里傻氣，卻極有本事，也生得相貌堂堂，為何偏偏是宦官？」

九〇〇・三

潛身備行列・一勝何足論

中官以重賂甘言，請藩臣為城社，視崔胤皆裂。時因伏臘宴聚，則相向流涕，辭旨諂諛。會汴人寇同華知崔胤之謀，於是韓全誨引禁軍，陳兵伏，逼帝幸鳳翔。他日崔胤與梁祖協謀，以誅閹官。《北夢瑣言》

胤知謀泄，事急，即矯為制，召梁兵入誅宦者……全誨等聞梁王兵且至，即以岐、邠宿衛兵劫天子奔於鳳翔。《新五代史．梁本紀第一》

馮道離開神策軍府，立刻找一個隱密地方，換上張承業準備的宿衛軍服，又在臉上黏了兩道飛揚濃眉、一部大鬍子，將自己打扮成威武軍官，再將張承業給的宮城地圖仔細看過、牢記在心，然後尋到張平住所，悄悄埋伏在屋側，等了半個時辰，終於見到張平手提包袱出門，鬼鬼祟祟地走向「宣微殿」，這偏殿早已破落頹圮，殿門口卻站了兩排高大的宿衛軍，人人手持槍戟，一副如臨大敵的姿態。

馮道功聚雙眼，遠遠瞧見他們身穿右武衛軍服，領隊是右中郎將，心想：「他們是朱友倫手下，守護的人一定是聖上。」

朱友倫是朱全忠的親侄，京師十二宿衛軍的頭號大將，封右武衛大將軍、寧遠軍節度使，以宿衛名義長期駐留長安，好監視皇帝和崔胤的行動。

張平小心翼翼走近殿門口，馮道忽然一個箭步竄出，與他並肩而行，張平想不到會有人突然冒了出來，吃了一驚，結巴問道：「你……你是……」馮道伸臂搭上他的肩，一副親親熱熱，朗聲笑道：「平公公！昨日俺奉梁王之命，與崔司徒一起商議事情，承蒙您好生款待，想不到今日又遇上了！」聲音大小剛好傳入「宣微殿」的守軍耳裡。

張平心中納悶：「我這兩日都守在皇上身邊，幾時和你商議事情？」但聽馮道低聲笑問：「平公公，金葉子收得可燙手？」

張平嚇得幾乎跳起來，卻被馮道長臂壓住肩頭，袖裡悄悄伸出一支匕首抵在張平的後心命門，張平腦中瞬間轉過七、八個疑問：「他是梁王的手下，怎知道我收了金葉子？他還知道什麼？他究竟想做什麼？」

馮道一挑濃眉，伸出手掌，道：「平公公得了好處，也不分給兄弟們花用？」

張平雖覺得不捨，但想保命要緊，便拿出一片金葉子放入馮道手裡，笑咪咪道：「有福同享、有福同享！還請將軍日後在梁王、崔司徒面前，為咱家多多美言兩句。」

馮道呸道：「咱兄弟多，一片怎麼夠分？」張平吃了一驚：「他怎知我還藏了一片？」只好將另一片金葉子也取出，馮道仍搖搖頭：「兄弟們分得不痛快，我怎麼替你說好話？」

張平一咬牙，將懷裡私藏全拿出來，馮道想不到一個宦官隨手就拿出兩顆圓大的珍珠、一錠小金元寶，心中驚呼：「好傢伙！一個小宦官竟貪了這麼多！」便老大不客氣地全數收下，見張平心痛得五官快揪在一起，暗暗好笑：「小馮子一本萬利、平公公偷雞蝕米！我拿去周濟窮苦百姓，替你多積點福德，你也不算虧本。」低聲笑道：「你今日這般乖巧，來日梁王入朝，總有你的好處！」

張平苦笑著連連稱是：「有勞將軍了！」

「走吧！」馮道以刀尖推著張平往殿門走去。張平猜不透這汴梁軍官是何用意，只得忐忑不安地朝殿門口走去。

「平公公！」殿門的宿衛軍每日見到張平來面聖，又與這汴梁軍士搭肩談笑，不疑有他，只例行招呼，任他們走近。領隊的中郎將還算機靈，見馮道穿著宿衛軍裝，軍階為郎將，比自己還小一階，便昂聲查問：「這位弟兄瞧著眼生，是哪一位將軍麾下？這裡沒有特別手諭，不能隨意進入！」

馮道拱手道：「卑職朱隱，安王朱友寧麾下，前兩日奉梁王密令，從汴梁連夜快馬趕來宮城，有密函面呈聖上。」他拿出張承業給的宿衛軍牌和偽造的密函，將有朱全忠印信的那一面朝上，供他們檢視，低聲道：「計劃有變。」

那信封是韓全誨給的舊信，封口曾被撕開，馮道又仔細黏回，接縫處雖有細微撕痕，但夜色昏暗，撕痕並不易見。

中郎將見朱隱和張平狀甚熟絡，已先入為主認定他是自己人，又見朱全忠的印信無誤，更無懷疑，便依照軍規問了暗語：「平西蜀，定南蠻，東和北拒，下一句呢？」

馮道暗呼僥倖：「幸好寒依妹妹取了圖紙，否則定要被識破！」答道：「中軍帳變卦水土木爻……」

中郎將讓開身，一揮手道：「進去吧。」

馮道暗暗鬆了一口氣，趕忙推著張平進入殿裡，低聲道：「你領路。」

張平顫聲道：「你可不能傷害聖上。」馮道啐道：「想不到你還挺忠心的！」

張平老臉一紅，囁嚅道：「咱家……自……自然是忠心的。」便戰戰兢兢地領著馮道進入內殿。

「登樓遙望秦宮殿，茫茫只見雙飛燕。渭水一條流，千山與萬丘。遠煙籠碧樹，陌上行人去。安得有英雄，迎歸大內中。」殿苑深處，李曄獨自憑欄吟詠，蕭索的目光眺望著窗外，彷彿籠中鳥嚮往高闊的天空，渴盼有英雄義士挽救自己和頹圮的江山，卻永遠不可得。❶

張平輕聲喚道：「陛下！老奴來服侍您了。」

李曄回眸微微一瞥，見張平身邊站了一名宿衛軍領，心想朱全忠又派人來囉唣，但覺不耐，又望向夜空，沉聲道：「朕不是已經答應你們的請求了，還有什麼事？」

馮道見他瞳眸更幽深、形影更蕭然了，心中一陣感傷，低聲喚道：「陛下，臣奉命來給您唸書：『道、可道，非常道……』」

李曄心中一震，回轉身來，凝視眼前的軍官，終於辨認出他是當年那個接受玉龍子的少年，一時怔然：「你……」頓時間，萬種愁緒如洪流般驀然衝入心底。

自從他登基以來，每一日都遭受逆臣壓迫、死亡威脅，看著江山支離破碎，祖先基業寸寸流失，宗廟丘墟、生民塗炭，卻無能為力，其中辛酸痛苦真非常人可以承擔。

他心中知道大唐早已是苟延殘喘，任何一個藩鎮都能輕易吞併了江山，但身為天子，他只能苦苦撐持，寄望先祖傳留的「安天下」祕訣真有起死回生之功，而當年那個拿走玉龍子、勇闖「青史如鏡」的少年能早日學成出關。此刻馮道忽然站在面前，日思夜盼的奇蹟終於出現，為漫長的黑暗絕境帶來一線曙光，李曄心中激動感傷宛如風狂海嘯般，全身都忍不住微微顫抖，他緊握雙拳，努力壓抑，才勉強吐了字：「張平，你先出去。」

「是。」張平見皇帝神情有異，心知事情蹊蹺，但無法留下探聽消息，便匆匆叩首退下。

馮道見張平走得匆忙，暗罵：「這傢伙一定是去跟崔胤通風報信，聖上身邊盡是豺狼虎豹！」他跪下叩首，高舉雙手，呈上玉龍子，道：「兩年前陛下委臣重任，但臣愚鈍，直到今日才終於學了一點本事，臣來得遲，讓陛下受苦了。」

李曄心中激動難已，哽咽道：「好！來得好！只要我大唐一息尚存，就不遲！」他收回玉龍子，大力握住馮道雙肩，將之扶起，含淚笑道：「當時朕暗示趙匡凝送你離開，深怕你途中遇害，等了多年，終於盼到你來，你長大了！很好、很好！朕終於有良臣了！朕相信你一定能挽救大唐江山！」

馮道這才知道原來趙匡凝是李曄的心腹，當年是受皇帝指使，才發了一掌送自己滾下山谷，望著這張應該受萬人崇敬、養尊處優的面容，卻在歲月摧折中流露至深的疲倦，比兩年前更蒼白憔悴了，但在認出自己後，絕黯的眼眸湛出一絲光芒，心知皇帝將所有希望寄託在自己身上，不禁眼眶一紅，道：「陛下，臣能學得一身本事，全是您的恩賜，臣必拼盡全力保護聖駕，報效朝廷。」說罷重重叩了三首，在他心中，李曄不只是該維護的皇統，該效忠的皇帝，更是救命、授藝恩人。

李曄欣慰地點點頭，馮道起身扶了他坐下，道：「陛下，張平匆匆離去，腳步急忙，一定是去向崔胤通風報信，時間緊迫，咱們先商議明日大事。」

李曄讚許道：「看來你真有些本事，已把此間形勢估摸清楚了，朕也想聽聽賢卿的看法。」

馮道說道：「臣以為首要之務，是保住陛下安全。」

李曄默然半晌，難過地道：「所以你也贊成崔胤，要誅滅宦官，以換取朕的安全？」

「不！」馮道說道：「恰恰相反，倘若宦官死盡，崔胤便可為所欲為，這尚不可怕，最可怕的是朱全忠會順勢深入朝廷！」

李曄痛心道：「朕豈不知其中險惡？但愛國志士盡被誅殺，只崔胤尚可與朱全忠周旋，朕除了坐視皇權陵夷，還能如何？」

馮道心中一酸，安慰道：「陛下莫要喪志，您身邊還有承業公公和微臣，只要爭取一些時間，就能重新建立朝廷力量。」

李曄思及從前十一位李氏王侯被殺的慘禍，哽咽道：「朕也曾經存此想法，可是朝廷一旦招募新兵，就立刻引來藩鎮之禍！那些節度使總是趁朝廷新兵尚未練成，就先下手摧毀，朕一旦將兵權分予王侯，他們便將諸王殺了！當年……覃王嗣周、延王戒丕、通王滋、沂王禋、彭王惕、丹王允……」他越說越激動，不由得喘氣難當：「還有韶王、陳王、韓王、濟王、睦王十一個親王便是這樣慘死的，誰接了朕的軍令，誰就得死！他們每一個都是朕的宗親，我李氏的血脈啊！」說到後來再忍不住聲淚俱下，掩面痛哭：「還有宰相杜讓能，杜弘徽、李筠全是忠貞良臣，朕卻被逼著下令斬殺他們，如今還有誰敢接朕的軍令？為朕效力？」

馮道上前為他揉背舒氣，勸慰道：「這回不一樣，臣已學會『奇道』本事，能為陛下訓練出以一擋十的驕兵悍將，只是無論如何，請陛下為了大局，一定要保重龍體、委屈求存。」

李曄聽見「奇道」之名，心思終於沉定下來，問道：「那『天相奇道』當真如此神奇？」

馮道點頭道：「先祖宗師個個是不世之才，留下許多奇招妙法都記載於《天相》、《奇道》兩本典籍裡，這兩年臣戮力學習，頗有心得，相信只需半年時間，就能為陛下訓練出一支奇兵。」李曄重新燃起希望，問道：「你以為朕該如何做？」

「以藩抗藩，爭取時間，所以……」馮道垂首道：「臣想委屈陛下移駕鳳翔避難！」

李曄一聽鳳翔，華州囚禁之辱沖湧上心頭，怒火如雷砲炸開，憤慨道：「當年就是李茂貞和韓建逼迫朕殺親王、誅賢臣、毀親兵，使君威一落千丈，朕才不得不聯合崔胤，受朱全忠擺佈，你竟要朕自投羅網再次前往鳳翔，再一次落入李茂貞手裡任他欺凌，豈不是自取其辱？朕若是一介平民，生死榮辱也就罷了，但朕代表的是大唐朝廷，怎能卑屈至此？」

馮道俯身跪下，重重叩首：「臣讓陛下受辱，讓朝廷蒙羞，實是罪該萬死！但陛下身為大唐天子，肩扛黎民蒼生，胸懷中興之志，若能忍下這屈辱，才可保住大唐脈息。」

李曄也曾懷有滿腹理想，崇拜太宗的功業、玄宗的中興，他不顧一切反對，大力平藩，就是想重振皇權，重新統一四分五裂的江山，可如今，一切雄心壯志只成了淒涼的笑話，他似哭似笑，憤恨道：「如今朕形影單薄、病體孱弱、朝不保夕，還能扛得起誰、保得住誰？朕雖身為大唐天子，但郡將自擅、常賦殆絕、藩鎮廢置，不自朝廷，王室日卑，號令不出國門，這天下又何嘗是朕的天下？朕只不過是他們操弄的傀儡！」語聲充滿無盡的辛酸與蒼涼。

馮道婉言勸道：「如今天下民心仍仰望李唐，李茂貞再囂張，仍不敢弒君犯上，他見朱全忠勢不可擋，更會拼盡全力保住陛下，以擁唐護君之名聯合其他藩鎮。相反的，朱全忠此刻最是強大，若陛下真有個萬一，他再無任何顧忌，可揮軍一掃天下，自立為帝。這中間，誰真心保皇，誰又暗藏狼子野心，實是一清二楚！」

李曄實在不願去鳳翔，搖頭道：「朱全忠曾向朕表明忠心，也允諾這一次東郊遊獵會保護朕的安全。」

馮道拱手道：「就算這一次陛下安然過關，朱全忠的勢力已深入朝廷，如此引狼入室，割肉餵狼，只會肥了豺狼，卻瘦了大唐江山，敢問陛下，要餵到何時，狼之肚腹才感饜足？陛下的寬厚退讓，只會讓梁王壯了心膽，步步進逼。」

雖然朱全忠再三承諾會等皇帝離開再動手，但中間難保不會出什麼意外，李曄原本已是忐忑，聽了馮道勸言，更加深心中憂慮，他深吸一口氣，平復了心情，道：「你起來吧，朕讓你瞧笑話了。」

馮道誠懇道：「陛下為江山社稷，身受水火、心受煎熬，仍萬般隱忍，臣由衷感佩，臣替天下百姓叩謝聖恩。」再次重重叩首，這才起身。

李曄嘆道：「朕就算去了鳳翔，仍是受困於李茂貞，又能有什麼作為？」

馮道說道：「陛下乃是眾矢之的，一言一行，都有千萬雙眼睛盯著，任一決策，都會牽一髮而動全局，而臣是沒沒無名的小人物，沒什麼才學，最大的功用不過『化明為暗』四字！」

李曄問道：「如何化明為暗？」

馮道答道：「只要保住陛下、爭取時間，臣就能暗中募兵練兵，卻沒有人會注意我這股小勢力，等時機成熟，再與神策軍裡應外合，必有可為。」

李曄眉頭微蹙，沉吟不語，馮道忽然明白了他心中的憂慮：「當初朱全忠、李茂貞、王建這幫人全是利用朝廷軍餉練兵，再自立一方，陛下怕重蹈覆轍，多栽培一個敵人。」遂開誠佈公道：「陛下不相信臣麼？那麼臣有一計，可將陛下安全送往鳳翔，倘若此事功成，臣大難不死，還請陛下相信臣之忠心，願將這重責大任託付於臣。」

李曄望向窗外杳渺遠方，道：「就算朕相信你，也無力脫身，你瞧瞧四周宿衛軍全是朱全忠的人馬，圍得銅牆鐵壁似的。」

馮道拿出張承業交予的李曄人皮面具，道：「臣斗膽，請陛下與臣交換裝扮。」

李曄見到人皮面具，恍然明白馮道是要代替自己去面對朱全忠和宦官的鬥爭，心中萬分感動，忍不住舉起案上金樽，一連三杯，泫淚道：「是朕無能，保不住先祖基業、天下百姓，罪過卻要由忠臣良將來承擔。」

馮道見李曄身子虛弱，本想勸他少飲，以免傷身，但見皇帝眼中流露著風蕭水寒、送別壯士不復返的傷感，他原不是拘禮之人，一時豪氣沖升，也放開胸懷與之對飲：「臣只是個窮鄉小子，卻蒙陛下恩重，唯有以一腔丹心鐵血回報，無論這次臣是否回返，懇請陛下記取越王臥薪嘗膽之訓，忍辱負重，以中興大唐、萬民福祉為念。」

李曄慷然允諾：「只要能過這一關，卿有何志向，調軍輸餉、招兵買馬，盡放手去做！」

馮道聽到這句充滿期許的話，思及江山風雨飄搖，雖覺得肩頭萬鈞沉重，卻也湧起「士為知己者死」的慷慨壯志：「臣定不辜負陛下期望。」

兩人一邊換穿裝扮，一邊商量如何行事，門外宿衛軍忽然朗聲傳報：「崔司徒覲見！」

李曄一愕，憂心道：「崔胤日夜在朕身邊纏磨，對我的音容極為熟悉，你樣貌雖像，但一開口，肯定會露出破綻，這該如何是好？」

馮道微笑道：「陛下別擔心，臣能應付，您只管瞧好戲。」沉聲道：「讓他進來。」

李曄從未扮過別人，怕被認出，自行垂首退到了角落。

馮道心想：「來人就是一手遮天的奸相了，我倒瞧瞧他是什麼厲害角色。」

只見一名文官威風凜凜地走進來，年逾不惑，鳳眼炯然，鬚髮修得整整齊齊，一派儒雅大度，行禮道：「臣叩見陛下！」

馮道一揮手讓他起身，崔胤瞥了馮道一眼，道：「臣聽說梁王派人來了？」

兩人正面相對，馮道回想《天相．人相篇》的記載，暗想：「此人鼻高而昂，難怪仕途昌盛、一路順遂，但目如臥弓，卻是大大的奸雄！我可不能大意！」當下運起「謗言」玄功，聚氣於口舌間，學著李曄病奄奄的聲音，冷冷一笑：「愛卿的消息真是靈通！」口氣雖然少了點尊貴，聲音卻是唯妙唯肖，教站在後方的李曄也吃了一驚。

崔胤豈能料到其中玄機，聽皇帝口氣不悅，也不在乎，只不慍不火地回答：「臣關切陛下安危，聽見有什麼風吹草動，自然會多留心，但不知梁王有何指示？」

李曄聽崔胤對朱全忠竟用了「指示」一詞，忍不住微微哼了一聲，崔胤瞄了他一眼，沉聲問道：「梁王派你帶來什麼消息？」

李曄心想他聽慣自己的聲音，生怕一開口就露了餡，正想如何應對，馮道已淡淡道：「沒什麼，只不過確認明日東獵之事罷了。」

崔胤拱手道：「陛下這邊無事，臣卻有要事奏報。」

馮道不耐道：「明日遊獵在即，朕已累了，有什麼事非要在這時候說？」

崔胤拿出手中奏摺，道：「啟稟陛下，昨日臣與諸位公卿會議，梁王乃至三省、御史台四品以上官員一致認為韓全誨包藏禍心、圖謀不軌，非處極刑不可，臣帶來眾臣連名之奏摺，還請陛下批准。」

馮道知道這奏章是為明日剷除宦官宣佈罪名之用，沉吟道：「朕思來想去，韓全誨就算犯了錯，大多數宦官仍是忠心耿耿，不如你起草赦書，減他們禁軍衣糧、馬芻粟，也就是了。」

崔胤見起事在即，皇帝竟然猶豫不決，冷聲道：「陛下久不掌朝政，於軍國大事已經生疏，只減個軍糧，恐怕韓全誨會鼓動神策軍嘩變。」逕自攤開奏摺，朗聲唸道：「宦官韓全誨兼其黨羽下犯八大罪狀，犯行如下：構扇藩鎮，傾危國家，其罪一也；賣官鬻爵，蠹害朝政，其罪二也；身兼劇職，專權亂國，其罪三也；盜賣國寶，賄賂藩臣為城社，亂皇家之基，其罪四也；視胤如寇讎，離間君臣，其罪五也！」

馮道聽他唸到最末一句，心中恨意表露無遺，淡淡道：「視胤如寇讎？但朕瞧他們平日對你是戒慎恐懼得很啊，比對朕還恭敬三分！」

崔胤聽皇帝語帶冷刺，心想舉事在即，不宜翻臉，婉言道：「他們對臣如何還是其次，但陛下封賜韓全誨神策軍首，是何等榮華，他卻公然涕泣，求陛下饒命，難道陛下教他接軍令是要害死他麼？這廝不知感念皇恩，如此毀謗陛下，實在是狼心狗肺的東西，此乃第六罪！韓全誨既奉命掌管禁軍，理應赴湯蹈火，報效聖恩，可他哭辭不受，豈不是把自己的賤命看得比陛下的安危還重要？這是第七罪！」

馮道淡淡嗯了一聲，當做回應，崔胤見皇帝不冷不熱，更大聲說道：「這第八罪最是嚴重，他竟然教唆李茂貞率領數千兵馬埋伏宮城外，這不是密謀造反麼？幸好臣及時發現，教梁王派軍兵保護陛下安全。」

馮道點頭道：「你忠心輔佐、運籌有方，朕明白的。」

崔胤昂聲道：「當時劉季述造反，臣曾說韓全誨必參與其中，可陛下不聽諫言，還封他為神策軍首，如今他大逆不道、罪證確鑿，絕不能再放過了！不只是他，還有宮中大小宦官都該一併斬決，請陛下准臣子之議，將罪狀佈告天下。」

馮道微微皺眉，道：「劉季述是劉季述，韓全誨是韓全誨，與其他宦官更不相干，如此處罪，實在過重了！」

崔胤厲聲道：「自從肅宗寵信李國輔之後，宦官日益囂狂，百官奏事，事無大小，都需經宦官制敕、押署，方可施行，如今陛下竟還讓他們掌握禁軍、干亂朝政？」

馮道怒道：「你是指責朕之過失嚒？」

崔胤微微一愣，道：「臣不敢，但史有明鑒，宦官為禍，朝代必不長久，秦、漢何其強盛，卻斷送在趙高、十常侍手中，我大唐絕不能步其後塵！太宗、玄宗辛辛苦苦立下的基業，可不能讓子孫給誤了。」

李曄聽他暗斥自己是不肖子孫，怒火陡升，忍不住想反駁，一口氣卻轉不上去，幾乎嗆了出來。馮道聽皇帝呼吸聲不對，怕崔胤起了疑心，連忙頹然坐倒，揮倒了案上木器，發出砰砰響聲又拼命大咳，掩蓋了身後李曄的喘氣聲。崔胤冷眼盯望，微露得意之情，李曄暗恨自己如此軟弱，卻也只能吞下怒氣。

馮道假裝揉了揉心口，喘氣道：「韓全誨才剛奉聖旨掌管禁軍，倘若因一點過失就處死，天下百姓定會說朕識人不明，亦或是苛薄寡恩。」

崔胤道：「普天之下，莫非王土；率土之濱，莫非王臣，若有人敢胡言亂語，那就是與逆賊一體同罪，應當一併誅之！」

馮道沉聲道：「若百姓說了話，朕就大開殺戒，豈不是傷害君德？太宗的《帝範》開宗明義即是：『執政須為民』，《貞觀政要》裡又說：『為君之道，必須先存百姓』，這是歷代皇帝都要恭讀的寶訓，倘若朕不遵從，這才是不肖子孫。」

崔胤聽皇帝搬出李世民的話，一時語塞，想了想又道：「太宗的話固然應該遵守，但當時是承平盛世，如今卻是傾國亂世，《周禮・秋官・大司寇》說：『刑亂國用重典』，既然陛下有心整肅宦官，就應該嚴刑重懲！」

馮道暗想：「這奸相確實有些學問，可不易應付！」深吸一口氣，道：「就算韓全誨有過失，罪不及其他，朝廷已經夠艱難了，這樣殺下去，還有誰敢入宮服侍朕？誰肯為朕效力？」

崔胤道：「這事不難，再重新選些黃口小兒服侍陛下梳洗更衣，一樣妥妥貼貼。」

馮道暗哼：「這麼一來，皇帝身邊全是你的人，你可得意了！」冷聲道：「你一定要殺盡宦官，到底有什麼原因？」

崔胤雙目瞪如銅鈴，握拳怒道：「老臣一身赤膽忠心，為的是大唐天下，還能有什麼私心？當初李茂貞與韓建聯手囚禁陛下於『華州』，是老臣冒著生命危險與朱全忠周旋，求他救駕，李茂貞怕了朱全忠，這才放陛下回返；後來劉季述又囚禁陛下於『少陽院』，仍是臣鼓動孫德昭相救。這一路臣忠心耿耿，歷經千辛萬苦，好不容易才扶持陛下重新執政，陛下這樣詰問，老臣當真不明白是什麼意思了？」他越說聲音越響，語氣也越淩厲。

李曄在後方聽見崔胤數落自己的難堪事，心中越加難過：「連一個手無縛雞之力的崔胤，朕也拿他沒轍！」忍不住呼吸又急促起來。

馮道暗想：「這廝越說越不像話，恐怕聖上聽了不痛快，喘病又要發作！」便跟著大聲喘氣，道：「司徒的功勞極大，朕當然明白，否則朕也不會這樣倚重你了，但……」

崔胤長眉一挑，冷聲道：「《左傳》有云：『一日縱敵，數世之患也。』陛下好不容易重新掌政，應該盡快建立威望，若是放縱罪犯，令眾臣以為陛下不辨忠奸、軟弱可欺，將來就不好管治了。」

李曄在後方呼吸越急，馮道暗罵：「欺侮聖上，你這奸相論第一，就沒人數第二！」只能撫著胸口，假裝被氣得呼喘吁吁：「是誰……誰敢說朕軟弱可欺？」

崔胤冷哼一聲，嘲諷道：「陛下身子虛弱，勿再煩憂國事，一切由老臣主持即可，宿衛軍已準備好刀戟，只等聖旨下令了！」

馮道心道：「狐假虎威！看在你搬出朱全忠的份上，我也只好答應了。」他臉色為難，默不作聲許久，嘆道：「依你的話辦吧！」

崔胤這才斂了怒氣，綻開一抹得意笑容，道：「陛下治國賞罰分明，相信再過不久，我大唐必能振興朝綱，重返榮盛！」

馮道對身後李曄道：「朱郎將，你先回去告訴梁王，明日朕會依照計劃行事。」

李曄拱手施禮後，便離開「宣微殿」，他心驚膽顫地走出大門，見宿衛軍不起疑，才稍稍鬆了口氣，又依馮道指示，悄悄前往西方的右神策軍營，果然看見韓全誨和張彥弘改了裝扮，躲在「大福殿」附近。兩人等得心焦難耐，一見皇帝到來，趕緊上前問安，態度恭謹地請李曄進入大福殿裡的密道，大批宦官、神策軍早已藏身在殿裡，也跟隨離開。

這密道極長，需潛伏在太液池河道裡，才能通往宮城外西北邊的「驪山」森林。眾人魚貫前行，順著河水慢慢潛游，直游到清晨才出了密道，見鳳翔大軍已等候在外，總算放了心，便火速護送皇帝前往鳳翔城。

卻說「宣微殿」裡，馮道擔心李曄的安危，雙眉緊鎖，不發一語。崔胤見皇帝臉色不善，似還在思索什麼，沉聲道：「君無戲言，明日東郊遊獵，陛下可不能改變心意！」

馮道耳聽門外並無動靜，心想：「聖上已騙過宿衛軍，安全離去，這奸相的嘴臉，真是多看一眼也嫌煩，該請你走路了！」便故意打了個呵欠。

崔胤見皇帝疲累，也不好再留下，道：「聖上歇息吧，臣會將一切事安排妥當。」轉身向殿門走去。

馮道微一沉吟，忽然喚道：「愛卿！」

崔胤停步回身，見皇帝臉色沉鬱，心中頓覺不安，問道：「清除宦官是陛下籌謀已久的大事，老臣只是盡力而為，陛下今日忽然反覆，難道是韓全誨這奸佞向您進讒言，中傷老臣？」

馮道嘆了口氣，道：「無論如何，朕和你才是自己人，既然你開口問了，朕也不好相瞞，這封信你自己瞧瞧吧！」

崔胤展信一看，裡面是馮道模仿朱全忠筆跡的偽信，意思是事成之後，他朱全忠要再增擴宿衛軍，並掌握神策軍權，此事乃是皇帝與他之間的密議，勿讓其他人知曉。

崔胤一力誅殺宦官，就是想統管神策軍，將內廷軍政都掌握手中，再慢慢將宿衛軍排除於宮廷外，想不到朱全忠早有打算，想要藉此機會深入內廷。信中的「其他人」指的當然就是崔胤，他不禁氣得黑雲罩臉，拿信的手微微顫抖。

馮道這一計，非但在兩人之間種下一根刺，更使崔胤非奮力保住皇帝不可，心中暗暗得意：「這奸相氣得七竅生煙，瞧著也過癮！你想掌握神策軍，得掂量自己有無膽子和朱全忠爭！」卻苦著臉嘆道：「你和他，一是忠臣一是良將，朕實在為難得很啊！」

崔胤急道：「陛下這……」馮道又道：「朕當你是自己人，才什麼事都不瞞你，你自個兒好生斟酌，千萬別讓梁王知道了。」

崔胤態度瞬間變得恭敬：「是！是！臣感念陛下信任，定會……定會……」

馮道一揮手，道：「咱們君臣之間，患難相扶、心意相通，多餘的話也不必說了，朕累了，明日遊獵還有許多難關得應付，你先退下吧。」

經崔胤這一夜長談，已近清晨，窗外曙光微露，馮道既無法入眠，乾脆自個兒換好遊獵勁裝，免得待會兒宦官前來服侍時，露出破綻。

卯時一到，張平準時前來接駕，他進入內殿，見皇帝已梳理完畢、悠然閒坐，雖覺驚訝，仍不動聲色地奉上早膳，恭聲道：「陛下，今日遊獵，很是累人，老奴特意囑咐御廚做了紅綾餅餤和駝蹄羹，您多少嚐一點，才有力氣應付外面那幫虎狼。」

馮道瞧他臉色青白，端玉盤的雙手微微顫抖，心想：「這傢伙倒是耳聰目明、心思靈巧，明明瞧出我是假皇帝，但騎虎難下，也只好假裝不知。」一見這駝蹄羹汁濃如乳、香氣四溢，想起家鄉河北荒涼，官員苛刻，百姓常常拔草而食，感慨道：「『勸客駝蹄羹，霜橙壓香橘。朱門酒肉臭，路有凍死骨。』這杜子美罵得好！外邊百姓日無溫飽，朕還享用駝蹄，真不知民間疾苦！」

張平臉色一赧，垂首支吾道：「陛下……這……老奴該死！」說著搧了自己一耳光。

馮道想不到他會這般反應，暗暗好笑：「這人當奴僕真當成精了，不管誰假扮主子，他都能服侍得妥妥貼貼，難怪這渾水怎麼亂，他都能屹立不倒、長命百歲！」心想自己扮皇帝，雖然肚腹餓得要命，也不能狼吞虎嚥，只能優雅地淺嚐一口羹湯，卻不由得眼目發亮，暗呼：「這簡直是天仙佳餚！」微笑道：「你也是一番忠心，朕不怪你！」

張平唯唯諾諾道：「這……這是老奴的本分，陛下歡喜，老奴也就安心了。」

馮道心想：「死囚臨終前都有頓好飯，我這一去是替皇帝送死，吃頓好飯也是應該。」再不顧形象，一口氣把紅綾餅餤、駝蹄羹吃個精光。

張平瞄了他兩眼，大氣都不敢吭一聲，靜待馮道用完膳，才行禮道：「陛下，眾軍在廣場上等得久了，可出發了嚒？」

馮道暗罵：「趕著送我上黃泉路嚒？」又想：「吃飽喝足、人生無憾，是該上路了！」一時間頗有荊軻赴義的豪情，便抬首挺胸、大步走出殿外，張平趕緊跟上，輕聲道：「陛下小心！」伸手攙扶他手臂，馮道這才想起自己需裝得虛弱些，不可昂首闊步。

張平小心翼翼扶著馮道走向殿外，登上御輦，宿尉軍一見到皇帝現身，立刻蜂湧上前，夾列在御輦兩側，人人神情肅穆，目光緊盯皇帝，生怕有一點閃失。

馮道在大批宿衛軍的簇擁下，緩緩移向東方的「龍首殿」廣場，心中不禁忐忑：「前方不知會遇到什麼危險？無論如何，聖上往西城門而去，我得盡力挺住，將一切注意力轉移到東城門。」

廣場上已安設了御座、駿馬、弓箭等遊獵器備，四周錦旗飄揚，正殿前方的祭壇處，擺放著一只巨大的青銅爐鼎，香煙嫋嫋不絕，氣氛安寧祥和。

右武衛大將軍朱友倫親自統率上千名精銳，整齊排列在廣場上，等候恭迎聖駕。張平朗聲喊道：「陛下駕到，卿等行禮！」所有宿衛軍盡垂刀低首，行拜軍禮。張平扶著馮道下了龍輦，來到香案前，太祝向天地諸神祈求此次遊獵順利，馮道也跟著祝禱，待儀式完畢，張平攙扶馮道騎上一匹全身包裹鐵甲的駿馬，低聲提醒：「陛下請對眾軍說話。」

馮道雖然博學聰敏，畢竟是個鄉下小子，幾時見過這等場面，一時間不知說什麼才好，張平卻也能應付，拉了尖嗓喊道：「聖上有旨，今日遊獵，眾軍需負起保衛之責，務必令聖上乘興而遊，安全而返，切莫掉以輕心。」

諸將心中都想梁王霸業在此一役，定要一舉功成，胸中殺氣湧動，口中吶喊如雷：「臣必不辱命！」

馮道被這軍威震得險些從馬上滾落下來，定了定心神，才朗聲道：「出發。」

朱友倫長喝一聲：「出發！」隨即拔旗上馬，親自指揮宿衛軍分列排隊，準備護送皇帝出城。

馮道眼看大批宿衛軍環伺四周，目光炯炯，手中刀戟發亮，似把自己當成肉砧上待宰的肥羊，不禁更加同情皇帝的處境，想起李曄臨別贈酒時的悲傷神情，不由得哀嘆：「風蕭蕭兮易水寒，那易水就在我老家河北，我竟還學荊軻做烈士，豈不是肉包子打狗，一去不復返嚒？」

太樂隊奏起《慶善樂》，偌大的廣場上，號角齊鳴，鼓聲雷動，軍士們鬥志昂揚，浩浩蕩蕩向東進發，一場隨興的遊獵卻戒備得有如雄軍出征般，兵壯馬騰、聲勢浩大，馮道在象徵君臣融洽、豐收安樂的鼓樂聲中，向著死亡之路慢慢前進！

這段短短半里的官道，人人不懷好意、步步暗藏危機，越近城門，殺氣越加凌厲，馮道心中隱隱感到不安，卻捉摸不到危機何在：「依照韓全誨推算，宿衛軍應會在皇帝出城後，方始動手，只要我熬過這段路，出了東邊的『大和門』，再通過韓全誨掌管的左神策軍營，便可離開險地……但事情真會這樣順利嚒？」想到這些刀戟隨時會從四面八方砍將過來，自己究竟能躲到哪裡去？心中不禁有些怯了，只能勉強撐起一絲笑容，似威風凜凜地左顧右盼，實則努力覷探逃命機會。

空曠的廣場上，殺氣混亂交錯，馮道實在分辨不出誰才是致命殺手，就在他努力沉定心思，想要識破玄機時，忽然間，前方一陣騷動，竟是百多名老宦官衝了進來，伏倒在地，放聲大哭：「陛下！饒命！」「陛下！咱們只是一班賤奴，求求您大發慈悲，饒了咱們！」原來宦官們聽到消息，想趕在皇帝出遊前求情。

馮道心中一緊：「韓全誨忽然派宦官來鬧場，並不在我們商議好的計劃內，他葫蘆裡究竟賣什麼膏藥？」

張平低聲道：「陛下，恐怕他們是聽到消息，才趕來陳情，這可怎麼辦？」

馮道轉念一想，已然明白：「韓全誨犧牲這群宦官前來鬧事，是作戲作到底，崔胤就更不會疑心皇帝從西城門出去了！」但這麼一來，老宦官非死不可，也為自己埋下不可知的變數！

馮道不忍心這群宦官就此犧牲，心想只能先驅逐他們離開，溫言道：「你們快快退下，有什麼事等朕遊獵回來再說。」

「我們不退下！陛下一走，我們可活不了！」老宦官集結於東門口，形成圍堵的勢態，不讓皇帝出城，個個情緒激昂、大聲鼓噪：「陛下，我們一向忠心耿耿地服侍您，不敢逾越半分，您為什麼非要殺死我們不可？」近百人哭嚎起來，著實令馮道心酸難忍，但自己陷入千軍之中，已是自身難保，又如何救人？

廣場上明明喧鬧熱烈，馮道卻感到一陣陰寒迎面襲來，抬眼望去，只見陳情隊伍裡，一名中年宦官唇角逸出詭異冷笑，眼神狠鷙，清冷冷地盯著自己！

兩人目光交會的剎那，中年宦官身影如電光飛出，口中大喊：「聖上要殺我們，我們也殺了他！」袖裡同時閃出一把短劍，蓄滿穿山破石的力量，直刺向皇帝胸口！

馮道見刺客狂猛撲來，立刻運起「榮枯鑑」的「聞達」和「明鑒」兩道玄功，耳聽破風之聲、眼觀劍光閃動，精準判斷出劍刃刺來的方向，足尖一蹬，急欲使出「節義」的巧妙身法避開，豈料竟有另一股極強大的力量瞬間壓迫而至！

他不知道那力量從何而來，卻不由自主地心生懼意，全身寒毛直豎，只見前方天空有大片灰雲快速飄近，像地獄煞氣湧出，乍然間就吞沒一切光明，原本喧鬧的宦官不由自主地停窒下來，空氣中只瀰漫著靜謐詭譎的氣氛。

「梁王來了！」宦官們低低驚呼。

「大膽逆賊，竟敢行刺聖上！」朱全忠飛身追在刺客後方，掌氣拍向刺客足踝，想將他震開，刺客感到氣勁迫在身後，索性拼盡全力，將短劍對準皇帝激射過去。

馮道眼見利刃以石破天驚之速飛來，身子使勁一扭，想摔下馬閃避，那短劍卻似被一股不知名的氣機牽引，如陀螺般快速旋轉，震盪出層層氣圈，越擴越大，無論馮道向左或向右閃躲，都在殺氣範圍內。

既無法閃躲，馮道只能運起護體之功「交結」，將全身真氣集中於雙臂，拼著十指齊斷的風險，死命抓住飛來的短劍，赫然——竟有一股意外勁力隨著劍刃衝殺過來！

那不是刺客射劍的力道，而是另一股龐大氣勁透過劍身，直貫入體，又快又重，宛如巨山猛力推撞，急速摧毀馮道的護體神功！

這一剎那，馮道恍然明白看似刺客射出飛劍，其實是朱全忠的驚天巨力貫入刺客足心，穿透身子，傳到了短劍上，借力使力地暗殺自己！

馮道原本自信能躲開刺客一擊，萬萬想不到朱全忠會暗下殺手，頓時一陣懼慄直竄心頭：「我一直想不透詩句中『木㐅』二字的含意，原來是個『殺』字！『中軍帳變卦水土木㐅』，意思就是『毀約變卦殺聖上』！但他不直接殺皇帝，卻派殺手假扮成宦官，造成宦官謀反的事實，宿衛軍就能光明正大的殺盡神策軍，這朱賊果然是奸詐狡猾、惡毒無比！」又想：「我們都以為朱全忠會等宦官死絕，全盤掌握朝廷，才敢弒君，想不到他今日不僅要殺宦官，還要殺皇帝，但現在……可是殺我了！」這萬般念頭一閃即過，此刻馮道只感到胸口窒悶、無法呼吸，虛弱的身子快要破碎成粉，慌急間，卻想不出脫身之策。

「陛下！」朱全忠見皇帝雙手抓住短劍，連人帶馬被刺客猛往後推，假意怒吼一聲。

「啊——」那刺客禁不起朱全忠的巨力貫體，發出撕心裂肺的慘厲嚎叫！

「碰！」眾人尚看不清發生何事，驀然一團骨肉血粉在馮道面前爆炸開來，血塵漫天四散，刺客的哀嚎聲在眾人的驚呼聲中逐漸低落。

馮道連同座下的盔甲鐵馬被爆炸的巨力再猛烈一個衝撞，不由自主地向後飛掠，朝青銅爐鼎投去，馮道眼見自己要被鐵馬、銅鼎夾成肉餅，拼盡全力一個扭身，從馬上脫飛出去，擦過銅鼎邊緣，向後拋跌數丈遙遠，他雖避過夾身之禍，但朱全忠蘊藏在短劍上的勁力仍是直貫入體，震得他口中噴出漫天血霧，倒地不起。

那鐵馬撞上巨大銅鼎，發出轟然大響，爐鼎裡的煙灰四處飄飛，形成一篷篷沙霧，令人目不能視，半晌，煙塵散落，刺客已成了灰燼，消散風中，鐵馬骨碎斃命，而大唐皇帝也橫死當場！

時間像忽然靜止了般，場上所有人都瞪著銅鈴大眼，一片靜默無聲，雖明知結局如此，心中仍混雜著恐懼、哀慽和不敢置信：「皇帝死了！輝煌的大唐就這麼結束了……」

「陛……陛……下……」宦官們見到皇帝全身染血，癱躺在地，一動也不動，都驚得呆了，好半晌，才發出一片尖叫：「陛下死了！陛下死了！」他們原想求皇帝保命，驚見皇帝慘死，忍不住放聲大哭，抱成一團：「朱全忠，你好狠毒的心！」

刺客明明穿著宦官衣服，但無論如何，他們必須咬定是朱全忠的詭計。

朱全忠發出一聲沉痛怒吼：「神策軍當眾刺殺聖上，罪無可逭，本王今日要誅殺逆賊，以清國孽！」說罷雙袖一迴，刮起陣陣暴風，有如上古天神橫掃人間，宦官們承受不住這罡勁，盡躺倒一片。朱全忠環目一掃，目光如冷鋒過境般一掃遍地哀嚎的宦官，大掌一推，氣吐如浪，將橫七八豎、半死不活的人兒盡化為灰燼，沖散四方。

馮道受傷沉重，神智昏迷，隱約聽見此起彼落的慘嚎聲，心中難過：「他們就這麼陪葬了……」但他實在無暇感傷，只能趁著朱全忠殺人片刻，依「榮枯鑑」的「解厄」功訣，默默運行真氣，快速修補創傷。

朱全忠昂立在眾軍面前，深深呼吸著鮮血氣味，感受著稱帝之路更近一步的痛快，宿衛軍震撼之餘，仰望眼前的巨人，心中只升起無比的崇敬與畏懼，千人集結的廣場頓時安靜得宛如暗夜墳場。

忽然間，朱全忠感應到四周氣息有異，精光一湛，直射向癱躺在遠方的皇帝，他萬萬想不到病體虛弱的皇帝受了自己一掌，竟然不死，氣息雖虛弱似無，卻越來越平和，原本迷茫灰死的眼瞳甚至漸漸回復清亮！

馮道緩緩睜開雙眼，對上朱全忠炯炯精眸，雖距離十數丈遠，仍不由自主地起了一陣寒顫，只見這位傳說中的神人皮膚黝黑、微泛烏光，寬厚的臉龐嵌著一雙古井不波的眼，眼底是爭鬥千百回、俯瞰眾生如螻蟻的狂傲，渾身都張揚著天下第一、唯我獨尊的霸氣，宛如一座活生生、無可撼動的高山！

這一刻，馮道終於明白師父飛虹子不傳授神功的苦心，絕頂武功必須配合深厚內力方能施展，自己原本毫無武學根基，又只有兩年學習時間就必須出關保護皇帝，再怎麼苦練，也敵不過朱全忠、李茂貞這樣的頂尖高手。既然如此，只能擇藝而練，身處亂世，最重要的是保住小命，「榮枯鑑」前七卷著重在挨打、逃跑、療傷、觀察環境，這些都是保命良方；另外，要在爭霸的戰場中勝出，最有用者莫過於兵法，而《奇道》正是匯集了歷代隱龍的兵法心得。

「師父留下的功訣，都是為了我今日要面對的艱難處境而預備。」馮道忽然覺得朱全忠、李茂貞雖然雄強，但師父飛虹子才是真正的神人，他躺在地上，仰首望天，想道：「師父啊師父，您既選了我當徒兒，可要保祐我過了這一關，我隔空拜過師了，咱們實在不用太快面對面，是吧？」

朱全忠方才是隔著刺客使出殺招，並未直接觸及馮道，因此沒發現他是假皇帝，驚詫之餘，只能抱拳朗聲道：「陛下，臣救駕不力，令您受驚了，您忍耐些，臣立刻為您療傷。」大步走了過去。

馮道藉著「解厄」調息，只勉強保住一絲氣息，怎麼都沒法子再聚氣成護網，眼看朱全忠步步逼近，心中實在著急：「倘若他再暗施一丁點掌力，我必死無疑，就算有『交結』護體也沒用！」急想奪路而逃，偏偏全身乏力，四周更有層層軍兵環伺，他根本不可能突圍，這段時間他常陷入危境，總能憑著奇思巧變化險為夷，但如此死局，除了拼命提氣，準備迎接最後一擊，已無法可想了。

朱全忠緩緩靠近，伸出雙臂作勢要扶抱起皇帝，馮道感到一陣悍猛剛氣撲湧過來，自己拼命凝聚的護體罡氣與之對衝，簡直是螢螢之火，才一交觸，就破碎殆盡，情急之下，只得放聲大喊：「朱全忠，你想殺了朕嚒？」

朱全忠不由得一愣：「聖上這麼一喊，若還死在我手裡，肯定要受人議論！」四周雖是自己的親信，但世上最難保守的是祕密、最易傳散的是謠言，除非這裡的人死絕，否則皇帝死在自己手中的耳語必會傳諸天下，心中急思該如何收拾殘局。

馮道趁機奮力向外一滾，他來不及起身，只拼著一口氣平貼地板，倒掠飛出！

朱全忠此刻要殺死皇帝，就像捏死一隻螞蟻般容易，但除了猶疑之外，更有幾分驚愕，因為皇帝這一閃躲，無論是力量運用、氣息變化、方位移轉，都精準到令人不可思議，才能在一瞬之間，判斷出他掌氣切入角度，找出傷害最輕的方向逃逸！

然而這一點取巧在武功強人面前是毫無用處的，馮道才脫出毒手，便感到一股巨力攫住自己，令他完全動彈不得。朱全忠大掌探去，兩指一扣，直接往馮道咽喉捏下，生死瞬間，馮道只能將「交結」之氣全部運於頸間、護住咽喉！

眾軍聽見皇帝呼救，心中雖萬般糾結，卻連大氣也不敢喘一口，只眼睜睜看著悲劇發生，更遑論出手相救。

忽然間，天空急速劃過一道紅色流光，射向馮道頸間！

馮道連紅光落點都沒看清，只感到鋪天蓋地的掌氣當頭籠罩，竟是李茂貞越過宿衛軍，凌空撲來，猶如一頭鳳梟猛撲向小羊。

猝起突然，馮道成了二大高手的目標，他「節義」身法再奇妙，也無法逃脫，「交結」氣網再結實，擋得下一擊，也擋不過第二擊，他感到自己真是插翅難飛了，除了緊緊閉起雙眼，已不知還能做什麼，但他更加想不到，竟然真有一對翅翼帶著自己飛了起來！

李茂貞身未至，先射發一支赤翎，對準朱全忠指環中間刺去，一分不差地逼開他的鎖喉指，下一剎那，鳳翼翼尖更對準馮道刺去！

朱全忠以為鳳翔燒糧，李茂貞早已率軍回援，想不到他會忽然出現，被赤翎的銳利逼得雙指彈開，連忙運勁於臂，向空中猛力轟去一拳！

李茂貞右翼迎擋，同時間，左翼尖刺中馮道頭頂冠冕，將他身子提得拋飛出去，脫離了朱全忠的掌氣範圍！

兩大頂尖高手的沛然之氣，火力全開地在馮道身旁交會，「碰！」天地都為之震撼！

馮道身在半空，受到餘勁震盪，頓時雙耳欲聾、內息翻湧，全身骨頭都快碎了。李茂貞長翼一抄，將他甩到背上，喝道：「抓緊了！」馮道頭昏眼花，什麼也看不清，只能使盡全力，像八爪章魚般，雙手雙腳牢牢地攀住李茂貞。

「碰碰碰碰碰！」朱全忠差之毫釐，功虧一簣，氣得雙拳齊出，集中火力，綿密不絕地攻去，結實渾厚的氣勁猶如巨石暴轟而至。

李茂貞鳳翼大張成火紅巨翅，左翼如屏，護擋在前方，右翼化作無數劍光，伺機疾刺，同時赤翎暴射如針雨，如此三管齊下，才擋住朱全忠風狂雨驟的攻擊。

馮道伏在李茂貞背後，悄悄運起「解厄」療傷，恢復了神智，想道：「岐王為什麼來救我，難道他真把我認成皇帝了？不對！此刻鳳翔軍應已迎接了聖上，那他為什麼還要救我？」但無論如何，總比死在朱全忠手裡好。

「一、二、三、四、五……」馮道見李茂貞擋下了朱全忠的攻擊，稍稍安了心，忍不住默算起朱全忠的拳數，若不是他練了「明鑒」奇功，目光變得十分犀利，絕對看不清朱全忠究竟出了幾拳，只會看見團團氣石迎面撲來，快如電閃光現、重如雷轟山崩，數到二百一十七拳時，才經過一個呼吸，但更令人震撼的是朱全忠氣力源源不絕，每一拳都是又快又重，沒有半分減弱，面對這樣無止無盡的瘋狂攻擊，任誰都會四肢虛軟、心膽俱喪。

幸好李茂貞功力深厚，又擁有天下第一兵器「鳳翼」輔助，總算鬥個旗鼓相當。

朱全忠見李茂貞接連擋下直拳，立刻改變戰略，無論是袍袖掃盪、硬臂揮舞，還是指掌變幻，全身每一點都飽含渾厚氣勁，宛如千百顆大大小小的硬石突飛猛撞、橫行四射，這樣變化莫測的招式，實在擋無可擋。

「這豈是人力所能為？」馮道第一次見識到「不老神功」的可怕，大開眼界之餘，也終於明白朱全忠為何能雄霸天下：「兩人武功原本在伯仲之間，岐王又有鳳翼相助，應是佔了勝算，但朱全忠的內力太可怕，能教對手氣力耗盡、鬥志失喪，長久下去，岐王必敗無疑。」

「三百一十一、一十二……」就在馮道數得快喘不過氣時，李茂貞也開始呼吸急促，馮道不禁擔心：「看來岐王再支撐不了多久，但不老神功為何能氣力無盡？倘若不能破解其中奧祕，這世上恐怕無人是朱全忠的對手，我努力瞧瞧，或許能識出什麼破綻。」便運起「明鑒」、「聞達」兩功於雙眼、雙耳，仔細觀察朱全忠的招式和氣勁變化。

李茂貞功力原本稍遜一籌，又揹著馮道，經過一刻纏鬥，即節節敗退，心想：「江湖傳說朱賊的不老神功『招式不老、源源無絕，精神不老、其意無境』，果然不是虛言，好漢不吃眼前虧，我先退再說！」他心念一動，身影倏地後退，但朱全忠豈容兩人逃脫，更提功力，出拳疾快如閃電、氣勁盛大如江海，周遭氣流被帶得快速旋繞，越轉越快，猶如千百砲彈不斷發射，幾乎將人淹沒。

這樣連續轟砸，就連銅牆鐵壁也會崩垮，更何況是骨肉之身，李茂貞臂骨已痛得似要斷折，氣力稍有軟弱的剎那，朱全忠忽然兩拳一合，飽提內力向鳳翼護屏正面轟去，這一拳直有撼天破地之威！

這一招不只要震傷李茂貞，也要將背後的馮道震出九天之外！

李茂貞萬萬想不到朱全忠連出三百多記重拳之後，還能發出驚天一擊，心膽一寒，向後疾掠，然而對方汪洋巨浪般的氣勁仍直撲過來，李茂貞飽提內力硬擋，仍支撐不住，赤羽護屏被轟得四下散飛，一道道紅光射死不少圍觀的宿衛軍。

李茂貞護屏既破，受了內傷，趕忙向上縱掠，馮道也被震了出去，但他死命抓住李茂貞的腰帶，身子飛盪在空中，朱全忠長袖如長蛇竄出，要將馮道捲回，千鈞一髮之際，李茂貞羽翼大展，順著朱全忠的狂風氣流之勢，輕巧地滑翔出去，於空中飄然幾轉，帶著馮道飛上了宮簷頂端，同時暴射出大片赤羽紅光，阻擋朱全忠的追擊！

馮道聽李茂貞氣息略有阻窒，問道：「岐王受傷了？」

李茂貞冷哼道：「不老神功不過爾爾，本王沒興致陪他玩了，走吧！」

朱全忠雖知鳳翼十分厲害，但在連環出拳時，忽略了氣流對鳳翼的助長之勢，見李茂貞挾著皇帝逍遙自若地昂立於飛簷上，不禁怒火更熾，昂聲怒吼：「朗朗青天、罪行昭彰，岐王勾結神策軍刺殺皇帝，天下人共睹之，今日你插翅難飛，還不束手就死！」喊話間，一掌擊天，身形有如龍捲風急追而上。

李茂貞也不甘示弱，揚聲大喊：「梁王想暗殺皇帝，若非本王冒死相救，早已奸計得逞……」一語未畢，見朱全忠拳氣已到，足尖一點，立刻拔身而上，直升到宮簷最高處。

兩人這麼喊話，自是說給下方軍兵聽的，都想聲明對方才是擊殺皇帝的罪臣。

朱全忠怒火沖燒，暴喝道：「逆賊挾持聖上，本王忠心相救，你竟顛倒是非黑白！」說話間再拔身追上，掌氣連綿不絕，宛如雲濤洶湧，轟隆隆聲中，一團團雄強氣石直轟而去，與赤羽紅光交觸，爆出團團火花。

李茂貞藉著氣流助力，再次旋飛上宮簷尖角，朱全忠急速逼近，正想一舉擊斃李茂貞，忽驚覺不對：「有埋伏！」驟然間，宮簷四周冒出千百隻燃火箭矢，如天下火雨般暴射而出，熾熱的火焰、無盡的殺勢，足以令下方所有人都千瘡百孔、燒成煙灰！

朱全忠身在半空，無可借力，連忙轟出掌氣，滅了前方如瀑噴來的火箭，借著掌氣打中石角之力，彈身後掠，退到了對面的宮簷，雙方頓時相距了十數丈遙遠。

朱全忠要再飛身追上，擊滅伏軍，李茂貞卻大喝一聲：「退！」宮簷上的鳳翔弓箭手立刻退下，消失得不見蹤影。

「轟！」下方廣場忽然衝起一篷篷大火，剎那間，天地盡成紅焰！

宿衛軍正專注仰望兩大絕世高手的對決，看得熱血沸騰、激動無比，心想自己的將帥快要一舉殺了李茂貞，再添一頁傳奇，都佩服得五體投地——朱全忠就是這樣令人畏懼，卻又讓人甘心賣命追隨的梟雄！

誰也想不到惡變突起，千百火箭傾瀉而下，團團火龍衝爆而起，快速漫成燎原大火，片刻間就能將所有人燒殺殆盡！

廣場上紅火、黑煙、嘶吼嚎叫、人影雜亂，甚致互相踐踏，宿衛軍一時驚恐惶惑，四處逃命，但火勢一波波湧來，幾乎望不到一隙出路，不消片刻，就傷亡遍野。朱友倫見情況不妙，立即大呼：「衝向大和門！」

宿衛軍久經嚴厲訓練，聽得號令，拼命繞過大火，往東方衝去，那裡卻有神策軍、鳳翔軍聯合埋伏在城門外，從外面緊緊封鎖住城門。宿衛軍見城門打不開，火勢又逼命在後，都拼命往前衝撞，鳳翔軍卻是以逸待勞，緊守城門，不讓任何人越雷池一步。

朱友倫帶領殘餘的五百名弟子連衝三次，都不能突破城門，宿衛軍在伸手不見五指的煙燒之中，聽見外邊擂鼓轟鳴，心想衝出這城門，對方還有大批伏軍，不由得心驚膽顫，開始爭相奔逃，好不容易聚集的勢態猶如潮水潰散。

朱友倫在火海中穿梭來去，努力穩住陣腳，企圖再次聚集軍兵衝開城門，但陣形一旦潰敗，要再重整實難上加難，他雖東奔西馳，仍不及搶救，只雙目血紅地看著子弟兵一個個在大火中翻滾慘嚎。

片刻間，天空映得一片胭紅，地上焚屍處處，空氣中瀰漫著殘酷的燒炙味。

馮道在家鄉時，也遇過敵軍來攻，看過屍橫遍野的景況，但下方慘烈的情狀，仍教他不忍卒睹，感傷無已：「若不是我識破絲絹上的謎題，岐王就不會設下火燒毒計，他們也不會死得如此悲慘。雖說戰爭無情，不是你死就是我亡，但老子說：『兵者不祥之器，非君子之器，不得已而用之。』日後我為人謀劃出策，可要盡量減少傷亡。」瞄了一眼身旁的李茂貞，見他臉露微笑、得意不已，又想：「幸好岐王拼命救我，否則我就算捱過朱全忠的擊殺，也躲不了這場大火。」悲嘆之中，又有幾許萬幸。

當初朱全忠怕皇帝起疑，因此將大軍暗藏在五里外的東郊遊獵場，為確保舉事成功，他親自來到龍首殿，準備在殺了皇帝，坐實宦官罪名之後，再發射信號教大軍從東城門進來，一舉誅滅神策軍。他相信這短短半個時辰，有自己坐鎮指揮，再加上千名宿衛軍，必定萬無一失，卻想不到中了李茂貞的詭計！

李茂貞一得到韓全誨傳報的消息，便設下一連串計謀，先假裝中了調虎離山計，回去鳳翔救糧，實則留下一批鳳翔軍，改換宦官衣飾，潛入宮中行事。

其中一批弓箭手假裝宦官灑掃宮城，悄悄地倒了大片火油，再暗暗埋伏在宮簷上，準備發射火箭；另一批則守在大和門外，以防宿衛軍逃出。韓全誨怕朱友倫發現宮中情況有異，便故意留下一批老弱宦官，犧牲他們前來陳情。

此刻朱全忠若堅持追殺李茂貞，非但不會成功，這千名精銳必會化為煙灰，他雖不甘心，仍是當機立斷，猛提一口氣縱身而下，落向城門外邊，足下貫力，連點鳳翔軍頂心，被點中者當場腦骨破碎，他揮掌如電，將四周撲來的敵兵盡數劈飛。

「退！」李茂貞長喝一聲，其餘鳳翔軍見到朱全忠如神軍天降，早嚇得心魂俱喪，立刻轉身奔逃，城門處頓時清空一片。

「碰！」朱全忠飽提全身功力，將城門、擋路的鳳翔軍一舉震開，在轟然大響中，抵住城門的幾根巨木應聲斷裂，城門也被震得隆隆作響，自動敞開。

朱友倫見有了活路，再次大喊：「快衝出去！」

殘餘的宿衛軍雖極力奔向城門，無奈火勢太烈，一下子就轟燒過來，更可怖的是滾滾濃煙宛如波濤江浪，由四面八方湧至，眼看生門就在眼前，卻怎麼也脫不出死局！

朱全忠掌氣過處，撲滅不少火勢，但放眼所見，除了朱友倫和少數幾名士兵相扶而出，遍地盡是一具具濃煙嗆暈、焦黑炙裂的屍首。

朱全忠怒極，轉身追殺鳳翔軍解氣，但見他們騎馬跑得遠了，足尖一點，施展輕功飛追而上，飛縱間轟拳連連，不老拳氣壯如重嶽，首當其衝的鳳翔軍四散拋飛、滾落一片。

朱友倫幾人拼著一口氣衝出城門，才呼吸到新鮮空氣，便雙腿一軟，伏倒在地，眼見城內濃煙快速漫延出來，勉強喊道：「大王！」

朱全忠聽得呼救，無奈放走鳳翔軍，返回接應，將幾人救到了稍遠處。

這一役，朱全忠原本勝券在握，怎麼也料不到會一敗塗地，不但放走皇帝，還損失上千名汴梁軍精銳，最重要的是安置在宮城內的兵馬被燒殺殆盡，日後要再重新佈署，又得與李茂貞、崔胤一番角力，他仰首望天，心中滿是怒火。

涳濛蒼穹、暴雲狂捲，道道電芒全匯聚到大明宮頂，忽然間大雨瀑落，傾盆而下，澆熄了這場烈焰之火。

迷濛的遠方山頂卻有一雙清澈眼眸，靜靜地看著這一幕……

（註❶：「登樓遙望秦宮殿……迎歸大內中。」取自唐昭宗作品「菩薩蠻」。）

九〇〇・四　智謀垂睿想・出入冠諸公

大雨滂沱之中，有人影快馬馳近，喊道：「大王！軍師請您立刻發兵包圍鳳翔城。」話聲甫畢，人已飛身下馬，拱手行禮，乃是朱全忠義子、武寧軍留後（代理節度使）朱友恭。

朱全忠沉聲道：「軍師呢？」

朱友恭見他滿臉怒氣，心中忐忑，垂首道：「啟稟大王，軍師在『寶玉山』頂。」

朱全忠臉色逾加深黑，怒吼道：「眼下一敗塗地，軍師竟然去了寶玉山？」

朱友恭不由得退了半步，低聲道：「軍師行事高深，末將實在不知，只說請大王以『逆賊挾帝』之名，火速包圍鳳翔城。」

朱全忠恨聲道：「傳我口喻，讓氏叔琮率大軍先行，我隨後就到！」人早已飛躍上馬，縱騎而去，直奔寶玉山。

這寶玉山座落於昆侖山脈、千山北麓麟鳳交界的「羊引關」，距離鳳翔城北約五十里遠，形似葫蘆，東、南、北三面峰巒渺渺、綿延起伏，南面葫蘆口處山脈散佈，蜿蜒盤旋猶如九龍纏繞；北面山峰前昂後伏，似白虎昂首盤踞。

不過半個時辰，朱全忠已火速抵達寶玉山，遠遠瞧見三百名汴梁精銳駐守山下，喝問道：「軍師呢？」

領隊之人乃是朱全忠手下兩大猛將之一、曹州刺史楊師厚，其人目如臥弓、神藏不露，勁骨如松、氣度內斂，看似尋常武將，但肩背纏著一條閃閃發亮的兵器，彷彿銀龍攀身一般，將他稍嫌清瘦的身形襯得神采奕奕、光芒四射，教人不敢小覷。

那兵器名為「銀槍效節棍」，槍尖形似龍首，槍身是九節短棍以扣索相連，似槍又似節棍，能劈、掃、刺，擊、擋、絞殺，尋常人使動雙節棍，便可打出百斤巨力，這節棍卻有九段，其威力可想而知，「效節」二字更有「效忠節度使」，忠心耿耿之意。

楊師厚的「銀槍效節棍」變化多端，與氏叔琮「失衡劍」的奇詭難纏堪稱齊名，而氏叔琮強悍勇武，擅於戰場殺敵，楊師厚則智勇雙全，長於領兵排陣，兩人相輔相成，堪稱朱全忠征戰沙場的兩大利器。

楊師厚領著眾士兵向朱全忠行禮，又指著前方山林小徑，道：「請大王順路上行，便可見著軍師。」

朱全忠眼看情況生變，軍師還大弄玄虛，要自己登高會見，怒道：「讓他下來，立刻！」眾士兵噤若寒蟬，生怕朱全忠一拳轟落，無端做了出氣鬼。楊師厚暗吸一口氣，穩住心神，拱手道：「大王息怒，軍師請您至山頂密會，有重大軍機相商。」

朱全忠一怔，這才斂了幾分怒氣。楊師厚見他神色稍緩，繼續說道：「軍師原本請您前往鳳翔城，但猜到您一定不會聽從，反而會趕來寶玉山，所以命末將在這兒等候，向大王稟明上山之路。」

朱全忠怒道：「他什麼都算準了，怎麼算不準宮城大火！」便施展輕功，飛縱而上。

那山徑足有百丈高，初時懸峰危立、峽谷幽深，漸漸地，地勢稍緩，兩旁夾道的喬木高聳參天，樹茂蔭濃，微風拂過，枝葉搖曳、濤濤不息，令人彷彿倘佯在綠波碧海中。

朱全忠延著山道盤繞而上，一路山奇水澈，羊腸小徑交錯著潺潺小溪，清盈悅耳的水聲洗滌了烽煙煩俗，不知不覺間，他胸中怒氣已熄了一半。

半刻之後，朱全忠已達到山頂，只見一輛華貴的鈿車停在危崖邊，車前繡簾垂放，車外有十多名軍兵守護。眾軍一見朱全忠到來，立即拱手行禮，默默讓至一旁，朱全忠沉聲道：「到山腰處守著。」便大步走向鈿車，眾軍旋即恭謹退下。

煙雨迷濛中，隱約可見淡青色的窗簾裡人影清瘦，正悠然地遠眺山下美景，朱全忠怒火頓時又熄了幾分，他深吸一口氣，將所有怒氣壓下，才開口道：「剛剛宮城大火……」

車中人道：「你可知我為何要你登上這裡？」

朱全忠見他轉移話題，怒火又起，大聲道：「宮城失火！皇帝沒死！」

車中人輕聲問道：「那麼你心裡的火呢？還餘下幾分？」

朱全忠一愣，深吸一口長氣，又用力吐出，道：「沒半分！」

車中人重覆問道：「你可知我為何讓你登上山頂？」

朱全忠強忍怒氣，握拳道：「我說皇帝沒死！」

車內人冷聲道：「我讓你登上山頂，是要你看清楚這個天下。」

朱全忠走到危崖邊，將滿城江山盡收眼底，忽然覺得自己的氣度實在渺小，那強壓下的怒氣不禁又熄了大半，只餘一點星火。

車中人指尖伸出車簾，指向左下方一座高二十尺、占地十畝的夯土高臺，緩緩說道：「鳳翔原本是秦朝的國都雍城，因為嬴秦稱霸而聲名彰顯，那座高臺下方埋葬著秦穆公，他是雍城十九位秦君中最賢明的君王，深深影響了秦國的強盛。」

朱全忠不悅道：「你要我學秦穆公做個賢明之主？但秦始皇也在這裡加冕，此刻本王寧願是一統天下的霸君！」

車中人淡淡道：「秦穆公雖未統一天下，卻奠立了秦國強盛的基礎，而秦始皇雖威掃四方，卻兩代而亡。」

朱全忠想了想，無言可辯，一揮手道：「談古論今，我向來說不過你，那些前朝舊事不談也罷！眼前事才真正重要，如今聖上落入李茂貞手中，下一步究竟應該如何？」

車中人依舊不回答，指尖擊了一滴雨珠，破空射去，雨珠飛到極處，力竭而墜，直落入遠方煙濛濛的池潭裡，繼續說道：「那地方是『飲鳳池』，相傳周文王時，有鳳凰飛經雍城，在潭中飲水，鳳翔之名由此而來。」

朱全忠不耐道：「鳳凰飲不飲水，跟本王有什麼關係！」

車中人指尖再射一滴雨珠飛向南方，道：「南方山脈蜿蜒綿長，猶如九龍纏繞。」又射了雨珠向北方，道：「北面山峰前昂後臥，好似白虎橫臥山側。」

朱全忠瞭解到其中必有玄機，終於沉下耐心，道：「你的意思是鳳翔城中，有龍、虎、鳳三雄匯聚？」

車中人微然點頭：「鳳翔城的先天地理就是龍、虎、鳳齊聚一堂，也因此造就了這地方的氣運向來是群雄爭霸、勢力交錯。試問大王，三雄相爭，豈是易與？」頓了頓，道：「這事急不得！」

朱全忠朗聲道：「以你之謀略、我之雄長，有什麼敵人打不下？本王就是真龍天子，還怕什麼老虎、鳳凰？」

車中人道：「情勢不一樣了！有新人參入這場戰局，這個人前所未見！」

朱全忠哼道：「除了李茂貞那老狐狸，還能有什麼人！」

車中人沉思半晌，緩緩說道：「當初我設了三道煙霧，首先教崔胤說服聖上誅殺宦官，汴梁軍才有理由進駐皇城，一旦你殺了皇帝，又將弒君之名嫁禍給宦官，便能順勢掌握朝廷。」

朱全忠道：「就好像當年董卓帶兵入宮一般，但為防止李茂貞從中作梗，你便讓楊師厚假扮皇帝，把龍袍祕密洩露給韓全誨進貢的美女，混淆李茂貞，令他苦思謎題，拖延時機，甚至是做出錯誤決策。」

車中人道：「不錯！最後再派人潛入鳳翔城郊，火燒糧田，引長安西側的鳳翔援軍回去救糧……」輕輕一嘆：「這三道煙霧不只一一被破解，還破得如此之快，真令我始料未及！這個人非但幫助李茂貞識破計謀，還犧牲一群老宦官前來陳情，好鬆懈你的戒心，引你深入宮城，最後再放一把大火燒盡宿衛軍。」

朱全忠沉吟道：「李茂貞竟然找到如此厲害的人物？」

車中人道：「這人不是幫助李茂貞，是幫皇帝的。」

朱全忠一愣：「幫皇帝？」帝王路竟然橫生阻礙，他實在不願相信，怒道：「皇帝身邊若有能人，豈會淪落到這等地步？你只在山頂上觀火，怎能斷定那個人是幫皇帝的？」

車中人對朱全忠的火暴脾性既不害怕也不動氣，只徐徐解釋：「聖上曾受李茂貞羞辱，囚禁於華州，是寧死也不會去鳳翔避難。他擢升韓全誨為神策軍領，是為了制衡崔胤，偏偏韓全誨不知輕重，竟暗中勾結李茂貞，這實在犯了聖上大忌，他才會答應崔胤建言，讓你帶兵入宮誅殺宦官，這意思就是昭告天下：朝廷從此與鳳翔決裂，聖上寧可與虎謀皮，也要反擊李茂貞，討回當年的羞辱！」

朱全忠哈哈大笑：「韓全誨自以為聰明，想勾結李茂貞對抗本王，卻是摸不透聖意，反而給自己挖了坑！宦官做到這個地步，也是死有餘辜！」

車中人道：「帝王一言九鼎，聖上既然將此事弄得天下皆知，怎可能改變主意去投靠李茂貞？這中間必有重大變故！」

朱全忠疑道：「難道是那個人說服了皇帝前去鳳翔？」

「不錯！」車中人道：「此人必深受皇帝信任，倘若他是李茂貞的人，恐怕連聖顏都見不到。」

朱全忠哼道：「這也未必！皇帝並不想去鳳翔，他是被李茂貞劫走的！我方才還和李茂貞大戰一場，若不是遇著大火，我早就結束那隻老狐狸，搶回皇帝了！」

車中人幽幽說道：「站得高，才看得遠。」

朱全忠不解道：「你什麼意思？」

車中人道：「清晨時分，你去了皇宮，我便登上這裡，往下俯瞰，恰好瞧見一隊鳳翔軍悄悄埋伏在驪山密林裡，接應了宮中人馬離去，我想皇帝、何皇后、韓全誨、張彥弘，甚至是神策軍精銳都藏身其中。」

朱全忠瞪大銅眼，難以置信，道：「難道李茂貞挾走的人不是皇帝？」想了想，恍然大悟，氣得拳掌連連相擊：「難怪那人身法如此巧妙，打也打不死！」

車中人道：「你在城中遇到的假皇帝是個餌！一來，是為了轉移皇帝逃往城西的注意力；二來，引你和宿衛軍深入陷阱，再火燒皇城，三來，我送個假皇帝給他們，他也回敬一個假皇帝，是挑釁！」淡淡一笑，道：「這個人很有意思！他肯定還保持著少年心性，只把爭天下當做一場棋奕，還不明白一旦參與其中，就會陷在血腥廝殺的地獄裡，永遠不得解脫！」

朱全忠不悅道：「你都看在眼裡，為何不將東郊的大軍調回來？如今皇帝落入鳳翔，我們豈不失去先機？」

「因為，」車中人微微一笑：「殺皇帝只是中策！」

「殺皇帝是中策？」朱全忠愕然道：「你曾說如果皇帝死了，會變成各自混戰，我汴梁軍最強盛，勝算最大。」

車中人道：「如此混戰，雖我方兵力最強，但耗損也大。倘若那個人沒出現，我便有把握控制局面，以最小戰力贏得最大勝仗，但如今情況已不同了！」

朱全忠急問道：「我們的大業更加困難了，那上策究竟是什麼？」

車中人道：「滅鳳翔！」

朱全忠聽到此處，恍然大悟，怒鬱的臉才豁然開朗，讚道：「妙計！李茂貞迎了皇帝，看似有利，其實是接了燙手山芋，所以你要我以勤王之名包圍鳳翔，一舉拔除李茂貞！」

「但上上策是——」車中人指尖雨珠射向北方，微笑道：「吞滅河東！」

朱全忠驚喜道：「滅李克用？」轉念一想，又覺得不可能：「晉陽城山川險固、城壘高深，只要李克用堅守不出，我便莫可奈何。當年我曾讓劉仁恭出面，引誘李克用前去魏博，想不到後來李嗣源援軍趕到，功虧一簣。之後我屢次引誘李克用踏入陷阱，都沒成功。」

車中人道：「如今機會來了！」

朱全忠道：「此話怎說？」

車中人道：「皇帝逃往鳳翔，李茂貞獨木難支，一定會設法說服李克用出兵相助。」

朱全忠冷哼道：「但李克用絕不會出兵，他肯定會坐山觀虎鬥，要等李茂貞和我軍鬥個兩敗俱傷，才來撿便宜。」

車中人道：「所以，李茂貞需要一個好說客，最佳人選莫過於那位奇才，我們的上上策能不能成，還得看那個人的本事。」

朱全忠不解道：「這是為何？」

車中人道：「因為他代表了皇帝，而不是李茂貞，如此才可能說動李克用。」

朱全忠哼道：「只不過是個虛弱小子，能不能活過明天，還是未知數，能掀起什麼風浪？」

車中人愕然道：「大王傷了他？」

朱全忠眸光一沉，道：「重傷！」

車中人聽見「重傷」兩字，知道情況必定嚴重，一時沉吟不語。朱全忠頓覺不妙，皺眉道：「萬一小子本事不濟，輕易死了，豈不壞了咱們的上上策？」

車中人道：「大王不必擔心，此人若是死了，便少了一個強勁對手，也是好事。無論如何，李茂貞都要派人求援，我自有妙計引李克用落入陷阱。我唯一想不透的是——」微然沉吟：「李茂貞是隻精打細算的老狐狸，卻甘心捨棄大批軍糧，回來救那個人？他身上必有玄機，究竟是什麼？」

朱全忠回想一會兒，道：「你這麼一說，我也覺得古怪！那人應是個年輕小子，功力差得很，但受我一掌居然不死，還漸漸恢復元氣，確實有些邪門！」

車中人微笑道：「一個有玄機的人，不會這麼容易死的。」眸光一湛，道：「這一回，我不只要引誘李克用出城，更要勾出他的身分！」

朱全忠道：「如今我把鳳翔圍個水洩不通，李茂貞如何派他出去？咱們是否要免費放那小子出城？」

車中人道：「我們不知對方長相，又如何放人離去？總不能在防線上大開洞門吧。」

朱全忠道：「那該怎麼辦？」

車中人道：「他要出城求援，但憑自己手段，大王又何必替他費神？一切如常，才能試出他的真本事，他是個難能可貴的對手，我很期待。」

「好吧！那小子留給你。」朱全忠眼底燃起熊熊烈火，準備迎接即將到來的一場大戰：「只要李克用膽敢踏出晉陽一步，便是死路一條，我絕不會再放走他了！至於李茂貞，早就是本王的囊中物，一旦這兩人傾倒，聖上還有誰可依靠？」

車中人道：「到那時候，天下江山盡落入大王手中，今日丟失小小的神策軍，又算得了什麼？」

朱全忠雙拳緊握，彷彿已抓住獵物般，雄心萬丈地道：「我說孫武復生、諸葛神算也比不上你，我朱溫大業必成！」說罷仰天大笑。

車中人卻是望天興嘆：「蕩蕩中原，莫禦八牛。泗水不滌，有血無頭！」手中輕輕攤開一張小圖，圖中大水浩蕩，從兩山之間洶湧而出，圖側寫著兩行小字，正是《推背圖》第十象讖語。

《推背圖》乃是大唐第一術師袁天罡和李淳風聯手著作，預言奇準，卻神祕玄奧，世人往往不得其解，車中人忽然提起，朱全忠不禁好奇：「莫非你已解出其中奧祕？」

車中人道：「前兩句『蕩蕩中原，莫禦八牛』意思是說：『浩蕩的中原，無人可抵禦八牛』，『八牛』兩字合起來，是一個『朱』字。後兩句『泅水不滌，有血無頭』，其中『血無頭』是個『皿』字，與『泅水』合起來，就是『溫』字。」

朱全忠曾聽說袁天罡留下的讖語皆與世間大事有關，卻想不到其中隱含了自己的名字，既驚詫又歡喜，笑讚道：「袁天罡果真是神人！這偌大的中原，確實沒人可與我朱溫為敵！」

車中人道：「『泅水不滌，有血無頭』雖是個『溫』字，卻也意喻著你一出現，天下便血流成河。」

朱全忠反駁道：「戰爭亂世，自是血流成河，沒有我也有別人！」他不願再談論這話題，見讖語下方還有一首解詩，問道：「這又是什麼意思？」

那小詩乃是：「一后二主盡升遐，四海茫茫總一家。不但我生還殺我，回頭還有李兒花。」

車中人道：「前兩句是指唐朝最後的一后二主就是何皇后、李曄以及太子盡升天歸西，五湖四海終於一統。」

朱全忠大喜道：「這讖語、頌詩合起來，莫非是指我朱溫將來必會一統天下，登基為帝？你早就解答出來，是也不是？」

車中人微然點頭，但眉宇微蹙、並無喜色，目光只專注著頌詩的三、四句。

朱全忠見他神情有異，急問：「最後兩句：『不但我生還殺我，回頭還有李兒花。』又是什麼意思？難道是因為那個奇才小子出現，所以事情生變了？」

車中人沉默半晌，才抬起頭來，道：「這推背圖講的是從大唐立國一直到後世的奧妙玄機，最末兩句頌詩，我一時還未能推究出。」

朱全忠微感失望，伸手向車門，道：「既猜想不出，就別費神了，咱們下山去吧。」

車中人道：「你先去鳳翔督軍。」

朱全忠問道：「你不隨我去麼？」

車中人道：「當初我說了，我助你稱帝，你必須遵守三個條件。」

朱全忠不悅道：「為何忽然提起這三個條件？」

車中人不理會他的怒氣，逕自說道：「這三個條件，一是不可擅自稱帝，需等候天機；二是對我的獻策必須言聽計從；三是無論何時、何地、何種景況，絕對不可染指臣子、兄弟、近親之妻女。這幾年征戰下來，我的計策可有讓你失望過？」

朱全忠道：「自然沒有。」

車中人沉聲道：「但你卻教我十分失望！」

朱全忠微然尷尬：「我只不過……」

車中人道：「你只不過在攻下兗、鄆兩州，殺了朱瑾之後，還想留下他的妻子？那朱瑾曾發兵救你一命，與你稱兄道弟！」

朱全忠惱羞成怒，大聲反駁：「朱瑾是敗戰之賊，今日亂世，哪個豪雄不是心狠手辣、妻妾成群？今日我不殺他，來日他必殺我！」

車中人道：「你走吧。」

「夫人！」朱全忠急切道：「在我心中，妳始終無人可比！」

「我不是小雞肚腸的婦人！」車帷捲起，一個青衣婦人從簾後緩緩走了出來，美艷中柔弱如柳，柔弱中又有一絲堅韌不折的英氣，深潭似的瞳眸閃著幽然微光，輕抿的唇淡淡勾起，似乎在溫婉的外表下承擔著許多心事，正是朱全忠的愛妻、魏國夫人——張惠。

她矗立在煙雨之中，單薄的身子彷彿一吹即散，又堅凜得有如雪中傲梅：「你每犯一戒，必損及福澤，影響帝王氣運。」

朱全忠雙眼微閉，深吸一口氣，誠懇道：「夫人，我錯了！我會教人送走朱瑾的妻子。」

張惠道：「大王軍事倥傯、日理萬機，這點小事不勞費心，我已命人送她去尼姑庵修行了。」

朱全忠心中雖不悅，也不敢發怒，只道：「夫人拿主意便是。」

張惠目光遠眺蒼天，幽然道：「還記得你決定反叛黃巢那一日，我曾說無論大事成不成，二十年之後，你我夫妻緣盡，從此你海闊天空，任憑作為，我再也不束縛你了！等你權掌天下之後，再不用對著我這張人老珠黃的臉皮了，如今算來，也只餘三年時間相守，你連這點慾念都忍不得，如何成就大事？」

朱全忠伸出大掌緊緊握了她的纖指，道：「惠，二十年不夠，我許妳的是一生一世。」

張惠任由他用力地握著，指尖、心底都泛起一絲痛楚，如果這個男人是為了自己而瘋魔，那麼她能做的就是為這無情的天地、可憐的蒼生，盡力留下幾許慈悲，但不知這樣的柔情隨著自己年華老去，還能束縛他多久？

「每一個人都說我是天殺魔星——」朱全忠仰首望天，道：「我可以答應妳少造殺孽，但妳也不准離開我。」

兩人攜手眺望著迷離雲海、淒濛山城，心底同時泛起遙遠的記憶……

那一年，杏花正開，一座小廟前，一眼凝眸，竟促成了一段宿世情緣，卻也為世間帶來浩大戰火。

朱全忠原本是最窮苦的佃農子弟，日日只懂耕田種地、打架鬧事，無意間在龍元寺廟前瞥見一頂華麗小轎。

春風吹拂，拂開了轎簾，也拂動少年沸騰的心，轎裡露出一張溫柔似水、清麗如蓮的俏臉，那一刻少年彷如墜入夢中，看見世間最美的景象，待迷迷糊糊醒覺過來，從此立下驚天之志、踏上不歸路！

當他打聽到這不染凡塵、冰清玉骨的女子是宋州刺史張蕤的女兒張惠，兩人身分懸殊有如雲泥之別，他沒有半點退縮，反而毅然決然地棄農從軍，想用自己僅有的一雙硬拳、一條賤命拼搏出功名，好匹配得上這個天仙女子。

他不畏生死、不顧仁義地投靠大魔頭黃巢，一路血戰天下，當所有軍兵都忙著搶掠女子，只有他不沾美色，堅持守住心中那一份純美、矢志不渝。

迎娶佳人的心願，是他在殘酷的戰場上存活下來的動力，在一次次血戰突圍、九死一生的掙扎中，他鍛鍊了無畏的勇氣，更在一次掠奪中，他得到了「不老神功」秘笈，從此戰無不勝，軍中地位扶搖直上，很快便成為黃巢手下最得力的大將。

長年跟隨大魔頭，嗜血殺戮早已烙入靈魂裡，若不是心底一絲柔情羈束著，他早已入了魔！

為了早日得到佳人，他不惜慫恿黃巢攻打宋州，一開始，戰情順利，大軍破城直入，他以為美夢終得償，一入城便瘋狂地尋找佳人，因為他知道兄弟們盡幹姦淫擄掠的勾當，倘若張惠落入其他人手中，後果不堪設想。

老天卻彷彿和他開了一個殘忍的玩笑，張蕤早已離任，一家去向不明，他傷心欲絕，無心戰事，連連戰敗，只得退兵，從此變得沉默了。

當長久的夢想一夕破滅，支撐的動力瞬間崩毀，他將對老天的恨怒發洩在一次次瘋狂殺戮中，直到他再也無法管束心中魔性，徹底化身為嗜血惡魔！

這一日，他奉命攻打「同州」，一舉而克。

城陷，他大權在握，天下美女如弱水三千，任由他取，可他的心卻是空的，曾經為了張惠而努力的鬥志，在這一刻顯得如此虛無。

或許是天可憐見，正當他感到厭煩無比，人生無趣，忽有軍士來報，他們捉住一個天仙般的女子，要進獻給他。原本他全無心思，卻不能掃了兄弟們的興致，當這個可憐女子被拉扯上來，跪倒在他腳邊，那一刻，他只聽見自己響若戰鼓的心跳聲……

風霜幾度，以為此生永無相見日；煙波千里，那人竟在燈火闌珊處。

「冉冉孤生竹，結根泰山阿。與君為新婚，菟絲附女蘿。菟絲生有時，夫婦會有宜。千里遠結婚，悠悠隔山陂。」

張惠回想起兩人新婚的旖旎風光，芳心不由得一陣悵然，她出生於軍武之家，從小父親教導自己琴棋詩畫，也教導政治軍事謀略，她原以為自己這一生許配的是官宦之家的書生子弟。

那一年，張家因為兵劫遭難，落魄不堪，她在戰火中險些遭軍兵淩辱，卻遇見一個戴著銀色面具的年輕男子相救，那人本事高強，宛如天神，彈指間即擊退一群軍兵，又挾持她進入一棟神祕的樓閣，在那裡教導她許多秘技。

過了幾年，她本事大成，奉命進入汴梁，設法瓦解朱全忠的軍權，然而當她與這個殺人不眨眼的魔頭相對時，卻看見一雙誠摯熱切的眼眸，無聲而熾烈地傾訴著思慕之意。

她無法想像是怎樣的深情，支撐著他只憑著虛幻的夢想，從尋常農家子弟一路血戰成為萬人之上的將軍，更為自己苦苦守住一份純真情意，她的心不禁融化了。

他隆重地求婚，許下一生一世的諾言，她決心叛離煙雨樓！

婚後，朱全忠發現妻子不只有美麗的外表，還有自己永遠也無法企及的靈秀智慧，她總能適時地化解自己的躁怒，讓他心服口服，「問世間情為何物，不過是一物降一物」，他若是魔星現世，那麼張惠無疑是蒼天派來降服他的仙子。

沉浸在幸福的朱全忠，回復了人性溫情，卻也失去狂魔鬥志，他攻打「河中」不順，請求黃巢增兵支援，卻因大齊中尉孟楷挑撥離間，黃巢非但不發救兵，還嚴加斥責。

他這頭猛獸豈是尋常人馴服得了？惱火之下，立刻寫信給安居家中的愛妻，告訴她自己將與黃巢決裂，原本還擔心愛妻惶然不安，豈料她非但支持，更回信詳列了各方情勢，分析作戰策略，並要他轉投唐廷。

但最令人驚奇的是，張惠竟然邀請黃巢派在朱營的監軍嚴實到家中作客，嚴實早就聽說張惠花容月貌，想趁朱全忠不在時佔點便宜，想不到雙腳才踏進朱府，美人兒竟是當胸一刀，嚴實瞬間斃命，張惠拿了嚴實的首級傳遍諸軍，宣告朱軍正式與黃巢分裂，有反對者，同此下場！

直到這一刻，朱全忠才真正領略張惠的果敢智慧，從此夫妻倆一智一勇，一運籌帷幄、一征戰沙場，攜手闖過無數腥風血雨、打遍大半江山，朱全忠不只愛她，更敬她服她，底下的軍兵不只愛戴軍師的智慧，更感念她的仁慈大度，汴梁軍從此團結一心，日益壯大。

張惠早知黃巢為德不卒，難以長久，再加上朱全忠受黃巢影響深遠，嗜殺成性，她心中十分不喜，聽見夫君有意叛出，自是大加贊成，原以為脫離了魔頭，便能以柔情循循善誘，化去他的戾氣，幾場戰役下來，張惠才發現，人心深處一旦生了魔，就再也無法根除，朱全忠沒有黃巢的束縛，只更加無法無天，當他有能力除掉大魔頭的那一刻，早就化身成更大的魔頭！

看著深愛的男人成了嗜殺怪物，她心痛之餘，只能盡力束縛。

朱全忠牽了她的手，道：「我對妳是真心的，無論妳能不能助我成就大業，我都不想妳離開，我們一起走吧。」

張惠柔聲道：「你犯了戒，我得留在這裡為你求天機、補福澤。」

朱全忠道：「我讓楊師厚留下保護妳。」

張惠道：「我需要安靜。」

朱全忠道：「那就讓他留在山腰處，我先走一步，妳自個兒小心。」便大步向山下走去。

張惠凝望著他龐然的背影，無聲喟嘆：「我為何要你守三誡，因為那兩句頌詩：『不但我生還殺我，回頭還有李兒花』意思是……」心底不由得一陣擰痛：「你的急色好殺恐怕會釀下禍根，會……」

她幾乎連往下想都沒有勇氣，不由得雙眼一閉：「會死在親兒手中！後頭卻還有李姓敵人的兒子虎視眈眈，而我卻無能為力……」

她拿起腰間垂掛的玉笛悠悠吹起，將滿懷深情、憂思寄託笛聲送君遠去，無論多少風雨，無論旁人說他如何，她永遠記得兩人同州相逢的那一日，那雙深情熾熱的眼神，心中更滿溢著相守二十年的幸福溫馨。

朱全忠走了一小段路，聽見笛聲，忽又回首，道：「我讀書沒有妳多，但我知道鳳翔還有一則傳說，秦穆公的女兒弄玉和蕭史是一對恩愛夫妻，他們共乘鳳凰飛翔，永不分離，叫『蕭史弄玉』。」說罷哈哈大笑，轉身大步離去。

張惠想不到貌似粗狂的夫君竟有這份心思，心中一暖，淺淺笑了。

九〇〇・五

門闌多喜色・女婿近乘龍

張惠美睟俯瞰下方地勢，見一座百鳥朝鳳的玉皇閣高高聳立鳳翔城中，南邊是九龍出林畔，北方是白虎臥山邊，心中思忖：「鳳翔地勢複雜，乃是龍、虎、鳳匯聚的格局……這一戰與王業息息相關，我得定下心神，不能算錯祭壇的方位。」她把惱人的心事暫時拋卻，左手拿起八卦盤相度地勢，右手掐指細細計算，花了半刻時間，才確認好方位，便對著西南方的「八卦池」開始築壇。

她先架起一座雨棚，再於棚下鋪放一張七尺見方的八卦陣形圖，圖陣角落放置一盞檀香爐，圖側四邊插立七星旗、七支檀香，再依據天時分別在七個方位擺置七盞大燭燈，中間佈放四十九盞小燈，最後於陣心放置一盞朱全忠的本命燈。

她點火燃起檀香，仰天祝禱，又在香爐中放入七粒白米，接著雙足布罡踏斗，走在陣中，右手逐一點上所有燭燈，左手揮舞繫著七星號帶的長竿召引氣運，最後盤膝坐於陣心，護持本命燈火不滅。

過了一段時間，煙霧幾乎迷濛了整個祭壇，張惠算算時辰已到，便起身走到陣外，指尖擎了一把雨珠，射向陣心，卻見空中飄下一朵小花，拂散了雨珠，張惠柳眉一蹙，暗呼：「不好！」要再彈出指氣已來不及，但見雨珠灑散在本命燈四周，形成一卦象。

張惠回到祭壇中央，盤膝而坐，沉重地數算雨珠：「坎下坎上……」忍不住又望了推背圖第十象一眼，見袁天罡寫的就是個「坎卦」，不禁長長一嘆：「我卜算不下百次，結果都一樣，難道一切真無法更改？」想到將來的父子相殘，就算萬事都能掌握的她，也不禁心口絞痛、全身發寒，一時陷入迷茫：「這難道就是我助紂為虐的報應？」

朱全忠有七個親兒，長子朱友裕在戰亂中匆匆出生，生母便亡故，因此沒有人知道他真正的生辰，張惠無法掌握朱友裕的命運狀況，只能循循善誘，教導他成為仁厚之人，希望能避開弒父之禍。

朱友裕自幼便跟著父親打仗，不只武藝高強，弓騎之術更是厲害，一點也不輸給沙陀猛將，雖建立許多戰功，卻不像朱全忠那樣凶暴，他文武雙全、仁善果敢，很得人心，原本是最佳的繼位人選，朱全忠卻因為他太優秀，心中猜忌，好幾次想殺他，全憑張惠巧智解救，化解父子間的嫌隙，才保住性命。

張惠不禁暗暗擔憂萬一自己離開了，這一對心懷芥蒂的父子，會不會舉刀相殺？

次子朱友珪乃是營妓所生，因出身卑微、飽受歧視，性情有些乖戾，平時低調隱忍，上了戰場，卻又一往無前，拼死立功，只為博取父親歡心，但無論他如何努力，永遠也得不到重視。

張惠也不知道朱友珪的生辰，卻看得出他表面低順，其實狡猾多智、凶氣難馴，心中並不喜歡，甚至懷疑他就是讖言所指的逆子，但朱友珪終究是朱全忠的親兒，她不能在凶事未發生前，就下狠手除去這個卑微求生的孩子，更不能讓朱全忠知道這件事，犯下弒子逆倫的大罪。萬一真有那麼一天，她寧可下手的是自己，至少他和自己並沒有血緣關係。

三子朱友貞才是張惠所出，真正的嫡長子！他容貌俊美，性情聰穎，朱全忠原本十分喜愛他，想讓他繼承王位，但張惠堅決不肯，她知道自己孩兒的生辰，也看得出朱友貞將來會捲入「父子相殘」的亂局中，為了徹底斷絕朱友貞的爭王路，讓愛兒遠離風暴，朱友貞自幼便棄武從文，他滿口經史詩文，成天風花雪月，朱全忠見他性格太溫懦，並不適合繼位，終於放棄了念頭。至於其他幼子年紀太小，沒有爭王的能力，應驗劫數的機會並不大。

「女蘿發馨香，菟絲斷人腸！」高大的山楊樹上不知何時坐了一位小姑娘，聲音嬌嫩輕脆，口氣卻是嘲諷。

張惠乍聽見人聲，倏然驚醒，若非心事太沉重，她絕不會這麼疏忽，讓一個陌生人靠得如此之近，幸好祭壇施法已經結束，她收回心神，冷聲問道：「妳是哪一堂的弟子？」

「小妹是『寒江堂』堂主褚寒依，今日奉了樓主之命，特來向師姐請安。」褚寒依優雅地坐在樹梢上，俯瞰著下方的張惠。

張惠道：「妳年紀輕輕就當上堂主，又能避過山下守軍潛入這裡，足見本事不差。」

褚寒依微笑道：「樓主總誇讚師姐人品高潔、腹笥甚廣，是煙雨樓第一位也是最傑出的弟子，後輩師妹都以妳為目標，盼望有朝一日能勝過妳，今日寒依能得師姐一句肯定，真是莫大榮幸。」

張惠淡淡道：「我早已離開煙雨樓，妳們毋需將我看得如此重要。他讓妳帶什麼話就直說吧。」

褚寒依道：「師姐可還記得『女蘿發馨香，菟絲斷人腸』是什麼意思？」微微一笑，又道：「那可不是什麼夫妻恩愛之意！」

這兩句詩出自李白的《古意》，借女蘿比喻夫君，菟絲比喻柔弱的妻子，雙方遠地相隔，不能聚首，夫君在外春風得意，妻子卻在家中擔心得肝腸寸斷，表面上是妻子纏綿訴情之詩，其實是李白暗喻自己宛如菟絲，不得君王賞識。

但煙雨樓主卻有另一番解釋，那菟絲花看似柔弱，實則有如吸血鬼，它的藤蔓會緊緊纏繞別的植物，再以無數吸根刺入對方，強取生氣，直到那植物被吸乾枯萎為止。最可怕的是，菟絲的藤蔓不斷擴張生長，經過之處，所有植物都難逃「魔爪」，全變成它予取予求的寄主，一旦被纏上，再馨盛的大樹也會魂歸西天，遍地盡成浩劫。

「菟絲斷人腸」——斷的其實是別人的肝腸！

張惠遙想起當年自己奉命潛到朱全忠身邊，臨行前，樓主叮嚀的正是這兩句詩意：「柔弱的菟絲花只有緊緊攀纏著對方，才能生存，就好像女子在亂世之中，命如薄絲，只有尋到一個強而有力的夫君，吸取他的生命榮華，才能改變自己的命運！」

褚寒依微笑道：「義父說李白才情雖好，卻太過天真，才會抑鬱而終。」

張惠低首撥弄著壇中的燈芯，看也不看她一眼，淡淡道：「天真也好、癡心也罷，菟絲與女蘿既已相依相附，便是同生共死、永不分離。」

褚寒依勸道：「師姐是曠世奇女子，那朱全忠卻是十惡不赦的魔頭，師姐又何苦為了他弄致身敗名裂？妳就算不在乎旁人眼光，至少不能辜負自己的才情。」

「可是我愛上他了。」張惠微微一笑，眸底閃著甜蜜的光芒，卻又隱隱淒然：「女人最大的弱點就是個『情』字，妳年紀還小，不能體會，待有一日妳遇上命裡的魔星，相思百轉、愛恨難捨，甚至甘願為他身死而不悔，妳便明白了。」

不知怎地，褚寒依聽到「命裡魔星、愛恨難捨」這幾個字，心中竟浮起那個捉弄人的小宦官，不由得暗罵自己：「那小子淨惹人心煩，就是個小魔星，我恨不能殺了他，哪有什麼愛？又怎會難捨？」微微搖首，甩開惱人的影象，大聲道：「誰說我不懂？義父就是我心目中的大英雄、大恩人，他要我做什麼，我都身死而不悔，不似妳忘恩負義！」

張惠見褚寒依忠心護主的模樣，也不想辯解，只冷冷一笑：「看來他控制人的手段又更高明了！」

褚寒依聽她批評義父，心中不喜，道：「義父每每提及師姐，只有誇讚，從未批評半句。他寬懷大度，即使妳背叛了煙雨樓，也沒有為難妳，直到見妳相助朱全忠為禍，才感嘆說：『當初教妳本事是教錯了，為了天下蒼生，絕不能再姑息下去！』但他始終顧念情義，所以讓我先來警告妳，但盼妳迷途知返，早日回頭。」

張惠以憐憫的眼神望了她一眼，柔聲問道：「小妹妹，妳的任務是什麼？」

褚寒依道：「倘若師姐執意要幫助朱全忠，我就會幫助李茂貞。」

張惠心中一凜：「難道這小姑娘竟是幫李茂貞識破計謀之人？」問道：「宮城大火是妳的傑作？」

褚寒依柳眉一挑，傲然道：「妳既已決心背叛煙雨樓，就沒必要知道這些！將來小妹有什麼得罪處，師姐可要多多包涵了。」言辭雖然客氣，語氣卻沒有一絲敬讓前輩的謙遜，反而充滿了爭強好勝、打破神話的挑釁。

張惠纖指輕輕捻熄燈芯，微笑道：「我既敢叛出煙雨樓，就不怕誰找上門，有什麼本事，讓他儘管使出來，我等著！」這意思是她只視樓主為對手，根本沒把褚寒依放在眼裡。

褚寒依微微一哼：「我會將妳的答案一五一十稟告義父，一旦他老人家親自出手，妳就要後悔莫及！」足尖微點，一個輕盈飛身，落到了遠方樹梢，幾個縱躍，便如小貓兒一樣靈巧離去。

褚寒依繞了些路，避開山下守軍，離開寶玉山，一路行到「飲鳳池」的瀑布前，她仰首望去，那瀑布高達數百尺，如飛練自天而降，激盪成濤濤水花，氣勢磅礴有如滄浪。瀑布邊豎立一座青花石碑，碑底角落有一個方寸大小的印記，似字似畫，乃是四個蠅頭小字構成的菟絲花形。

褚寒依仔細觀察印記，辨出四個小字分別是「煙、雨、江、南」，心想：「樓主竟然召集了四大堂主來這裡聚會，究竟有什麼重大事情？」她繞到瀑布後方，走進一條濕黑的隧道，行了半刻，前方豁然開朗，出現一大片幽靜碧湖，岸邊翠竹圍繞、楊柳飛雪，湖面薄霧漫漫、煙波渺渺，湖心水荷交融、粉粉綠綠，頗為情趣。

岸邊繫著兩、三葉小舟，褚寒依輕身躍入舟中，撐起了船篙，見前方迷霧漸濃，只慢慢往前滑行，不敢躁進，心中想道：「我來京城前，花雨堂主仍懸空，才幾日時間，竟已選出了人？今日樓主召見，或許就是要介紹新堂主，也不知她長得什麼模樣？」

煙雨樓除了樓主之外，全為女弟子，分為「玉煙」、「花雨」、「寒江」、「曦南」四大堂口，設立在四個不同地方，弟子間少有來往，只有堂主才互相認識，彼此也存在了競爭意識。

煙雨樓弟子個個貌美如仙，堂主更是萬中選一的美女，褚寒依因此對新任的花雨堂主充滿好奇，她低首觀望自己的水中倒影，見形貌美麗，絕不會輸給任何女子，不由得微微一笑，甚是滿意，忽然間，她發覺一件奇事，下方湖水綠得發亮，水裡沒有半條活魚，卻有淡淡甜香撲鼻而來，

褚寒依心中納悶，便循香探去，見前方大片粉荷中夾藏著幾朵小花，越是靠近，香氣越

濃。褚寒依心道：「是了！甜香是這幾朵小紅花散發出來的。」便撐船趨近，想瞧個仔細，前方的景像卻令她打了個冷戰，只見小花形似菟絲，色紅如鮮血，十分腥豔，細如血絲的藤蔓四處攀長，表面上長滿無數恐怖的小刺，點點扎入荷花的莖幹，所經之處，荷花乾枯一片，似被吸乾了精氣，下方的湖水更是綠到詭異的地步。

褚寒依暗呼：「這小紅花竟有如此威力！吸乾了荷花精氣，再轉化成毒氣排出，幸好我沒噴濺到池水，否則不知有什麼危害？」不知為何，她對這貌不起眼的小花感到十分畏懼，似乎多看一眼都會毛骨悚然，便小心翼翼地將船划開，心中更生了一串疑問：「這小花形似菟絲，但菟絲只有黃白色，生長在陸地，也沒有毒氣，它究竟是什麼東西？又是何人栽種？」

這洞谷藏在瀑布之後，雲煙渺渺，外人很難得知，是煙雨樓的祕密基地，褚寒依從前來過幾次，都不曾看過小毒花，而且煙雨樓並不擅毒，頂多只會用煙香迷昏人，她不禁猜想：「這小毒花難道是新任的花雨堂主佈下的？我得小心些，莫要著了她的道。」

褚寒依剛慶幸自己十分警覺，得以避開毒花，忽有一縷簫聲穿透煙嵐飄傳而至，柔韻楚楚、纏綿悱惻，宛如情人耳畔低語。褚寒依雖然學了許多勾引男子的技巧，但從小被教導心止如冰，不能動情，才能順利完成任務，再加上她年紀尚輕，對情事其實也懵懵懂懂，因此儘管簫聲魅惑，她只心神微微蕩漾，並不覺得如何，心中暗哼：「雕蟲小技！若不是我的『繞殿雷』琵琶遺落在宮中，豈容她放肆！」便大著膽子往簫聲來處探去。

小舟才前進一會兒，已進入迷霧深處，四周伸手不見五指，簫聲漸漸妖媚浪蕩，極盡挑逗之能事，褚寒依不覺面紅耳赤、百脈賁張，甚至想翩翩起舞，心中一凜：「玉煙堂那小妮子的功力更高深了，我可不能大意。」她不敢再逞強，當下盤膝而坐，專心運功抵禦簫聲，但對方曲韻漸促，聲聲撩人，令她怎麼也靜不下來，滿腦子只浮想聯翩……

那一夜，春江花月、細雨霏霏，她與那個人在江船上品茶論曲、打賭解謎：「我連他真實姓名也不知道，只知道他是張中尉的人，叫小馮子！」

簫聲時而柔緩、時而活潑，似少女情竇初開，一忽兒嘆息，一忽兒輕笑，一忽兒軟語呻吟，褚寒依雖努力平定心思，當時的情景仍歷歷浮現，她雖是在皇帝面前翩翩起舞，卻不時偷眼瞄向小馮子，見他被自己迷得目瞪口呆、臉紅心跳的傻楞模樣，便覺得既得意又有趣。後來她遭假皇帝傷害，小馮子英勇相救，卻逼她呼喚「老公」，褚寒依不禁噗哧一笑：「明明是個小公公，還妄想當人家的老公！」這一笑，她立知不妙：「糟啦！」但已來不及，簫聲趁她分心的剎那，立刻突破缺口，如潮浪洶湧而至。

褚寒依拼命運功抵抗，但簫聲似巨浪般搖晃得她神魂顛倒，以為自己仍處在皇宮之中，那一雙眼睛仍癡癡地凝望自己，她竟情不自禁地起身翩翩起舞。

「嘻！」迷霧之中傳來一聲輕笑。

褚寒依聽見嘲笑聲，頓時清醒過來，心中驚仄：「這曲子雖然有些高明，但從前我必能抵禦，今日是怎麼啦，盡胡思亂想？」既有此覺悟，便不再受影響，只專心對付簫聲，過一會兒，她心中一片空明，不著片塵，任簫聲再多情，也只如風聲拂過。

她心神既定，遂睜開雙眼，在茫茫迷霧中搜尋對手身影，隱隱見到前方荷花叢裡，有一小小紅影坐在一片大大的荷葉上，纖手握著長簫，十指輕盈彈跳有如雨珠點荷。

褚寒依倏然起身，竹篙用力一撐，小舟如箭飛去，直到那人前面數尺才停下，嬌喝道：「劉玉娘，妳還不出來！」

瑟瑟幾響，荷葉分開，一個纖瘦少女鑽了出來，鳳眼斜飛、檀櫻胭紅，明豔之中透著三分調皮野性，嬌媚的眼眸隱隱閃著世故伶俐，小巧的瓜子臉笑出兩個酒窩：「方才姐姐想到什麼，笑得如此甜蜜？」

褚寒依摸了摸仍熱燙的臉頰，但覺自己愚蠢至極：「那小宦官如此可惡，要不是被簫聲迷惑，我怎會念著他？」想到劉玉娘躲在暗處笑話自己，更是惱羞成怒，左袖一揚，便射去一蓬寒江針。

暗夜之中，細針不易辨認，兩人相距又近，褚寒依這一招實是狠辣至極，劉玉娘待見到點點銀光，幾乎來不及閃躲，嚇得驚呼出聲：「唉喲！」嬌軀連忙一仰，避了開去。

褚寒依卻不放過，右袖跟著灑出寒江針，劉玉娘玉簫旋轉成屏，將寒江針撥飛出去，褚寒依見她連躲兩把銀針，便拿起竹篙用力潑去毒湖水。

劉玉娘不知湖水有毒，但小姑娘愛乾淨，不想被淋成落湯雞，連忙旋身飛起，坐到了柳梢上，她身子輕盈，順著柳枝隨風搖曳，一雙金蔥花鞋晃啊晃，那自信的神氣彷彿天塌下來也不在意！她指著自己小巧的鼻尖，笑嘻嘻道：「妹妹特地來迎接，姐姐怎能下毒手？」

褚寒依冷斥道：「妳用迷魂曲迎接我，安得什麼心？」

劉玉娘嬌嗔道：「姐姐冤枉人家！姐姐在宮中大展神威救出皇帝，連韓公公都親筆傳書向義父道謝，義父此刻歡喜得不得了，說不定要提升妳接掌煙雨樓，從此妹妹對妳只有恭恭敬敬、唯命是從，豈敢有半分歹意？」

褚寒依愕然道：「妳說義父要找人接掌煙雨樓？」

劉玉娘美眸滴溜溜一轉，嬌笑道：「姐姐不在的這段時間，樓裡發生許多事呢！不只花雨堂選出新堂主，義父還叨唸著要找人接掌煙雨樓，他老人家官位越大、肩頭越重，總得找人分擔事情，我猜他這次召集四大堂主回來，一定是想選出少樓主。」

褚寒依恍然明白劉玉娘為何會暗算自己，疑道：「妳見過花雨堂主了？」

劉玉娘櫻桃小嘴一扁，哼道：「沒見過！那小蹄子絕不是簡單人物！」

褚寒依道：「能打敗其他弟子成為一堂之主，自是出類拔萃。」

劉玉娘哼道：「她不過七歲大，比我還小著四歲，是四位堂主中年紀最小的，能有什麼真本事？義父卻十分寵愛她，她肯定是吞人不吐骨頭、天下排名第一的小妖精！」

褚寒依笑道：「被天下第一的小狐狸精稱做天下第一小妖精，我真得好好瞧瞧她是什麼模樣。」

劉玉娘不依道：「姐姐怎麼取笑人家！倘若妳聽見她的名字，便知道妹妹說的不假。」

褚寒依問道：「新堂主叫什麼名字？」

「花見羞！」劉玉娘不服氣道：「意思是她美麗得連花兒見到她都要羞愧！妳說這名字狂不狂？豈不是把咱們都比下去了！」

褚寒依心中玩味：「花見羞？有意思！」

劉玉娘低聲道：「姐姐千萬別輕敵！我特意來這裡等候妳，自然是為了……」美眸微微一轉，見左右無人，才軟語懇求：「倘若義父定下比試規矩，真要選出少樓主，咱們便聯手對付她，姐姐，妳說好不好？」

褚寒依冷冷盯著她，不發一語，劉玉娘嬌嗔道：「姐姐不信我？我寧可服從姐姐，也絕不服那個小娃子！」

褚寒依冷笑道：「妳玉煙堂主又會真心服了誰？」

劉玉娘眨著媚眼，不可思議地望著她：「姐姐不肯答應？待妳見了她，必會後悔……」一句話未說完，忽然快速吹起玉簫。

褚寒依見她聯合不成，竟立刻再施毒手，實在惱怒，連忙灑去寒江針，偏偏劉玉娘早已算計好，高高坐在柳梢上，超過了她銀針所及的範圍。

褚寒依發了幾把針，無一中的，這一拖延，反而令簫聲大舉入侵，此時再坐下運功抵抗，已遲了幾分，她精通音律，對樂聲十分敏銳，劉玉娘每一音都能勾引她共鳴，簫聲越快，褚寒依心跳也越快，到後來簫聲急如蜂鳴，褚寒依心口也劇烈跳動，她感到自己全身發熱腫脹，似要爆開，不禁害怕起來：「她是存心重傷我！再這樣下去，我就算不心跳而亡，也要血脈爆裂，成了廢人！」

從前四堂之間雖有競爭，卻不曾弄出人命，褚寒依萬萬想不到劉玉娘為了堂主之位，竟敢下如此重手，心中雖惱恨，偏偏手裡無樂器，不能與之抗衡。

劉玉娘看褚寒依痛苦的樣子，嬌媚的雙眼瞇出一道冷光，那得意的神情彷彿在說：「我怎會怕花見羞那小賤人，我真正要對付的是妳！」

褚寒依氣喘吁吁、汗如雨下，想道：「為今之計，我只能努力撐持到樓主前來……」正當她幾乎快要窒息時，遠方忽有琴聲傳來，其音柔美清澈，宛如空靈幽谷，不知不覺緩解了劉玉娘急促的簫聲，褚寒依終於能稍稍喘口氣，心中納悶：「這聲音好似箜篌，是誰來救我？」❶

劉玉娘秀眉一蹙，十指彈跳更快，箜篌自知不敵，只東閃西避，有如游絲隨風飄蕩，輕而不斷，劉玉娘心高氣傲，見佔了上風，便想一舉壓倒對方，簫聲愈沖愈高、愈來愈拔扈，褚寒依心中激盪，全身都發顫起來，但想：「劉玉娘這樣吹簫，極耗元氣，以她的功力絕對強橫不了多久，我只要再撐持一會兒，必有轉機。」便咬牙苦忍。

果然簫聲達到極致，褚寒依快要忍受不住，卻也是劉玉娘長氣接不上來之時，箜篌趁隙突竄出來，瞬間令曲調變得柔和，讓褚寒依能鬆口氣。

劉玉娘豈肯干休，再度提力吹簫，箜篌不與硬拼，暫時退下，待劉玉娘氣力用盡，再行反攻，雙方你來我往一陣，宛如高手攻拒進退，褚寒依身處其中，被琴簫逼得心神大亂，半曲過後，幾乎快要虛脫，劉玉娘也丹田不足，簫聲漸緩，只有箜篌連綿不絕，猶自迴腸蕩氣。

褚寒依心想：「來人琴藝、內力都比不上劉玉娘，但心思聰明靈巧，懂得迂迴而戰，究竟是何人？」

迷霧中出現一位白衣少女，羽袖翩翩，身周旋飛著花瓣，令她更加迷離夢幻，彷彿是乘著月光而來的花仙子。

褚寒依、劉玉娘仔細瞧去，才看清少女左足微曲，以玉膝輕巧地支撐著豎立的箜篌，纖指靈動地操控著十數片花瓣，點點飛揚在絲弦上，奏出美妙動人的樂章，右足優雅地捲著柳絲飄蕩過來，幾個點落，輕盈地立在一片荷葉上。

少女秀緻絕美的五官、皙嫩透明的肌膚，空靈澄淨的瞳眸、天真無邪的神情，彷彿精雕細琢的玉瓷娃娃，令人只想捧在掌心呵護，連吹口氣也捨不得，但最惹人憐愛的是她美眸底下綴了顆細小淚痣，宛如嬌嫩的花瓣沾了露珠，又似少女初識輕愁的淚滴，任誰見了都要心生疼惜，恨不能傾其所有，只為博得美人一展歡顏。

褚寒依和劉玉娘已是絕色美女，但見了這天仙般的少女，卻不由得自慚形穢、暗暗驚嘆。

褚寒依心想：「美貌就是她最厲害的武器，倘若我是一笑傾舟，她肯定是傾城傾國了！」

劉玉娘哼道：「花雨堂的大美人來了！」

花見羞輕輕福了一禮，柔聲道：「小妹花見羞，向兩位姊姊問好。」

褚寒依瞧她嬌怯怯的模樣，實在無法與吸乾精氣的小毒花聯想一起，但在煙雨樓裡，越美麗的姑娘越要小心，像花見羞這樣美到令男人窒息、女人驚嘆，必是毒中極品，雖然她剛剛出手相援，褚寒依仍是不敢大意，只微微頷首致意。

劉玉娘笑道：「花妹妹既有興致，咱們不妨合奏一曲？」

花見羞帶著令人如沐春風的笑意，輕聲道：「姐姐高抬了，小妹年紀最幼，學藝不精，怎有能力合曲？剛剛聽見簫聲太迷人，才情不自禁地彈琴相和，若是擾了兩位姐姐的雅興，還望勿怪。」

劉玉娘被她壞了好事，心中不悅，冷哼道：「妳也是一堂之主，不必如此謙虛！」

花見羞依舊謙遜：「小妹只不過蒙了義父疼愛，才得以出任堂主，怎敢與姐姐們爭鋒？姐姐想吹簫娛樂，小妹就坐在一旁聆聽，為姐姐喝采，但請姐姐下手容情些，莫要弄傷了誰，否則義父一來，可不好交代了。」

劉玉娘聞言，頓時心頭火起：「她仗著義父寵愛威脅我嚒？」丹田猛力提氣，倏然吹出雷霆之音，一口氣衝上雲霄，想給這不知天高地厚的小娃兒一個狠狠教訓。

花見羞被震得雙耳欲聾，驚愕之餘，急運琴相抗，十指飄動花瓣飛撥絲絃，緊緊抵住對方簫聲。褚寒依早知劉玉娘狡詐，一直凝守心神，不敢鬆懈，此刻更是全力對抗。

雙方樂聲愈來愈急，已到了短兵相接，一決生死的關頭，褚寒依更是全身緊繃，感到快要無法撐持，「鏗鏗鏗！」遠處又傳來一陣弦響，幽幽咽咽地夾入琴簫之中，宛如烏鴉淒涼夜啼。

「她也來了！」褚寒依心中一震，不禁柳眉深鎖、朱唇緊抿。劉玉娘卻是唇角微揚，似微笑、似不屑。

花見羞心想：「這奚琴拉得十分高明，想必是曦南堂主了。」她對付一個劉玉娘，已是吃不消，不料又有人加入戰團，登時生了怯意，琴聲便虛弱幾分，那弦聲見機不可失，立刻纏上琴聲，花見羞心中更慌，一時曲調大亂。❷

劉玉娘見狀，正自得意，那弦聲卻忽然拔高，聲如裂帛，直破簫聲，劉玉娘十指不禁一顫，簫聲登時緩了，但她最是好強，立刻加催簫音。曦南堂主又在弦上狠狠一拉，弓弦聲原本就酸楚激越，這奚琴更是其中最淒厲者，立刻再把簫音壓下。劉玉娘卻不肯認輸，全力按簫，雙袖都鼓了起來，有如風箱。

花見羞聽兩位師姐鬥得凶狠，暫時得以喘息，暗想：「曦南堂主好厲害，幸好她不來對付我。」便想順勢退下，只以琴音守護自己心脈，不再逞強。

奚琴卻突然發出金戈鐵馬的肅殺聲，將箜篌琴聲給逼了回來，花見羞吃了一驚，不敢再以優雅的花瓣彈琴，只趕緊趺坐在荷葉上，以修習內功的姿式對抗，功運十指，快速撩琴。

弦聲淒婉哀絕，似鬼魂夜哭，簫聲幽遠柔靡，如空山靈雨，箜篌華麗柔媚，似仙子旋舞，三種曲音此起彼伏，攻守進退，互不相讓，卻苦了褚寒依夾在當中，飽受煎熬。

四人以琴藝、內力較勁，不多時便分出高下，曦南堂主以一抵二，有時與箜篌纏鬥，有時與玉簫爭鋒，劉玉娘凝神守志外，還能趁隙攻擊旁人，花見羞自保有餘，攻敵不足，褚寒依原本不輸其他人，偏偏手中無器，只能苦苦撐持，到後來，頭頂冒出一縷縷熱氣，全身汗如雨下，猶如蒸籠。

劉玉娘見褚寒依雙眼迷茫，嬌軀顫抖，心中暗喜：「她勉強抵擋，日後必要落下病根。」曲調一轉，拼著可能受創的危險，只以三分功力護住自己，卻以七分功力夾擊褚寒依。

褚寒依苦等樓主不到，心知再這樣下去，小命定然不保，一旦死去，萬事休矣，就算樓主重重責罰她們，也已無用，危急間，拼著一口氣喊道：「張曦！馮哥哥讓我問候妳！」

「錚！」一聲急響，弦聲軋然而轉，衝撞向劉玉娘的簫聲，劉玉娘來不及收勢保護自己，被這麼一傷，頓時吐出一口鮮血，再無力聚氣吹簫。弦聲倏然停止，餘音裊裊，散入林間，箜篌聲也緩緩而收，四下裡一片寂靜，只餘明月當空，樹影映湖。

煙嵐迷霧之中，一葉小舟緩緩移近，舟上一名十五、六歲的少女，眉目沉靜柔和，身形高挑纖瘦，一頭及腰的長髮隨意紮束，任風飛揚，淡青色的儒衫襯出她素雅的氣質，輕薄絲裙服貼著她修長的身段，勾勒出性感迷人的曲線，那美麗的倩影，婉柔如微雨濕花，迷灩如出水芙蓉，但佳人臉上卻無喜無悲、無怒無怨，彷彿少了七情六慾般讓人猜不透心思，只有手中的弦聲幽咽低沉，才透出刻骨的淒涼。

少女正是當年被煙雨樓主帶走的張曦，陡然聽見馮道仍關心自己，不由得心中一震，平靜如深湖的眸底微微泛起一絲漣漪，卻依然沉默，只冷冷盯著褚寒依，以目光逼問事情原由。

褚寒依全身虛脫，幾乎要昏倒，見張曦以銳利的目光瞪視自己，心中不悅，逕自吸了一口長氣，即閉目調息。

張曦見她故弄玄虛，也不再相望，彷彿不曾聽過這話一般，目光只移向花見羞，又落在劉玉娘身上。花見羞頹然坐倒，正細細嬌喘，見張曦可能再動手，立刻暗暗戒備；劉玉娘看似一派輕鬆淘氣地在柳枝上晃蕩，實則手按玉簫，隨時準備接戰。

「錚錚錚！」正當四女凝神對峙、各懷心思時，遠方竟傳來陣陣清亮的琵琶聲，打破僵持氣氛，令四人全身一顫，心神微亂，她們連忙抱元守一，不敢再分心其他。

琵琶乃是褚寒依的專長，她今日未攜帶身邊，以至落了下風，任人欺凌，已是滿懷嘔氣，忽聽見有人以琵琶挑釁，又見劉玉娘三人冷盯著自己，不由得怒道：「不關我的事！」

她對琵琶最是敏銳，但覺這聲音猛如龍嘯獅吼、厲如狼嗥梟鳴、長如寒風震谷、柔如月光灑映，對方不只樂器精緻勝過自己的「繞殿雷」，琴藝也更大器有力，心中既驚詫又疑惑：「煙雨樓裡，還有誰的琵琶勝過我？」。

彈琴人技藝雖高，卻不以琴聲傷害她們，反而似蘊有一股魔力，牽引著四人想去一探究竟，她們不約而同起身，足點荷葉，施展輕功循聲而去。

四女如仙子飛點在荷葉上，仙姿飄飄地落到對岸，前方奇石洞谷、翠竹松木、亭台軒榭，三種景致交織成趣，形成數道彎曲小徑，琴音徐徐引路，四女也循聲左彎右轉，緩緩前進，不一會兒，前方數丈遠處出現一座玲瓏亭閣，立碑寫著「君子亭」三個大字。

亭中有個彈琴的白衣少年，高挑昂挺、氣質雅逸，但因夜色昏暗，看不清面貌。

四女見樓主遲未出現，卻來了一個陌生少年，甚感驚訝，劉玉娘首先忍不住，冷笑道：「我聽說義父破例收了一個男弟子，還以為是傳言，想不到是真的！」

褚寒依哼道：「妳消息倒是靈通得很。」

少年知道她們到來，收了琴，卻沒有起身，也沒有回首，只目眺前方的湖光月色。

「都進來吧。」正當少女們感到疑惑時，旁邊一座石壁忽然傳出聲音，四女嚇了一跳，但認出是樓主召喚，便循聲找到谷口，快步走了進去。

這石谷十分空曠，上方並未密封，此刻星光燦燦、月色迷離。煙雨樓主依然戴著銀色面具，盤膝坐在谷底深處，兩側各排放四張圓石凳。

四女整齊地福了一禮，嬌聲喚道：「義父。」

煙雨樓主揮了手，道：「妳們都坐吧。」四女便依長幼之序各自入座。

煙雨樓主看著她們絕美的容顏，十分滿意，微笑問道：「妳們今年多大了？」

張曦淡淡道：「啟稟義父，曦兒剛滿十六。」褚寒依恭謹道：「寒依今年十三。」劉玉娘歡呼道：「玉娘十一歲了！」花見羞輕聲道：「羞兒七歲。」❸

煙雨樓主點點頭，似心有所感，仰望星月許久，才輕輕一嘆：「除了羞兒，妳們都到了婚配的年紀，義父想為妳們安排親事。」

此言一出，三女都嚇了一跳，原以為今日聚會是為選出新樓主，想不到是談論婚事，劉玉娘撒嬌道：「義父，玉娘不嫁！我要一直侍奉您到老！」

煙雨樓主微笑道：「傻孩子！哪有姑娘不嫁人？義父心中雖捨不得，但當初帶妳們回來，除了讓妳們在亂世中有個安身之地，最終仍要為妳們尋得好親事，才算得圓滿。」

三女聽了心中都不禁怦怦而跳，煙雨樓主續道：「我的女兒是世上最美的女子，只有最優秀的英雄豪傑方能匹配，放心吧，義父一定會為妳們安排最好的親事。」

劉玉娘奉承道：「義父為我們安排的一切，自然是最好的！但我們該怎麼挑選夫君，如何行事？還請義父教導。」

煙雨樓主道：「大唐因為施行了胡漢混融，才走到四分五裂的地步，如今只餘南方還持守住華漢文化，我們絕不能讓北方的混亂擴大到南方，妳們要切記，只有南方統一天下，才能長治久安。」嘆了口氣，又道：「但眼下局面，無論南方志士多麼奮鬥不懈，北方勢力始終大過南方，要完成南方統治天下的志業，就必須雙管齊下，不單要擴大南方軍力，也要瓦解北方根基。因此，義父要妳們從北方幾大藩鎮中，挑選一個願意婚嫁的對象，但這個人必需具備兩個條件——」

四女盡豎耳傾聽，煙雨樓主續道：「首先，此人必需可能登基為帝，才能匹配我的女兒，亂世之中，成王敗寇更迭頻繁，只有攀上頂峰的男子，才能保得妳們一世富貴平安。」

四女從小被教導自己是最美最優秀的女子，成為一國后妃乃是天經地義，因此聽了這條件並不覺得奇怪，盡點頭遵命。

「第二個條件是——」煙雨樓主環目一掃，沉聲道：「這個人即使和妳們朝夕相處，對妳們再好，也絕不能日久生情！」

四女不由得一愣，煙雨樓主續道：「他既是北方豪傑，必定手握大權，等成親之後，妳們就設法說服他投靠我方，倘若那人肯答應，不只南方得一大助力，也是妳們的佳偶良配。」

劉玉娘眨著明媚鳳眼，好奇道：「那人若是不願意呢？」

煙雨樓主銀色面具下射出銳利精光，沉聲道：「妳們便須狠下心，吸收其勢力，取而代之！」

四女雖然早就明白「女蘿發馨香，菟絲斷人腸」的意義，卻是直到這一刻，才切身感受了其中道理，不禁有些震撼，但這道理從小便根植心中，也未想反抗，只心中波濤翻湧。

煙雨樓主見她們神色為難，厲聲道：「妳們忘了那個人的教訓嚒？女子一旦動了情，就算夫君是殘暴不仁的禽獸，也會助紂為虐，只有時時保持冷靜，才能真正成就大事！妳們要切記，倘若誰對夫君生了感情，便會陷入萬劫不復裡，義父捨不得妳們痛苦，更不想有一天，必需親手收拾妳們！」

四女知道張惠一直是義父心中最深的痛，齊聲說道：「義父放心，我們定會謹遵您的教誨，絕不會行差踏錯。」

煙雨樓主長長一嘆：「妳們瞭解義父的苦心就好，妳們這麼做，不只是為自己覓得良緣，更是拯救黎民蒼生！」他揭開掛在石壁上的一幅畫作，畫中是一個華麗而豐滿的女皇，正是武則天，道：「當年則天女皇先是選了一個有潛力的皇子，扶他登基，接著以南方漢人為基礎，一步步建立大業，她曾經只是一個小才人，她可做到，妳們能不能做到？」

煙雨樓弟子從小被教導要以武則天為仿傚對象，因此她們一見畫像，立刻肅然起敬、心生欽慕，齊聲道：「我們一定會力爭上游，以天下蒼生為重，絕不辜負義父的期待。」

煙雨樓主微笑道：「妳們如此懂事，義父很安慰。從前我時常對妳們分析天下局勢，妳們心中可有夫君人選？」

四女尚未想過出嫁一事，更不會想到要選一個此生都不會相愛之人來當夫君，一時不知如何回答，盡垂下玉首，沉默無聲。

煙雨樓主目光落向張曦，慈聲問道：「曦兒，妳心中已有人選了嚒？」

張曦深吸一口氣，素手緊緊相握，勉強壓下心中激動，道：「北方三大藩鎮中最強大的是朱全忠，孩兒願嫁朱全忠的兒子，請義父擇一安排。」

煙雨樓主滿意地點點頭，道：「妳與朱全忠有深仇大恨，無論如何，是不會愛上他的兒子，妳聰明冷靜，最能辦事，確實是潛入汴梁陣營的最佳人選，義父原有此意，只怕妳不肯與仇人之子同床共枕，妳肯犧牲自己，從根處挖起這棵大樹，確實深得菟絲真義，也不枉義父一番苦心。」

張曦一咬朱唇，又道：「女兒得義父傳授一身本事，等這復仇之日，已經等很久了，多謝義父成全。」

煙雨樓主微笑道：「義父沒有白疼了妳。」仰首思量半晌，才說道：「朱全忠長子朱友裕雖然智勇雙全，也得朱全忠器重，卻福澤淺薄，反倒是營妓之子朱友珪，雖出生卑賤，將來必成一格，他今年十六，與妳年歲也算相當，妳便嫁予他吧。」

張曦道：「是。」便不再說話，只雙眸悄悄濛了淚霧。

煙雨樓主轉向褚寒依，正要開口詢問，劉玉娘卻搶先道：「義父，玉娘想嫁李克用的兒子李存勖！」

煙雨樓主精光一湛，微笑道：「李存勖確實是不可多得的人才，有眼光！與妳甚是匹配！」劉玉娘正自得意，煙雨樓主卻道：「但如此人才，妳怎知不會真愛上了他？」

劉玉娘揚起玉臂，搖晃著腕上的彩色玉環，嘻嘻笑道：「孩兒只愛金銀財寶！」

煙雨樓主知道她性情確實如此，在顛沛流離之中，早已養成認錢不認人的信念，因此並不擔心，道：「好！義父定為妳安排。」

煙雨樓主將目光轉向褚寒依，只見她小臉脹得通紅，雙眼卻定定望著張曦，便問道：「寒依妳呢？」

「小馮子！」褚寒依神智迷茫，聽到有人呼喚，竟衝口吐出這名字，忍不住又朝張曦瞧去，卻見張曦也盯著自己。兩女四目相對，眼中交流的竟是一種莫名的淒楚，褚寒依不知道小馮子跟張曦是什麼關係，但自認識張曦以來，總見她一派淡漠，直到今天聽到「馮哥哥」三個字，才有一絲波動，而小馮子也曾經熱切地打探張曦的下落，因此當褚寒依聽到張曦決定嫁給仇人時，芳心不禁七上八下，繞了無數念頭：「小馮子不知道張曦要嫁別人了，而張曦也不知道小馮子成了宦官……他們如果知道了彼此的消息，或許……或許……」或許什麼，她也說不上來，只感到微微心酸，為他們、也為自己：「而我又要嫁給誰？」原本她經過前面一場樂曲激戰，身心已十分疲累，此刻乍然遇到諸多問題，腦中更是一片混亂，聽到義父詢問，竟迷迷糊糊地脫口而出。

「小馮子？」煙雨樓主不解，問道：「這人是誰？」

褚寒依不明白自己怎會說出這樣一個答案，只恨不能找個地洞鑽進去，心口更是怦怦跳個不止。

劉玉娘見獵心喜，故意高聲問道：「莫非是姐姐在迷茫之中，念念不忘的那個人？」

褚寒依惱她多嘴，怒道：「妳胡說什麼？」

劉玉娘眨著水亮媚眼，裝作無辜道：「姐姐別生氣！但妹妹真的不明白，這人名不見經傳，若不是妳心裡中意，為何非要嫁給他？」

褚寒依原想改個答案，卻覺得頭昏腦脹，想不出半個人選，忽聽劉玉娘連連嘲笑，不禁賭了口氣昂首道：「這人一身本事，今日名不見經傳，來日必揚威天下、名傳千古！」

「哦？」煙雨樓主聽她說得如此篤定，生了興趣，道：「寒依，妳好好說說。」

褚寒依對義父向來忠心耿耿，便將自己和馮道打賭解謎、識破假皇帝，又設局救出真皇帝的經過一五一十地說了，但她臉皮薄嫩，自是略過馮道調笑之事。

煙雨樓主見她敘事時，雙頰飛紅、聲若蚊鳴，完全失去平常的驕傲冷靜，心知事有蹊蹺，沉聲問道：「聽妳說來，此人有勇有謀，也算不錯，妳為何不動心？」

褚寒依不禁又瞧了張曦一眼，一咬牙，大聲道：「因為他是個公公！」

張曦眼中倏閃過一絲驚痛，神光慢慢黯淡下去，褚寒依不禁暗暗一嘆：「張曦死心也好，否則嫁了仇人，又念著小馮子，豈不痛苦？」同時間，卻也自傷自憐：「可我呢？真要嫁給一個公公嚒？」

「公公？」劉玉娘聞言，不禁哈哈大笑，笑得花枝亂顫，褚寒依狠狠瞪了她一眼，即別過頭去，裝做不見。

煙雨樓主沉吟道：「既是公公，那確實難了！此人並非成名英雄，也沒有資格爭奪帝位……」

褚寒依見義父不肯答應，急道：「義父，他真有些奇才本事！」

煙雨樓主問道：「他此刻人在哪裡？」

褚寒依道：「應是被李茂貞救走了。」

煙雨樓主微微一愕：「李茂貞居然為他力戰朱全忠？」思索許久，又仰首觀天許久，終於說道：「義父必需給他一些考驗，才能將寶貝女兒嫁予他。」

褚寒依道：「還請義父吩咐。」

煙雨樓主道：「第一，他身上或有什麼祕寶，才讓李茂貞如此在意，妳去查清他底細。第二，宦官勢力也不容小覷，只要他能收攏宦官勢力投效煙雨樓，義父便答應妳。」

褚寒依不知是喜是愁，只知該盡力完成義父交託，毅然道：「是，女兒必不辱命。」

煙雨樓主點點頭，又對花見羞道：「羞兒年紀尚輕，此刻不能做決定，再過幾年，義父必為妳擇一門好親事。」花見羞低聲道：「一切都依義父安排。」

煙雨樓主微笑道：「今日義父為妳們定了佳婿，總算了卻幾樁心願，心中真是歡喜！將來妳們都要出嫁，義父又政事繁忙，需有人來分擔煙雨樓之事。」

四女都想：「原來真要選出少樓主，卻不是我們。」心中頓時一陣失落。

煙雨樓主喚道：「彭奴，進來吧！」又對四女道：「此後他便是少樓主，妳們要聽他的指示。」

彈琵琶的少年微笑地走了進來，四女見他約莫十四、五歲，長相清秀斯文、俊美無倫，全身都散發著儒雅風流，卻沒有半點怯懦，反而有一種柔而不折的硬氣，都生了好感，一齊站起身，行禮道：「少樓主好。」

少年目光向四人一掃，心想：「聽說曦南堂主冷漠無情，玉煙堂主笑裡藏刀，寒江堂主驕傲凶悍，今日一見，果然不錯，倒是這新任的花雨堂主年紀尚幼，不知在義父的調教下，將來會成什麼模樣？」向四位美女拱手行禮，微笑道：「在下徐知誥，早耳聞四位堂主美名，智慧美貌兼具，今日一會，果然是名不虛立！還盼大家同心協力，隨我一起輔佐義父成就大業。」

他眼神溫和清亮、極為誠摯，只有與之對視得深了，才會發覺自己被一股銳利給震懾住，那銳利藏得極深，深到被刺中肺腑時，驀然痛醒，方知道他是個極厲害的對手。

褚寒依想到他的琵琶猶勝自己，忍不住深深地凝望著他，頓時感到那股銳利直逼心頭，不由得倒吸一口氣。徐知誥見到她目光有異，微笑問道：「寒江堂主似有話要說？」

褚寒依好奇道：「少樓主也喜歡琵琶嚒？但不知它有何雅名？」

徐知誥微笑道：「焦尾！」❹

褚寒依驚呼道：「原來是蔡邕所製的焦尾琴！這琴取名『焦尾』，除了琴尾曾受火炙外，更有『良才歷盡磨難、寶器未被賞識』之意。」

徐知誥聽到她說「良才歷盡磨難、寶器未被賞識」，想到自己平生遭遇，不禁心有戚戚焉，但覺遇了知音，笑道：「寒江堂主對焦尾琴知之甚深。」

褚寒依滿心羨慕，道：「喜愛琵琶之人都知道它的典故，更夢想有一天能親手觸到它！它比我的『繞殿雷』高明多了，難怪方才的琴聲如此驚人！」

徐知誥英眉一挑，道：「寒江堂主意思是我是用了好琴，才有如此技藝？」

褚寒依但覺失言，連忙道：「不，寒依並無……」她原本要說「寒依並無此意」，徐知誥不由分說，自信一笑：「改日或可切磋一下。」說著「唰」一聲，打開手中摺扇。

褚寒依對切磋一事極有興趣，正要微笑稱謝，乍見他扇面上的圖案正是一朵血腥菟絲，不由得一陣懼意直竄心頭，她身子原本虛弱，只是好強才撐至此刻，心中忽受震盪，頓時眼前一黑，昏暈過去。眾人驚詫間，徐知誥站得最近，長臂一攬，已將她接入懷裡！

（註❶：這裡的箜篌指的是豎箜篌，形似豎琴，由波斯傳入，隋唐時十分興盛，常作為宮廷雅樂，有皇帝因太沉迷箜篌歌舞，不理朝政，不准民間演奏，使此琴無法推廣而漸漸失傳。）

（註❷：奚琴似二胡，始於唐朝北方游牧民族，因此聲音空曠淒愴。）

（註❸此時約為公元九〇一年，劉玉娘約五歲，花見羞約一歲，本姓王，名不詳，因娘家賣餅，或稱王餅兒，乃是五代十國第一美人，因而有「花見羞」稱號。小說因情節之故，讓她們提前現身，特此說明。）

（註❹：「焦尾」乃是古代四大名琴之一，東漢蔡邕所製，又稱焦桐，還有許多別名，後來流落至南唐中主李璟手裡，稱為「燒槽琵琶」。）

九〇一・一　雲雷此不已・艱險路更蹋

朱全忠至鳳翔，軍於城東。李茂貞登城謂曰：「天子避災，非臣下無禮，讒人誤公至此。」全忠報曰：「韓全誨劫遷天子，今來問罪，迎扈還宮。岐王苟不預謀，何煩陳諭！」上屢詔全忠還鎮，全忠乃拜表奉辭。《資治通鑑．卷二六二》

一場宮城大戰，馮道連受重創，又見到千名宿衛軍被活活燒死，身心俱疲之下，終支撐不住地昏迷過去。不知過了多久，他漸漸甦醒，瞥見四周一片陰森黑暗，雙手雙腳竟被鐵鍊困縛，困在一座精鐵鑄造的牢籠裡，不由得大吃一驚，暗暗叫苦：「老狐狸救我果然不懷好意，看來我是這廂出虎口，那廂入鳳爪了！」心中才罵完李茂貞，眼前赫然出現一道高大身影，正笑吟吟地望著自己。

馮道虛弱道：「晚生只是個小人物，岐王這麼大費周章，究竟有何指教？」

李茂貞站在囚籠外，精光往籠內探照，微笑道：「本王一向敬重俠義之士，小兄弟捨命救主，忠肝義膽，本王欽佩之餘，一定要好好款待你。」

馮道嘆道：「岐王是打著我身上的主意吧！」

李茂貞「哦」了一聲，壞笑道：「你一個鄉下小子，有什麼值得本王費心？」

馮道嘆道：「兩年多前，我們在長安城郊相遇，你認定聖上把『安天下』的祕密交給我，所以拼死也要救我出來，現在這麼鎖著我，就是想逼出祕密。」

李茂貞冷笑道：「小子，你很聰明，但自作聰明的人通常活不長久。」他指尖聚氣，對著馮道肩胛準備射去。

「啊！」馮道驚聲大叫，李茂貞愣然道：「本王都還沒出手，你鬼叫什麼？」

馮道苦著臉道：「我又不是什麼英雄好漢，痛了、怕了便大叫，何必硬撐著？」

李茂貞見他膽小，樂得呵呵笑：「本王十分通情達理，只要你肯說出安天下之祕，我不只放了你，還賞你一筆財寶！」

馮道暗哼：「我若說出祕密，老狐狸豈會留我活口？有銀子也沒命花！他從未看過安天下之祕，我且胡謅一頓……」咧嘴一笑，道：「我不只聰明，還很識時務，這筆買賣十分划算，我為什麼不告訴您？但岐王您是大人物，談好的銀兩絕不可耍賴！」

李茂貞末料他如此乾脆，收了指氣笑道：「快說吧！本王聽得滿意，立刻放了你！」

馮道見李茂貞火眼金睛地盯著自己，心想：「要欺騙這老狐狸可不容易，我需編造得合情合理些……」遂搬出李世民的治國論，滔滔說道：「所謂安天下者，便是『以天下為家，去奢省費，輕傜薄賦，選用廉吏，使民衣食有餘……』」一番長篇尚未說完，身子忽然劇痛，竟是李茂貞以指氣狠狠射向他的肩井穴！

李茂貞沉聲道：「小子若想多吃苦頭，儘管說廢話！」

馮道冷不防被刺，痛得呲牙裂嘴，怒道：「太宗的《帝範》字字珠璣，盡是安天下之道，所有皇子皇孫莫不奉為圭臬，岐王竟敢指責先帝滿口廢話，真是大逆不道！這話若是傳到了朱全忠、李克用耳裡，哼哼！只怕要坐實了你謀反之名！」

李茂貞明明是說他滿口廢話，卻被誣為對先帝不敬，怒氣陡升：「這小子口舌伶俐，黑的都能說成白的，日後必以三寸之舌攪動天下，我一旦得到安天下之祕，一定要立刻除去他！」

馮道見他目光凶狠，不禁害怕，只得把滿腔辯詞硬生生吞了回去，暗嘆：「人在鳥籠裡，不得不低頭，我還是老老實實招了，免得多吃苦頭，死也要死個全屍！晏子說：『識時務者為俊傑，通機變者為英豪』，師父啊，我這麼做可不是膽小怕死，而是俊傑英豪之所為！」冷冷一哼，又道：「其實那安天下之祕也沒什麼，我說了也無妨，只不過岐王不會相信罷了！」

李茂貞沉聲道：「不必再廢言，你說真話假話，本王自能分辨。」

馮道大聲道：「您聽好了，那祕密開宗明義便說：『安天下並非爭天下，想得祕密者，必須放棄爭天下，不能有當皇帝的野心』！」

「你好大膽子，竟敢戲弄本王！」李茂貞雙眼如要噴出火來，掌力一吸，馮道大叫一聲：「救命……救……」身子不由自主地往前，咽喉被對方緊緊扼住，再說不出半句話。

李茂貞冷聲道：「本王隨時可取下你這條小命，我再給你一次機會，好好回答！」

馮道呼呼喘氣：「我早說……你……不會相信的！」

李茂貞指尖慢慢加了力氣，見馮道臉色發紫，幾乎暈死過去，指掌鬆開，氣勁向後一彈，馮道被狠摔回囚牢底處，重重撞在牆壁上，心想既然落入賊手，無法脫身，也只能儘量少受些折磨了，便慘呼一聲，兩眼翻白，假裝暈了過去。

李茂貞卻是不放過他，袖中閃出鳳翼尖刺，狠狠刺入馮道胸口半分。馮道劇痛之下，幾乎跳了起來，急得哇哇大叫：「我都說實話了，你還要動手？」

李茂貞斥道：「這等鬼話誰會相信？英雄好漢都是硬骨頭，你會這麼膿包，一下子就招了？」

馮道委屈道：「我又不是英雄好漢，快快招也不行嘜？當個膿包還不行嘜？更何況，膿包需有四大本事，也不是人人都當得！」

李茂貞冷笑道：「聽你小子鬼扯，既是無用的膿包，還能有什麼本事？」

馮道瞧他沒有再下手，顯然好奇膿包的本事，心想：「像我這樣的膿包確實沒什麼本事，最大的本事就是教你岐王乖乖聽話。」隨即搖首晃腦道：「道子曰：『能行四者於天下，膿包矣』，貞子問：『四者何也？』，道子答曰：『無才無德、無勇無義、無是無非、無骨無氣，任人揉搓捏扁，不改其志，膿包哉。』，貞子初聞道，如醍醐灌頂，從此恭敬領受，莫敢不遵，終成一代膿包，無人能出其右。」

這「道子」指的當然是他馮道，而「貞子」就是李茂貞了，李茂貞一時未能聽出，問道：「這是哪本經書上說的，本王怎麼不知？」

馮道認真道：「這是安天下祕訣中的『為官篇』，岐王自然不知。莫說像岐王這樣的大英雄當不成膿包，像朱全忠那樣的奸鬼、聖上、韓全誨公公、眼前這位獄卒大哥也當不得，就連販夫走卒、我阿翁、我阿婆，我祖宗十八代都當不得！」說到激動處，不禁慷慨昂首、油然嘆道：「只有我小馮子捨生取義，要當一個膿包，且是一個傑出的膿包，我容易嚒？」

李茂貞聽他說得煞有介事，不禁懷疑：「安天下祕訣豈會寫這樣的事？但其中『無勇無義、無是無非、無骨無氣』這三點確實是亂世為官生存之道。」望了馮道軟弱的樣子，又想：「『無才無德』這一點也有些道理，才德俱隆、功高震主之人，自然活不長久。我從前欺壓聖上，是太囂張、太招搖了，以至引得眾藩鎮圍攻，日後還是收斂些才是。」

他打量馮道一眼又一眼，心中轉思：「看來安天下祕訣確有些不凡見解，我好好招呼他，一定要逼他全數吐出！」精光一湛，狠厲道：「你不從實招來，我便刺瞎你雙眼，再刺你雙耳，將你全身刺個體無完膚，教你求生不得、求死不能！」

馮道眼看著鳳翼刺尖在眼前劃來劃去，相差不過半寸，嚇得不敢稍動，眼珠子忍不住隨刺尖左轉右轉，生怕它真會一下子刺了過來，顫聲道：「你……你小心點，別失手了！你……你刺瞎了我，我看不見，便不會寫字，我一嚇，就什麼都忘光了！」

李茂貞不為所動，只陰陰冷笑：「小子愛耍花樣，本王就陪你玩玩！」揚起翼尖，猛力一劃，馮道嚇得緊緊閉了眼，「嗤！」一聲，鳳翼已在他肚皮劃上長長一刀！

「啊！」馮道痛得幾乎真的昏去，他怕腸子外流，想以雙手摀住肚皮傷口，無奈手腕被拷住，只能眼睜睜看著血水滲了出來，驚恐道：「你……你……你還真的劃了？」

李茂貞這一劃勁力十分精巧，破皮半分，並不傷及裡肉，雖未開膛剖腹，卻已經很嚇人，他尖刺對著馮道胸腹晃來晃去，道：「本王殺過千軍萬馬，連皇帝都得俯首，還怕治不了你！我先劃開你的胸腹皮肉，再打斷幾根肋骨，拉扯幾條筋脈！一天十招，慢慢玩，看是你的骨頭硬，還是我的酷刑硬！」

馮道心想保命要緊，此刻只能搬出皇帝，不能再隱瞞身分了，急道：「我是聖上的親信，岐王這麼傷害我，聖上一怒之下，投向朱全忠，那朱賊便再無顧忌了！」

李茂貞冷笑道：「聖上的確很關心你的安危，但我已稟告他，你被朱全忠殺了，聖上很傷心，咳病更加嚴重了！」

馮道想到李曄病體虛弱、萬念俱灰的模樣，心中難過，嘆道：「如此一來，聖上明白了朱全忠的野心，也不再指望我興復朝廷，從今爾後，只能安安份份待在鳳翔，倚靠你的庇護，岐王果然是老狐狸！」

李茂貞微笑道：「當初你戴了假面具，大家都以為我救的是皇帝，如今聖上安然無恙地住在鳳翔城裡，根本沒人知道你失蹤了，更不會有人來救你！」

馮道慘然道：「我已說了實話，岐王不相信，我也沒法子。」

「來人！」李茂貞大喝一聲：「施針刑！」

一名獄卒立刻端了一副刑具進入牢籠，先將幾支長針放在燭火上緩緩燒灼，猛然間，對準馮道身上的痛穴狠狠刺入！

「啊！」馮道怒氣陡升：「橫豎是個死，死前痛罵他一頓，也能討口氣！」便大聲罵道：「天下無信無義者，當屬你岐王了！《大學》裡說：『君子有大道，必忠信以得之』，意思是君子要安治天下，必須忠信才能得人心，你這麼無信無義，就算得知安天下之秘，也得不了人心、成不了大業！」

李茂貞笑道：「小子，要罵人便痛快點，狠狠操上祖宗十八代，誰有耐心聽你嘰嘰咕咕唸上一大串！」

馮道苦著臉道：「孔夫子說：『非禮勿言』，我日日讀聖賢書，若還口吐穢言，豈不是斯文敗類，有愧夫子教導？」

李茂貞但覺這小子十分有趣，不由得哈哈大笑：「那就別怪本王不給你機會一吐怨氣了！」有趣歸有趣，祕密還是要逼的，當下使個眼色，那獄卒立刻再加把勁，在馮道身上幾個痛穴同時扎入長針，又來回抽鑽，雖不會要人命，但細膩的痛楚一絲絲、一絲絲鑽入臟腑，宛如千萬隻螞蟻鑽骨咬嚙，比起剛才的刺痛，恐怖十倍也不止！

馮道從前雖然貧苦，曾餓到四肢發軟，挖草根來吃，也曾在對抗敵軍時，搬運死屍搬到全身虛脫、不斷嘔吐，更被汴梁軍痛毆過，被煙雨樓主打落冰河裡，但直到此刻受了這慘烈酷刑，才知道什麼是痛不欲生，他滿腹道理盡哽在喉間，再吐不出半個字，幾度昏暈，又幾度醒來，到後來連在心裡罵人的力氣也沒有了，不知折磨了多久，李茂貞才一揮手，道：「今日到此為止，再下去他也抵受不住了，如果一下子弄死，可沒意思！」獄卒便抽回長針，恭敬地送李茂貞離去。

馮道被整得死去活來，心中雖然氣憤，卻無可奈何，只能趕緊運起「解厄」功訣療傷，他被朱全忠擊打的內傷並未痊癒，聚氣甚慢，一夜下來，傷口也只稍稍癒合。翌日，李茂貞又來了，教獄卒拿烙鐵燙在馮道身上，馮道慘叫一聲，便暈了過去，獄卒只得拿水桶將他潑醒，再重新施刑。

之後幾日，李茂貞都親來牢獄觀刑，獄卒為求表現，總狠狠拷打，馮道受盡折磨，全身皮開肉綻、體無完膚，就算晚上練功修復，也來不及復元，身子不禁漸漸虛弱。牢中暗無天光，馮道時昏時醒，不知自己挨了多少時日，只知道李茂貞臉色越來越凝重，下手越來越狠。

這一日李茂貞觀刑到一半，忽有軍兵來報，李茂貞眉頭一蹙，便先行離去，馮道心想：「老狐狸走得匆忙，脫身機會來了，我得設法少受些折磨。」便以「交結」之氣抵擋鞭打，又大呼小叫，時時假裝暈倒。

獄卒心想：「這小子已經耐不住了，看來就快招供了！」

接下來的日子，李茂貞越來越少出現，馮道暈倒的時間卻越來越久，獄卒又想：「大王吩咐只可讓他受皮肉之苦，不能弄死他，我下手得輕些。」便等馮道醒來再施打。

馮道白日以「交結」抵禦，夜晚以「解厄」修復，如此內修外抗，一連休養十幾日，內傷終於痊癒，運氣一旦順暢，身上大小傷口盡快速恢復。

這日清早，獄卒原本伏在桌上睡覺，待睡飽醒來，卻看見一幅不可思議的景象，不由得驚呼出聲：「你……你……」

「牢獄大哥您早啊！」馮道笑嘻嘻地問候：「昨晚睡得可好？」獄卒揉揉眼，再仔細看去，只見昨晚還奄奄一息的小子，今晨卻是精神奕奕，身上雖有血污，但傷口大多消失不見，連疤痕也未留下。

馮道見獄卒吃驚的表情，心中暗笑，問道：「大哥，您是哪裡人？為何投軍？」獄卒心中驚駭，卻不敢作聲，立刻拿起鞭子猛力抽打他，馮道運起「交結」護身，皮肉雖疼痛，筋骨卻無傷，他忍痛與獄卒談天說地，獄卒一開始冷著臉，不理會他，在馮道纏磨追問之下，終於說出自己是邠州人，馮道驚呼道：「原來是同鄉人！以後要請大哥多多關照了！」

獄卒懷疑道：「你也來自邠州？世上那有這麼巧的事？」馮道笑道：「我瞧大哥氣宇不凡，便猜你是邠州人！」獄卒聽得稱讚，不禁微微卸下心防，道：「此話怎說？」

馮道煞有其事地道：「邠州地靈人傑，出了許多英雄好漢，像黃帝的玄孫后稷便是鼎鼎大名的好漢，說起邠州，最好吃的莫過於玉面涼粉、杏仁油茶……唉！這回我無端被抓進牢裡，也不知有沒有命再嚐上一口了！」接著把邠州的名產、人物、風情說得頭頭是道，又說戰禍頻仍，大家都是苦日子，獄卒被勾動了傷感，忍不住應了幾句，這一搭理便一發不可收拾，馮道想盡辦法東拉西扯、攀親帶戚，到後來，兩人時時聊天，獄卒施刑的次數不知不覺少了，力道也輕了。

幾日之後，李茂貞氣沖沖地招來獄卒，怒問：「打了這許多天，小子還沒招供嚒？」獄卒垂首道：「啟稟大王，小子十分不耐，相信再挨不了多久，便會招供了。」他心中害怕，回去不敢再和馮道聊天，又猛力抽起鞭子，馮道知道好日子過完了，哀嘆道：「獄卒大哥，我知道你也是不得已，你便用力打吧，不必顧念咱們的交情。」獄卒聞言，心生歉疚，下手又輕了幾分。

再過數日，李茂貞已按捺不住，親自到了牢獄，馮道連忙裝暈，李茂貞一見他衣衫雖破，皮肉卻不見傷痕累累，火氣更盛，一把搶了長鞭劈在獄卒頭上，打得他頭破血流，喝問：「你沒拷打他麼？」

獄卒跪倒在地，嚇得直打哆嗦：「大王明鑒，卑職絕對沒有偷懶，只不過……有一件事十分古怪……」李茂貞怒道：「有什麼古怪！」

獄卒顫聲道：「卑職已十分用力折磨他了，小子常常昏暈慘叫，看似膽小無比，但隔天卻又精神飽足地等候大刑，而且……」但覺太匪夷所思，望了李茂貞一眼，才支吾道：「傷口多已癒合，實在奇怪得很，卑職懷疑他……不是神仙就是妖怪！」

李茂貞臉色陰晴不定，冷冷地打量著眼前貌似純樸的小子，暗想：「當初他受了朱全忠一掌，竟然不死，還恢復得比常人快速……」微一思索，不由得哈哈大笑。

獄卒見李茂貞歡喜，心中大石總算落了地，馮道卻知大事不妙，李茂貞笑道：「小子，看來你從『安天下』的祕卷得到了神功，能自行修復傷口，你以為這樣就不怕挨打麼？那也很好，你就一輩子待在牢籠裡，受盡折磨，本王有的是時間和你慢慢耗，有的是花樣和你玩！」便揚鞭狠狠抽打馮道。

馮道見他神情煩躁，知道一定是戰情緊張，只咬牙忍著，李茂貞見他竟不似從前般慘叫，停了手，道：「小子，你沒多大骨氣，何必折磨自己？」

馮道虛弱道：「我是沒多大骨氣，但你也不敢殺我，咱們就撐著，看是我的骨頭硬，還是你鳳翔的城牆硬！」李茂貞一愣，怒道：「你說什麼！」

馮道悠然道：「你原本打著如意算盤，犧牲一群老宦官，引誘朱全忠入宮，再一舉燒滅他，誰知天公不作美，下了場豪雨，朱全忠不但全身而退，還領兵包圍鳳翔，現在可是圍得水洩不通了吧？」哈哈一笑：「你雖是老狐狸，可惜你的對手是一隻千年狐狸！」

李茂貞哼道：「你說朱全忠是千年狐狸嚒？」

馮道說道：「朱全忠不是狐狸，是猛虎，但老虎身後有一隻千年狐狸給他出主意，可比你道行高深多了。」

李茂貞會如此心浮氣躁，狠逼馮道，其中一個原因便是戰況越來越糟，他想從馮道身上套取「安天下」之祕，好解除鳳翔之危。

馮道見他氣得臉色發黑，微笑道：「一個籬笆三個樁，一個好漢三個幫，鳳翔已被圍得水洩不通，孤木難支，一定得找外圍幫手。」

打從鳳翔圍城那一刻起，李茂貞見到望也望不盡、打也打不疲的汴梁軍，就明白自己獨木難支，必須尋求外援，因此每到晚上，他就命人從城頭垂放繩索，又派高手順繩而下，突圍出去，但一連派了好幾撥人馬，都音信全無，不是中途被殺，就是石沉大海，李克用絲毫不理會。李茂貞被戳中了痛處，怒道：「這事何需你來說，本王難道不知？但如今李克用一個子兒也不出，只等著收拾殘局，哪來的援軍！」

馮道說道：「岐王位高勢大，目光只看得見強敵，便忽略了其他英雄，當今之世，除了王處直、王鎔牢牢依附朱全忠外，還有西川王建、兩浙錢鏐、福州王審知、長沙馬殷、荊南成汭、鄂州杜洪都是可聯合的兵馬。」

李茂貞道：「還以為你有什麼妙計，如果是聯軍這事，眾藩鎮早已做過八百回了，卻沒有一次成功。這幫蝦兵蟹將一向各懷鬼胎，死性不改，就算這回肯真心合作，勢力也大過汴梁軍，又有什麼用？天下的雞蛋卯足了勁，也打不破一顆石頭！」

馮道笑道：「倘若他們打得過朱全忠，岐王還能獨領風騷嚒？」

李茂貞哼道：「那又何必白費力氣！」

馮道微微一笑：「蝦兵蟹將不是用來拼死狠鬥的，是用來擾敵、驚敵、刺激士氣！」

李茂貞沉聲道：「刺激誰的士氣？」

馮道笑問：「岐王最在意的不就是朱全忠和李克用嚒？汴梁軍一旦見到各方大軍匯集，必會士氣膽怯，鳳翔便可予以痛擊；相反的，李克用這好戰之人看到四方風起雲湧，必會心癢難耐，怎受得了按兵不動？又怎捨得將這鋒頭讓給旁人？」

李茂貞沉吟道：「你說得雖有道理，但朱全忠兵強馬壯，沒人願當先鋒！」

馮道說道：「人心皆然，不敢捋虎鬚、喜打落水狗，他們各自一方，當然不敢與朱全忠為敵，但只要結合聲勢，便惡向膽邊生，什麼事都敢做了！」

李茂貞道：「朱全忠打著勤王旗幟圍攻我鳳翔，各軍不趁機撈點好處，已經不錯了，你還指望他們圍攻朱全忠？」

馮道微笑道：「岐王忘了手中有利器嚒？」李茂貞不解道：「什麼利器？」

馮道說道：「誰逼君、誰保皇，只有聖上的詔書說了算！」

李茂貞雙目放光，哈哈大笑：「不錯！本王只要逼皇帝小子下一紙詔書，朱全忠立刻就搖身一變，從勤王忠臣變成圍城逼主的亂臣賊子！」

馮道笑道：「到時候，還怕不能激動四方大軍共剿朱賊！」

李茂貞見他機靈似鬼，大力一拍他肩頭，笑道：「亂世之中，也只有你這見風轉舵的奸小才能生存下來！」

馮道滿腹聖賢書，一心報君王，自小便想光耀門楣，以償父親心願，因此甚愛惜名節，如今被李茂貞譏諷為奸小，頗覺憋屈，心中暗罵：「倘若我像你這奸老身懷絕世武功，自也是英雄好漢，你這殺人不眨眼的大惡霸，怎明白小人物想活命的辛酸？」面上卻只尷尬賠笑：「小人正是憑了一個『小』字，才得以在夾縫中悠遊，若是大英雄、大人物，身分大、本事大，怎肯委屈在夾縫裡，又怎鑽得進夾縫？」

李茂貞哈哈大笑：「能屈能伸才是真英雄！小子，你很合本王脾性，來日你若真心投靠，我必許你一個參軍位子！」馮道喜道：「岐王如此厚愛，小人定會好好回報！」

李茂貞睨了他一眼，疑道：「你能怎麼回報？難道交出安天下祕卷？」

馮道將手銬舉到他面前，嘻嘻一笑：「岐王何必執著一道死祕密，晚生上通天文、下知地理，豈不是安天下的活祕本？咱們可以好好坐下來，一起商討如何剷除朱賊！」

李茂貞被勾出了興趣，喊道：「來人，解開他鎖鍊！」

獄卒過來解開牆上繫著馮道的鎖鍊，但馮道仍帶著手銬、腳鐐。李茂貞一把抓了他走到軍營大廳，放到桌邊的椅子裡，又命人將地圖攤放在桌上，兩人對面而坐，李茂貞拍桌道：「朱全忠率領宣武、宣義、天平、護國四鎮兵馬共七萬大軍，已奪取邠州、盩屋，如今屯軍武功，快要逼近鳳翔，小子有什麼意見，快快說出吧！」

馮道指著圖上的鳳翔城，道：「我們必須找到三方人馬，分別進行援助、擾敵和致命一擊，如此三管齊下，才可能破解汴梁軍的圍攻。」

李茂貞點頭道：「你說得不錯！圍城之戰最怕兵盡糧絕，本王為了救你，損失不少糧草，這段日子戰況慘烈，兵器、藥草也已經消耗大半，若要打長久戰，援助補給確實最為重要。」想他一個鄉下小子，竟懂些兵法，必是從《安天下》祕卷學來的，又問道：「《安天下》裡究竟有什麼援助妙招？」

馮道指尖移向東方，道：「朱全忠主力圍堵在東方，援助最好從西邊過來，才不會遭遇汴梁軍攔截。」

李茂貞想了想，道：「西川王建實力最好，地點也最佳，是最好的援助人選。」

馮道問道：「此人可靠麼？」

李茂貞冷笑道：「亂世之中，人人為求生存，總是爾虞我詐，有誰真的可靠？」

馮道雖然聰敏又滿腹學問，卻不是天生深沉之人，也不是生長於權鬥環境裡，有時難免失了戒心，聞言暗想：「我問得天真了！這些人盡是豺狼虎豹，又不是我鄉下的阿爺阿娘、叔公嬸娘，誰會真的可靠？我日後得警醒些。」笑道：「岐王提點，晚生受教了。」

李茂貞微微一笑，露出孺子可教的表情，又道：「王建精於盤算，教他出兵不大可能，但送一些軍需補給，他肯定樂意賣這個人情。」

馮道知道他必有法子說服王建，便將指尖移向地圖東南方，道：「接下來是擾敵，這幫人馬必須位於汴梁軍後方，不斷進行游擊騷擾，令汴梁軍防不勝防、軍心浮動，人選有平盧王師範、淮南楊行密、荊襄趙匡凝。」

李茂貞思索半晌，道：「這行不通，楊行密的軍力要過來，必須通過趙匡凝的領地，但王師範、趙匡凝都已歸順朱全忠。」

馮道從李曄口中得知趙匡凝其實是忠於朝廷，道：「趙匡凝雖臣服朱全忠，每年仍上貢朝廷，可見他對聖上還有幾分忠心；王師範性情俠義，只不過領地與朱全忠相鄰，迫於無奈才歸順；而楊行密素有『玄德』之稱，可見他為人如劉備，有仁德之心，且與趙匡凝、王師範交情深厚、唇齒相依，只要二人曉以大義，必能說服楊行密聯軍。」

李茂貞沉吟自語：「該派誰去當說客？」

馮道沒有直接回答，指尖輕點著河東，道：「至於致命一擊，唯李克用一人！」

李茂貞皺眉道：「李克用是最難辦的。」

馮道說道：「如果朱全忠成功併吞了鳳翔，實力大增，李克用只有死路一條，此刻他只是想和您談條件，等看到鳳翔告急，還是必須援手的，你們雖有過節，他和朱全忠卻是死仇，如今你們兩方是一損俱損、一榮俱榮，有什麼恩怨都得放下。」

李茂貞怒道：「這其中的勝負利害，李克用難道不會盤算嚒？他硬是不肯出兵，我鳳翔只能一日日消耗，能有什麼法子？」

馮道目光瞄向自己被綁的手腕，嘻嘻一笑：「這說客非我去不可。」

李茂貞呸道：「小子費這麼多唇舌，原來是想趁機逃走！」

馮道冤枉道：「我若是想逃走，又何必冒死搶救聖上？你的人連李克用的面都見不到，我不只能見著他，還能說服他！」

李茂貞冷笑道：「你將皇帝這燙手山芋丟過來，陷我鳳翔於危境，這筆帳本王還沒算，你就想一走了之？」

馮道狡黠一笑：「這筆帳是增是減，岐王可得算清楚了，若是李克用出兵，汴梁、河東打個你死我活，鳳翔因此漁翁得利，那麼岐王是不是應該感謝我？」

李茂貞哈哈笑道：「本王算是被你說服了，暫且信你一回！但你也是隻小狐狸，得想個法子制住才是……」拿出一顆藥丸，微笑道：「這『六寸斷腸丹』能使人肚腸寸寸斷裂，痛苦至死，二個月之內，你若搬不來救兵，便等著毒發身亡！」

馮道暗罵：「果然是吃人不吐骨頭的老狐狸！」心中急思該怎麼拒絕毒藥。

「煙雨樓褚寒依求見──」廳外一聲傳報，李茂貞道：「進來吧！」

褚寒依方才等候在門外，已聽見兩人對話，走入廳殿，瞥了馮道一眼，見他被折磨得滿身血污、瘦骨嶙峋，不禁微微蹙眉，轉對李茂貞拱手道：「岐王，您不信他，總可以信我吧？寒依願意走一趟，看住這小子，免得他胡來。」

「寒依妹妹！」馮道乍見褚寒依出現，驚喜得張口呼喚，冷不防「嗤！」一聲，李茂貞順勢將毒藥射了進去，微笑道：「褚姑娘願意相助，本王求之不得，但他毒藥還是得吃的，不是本王信不過姑娘，而是這小子太狡猾，我怕姑娘也要著了他的道！」

馮道咕嚕一聲，毒藥下肚，驚愕得目瞪口呆：「糟了！這老狐狸……」

褚寒依聳聳肩，毫不在意地說道：「我原本就想殺他，岐王這麼做，正合我意。」

馮道不明白哪裡又得罪了她，忙咧開一張笑臉，想說幾句話套近乎，李茂貞卻一把抓起他衣領走了出去，褚寒依跟隨在後，三人一起登上城樓，只見城樓下方、遠處的山坡上，汴梁軍營結帳壘壘，宛如雲濤萬里，將鳳翔城圍堵得水洩不通。

李茂貞道：「如今汴梁軍滿佈，不可能打開城門，你們就算縋繩出去，也會被射成蜂窩，有什麼法子出城？」

馮道不用看也猜得到是這等情況，道：「只要岐王借我兩套汴梁軍服，等他們攻城時，我們便可趁機混出去。」

「這個容易。」李茂貞命人解開馮道的手銬腳鐐，從戰死的汴梁兵身上取下軍衣，交給馮道和褚寒依，兩人化裝成汴梁軍兵，只等對方攻城，便要混入其中。

到了傍晚，城下擂鼓轟響，汴梁軍再度發動攻勢，架了十多支雲梯，像螞蟻雄兵般爬上城樓，人人手中擎了火把，散發大把濃煙，以遮蔽身形。

鳳翔城頭上的守軍被煙霧迷濛了視線，無法以箭矢瞄準目標，便拿大桶石灰往下撒，汴梁軍頓時眼睛失明、慘呼連連，拿著火把的手胡亂揮舞，濃煙不再掩蔽身形，鳳翔軍立刻發射厲矢，將敵兵狠狠射落。

馮道和褚寒依身著汴梁軍裝，沿著梯架旁側施展輕功滑下，汴梁軍一心攻城，只努力攀爬，偶然發現梯側有人影往下滑，雖覺得奇怪，但見是自己人，混戰中也來不及細想。若真有汴梁軍擋路，褚寒依便以寒江針對付，兩人武功雖不及絕頂高手，對付小兵還是綽綽有餘。李茂貞又事先吩咐弓箭手掩護他們的行動，只射敵兵，避過兩人。不一會兒，兩人已滑到城底，邊打邊退，混入汴梁軍隊後方。

這時汴梁軍見攻城不易，遂鳴金收兵，大隊人馬往後退，馮道兩人也跟著往後退，退到不能再退，就找個稍遠處躺著，裝成戰死的軍兵，讓大軍放棄他們。

半夜時分，汴梁軍已退回營地，除了遍地死屍，不見半個活口。馮道輕聲喚道：「寒依妹妹，快起來。」兩人正要爬起，想不到四周竟有更多人悄悄爬起，褚寒依武功雖不差，畢竟是年輕小姑娘，乍見許多死屍復生，害怕得緊緊握了馮道的手，嬌呼道：「小馮子，見鬼了！」

馮道握著她軟嫩的小手，心中歡喜，正要回答，遠方忽傳來一聲大喊：「逃兵！」竟是一隊汴梁軍策馬趕來，揚刀追殺這群復活的死屍，原來這幫死屍其實是活人，他們受不了軍中嚴酷，想裝死逃走，卻被發現，惹來大批軍兵追殺。

馮道低呼：「不好！」拉了褚寒依一躍而起，直往前奔。

褚寒依朝後方追兵射出一把寒江針，射人不射馬，最前頭幾名追兵中針滾落，馬兒仍往前衝，兩人一個飛身，分別躍上馬背，後方一名汴梁軍疾追過來，縱身離鞍，銀槍直刺，馮道見褚寒依危險，一拉馬轡挺身護擋，「噗！」一聲，那銀槍刺入馮道的坐騎，馬兒吃痛，狂奔兩步便斜身倒落，馮道也被甩得翻滾落地，見後方追兵趕至，叫道：「老婆快走！」

褚寒依長腿一掃，將側邊的追兵踢下馬去，扯轠回頭，俯身衝向馮道，長臂一伸，將他撈起，另隻手同時向後方撒去一把寒江針，這次人馬齊射，汴梁軍連人帶馬滾倒一地，只能眼睜睜看著二人衝了出去。

褚寒依提著馮道一口氣奔出數里，哼道：「自己都照顧不好，還逞什麼英雄？」

馮道嘻嘻笑道：「老婆心疼老公，大顯神威！」

褚寒依俏臉一寒，威脅道：「別再喚我老婆，否則教你好受！」她一見馮道心中便有氣，若不是被這小子弄得心煩意亂，自己怎會在樓主和眾姐妹面前說出要嫁給公公的蠢話，此刻又聽他口口聲聲呼喚「老婆」，更是火冒三丈，便故意不讓他上馬，只提著他奔馳，存心要給一個教訓。

馮道被顛得頭昏腦脹，不敢再惹她生氣，勉強笑道：「妹妹這麼提著我，玉手可累了吧？」

褚寒依心想這麼提著人總是不方便，道：「喚我三聲姑奶奶，就饒了你！」

馮道想道：「妳我兩家本是世交，你父親與我父親是拜把兄弟，妳卻要當我姑奶奶，長我好幾輩，豈不是佔我便宜？」微笑道：「我喚妳姑奶奶也沒什麼，但寒依妹妹青春貌美，這麼一喚，可是喚老了，妳願意，我還捨不得！」

褚寒依啐道：「我知道自己美貌，不需你多嘴，無事獻殷勤，非奸即盜！」口裡雖不假辭色，卻已將他提上馬背，安放在後方。馮道坐在她身後，聞著細細甜香，雖意醉神迷、胡思亂想，卻也不敢造次，只嚴守禮法與她保持三分之距。

遠方忽然傳來快馬之聲，馮道一時清醒過來，急道：「糟！有追兵！」

褚寒依自信耳力不差，除了山風吹拂、樹葉沙沙，並未聽見什麼聲音，但想：「這小子雖然討厭，卻實在有些本事，我暫且信了他。」便催馬急奔。

此時兩人共乘一騎，行動不快，馮道怕追兵趕來，以「明鑒」功聚雙眼，極目遠眺，見右方漫漫沙原，無可掩飾，左方遠處叢林、山壁交錯，或有機會藏身，道：「走左邊！」

褚寒依催馬向左，奔行一陣，終於聽見後方蹄聲雜遝，心中一凜，道：「不只一個人！」

馮道說道：「我們二人一馬，快不過追兵，其他人不必擔心，但氏叔琮武功高強，咱們不是對手！」

「氏叔琮？」褚寒依奇道：「你是說朱全忠手下頭號猛將氏叔琮？你怎知是他？」問話間，已拼命催馬往左奔去。

馮道解釋道：「這幫追兵共有二十三人，其中一人領先在前，他左側風旋聲短促、右側風旋聲嗡嗡長響，兩聲並進、分毫不差，可見他身上有一長一短、左旋右旋兩種兵器，普天之下，只有氐叔琮的失衡劍符合這特徵。」當年他曾目睹氐叔琮和李嗣源對戰，對失衡劍這奇特兵器印象深刻。

褚寒依對於馮道的回答甚是訝異，正想再問些什麼，馮道又道：「左前方十五度、半里外，有強風吹灌的呼嘯聲……」

褚寒依聽得一頭霧水，問道：「什麼左前方十五度、半里外？」

馮道揚臂指向左前方，道：「那裡有個離地半丈、徑長二尺的洞穴，快過去！」

褚寒依愕然道：「你怎知有洞穴？」馮道見她無法把馬兒操控得精準，只得貼身向前，雙臂環向她嬌軀，褚寒依芳心一顫，正要怒斥他的無禮，馮道卻一把握住她抓韁繩的手，用力向左一扯，偏向西方十五度，急速前奔，肅聲道：「半刻之後，一到洞口，我們便棄馬直接飛身進去，否則要來不及！」

「二尺的小洞穴，得下馬才能鑽進去……」褚寒依還要再說什麼，後方的風旋聲已經追近，馮道回首望去，驟然間，四周都是藍色光影。

馮道兩人穿著汴梁軍衣，原本還心存僥倖，豈料氐叔琮當年曾見過他，一打照面，立刻認出他是李嗣源的幫手：「原來小子沒死！」當下雙劍齊出，疾施一招狠辣的「左三右七」，左手長劍劃出三層大圓，右手短劍震出七層圈勁，圈圈交錯、勁勁相疊，馮道若是閃得左邊，右邊即受刺，情急之下，他雙臂緊緊箍抱住褚寒依，運起全身「交結」之氣貫入足尖，雙腿分踢向兩劍，同時身子一個借力，向前直射出去！

氏叔琮見馮道功力不高，這一踢竟能震開自己的劍尖，不禁微微一愣，但他反應極快，眨眼之間，失衡劍已再度刺去。

雙方正全速前衝，前方赫然出現一片龐大山壁，壁面果然有個洞口，褚寒依、氏叔琮都吃了一驚，只有馮道早已知情，雙臂雙腿緊緊夾摟住褚寒依，身子如箭離弦，拉成一條細線般，直射入洞，座下的馬兒收步不及，直撞得翻倒滾地。

「嗤！」氏叔琮左手劍氣追至馮道足心，直刺入洞穴裡，差得半寸，利劍就要貫破馮道腿骨，卻不意前方出現一片石壁，險些撞個頭破血流，連忙右劍一抵石壁，彈身後退，他座下的馬兒卻閃躲不及，當場撞得腦骨碎裂。

那洞穴徑長不足二尺，褚寒依是嬌弱少女，馮道原本清瘦，又被折磨得皮包骨，才能一穿而過；氏叔琮和汴梁軍都是身材高壯、肩寬體厚的武將，又穿著盔甲，無論如何也穿不過去。

只差半寸，竟功虧一簣，氏叔琮怎麼也沒想到自己劍藝絕頂，卻讓馮道在手底下溜掉兩次，實是氣惱無已：「這裡竟有山壁小洞，小子怎能算得如此精準？」

馮道將褚寒依緊緊護在懷裡，身如砲彈般直射入洞穴裡，著地滾了幾滾才停下來。生死瞬間，兩人忘了禮法矜持，只貼身相擁，待回過神來，褚寒依驀然發覺馮道緊緊夾摟著自己，一時羞臊難當，低嗔道：「你快放開我！」

馮道已經十七、八歲，早該娶妻生子，卻從未與女子親近，忽然得了機會能擁抱美麗的未婚妻，一時間只覺得天雷地火、頭暈目眩，心跳得比追兵在後還劇烈，怎捨得放手？

褚寒依見他目光灼灼、情意無限，連忙閉上雙眼，卻不禁芳心怦然：「我是來探祕密的，他又是個公公，我可不能……絕不能有一點兒動心！但他是我夫君……他真會是我夫君嚒？」她心中思潮如湧、混亂迷惑，一時不知如何才好，只全身僵木、呼吸微促。

馮道見她嬌顏紅嫩欲滴，雙眼緊閉、似羞似嗔，又不像真的生氣，便大了膽子低首貼近她頰邊，想一親芳澤。

「放火燒洞，逼他們出來！」氏叔琮宏大的聲音透過洞口傳了進來。

「糟了！」褚寒依頓時驚醒，使勁推開馮道。馮道向旁一滾，心中氣惱：「這氏叔琮真是大煞風景！」只得訕訕站起。

褚寒依連忙起身走到洞口探望，順勢避開尷尬氣氛，見外頭汴梁軍正在搬運草堆，準備點火，驚道：「他們要點火，再過一會兒，咱們就要被薰死了！」

馮道微笑道：「放心吧！這風勢直灌而入，只去不回，表示這個洞並不是死洞，有出口。」褚寒依稍稍放了心，馮道又道：「妳守著洞口，別讓他們闖進來，裡面不知有什麼危險，我先去瞧瞧。」便走向洞穴深處，去勘察地形。

褚寒依取了一塊大石堵住洞口，防止煙灰大舉入侵。氏叔琮燒了一陣火煙，見沒什麼效果，喊道：「洞穴後方有通道，快破開石洞，免得他們逃走！」

這洞口原本有二尺大小，只要再破開一些，汴梁軍就可以鑽入，眾人拿起武器猛力撞鑿四周石壁，褚寒依從洞隙射出寒江針，阻擾他們的工作。

過了半個時辰，褚寒依見洞口四周漸漸剝落鬆動，喊道：「我快抵不住了！」聽馮道沒有應答，不禁起疑：「他去了許久，不會自個兒逃生了吧？樓主派我來盯梢，我竟然這麼大意，輕易相信了他！」

「碰！」石壁崩落一大塊，褚寒依眼看敵人就要進來，對洞口再發射一篷寒江針，便往石洞深處奔去。

「嗤嗤！」兩響，氐叔琮一個竄身入穴，失衡劍精準地撥開細針，眾軍緊跟在後，魚貫竄入。褚寒依一邊疾奔，一邊往後射發針雨，正懊惱馮道棄自己不顧，「這兒！」馮道忽然從黑暗中竄出，拉了她的手快速往後方奔去。

這是一條天然通道，四壁皆生青苔，又狹窄又濕滑，兩人奔了一陣，盡頭卻無去路，變成一條急速下墜的水澗，褚寒依驚呼：「怎麼沒路了？」

崖邊散列許多被水瀑沖斷的木頭，馮道指著其中一根長相奇怪的粗木，道：「快坐上去。」這木頭徑長二尺、長約半丈，前方有根粗大的短叉枝，後方拖個厚木板。褚寒依連忙跨坐上去，馮道坐到她身後，從後方抓住她的手，緊握住短叉枝就像握住船舵般，就這麼乘著斷木直衝而下。

褚寒依見前方水瀑篷篷，看不見任何東西，只一路下墜，被水濤、石塊顛簸得暈頭轉向，全身骨頭都快散了，更怕騎坐的木頭禁不住震盪，會破散開來，嚇得驚呼連連，馮道卻覺得十分有趣，歡呼連連：「小馮子帶老婆飛天了！」。

氐叔琮一路急追在後，冷不防一腳踏空，幾乎摔落，幸好他反應極快，停步頓止，雙臂及時大展，長劍抵住石洞兩邊，硬生生擋住了後方衝上來的軍兵。汴梁軍見前方是一條深長的水瀑，面面相覷：「人去哪裡了？」

此時烏雲滿天、星月無光，四周一片黑暗，氐叔琮功聚雙目，隱約見到下方有黑影順著水瀑急速滑下，大喝道：「在那兒！」便施展輕功，點踏在石壁間，飛追而下，其他軍兵見狀，也趕緊跟下。

「嗤嗤嗤！」那浮木忽然射出銀色光雨，「小心！」氏叔琮藝高膽大，見暗器迎面灑來，沒有半點退卻，長劍一旋，立刻逼開銀針，卻有些軍兵閃避不及，中針滾落水瀑裡！

氏叔琮一路追下，眨眼間，距離浮木不逾半丈，他足尖一點，如大鳥飛撲，左手長劍狠狠刺去，卻想不到劍尖刺處，十分堅硬，「嗤！」一聲，劍尖竟刺在木頭裡。

原來馮道在浮木尾端設了機關，見氏叔琮靠得近了，便按下機關，令浮木後的拖板驀地豎立起來，成了一片厚盾牌擋在身後。

氏叔琮劍尖微微一滯，褚寒依見良機稍縱即逝，立刻對準他面門射去一把寒江針，此時雙方相距不足三尺，這針雨又快又急，氏叔琮無論如何也避不開，但他的功力豈是小小機關所能困住，左腕猛力一旋，那木板頓時被劍尖絞成飛屑，震開迎面而來的寒江針，同時間，右劍已刺向馮道右背，這一劍若中，將同時貫穿兩人！

馮道被劍氣震得幾乎口吐鮮血、拋飛出去，千鈞一髮間，「跳！」他摟了褚寒依順勢往左邊一躍，同時甩出腰帶勾抓邊壁的樹藤，滾落在石壁邊，兩人貼身相偎，緊抓樹藤，免得被水瀑沖了下去。那浮木受氏叔琮的劍氣劈中，「啪啪啪！」破裂開來，氏叔琮身子原本凌空，這一劍刺得疾猛，收勢不及，頭下腳上倒栽蔥地直墜入水瀑裡。

汴梁軍見狀，有人飛撲向馮道，有人想搶救氏叔琮，褚寒依見敵人撲來，寒江針如光雨灑去，汴梁軍聲聲慘呼，一個個掉入水裡，往下流沖去，狀甚滑稽，褚寒依頓時笑不可抑，馮道見她歡喜，也哈哈大笑，笑了一陣，樹藤擺盪已緩慢下來，水瀑衝擊著崖壁，激起篷篷浪花，轟轟聲不絕於耳。

兩人被淋得髮衣盡濕，直如裸身相貼，清楚感受到對方的肌膚氣息，褚寒依不禁羞臊難當，雙頰紅如火燒，腦中一片糊塗。馮道見心上人嬌羞依偎，歡喜得幾乎暈了，心中想道：「孔夫子說非禮勿視、勿聽、勿言、勿動，卻沒說非禮勿親，我親一下老婆可不算違禮吧……」忍不住低了頭，湊上她臉頰，想再接再厲，完成方才未完的壯舉。

褚寒依感受他一縷溫柔暖氣緩緩靠近，心中著急：「他又來親我了，我可怎麼辦？」但想若是放開手，便要滾落下去，只能緊緊閉了眼，四周水勢轟隆，她心中也是波濤起伏、小鹿亂撞。

馮道滿心沉醉在柔情蜜意之中，不知氐叔琮已從水瀑中脫困，逆流而上，挺著長劍直撲過來。

馮道正低頭閉眼，貼近褚寒依芳頰，忽然感到劍氣逼近，已來不及閃躲，只能緊護住褚寒依，猛力向旁一盪，但氐叔琮劍勢疾快凌厲，馮道就算避去致命一擊，也要被削下半邊肩膀，危急間，一道水瀑衝撞過來，「嗤！」一聲，氐叔琮受了震盪，這一劍未能刺中馮道，只將樹藤斷開，兩人直往下掉！

馮道不慶幸撿回一命，只哀怨被壞了好事，氣得在心中吶喊：「氐叔琮！我和你有仇嚒？」見這一路顛簸下去，就算不粉身碎骨，也免不了滿身創傷，立刻以「交結」織成護網，將褚寒依緊緊護在懷裡！

三人在湍急的河道中，被水流帶得快速下墜、團團亂轉，馮道和褚寒依在前，氐叔琮緊追在後，不斷刺出一道道劍氣，但因下墜快速，水勢又猛，始終徒勞無功，雙方就這麼僵持了數丈距離，終於沉落瀑布底，進入一條大河，初時仍被一波波潮浪不停往前推送，漸漸地水勢趨緩、水霧散去，三人雖鬆了一口氣，但馮道和褚寒依也失去掩蔽的優勢，只能飽提內力，拼命往前划游。

氐叔琮武功比二人高明許多，不一會兒已快速追上，馮道正自著急，忽聽得天空傳來隱隱轟隆，忙抬頭望天，以「明鑒」目視千里，見烏沉沉的夜空裡竟有金色雲絲閃爍，心念一動，想起了《天相．天象篇》裡所述：「這是急雷之象，轉眼就要五雷轟頂！」便快速游近褚寒依身邊，低聲道：「妹妹，我數到三，妳便這麼做……」

褚寒依吃驚地回望他一眼，正想再問些什麼，卻見到氐叔琮一個提氣，往前飛撲，劍光急速逼近，就要刺中馮道足心，千鈞一髮間，夜空烏雲爆裂開來，陰沉之中透著一絲美麗的詭異！

「射！」馮道一聲低喝，褚寒依將寒江針向後射去，氐叔琮本能地撥開銀針，然而這銀針並不像從前那樣如銀花散開，而是連成一條直線，宛如通天銀鍊竄入雲霄，接引了天雷之光——

「轟！」閃電受到牽引直劈入河，如火花爆炸，炸出一條電河，氐叔琮首當其衝，就算他內力再高，也無法抵擋天雷之威，瞬間被震得往後直飛出去，昏迷不醒。

馮道知道這一招實是兩敗俱傷、危險至極，一旦銀針成功接引了天雷，絕不能待在河裡，因此褚寒依出手的剎那，馮道便使盡全力將她拋上岸去。褚寒依藉著自己的輕功和馮道助力，身如砲彈直射出去，果然毫髮無傷，然而這一來，馮道身子微微沉落，再施展輕功飛出，已慢了半分，他小腿還來不及離開河水，雷電已經轟落，他雖奮力撲滾上岸，仍受到電殛，一時昏了過去。

九〇一・二　走馬脫轡頭・手中挑青絲

天雷轟轟、閃電如瀑，瘋狂地鞭笞著這一片山林曠野，彷彿要摧毀萬物生機，褚寒依抱著昏迷的馮道聲聲呼喚，心中也如轟雷般震撼：「他明明可以和我一起飛出河水，為什麼要先推我出去？」

當時兩人身子都濕淋淋，只要慢了一丁點，都會受到電殛，馮道用力推褚寒依出去，是為了讓她以最快的速度離開，褚寒依自然明白這個道理：「其實……他捨不得我受一點兒傷……」見馮道臉色青白、脈息孱弱、呼吸停止，她心中既感動又害怕，怕馮道真的死去，也怕自己忘了義父的警告：「無論他對妳再好，也不能動情，否則會落入萬劫不復的痛苦裡！」

才一忽兒，大雨已如洪水傾落，褚寒依只得抱起馮道往樹林奔去，見前方有一個隱密洞穴，便趕緊躲了進去，她緊緊抱著馮道，不斷探他鼻息脈博，見他英眉微蹙、始終不醒，似乎正與死神搏鬥，眼中不禁浮了淚水。

馮道受到電殛，昏迷休克，體內的真氣自行以「解厄」修補創傷，運行幾個周天後，他內息漸漸順暢，但身子奄奄無力，雙腿也十分疼痛，無法起身，便自閉目調息，迷茫中似聽見有人呼喚自己，口氣十分著急，他想開口回應，卻說不出話。

不知過了多久，馮道脈息漸穩，腦子也清楚了些，感到褚寒依緊緊抱著自己，淚水一滴一滴落在臉上，不禁在心中歡呼：「她果然捨不得我！這一把可是賺個大元寶了！」又想：「她平時總不假辭色，這一次見我英雄救美，說不定心中一感動，便答應了我……我且假裝不醒，讓她有機會傾訴心意……」他沉醉在溫柔鄉裡，實在捨不得起身，便屏住氣息，一動也不動。

褚寒依見馮道的氣色、脈息都恢復了些，終於放下心來，這才想起二人衣衫漉漉，應該升些柴火，便起身撿拾枯柴，又架好火堆，忙了好一會兒，見馮道還不清醒，心想：「他全身濕透，恐怕會著涼，我得卸下他衣衫。」便伸手摸向馮道的腰帶，忽想起樓主交付的任務：「義父說他身上藏有重大祕密，我不如趁他昏迷，點了穴道，搜他身子！」

馮道雙眼雖閉，但憑著「聞達」雙耳聽出褚寒依竟然手起指落，點向自己的穴道，心中暗驚：「哇！小娘子不念救恩，竟想謀殺親夫！」連忙將「交結」之氣移到了穴道處，抵擋指勁透入，倘若遇到氐叔琮那樣的高手，這一招自是無用，但褚寒依內力一般，心中猶疑，動作並不快，馮道這才及時抵擋住，沒被點入穴道。

褚寒依解開馮道腰帶，小心翼翼卸下他外衫，馮道暗呼：「原來是誤會一場！她平時冷冰冰、凶巴巴，只是小女兒矜持，心裡可著急得很，我且不作聲，免得妹妹害羞便停了手……」當下強忍歡喜，只安安靜靜任其擺佈，褚寒依又去解他裡衫，細嫩冰涼的手指在他身上游移，惹得馮道陣陣酥癢，再忍不住噗哧笑了出來。

褚寒依驚得連忙縮手，跌坐在地：「你醒了？你……你幾時醒的？你怎能解開穴道？」

馮道佯作吃驚又吃虧，叫道：「妳……妳……妳幹嘛對我上下其手？」

「我……我……」褚寒依萬萬想不到他會醒來，怎麼也答不出話，馮道一邊以手撐著石壁勉強坐起，一邊搖頭道：「我雖然很想娶妳為妻，但咱們尚未稟告父母、拜堂成親，怎能在荒郊野外就這麼……這麼……唉！再怎麼說，我也是嚴正守禮的讀書人，在未成親之前，我連妳的指頭都不敢碰一下，妳卻做出不合禮節之事，這該如何是好？」

褚寒依衝口道：「你胡說！你……你……」心想他早已抱了自己許多次，怎能說沒碰過一下指頭？但這話如何說得出口，一張小臉脹得通紅，卻吐不出半個字。

馮道嘆道：「總之妳脫光我衣衫，毀壞我名節，除了娶妳進門，再沒有別的法子了！」

褚寒依呆了半晌，終於「哇」地一聲叫了出來：「你壞死了！」

馮道也「哇！」一聲呼天搶地：「是妳脫我衣裳，卻說我壞死了？這世上還有天理嚒？」

「我……我……」褚寒依急得雙手摀臉，馮道瞧她既嬌羞又嗔怒的神情，實是心神俱醉，湊近她頰邊，微笑道：「方才妳什麼都瞧見了，該知道我不是公公了吧？」

褚寒依緊閉雙眼，猛力搖頭：「我沒瞧見！什麼都沒瞧見！」

馮道低聲問道：「那妳究竟瞧見什麼？」

「我沒瞧見！沒……」褚寒依一愕：「你不是公公？」

馮道解釋了誤會，鼓起勇氣想一親芳澤，冷不防「啪！」竟挨個巴掌！

褚寒依嗔罵道：「你這個無恥之徒！」

馮道身子仍虛弱，被這麼一打，直接向外滾倒，心中不由得哀嘆：「左傳說：『一鼓作氣、再而衰、三而竭』可真不錯，我連三次都沒親到她，果然衰竭乏力，兵敗如山倒！」他揉揉紅痛的臉頰，掙扎著坐起，訕訕問道：「我怎麼無恥了？」

褚寒依委屈道：「我只解你上衣，又沒卸你褲子，你卻硬說我看見……看見……你的身子，你滿腦子壞思想，豈不是無恥之徒？」

馮道臉上雖是熱辣辣，心中卻是甜蜜蜜，笑吟吟地欣賞她氣呼呼的嬌俏模樣，嘆道：「連生氣也這麼好看！孔夫子有一句話可說錯了：『唯女子與小人難養也』，我說：『這麼好看的小女子，就算再難養，我小馮子也心甘情願！』」

褚寒依怒道：「你明明是個公公，盡胡說八道！」

馮道以為自己解釋清楚了，想不到她仍誤會，又道：「我真不是公……」一句話尚未說完，褚寒依像被觸了機括，突然暴怒道：「別再說啦！你就是個公公！」

「我……」馮道想再解釋什麼，褚寒依忽然抽出金簪抵住他咽喉，怒道：「你敢再說一句你不是公公，信不信我殺了你！」

馮道無力反抗，見她氣得滿臉通紅，似乎只要再多吐一字，她就會下手讓自己真變成公公，連忙把未說完的話咽下肚去，暗想：「這真是天下第一奇聞了！世上竟有老婆硬逼老公當公公？連母牛下蛋也沒這麼稀奇！『唯女子與小人難養也』果然是顛簸不破的真理，難怪孔夫子是至聖先師，小馮子只是小馮子，我不該自作聰明，應當牢牢記住古聖賢教誨才是。」

卻不知褚寒依心裡已亂成一團，她曾在眾姐妹面前聲言要嫁給馮道，還對義父許誓自己絕不會動心，倘若他不是公公，豈不違反了約定？更在眾姐妹面前丟盡了臉面，想到劉玉娘得意的嘴臉，便教她一肚子惱火，但最重要的是，她心裡隱隱感覺到，義父絕不會答應這樁婚事，甚至會立刻召她回去，從此兩人再不能相見……

她望了馮道一眼，心想無論如何，只要他肯投效煙雨樓，事情便有轉機：「他身子好似快要恢復，我得快快探出祕密，逼他俯首，不能讓他逃走！」急怒之下，便抽了腰間絲線，快速將馮道雙手綑縛住。

馮道怎想得到小女兒心思如此複雜，更想不到方才她還同生共死、溫柔依偎，此刻就翻臉不認，比這天候變得還快！回想起兩人初見時，她斯文嬌媚宛如天仙，但江船上那幫少女都害怕她，當時不解，如今見識到這恩將仇報、潑辣驕悍的手段，總算明白了，不由得暗嘆：「原來她的溫柔全是假裝，是勾引男子的手段，這回我是誤上賊船、陰溝裡翻船，真正的『一笑傾舟』了！馮道啊馮道，你在青史如鏡中已學會要遠避美色，卻還是中了她的迷毒，一輩子都脫不出她的手掌心，今日受苦、日後受苦，全是活該！」

他動彈不得，只餘口舌可動，怎肯示弱，又哈哈笑道：「老婆緊緊看住老公，雖是天經地義，但妳毋需將我五花大綁吧？不如我對著天上月兒許個誓，將來無論發生何事，一生都不離不棄，妳可安心了吧？」

「誰要你許誓！」褚寒依手上的金簪微一使勁，刺得他頸間滲出一絲血來，沉了臉道：「我問一句，你答一句，若多說一句，或有一句不真不實，便教你好看！」

馮道無奈道：「老婆問話，老公定知無不言，何必這麼大費周章？」

褚寒依問道：「最近的路是去晉陽，所以我們首先去找李克用？」

馮道乖乖答道：「不，我們先到平盧找王師範，若能說服他做內應，再去找楊行密便容易得多，至於趙匡凝絕不是問題，只有得到三人首肯，李克用才可能出兵。」

褚寒依點了點頭，沉吟半晌，忽然轉了話題：「你本名為何？哪裡人氏？」

馮道恍然大悟，歡喜道：「原來妹妹怕嫁錯郎君，想打聽我祖宗八代、家世人品！放心吧，我肯定一五一十報上，絕無隱瞞。」便昂首挺胸，大聲報出：「小生姓馮名道，河北瀛州景城人，上有雙親，下無妻小，家中以耕農為生，祖先曾為地方小官，阿爺是景城里長馮良建。小生雖家境清寒，但胸有大志，願能致君堯舜、經世濟民……」

褚寒依聽他叨叨絮絮說些瑣事，正想打斷，馮道接下去卻道：「家父與德州戶掾褚濆乃是世交，我與褚家妹妹從小便有婚約！」

褚寒依心中一震，怔然相望，見他眸光炯炯地凝視自己，不由得別開玉首，避過他眼神，內心卻是激盪難已：「想不到他是那個人……」

馮道見她神情怔忡，知道她還記得這事，興沖沖道：「妹妹，咱倆是奉父母之命訂的娃娃親，卻沒怎麼見面就分開了。我心裡一直好奇那小媳婦長得什麼樣？我聽鄉鄰說，妳美得像白狐狸，我心裡就不樂意，想我堂堂一個讀書人，怎能娶隻小狐狸？」

褚寒依伸指敲了他一個爆栗，嬌嗔道：「小狐狸怎麼不好了？比你這個呆頭書生好多了！」馮道雖然吃痛，卻無法反抗，只能連連點頭，乖順道：「是！是！妹妹說得是！」

褚寒依微吸一口氣，平復了情緒，冷聲道：「這些瑣事我沒興趣，以後也不准再提！」

馮道只感到一陣晴天霹靂：「她竟想毀了婚約！這……」但他天性樂觀，挺能自我安慰，轉念又想：「她要毀約又如何？孔夫子說：『人而無信，不知其可也』，我若因此打了退堂鼓，不守信約，就成了無用小人，豈不白白讀了聖賢書？」這麼一想，但覺孔夫子這大聖人也是支持自己的，頓時又激起無比鬥志，決定再接再厲：「後來我在河畔聽見妳唱歌，心中便著了迷。」

褚寒依一愣：「你怎會聽見我唱歌？又怎知道是我？」

馮道說道：「三年前的一個夜裡，我在河畔讀書，聽見有小女娃唱歌，又有人喊妳的名字『寒依』，我正想出去尋妳，妳便走了。」

這些年褚寒依悄悄回了幾趟盧龍，心想被遇上了也不稀奇，但她不願承認自己是回來尋親，冷冷道：「你或許聽錯了！」

馮道原想探問煙雨樓主之事，見她迴避，只好道：「那張曦是不是……」

褚寒依打斷他的話，插口道：「你一直打聽張曦，你和她究竟是什麼關係？」手上的金簪微不自覺地用了力，馮道驚呼道：「小心！小心！妳別激動！」褚寒依一愣，微微收了金簪，哼道：「我幾時激動了？」

馮道心道：「險些刺穿我脖子，還不激動嚒？」但這話他不敢再說，只老實答道：「我和她只是一面之緣，當時她受到汴梁軍追殺，我恰好遇上，燒煙相助罷了！」

褚寒依冷嘲道：「那你是英雄救美了？」

馮道認真道：「她一個姑娘家，若是落到惡霸手裡，肯定淒慘不堪，我最多挨個幾棍，休養幾日也就好了！」

褚寒依哼道：「你不是挨幾棍，是險些連命都沒了吧？」簪尖輕點馮道鼻尖，又問：「倘若是我被抓了，你會不會也對我這麼好？」

馮道見自己一個答得不對，似乎就是刺喉之禍，趕緊賠笑道：「我和她不過萍水相逢，仗義相助罷了，和妹妹卻是兩情相悅、恩愛不渝，怎能相提並論？」

褚寒依心中滿意：「他二人關係不過如此。」口裡卻哼道：「誰和你兩情相悅？莫要自作多情！」

馮道關切道：「後來張曦被帶回煙雨樓，我擔心她孤苦無依，還請妹妹告知情況。」

褚寒依俏臉一寒，道：「樓主待她好得很，不必你費心，以後不許再想著她了！」

馮道微微一愣：「她可是吃醋了？才對我又打又罵！」這麼一想，不由得暗自竊喜。

褚寒依想了想，又轉話題：「氏叔琮追殺我們時，你怎知道那山壁有小洞穴，可以躲進去？」

馮道貌似老實答道：「我聽見風聲的方向，便知道前方山壁有個小洞穴，妳聽不見嚒？這倒奇了！我以為每個人都聽得見。」

褚寒依聽他意指自己聽力不好，一時氣悶，卻無言可駁，只得再轉話題：「那你怎麼知道雷電會及時劈下？又如何避開？」

馮道不能說出自己學了榮枯鑑奇功，以「聞達」聽隱雷，以「明鑒」分辨雲層電光，只好再度搬出書中學問：「《炙轂子》裡有記載天上雷電的情形，說漢朝的『柏梁殿』經常遭遇天雷火災，有一位巫師建議在宮頂上設置魚尾形狀的銅瓦，就可以避開雷電。漢帝見這法子有效，便教人把魚尾銅瓦改成龍頭裝飾，在龍嘴裡設置避雷銅針，後來每座宮殿頂上都有這東西，妳多讀些書，就會知道。」

褚寒依聽他又譏諷自己學問不好，冷哼一聲：「你受到雷殛，為何恢復得這麼快？」

馮道不直接回答，只嘖嘖搖頭：「我拼命救妳，妳竟然希望我恢復不了？我天生強壯如牛，恢復得快些，難道也錯了？」

褚寒依一時語塞，心下微微歉然，只好再轉話題：「那你為何能解開穴道？」

馮道奇道：「妳點了我的穴道嚒？恐怕妳的功力不夠，點錯了吧？妹妹可得再多多練習才行。」遂挺起胸膛，咬牙閉眼，道：「來吧！我就當個活肉靶，讓妹妹多多練習，妳儘管往這裡戳幾下，一回生、二回熟，下次就不會弄錯了！」

褚寒依瞧他一副捨生取義的模樣，險些笑了出來，如何下得了手，哼道：「我絕沒有點錯，肯定是你施了妖法！你身上有些奇能，究竟是學了什麼武功？」

馮道咧嘴一笑：「倘若妹妹穴位沒有點錯，那就是妳師父教錯了！妳師父若不是太差勁，就是故意教妳錯誤的東西。」

褚寒依查問半天，似有答案，實則一無所獲，心中已是懊惱，聽他竟嘲諷自己最崇敬的義父，氣得想一簪刺死他，怒道：「你竟敢說樓主的不是？」

馮道嘲笑道：「妳們樓主連點穴也不行，又有什麼偉大？」

褚寒依美眸流露出欽仰的神情，道：「樓主高瞻遠矚、洞燭機先，豈是你等凡夫俗子所能明白？」

馮道正色道：「如今大唐仍是正統，倘若煙雨樓真是正人君子、奇才偉士，為何不撥亂反正，幫助朝廷掃蕩群叛，卻去幫助欺君的李茂貞？」

褚寒依反駁道：「你說得大義凜然，卻為何幫助宦官欺凌皇帝？去投靠張中尉當個公公？」

馮道心想：「我說我不是公公，妳便要刺死我，我怎敢不當公公？」見她眸光凌厲，無奈道：「妳們樓主是高瞻遠矚的高高人，而我只是個小小宦官小馮子，只想在亂世中求一點生存，也只好投靠公公了。」他說的「公公」是張承業，卻不是張彥弘。

褚寒依心想既套問不出什麼，不如勸說他投效煙雨樓，便板著俏臉認真道：「大唐會走到四分五裂的地步，近因是皇帝糊塗，寵信宦官，弄得朝綱不振，遠因卻是北方胡漢交融，造成文化混亂、道德敗壞所致。所謂身殘心不殘，你成了公公雖是無奈，但只要心中還有一點志氣，就不該再依附宦官，應當選擇真正的明主，將一身本事用於襄助南方漢人英豪，恢復我華漢禮義之邦。」

馮道不可思議地望著她道：「這是妳們樓主說的？」

褚寒依昂起玉首驕傲道：「天下間也只樓主一人，才有這等見識。」

馮道忍不住哈哈大笑，褚寒依橫他一眼，道：「你笑什麼？」

馮道吸了口氣，強忍住笑，卻還是又笑了三聲，才終於忍住，道：「這等胡話也只有小妹妹才會相信，如今北方固然是四分五裂，南方又何嘗不是分裂得亂七八糟？」

褚寒依見他對樓主不敬，這等桀驁之人如何會投效煙雨樓，自己真是癡心妄想，白費功夫了，不禁越想越惱火，怒道：「你只是一個小宦官，又有什麼驚人本事？你再詆毀樓主一句，信不信我割了你舌頭！」

馮道笑道：「妳想怎麼折磨我都行，但萬萬不能割我舌頭，妳忘了我們這一次是去做說客，沒有舌頭，如何服人？」

褚寒依心中氣惱：「我怎麼一遇上他，就無計可施、無話可辯，不行！我得想個法子制住他，不再聽他胡說八道！」便用力掰開馮道的口，塞入一團布球，得意道：「我雖不能割了你舌頭，卻能封住你嘴巴，看你怎麼胡說！」

馮道張大了眼，口裡發出唔唔聲，褚寒依見他雙眼直盯著自己，更是羞惱交加，斥道：「你給我閉了眼，否則有你苦頭吃！」馮道眼睛卻越瞪越大，還猛力搖頭，褚寒依氣惱道：「你不肯閉眼是吧？瞧我怎麼整治你！」

馮道心中只叫苦：「敵人來了！就在妳後頭！」卻發不出警告。

「裡面有可疑人物！」洞外傳來一聲呼喊，褚寒依這才驚覺有人靠近，一回頭，見洞外立了一片幽影，一雙雙森寒厲眼閃爍著噬血光芒，宛如惡鬼索命般冷冷地盯著他們，她不禁倒抽一口涼氣，連忙取下馮道口中布團，正要為他解開手腕上的縛繩，外頭卻傳來急聲呼喝：「洞裡的人快出來！再不出來，便放火燒了你們！」

這是一個淺窄的石洞，對方一旦放火，必死無疑，馮道此時上身赤膊，又被綁著雙手，情狀十分狼狽，但聽對方呼叫，也不顧得其他，道：「先出去再說，免得被封死在洞裡。」

褚寒依來不及解開他的縛繩，只拿了架上烘烤的外衣，便彎身出洞穴，馮道跟隨在後，暗想：「怎來了一群黑不溜丟的大黑鬼？」快速打量一眼，見對方一共三十六騎，清一色黑緇皂衣、黑色蒙甲，手持墨色長劍，騎著黑色駿馬，個個身形高瘦，雖不如北方胡兵壯猛剽悍，卻舉止輕捷、神色精厲，有如幽鬼。

馮道依著對方服飾，認出這幫人乃是淮南節度使楊行密的親軍「黑雲長劍都」，回想張承業給的《藩鎮錄》中記載：「楊行密、田頵、徐溫、安仁義、劉威、陶雅……等三十六人結義為兄弟，以楊行密為首，起於草莽，橫行江淮，號稱『南朝三十六英雄』，其後勢力漸大。楊行密思及南人不若北方剽悍，遂從數萬士卒中精選出五千精兵，訓練他們以長劍行使劍陣，以補不足，號稱『黑雲長劍都』，此軍成立以來，橫掃南方各部，楊行密能穩坐南霸主之位，實功不可沒，其中最精銳的三十六人組成『三十六英雄陣』，隨身護衛楊行密，這劍陣至今無人可破、無敵不破！」心中一喜：「黑雲親軍出現在此，楊行密必在左近，這一來倒省了功夫，不必去揚州了。」

「什麼事？」後方傳來一年輕男子的聲音。

眾軍一扯韁繩，分列兩旁，讓開中間一道，齊聲恭謹道：「軍使！」

一道黑衫人影緩緩策騎進來，旁邊一名騎兵上前報告：「啟稟軍使，發現兩名可疑人物鬼鬼祟祟躲在洞穴裡，恐怕要刺探軍情。」

那軍使雖一身黑色軍衣，相貌卻清秀俊雅，勝似書生，額前幾縷青絲垂散，遮住小半邊臉頰，髮絲飛飄時，鬢邊隱隱露出一朵細小詭異的紅花刺青，腰懸墨色長劍，手中卻持一把摺扇，如此亦文亦武的風采，更添一股無法言喻的神祕魅力。

「黑雲長劍都」是南方最厲害的軍隊，馮道想不到首領竟是一位儒雅英俊、風度翩翩的少年，他軍階雖不是最高，舉止也斯斯文文，一身銳氣卻令人不寒而慄，遠勝朱友倫、氏叔琮那一幫縱橫沙場、殺人不眨眼的武將。

馮道從前長居鄉下，除了驕橫跋扈、華麗庸俗的劉守文、劉守光兄弟，所見盡是純樸粗野的農家少年，到了京城，所遇都是皇帝、朱全忠、李茂貞這等大人物，難免覺得青年輩中，再沒有比自己更優秀的了，直到這位少年將軍出現，才教他眼睛一亮，不由得暗暗讚嘆：「好一個少年儒將！」又想此人是黑雲親軍首領，必與楊行密十分親近，連忙拱手道：「我二人不是什麼鬼祟探子，在下是皇帝派來的宣諭使，欲拜見淮南楊節帥，還請將軍引薦。」

少年將軍目光落到他被縛的手腕上，冷聲道：「宣諭使怎可能是這般德行，豈不污辱朝廷威信？」

馮道尷尬一笑：「我二人方才遇到惡徒追逐，才弄成這副模樣。我懷裡有聖上檄書，只要見到楊節帥，便能分辨知曉。」

「你懷裡？」少年將軍疑道：「你身上一眼望盡，何來檄書？」

馮道恍然想起此刻上身赤裸，衣服還在洞穴裡烘烤，一回頭，見楮寒依已將衣服拽在手裡，美眸低垂，不發一語。

少年將軍道：「這位姑娘舉止優雅，一看便是大家閨秀，的確不是鬼祟人物，至於你……」目光如刃地盯著馮道，沉聲道：「卻想欺辱她！」

「慢著！」馮道高舉起被綁的雙手大力搖晃，道：「明明是她綁著我、折磨我，怎麼成了我想欺辱她？你們瞎了眼嚒？」

少年將軍冷笑道：「莫非你是說這位姑娘是壞人？」

馮道見褚寒依俏臉生寒，連忙賠笑道：「自然不是，這位姑娘是大大的好人，好得不能再好了！」

少年將軍道：「姑娘既是好人，又綁著你。」轉問下屬：「你們說，什麼樣的人會讓一位斯文姑娘不得不動手將他綑綁起來？」

眾騎哈哈大笑：「肯定是淫賊了！」

少年將軍朗聲道：「節帥一向有玄德之名，時時告誡我們淮南軍要保護百姓、行俠義事。如今荒山野嶺有惡賊想欺辱良家少女，被我軍遇上，兄弟們，路見不平，該當如何？」

眾騎紛紛呼喝：「保護良善，懲凶除惡！」「殺了淫賊、替天行道！」

馮道見勢不妙，急道：「我真是朝廷派來的，有檄書為證……」

少年將軍厲聲道：「倘若你真是朝廷使臣，幹下這等卑鄙事，更是罪不容誅！」

馮道大聲道：「你殺我事小，違反聖旨卻是大事，若因此延誤軍機，更將掀起瀰天大禍。」

少年將軍絲毫不懼，反而炯炯對視，冷斥道：「朝廷官吏都像你這般，盡是欺君辱民之流，難怪江山頹圮、民不聊生！我們殺你乃是清君側，一點也不冤枉！」

馮道自信口舌已算伶俐，今日見識到這少年顛倒黑白的功力，當真甘拜下風，自嘆弗如。

少年將軍走向褚寒依，輕執起她的手，溫言道：「姑娘受驚了，我淮南軍必會除暴安良、主持正義，餘下的事就交予我們處理吧。」說著便要帶人離開。

馮道不是笨人，瞬間看清了形勢，心中大罵：「這小子見我老婆美麗，色心大起，竟然胡亂給我安個罪名，想置我於死地，當真可惡至極！」他知道再說什麼都已無用，如今最要緊的是送達檄書，便說道：「我要見楊節帥，見面之後，要殺要剮，悉隨尊便。」

少年將軍回首一聲冷笑：「節帥豈是任何人可見得？你要能活著走出這『三十六英雄陣』再說吧！」又對眾騎道：「你們解決了這淫賊！」便輕扶著褚寒依玉肩向高坡走去。

馮道怔怔望著兩人並肩一路走遠，褚寒依竟然不解釋半句、不替自己鬆綁、不拿出檄書，甚至不回首一眼，好似他這個人從來不存在，他垂首瞧見自己衣衫不整、雙手被縛的困窘模樣，一顆心不由得沉了下去：「這少年將軍文武雙全、氣度不凡，勝過鄉下小宦官，難怪妹妹頭也不回……」

「兄弟們，咱們怎麼對付這淫賊？」「殺了他！」「不！閹了他！」眾騎兵聲聲呼喝，瞬間已將馮道團團圍起。

「先閹後殺，讓我來！」其中一名黑雲騎兵呼斥一聲，衝過馮道身邊，劍尖隨手刺向他胯邊，馮道驚得往後一跳，雖及時保住命根，大腿處卻被削下一截布塊，弄得更加狼狽，眾騎盡哈哈大笑！

馮道見情況險惡，已無暇多想，只能專心應付眼前殺機。呼地一聲，又一黑雲騎兵奔來，長劍刺向馮道下身，馮道連忙向外一滾，險險避開，眾軍騎在馬上，拿著長劍對下方的馮道呼嘯來去，一下子插手戳背，一下子扎腰砍腿。

馮道幾度想突圍出去，但這「三十六英雄陣」確實奇妙，前方看似有破口，等他一個勁地鑽入，才發現是陷阱，不知何時軍兵已從兩旁包抄過來，猛烈撲擊，他不堪襲擾、返身抵擋，又會陷入重重包圍裡。

眾騎兵居高臨下，將馮道可逃的路徑看得一清二楚，就像一群大人戲弄追趕一個小孩兒般，不只將他僅剩的長褲劃得破爛，更極盡嘲笑言語。

馮道憑著「節義」巧妙的步法，雖避去大部份刺擊，但雙腿跑不過馬蹄，仍中了幾劍，初時擔心，後來發現都是皮外傷，恍然想通了一個道理：「這幫人並不想一下子殺死我，想讓我在妹妹面前大大丟臉，等戲耍夠了才會下殺手！」他上身赤膊，雙手被綑，已經十分狼狽，再受到一群人拿劍居高臨下地挑弄、驚嚇，只能閃閃躲躲、四處逃竄，簡直不堪入目。

他忍不住偷眼向上望去，想瞧瞧褚寒依如何了，卻見少年將軍與她並肩坐在高石之上，又拿出一把精緻的琵琶來吸引她，甚至領著她的纖指輕按弦上，手把手地教琴，兩人言笑晏晏、狀甚親暱，褚寒依美眸只專注琵琶，根本無視自己的慘狀。

馮道想以「聞達」偷聽二人對話，偏偏這「榮枯鑑」是半榮半枯，內力一旦專注雙腿逃命，雙耳便不怎麼靈光，他心中鬱悶，忍不住胡思亂想起來：「他二人郎才女貌、琴瑟合鳴，當真是一對璧人，孔夫子說：『君子成人之美』，我真應該成全他們……」四周劍光如飛，他如此分心，不小心又中了幾劍，只得逼自己收斂心思：「傳說這劍陣無人可破，但只要是陣法，必有陣眼，我不可再胡思亂想，必須捨君子而當小人，全力搶回老婆才是！」當下振作精神，認真應對。

他在「青史如鏡」之中，研究不下百幅陣法，對兵陣知悉甚詳，遊走一陣，已識出玄機：

「他們以十二人在中間排成一個奇兵圓陣，外圍以每四人圍成一個方陣，共佈六個正兵方陣環繞圓心，如此隅落鉤連、曲折相對，就好像六片花瓣護著花心一般……」忽然靈光一閃：「這其實是李靖大將軍的『六花陣』！這等兵陣如果運用到沙場上，還可以大陣包小陣、大營包小營，不斷擴張，難怪黑雲長劍都可以橫掃南方。」

「節義」身法原本就是配合兵陣所設計的武功，馮道一旦看出「三十六英雄陣」其實是從「六花陣」變化而來，立刻知道自己該怎麼穿梭其中，才不會受傷，他一邊默數陣位，一邊左閃右避：「等一下圓心向右轉，會有六騎分從左右夾擊過來，我只須這麼斜走三步，向左後方一退，來個出其不意，便能繞過他們搶路出去，但妹妹還在惡人手裡，我豈可棄她而去？再說楊行密已在左近，我需把檄書交予他才是。」既不能撒腿逃走，他只好拼命奔跑，小心閃躲，每一步都踩在劍陣的空隙，每一道劍鋒都有驚無險地擦掠而過，心中不禁慶幸：「我若是尋常百姓，落在這些無良軍兵手裡，真是死一百次也不夠，只能含恨九泉，默默吞下奪妻之辱了，幸好小馮子福大命大，學了專破陣法的本事！」

眾軍兵一開始並沒放在心上，仍是嬉戲，幾回過後，見屢刺不中，但覺顏面無光，又感到少年將軍深沉的目光冷冷盯場，頓時更加賣力，出手越來越狠、越來越快，到後來幾乎是出盡全力，想殺死眼前這滑溜小子。

馮道雖看懂陣法，但腿傷未癒，奔了一陣便感氣力不繼，又想：「六花陣是以中間圓陣的靈活運轉，帶動整個兵陣前進，只有一口氣衝入陣心大肆搗亂，才可能毀去陣法，但外圍這六個方陣互相應援，緊緊保護陣心，憑我這三腳貓的功夫，想要毀去陣心談何容易？」

眾軍縱橫來去，越奔越快，呼喝聲也越來越響，雖只三十六騎，卻像千百劍光將馮道圍在當中，那情景既壯闊又可怖，只要稍一不慎，便是利劍斃命，馮道不禁生了怯意：「我若不盡快破陣，時間一久，速度稍慢，必定喪命，但我是來當說客的，若傷了對方，又會傷了和氣，談判就要破局，這中間拿捏委實困難。」正猶疑難決，忽然間，前方長劍當胸刺來，他連忙停步後仰，左右後三方長劍卻已經補上，教他無論往哪個方向閃躲，都要受刺身亡。

馮道原以為這一趟旅程，佳人相伴，必是風光旖旎，只要憑著舌粲蓮花，對各方藩鎮曉以利害關係，便能完成任務，想不到會落入這等境地，關關都是死關！

卻說褚寒依被邀請坐到高台之上，少年將軍拿出一把琵琶，微笑道：「今日天清氣朗，正是品茗賞琴的好時光。」

褚寒依驚喜道：「是焦尾琴！」

這少年將軍正是徐知誥，微笑道：「寒江堂主曾說這是彈琴者夢寐以求的寶器，今日我特意帶來與妳共賞，或者我們可切磋一番。」

褚寒依想不到真有機會彈奏焦尾琴，心中激動難已，顫聲道：「多謝少樓主。」想伸指去觸碰，又怕失禮，只生生忍住衝動，問道：「這琴乃是稀世寶物，為何會在少樓主手中？」

徐知誥道：「我生父潘榮曾在湖州安吉擔任砦將（管錢財和稅收的官吏），無意中發現有人販賣這把寶琴，家父是讀書人，又懂一點琴藝，便用一袋米糧交換這把琴。」❶

褚寒依咋舌道：「這琴是無價之寶，竟然只用一袋米糧便換到？」

徐知誥感慨道：「戰爭亂世，百姓連飯都吃不飽，誰還在乎一把琴？倘若我父親不買下來，或許它就被當成廢柴燒了。後來戰火毀我家園，我成了孤兒，流落到開元寺做個小和尚，有一日李神福將軍來到寺中，帶我回去當家奴，後來節帥來到將軍府，見我投緣，便想收我為義子，卻因為哥哥們容不下我，只好把我轉送給義父。」

雖然他語氣淡然，褚寒依卻可明白戰亂孤兒的艱苦，不禁心生同情：「他生得如此俊美，身世卻十分可憐，不只當過小和尚，還三番四次被轉讓，到處漂泊，就連在節帥底下也無法安生。」

徐知誥目光幽遠，緩緩說道：「無論我多貧窮困苦，總告訴自己絕不可賣掉這琴圖溫飽，每當遭遇禍患險難，更以這琴勉勵自己：『良才歷盡磨難、寶器未被賞識』。」語氣中透著一股堅忍剛毅與鴻圖遠志。

褚寒依心中湧升難以言喻的感覺，或是佩服、或是敬畏，道：「這琴對少樓主如此珍貴，寒依不敢冒瀆了。」

徐知誥指尖輕輕撥弄琴弦，流瀉一曲「高山流水」，道：「相識滿天下、知音有幾人？這焦尾琴真正的含意只有妳明瞭，我與妳就好比伯牙與鍾子期，我以寶琴餽知音，世上沒有比這更美的事了。」

褚寒依聽著優美的曲韻，感動道：「峨峨兮若泰山、洋洋兮若江河，高山流水、知音相遇，的確是最美的事了。」

徐知誥微微一笑，道：「再者，我想以琴賄賂妳。」

褚寒依一愣：「少樓主是何意？」

徐知誥道：「義父賜我姓名，教我武藝，我心中感念，一心只想為淮南軍打下江山，報答節帥、義父兩位老人家的恩情，偏偏我到哪兒都不待見，幾位義兄也厭惡我，時時想謀害我性命。」輕輕一嘆又道：「我自己不要緊，但煙雨樓若想成就大事，我需要妳們全力輔助。」

褚寒依心想倘若節帥和義父的親兒都聯手起來對付他，情況確實十分危險，不禁義憤填膺，拱手道：「少樓主放心，無論外面風雨如何，寒依必忠心扶持、追隨不渝。」

徐知誥微笑道：「有寒江堂主這句話，我便如吃下一顆定心丸。」伸手領了褚寒依的纖指按上琴弦，道：「妳的繞殿雷乃是用皮絲做成弦，妳試試，焦尾的弦有何不同？」

褚寒依忽然觸到夢寐以求的寶琴，心中萬分感動，徐知誥將她的喜悅瞧在眼裡，微笑道：「我們莫要辜負這良辰美景，不如就合奏一曲，妳喜歡『十面埋伏』還是『昭君出嫁』？」

褚寒依目光下望，忽然見到馮道受人圍攻欺辱，頓覺不安，一抿唇，恭敬道：「少樓主今日特意備上焦尾琴，寒依感激不盡，但此刻實在無暇賞琴，還望少樓主原宥。」

徐知誥道：「下面那個小子就是妳選擇的人嚒？」

褚寒依道：「是，還望少樓主手下留情，不要傷了他。」

徐知誥惋惜道：「妳們四位堂主都是義父精心挑選、傾力栽培的頭挑人才，是梧桐枝上最珍貴的鳳凰，本該居高位受萬人景仰，她們都選了可能稱帝的人選，妳怎會選了這樣的人？」

褚寒依恍然明白他方才說「十面埋伏」暗指馮道的處境，而「昭君出嫁」卻是指自己所嫁非人，一時羞赧，低聲道：「義父說夫君人選必需具備兩個條件，一是不能動心。」

徐知誥目光下望，見馮道模樣粗鄙不堪，莞爾道：「那小子確實很難讓人喜歡。」英眉一挑，問道：「妳沒想過換個人選嚒？」

褚寒依愕然道：「換人？」

「比如說——」徐知誥自信一笑：「我？」

褚寒依更加驚愣，一時說不出話，尷尬道：「少樓主莫說笑了。」

徐知誥道：「義父只說人選必需具備兩個條件，『不能動心』更只限於那人不肯投靠煙雨樓，而我本是煙雨樓之人，這一條件自然便符合了。」

褚寒依支吾道：「但還有一個條件……必需……可能登基為帝……」

徐知誥精光一閃，隨即哈哈笑道：「我自是說笑，寒江堂主不必放在心上。」望著下方情景，又道：「我不過試試這小宦官有幾分能耐，值不值得妳相伴一生，妳就安心賞琴吧。」

褚寒依見馮道情狀狼狽、勢態危急，忍不住道：「這樁婚事乃是義父親口應允，由我達成兩個條件，還望少樓主莫要插手。」

徐知誥溫言道：「妳想屈就一個宦官，我卻不能讓妳如此蹧蹋自己。」

褚寒依道：「我奉義父之命查探他底細，少樓主若傷害了他，恐怕會打草驚蛇。」

徐知誥目光一沉，冷聲道：「今日煙雨樓既由我主持，我便能掌理一切。」

褚寒依見馮道處境危險，心中著急，忍不住道：「他真是奉聖旨向節帥求援，這其中牽涉了三大藩鎮與皇帝之間的鬥爭，萬一事情出了差錯，造成什麼後果，少樓主可擔待得起？」

徐知誥沉聲道：「我就是不能讓他到節帥面前，這才出手攔阻，只有李茂貞、李克用、朱全忠三方鬥個你死我活，我們才有機會。」

褚寒依心知他說得不錯，道：「但此刻北方局勢變化劇烈，誰也料不到結果會如何……」

徐知誥精光一湛，截斷她的話：「妳為了一個身分低賤、無法人道的公公，竟想違背命令？」指尖按著褚寒依的纖指狠狠撥了弦絲，「錚！」發出一聲尖厲的肅殺之音。

褚寒依但覺指尖劇痛，直入心尖，又見下方十多名軍士手持長劍，淩空撲向馮道，重重疊疊的劍光幾乎要將馮道淹沒，一咬牙，從徐知誥指尖抽回了玉手，抱拳道：「寒依違背命令，甘受責罰，就以三個月為限，到時必給少樓主一個交代！」雙足一點，飛向林間，手腕一沉，千百細針化為一篷星光射去，「叮叮叮！」震開數把長劍，同時一把解開馮道手腕上的束縛，為他快速披上外袍，俏立在他身邊並肩對敵。

徐知誥見伊人奮不顧身，晶眸湛出一道冷光，俊美的臉沉如古玉：「『良才歷盡磨難、寶器未被賞識』，終有一日，我會達到那個條件！」

馮道見褚寒依前來相助，精神大振，歡喜道：「老婆一來，老公立刻勇猛無敵！」話才說完，一道劍光已急速刺來，褚寒依心想：「這是節帥的精銳親軍，我可不能射死他們……」但怕馮道看出自己手下留情，正猶豫該如何是好，馮道卻一把攬了她的腰，道：「別出手！讓老公大展神威給妳瞧瞧。」巧妙地從她腰間掛飾抽取一條絲線在手，同時摟著她向左拐了彎，閃到一株大樹後，將手中彩絲纏在兩棵大樹中間。

那彩絲是牛筋製造，堅韌易彈，與弓弦相當，黑雲騎兵疾衝過來，待見到有細絲線在下方攔路，已來不及收勢，「嗤！」一聲，馬兒的前腿被割傷，一個吃痛，向前仆跌，馬上騎兵就被拋飛出去。

其他黑雲騎兵挺著長劍疾追過來，馮道拼著受幾處劍傷，帶著褚寒依東一轉、西一幌，身影翻飛地穿梭樹林中，將一條條絲線纏在樹幹間，圍出一個九宮八卦圖陣，最後和褚寒依站在陣心中央。

這地方不過方圓半里大，四周數十棵大樹林立，眾軍見他們不往外逃，反而困入樹林中心，都覺得他們自尋死路，興奮地策馬追近，豈料才奔了幾步，嗤嗤連響，衝在最前頭的幾匹馬兒被絲線割傷，瞬間摔下幾人。這麼一來，眾軍不敢再莽撞躁進，便放慢速度，小心翼翼避開絲線，不想繞了幾彎之後，竟然轉到了樹林外。

眾人實在大惑不解，明明是一路轉進，為何會轉到林外？當下不及細想，再度策馬進入，只見一條條絲線上上下下、橫七豎八地橫在樹幹間，他們無法躍馬跨過，只能繞著絲線勾出的路徑往馮道所在趨近，幾個轉彎後，又到了樹林外，眾軍一時摸不清腦袋，只呆呆立在原地，不知是否該繼續前進？

徐知誥居高臨下，看得清楚，見馮道手法奇特，竟能將三十六名軍兵困於陣中，大喝道：「何必糾纏線圖，斬斷就是！」

黑雲騎兵擅長馬上坐戰，因此當局者迷，聽得指示，立即醒悟，馬兒容易被絲線絆倒，此刻只要下馬作戰，便可輕易殺了對方，於是紛紛躍離馬背，施展輕功，點踏在絲線上，從四面八方疾奔向馮道。

馮道趁眾軍離開馬背奔向陣心的剎那，忙摟著褚寒依縱身躍起，一個左拐右滑，輕巧地轉出陣外，奪了馬匹直衝出去。

黑雲劍客甫奔到陣心，卻見馮道二人反脫出陣外，還搶馬離去，頓覺上當，雖急想回頭，卻被四面八方的絲線給困住，待眾人揮劍斬斷絲線，再騎上馬兒，已遲了數分。

眾軍策馬追趕，想將馮道二人攔截下來，忽然間，一道清露般的針光射至，散化成滿天星光，眾軍正自急衝，乍見到暗器迎面灑來，嚇得連連疾退。

馮道得意笑道：「多謝將軍放娘子歸來，小馮子夫婦後會無期啦！」

徐知誥恍然明白上了當，心中暗恨：「這小子早就能破出劍陣，卻故意挨打，以苦肉計激得寒依出手，離開我身邊。寒依外表強悍，內心卻是善良，最見不得人受苦，這小子早就摸透她性子了！」轉念瞬間，人已飛身而下，直落座於前方一匹駿馬，策韁急追，暴喝道：「快追上！這惡賊強擄良家少女，罪行滔天，人人得而誅之！」

馮道兩人才跑了一陣，後方盡是奔雷蹄響，正是徐知誥親自領兵追來。馮道和褚寒依共騎一乘，自是快不過徐知誥，平常這等情況，褚寒依早就發針擊退追兵，但見是少樓主，如何能出手？心中只七上八下。

轉眼間，徐知誥已逼到身後，他足尖一點，縱身撲去，手中摺扇如光劃去，直掃向馮道後頸。此時褚寒依人在前方，馮道坐於後方，耳聽利扇掃至，立刻貼著褚寒依俯身趴下，平貼馬背上，才躲過致命一擊，兩人這一貼觸，自是親密無間，徐知誥看得妒火中燒，足尖連點周遭樹枝，疾追在後，手中摺扇更是連連劃去，馮道顧不得違禮，只俯身壓著褚寒依馬不停蹄地往前衝，衝入一密林裡，林中有一座涼亭，亭中卻有三名服飾華麗的男子正在密會。

馮道耳聽後方利扇再度逼近，來不及停步下馬，抱著褚寒依一個翻滾，跌下馬去，徐知誥這一疾衝，扇緣正好切向馬頸，那馬兒一聲長嘶，後蹄猛力飛踢，徐知誥險些被踢中，連忙一個縱身，足尖點向馬蹄，向後翻了一個觔斗，避了開去，他尚未站穩腳步，足尖點地，已再度飛身追上。

馮道這一滾下馬，算得極準，恰好滾在涼亭外，立刻拿出檄書，徐知誥飛身撲去，扇緣差了二尺就觸到馮道後腦勺，馮道聽聲辨形，連忙俯趴於地，恰恰避過了他的襲擊，雙手卻是高舉檄書，急喊道：「晚生奉旨前來傳詔！」

徐知誥正淩空飛撲，扇緣險些割破檄書，不由得吃了一驚，連忙以腰力狠狠一扭，整個人摔向一側，才沒毀去皇帝聖旨，他這一跌頗是狼狽，見功虧一簣，心中甚是惱怒，幾乎要再追殺過去。

涼亭中三名男子見到檄書，驚得站了起來，其中一人揚手止住徐知誥的行動，徐知誥壓下心中憤怒，面上不露半點神色，只拍拍衣衫，優雅起身，拱手道：「啟稟節帥，此人是刺客，末將正自追捕，不想他逃至這裡，驚擾了貴客，末將護衛不周，請節帥降罪。」

前方那人頦下五柳長鬚，面如冠玉，十分高瘦，一身青衫儒衣，輕裘緩帶，手中搖曳著一柄金摺扇，意態瀟灑，似謙謙君子，又似逍遙神仙，唯獨不像領兵打仗的節度使，雖年近五旬，卻容光煥發，乃是內功高深之相。他微微擺手，示意徐知誥退在一旁，轉問馮道：「小兄弟，有什麼事嚒？」語氣溫和，令人如沐春風。

馮道心想：「他便是南方霸主楊行密了。」見楊行密身旁並立一名武將，白眉長鬚、身材圓碩，眼神頗有剛毅之氣，又想：「這裡接近平盧，能與楊行密私會者，必是平盧節度使王師範了。」後方還有一人，但被兩人高大並列的身影遮擋住，匆忙之間，他看不真切，只能高舉檄書，大聲道：「晚生不是刺客，是朝廷宣諭使！」

楊行密見馮道頭髮散亂、衣衫不整，髒濕的外袍下竟穿著一條破花花的長褲，渾似個乞丐，又聽徐知誥所言，並不相信他是皇帝所派，只目光閃爍，不發一語。

王師範卻是性情中人，直言斥道：「難道朝中無人了，竟派一個乞丐來傳旨？你可知矯詔乃是欺君大罪，要人頭落地！」

馮道但覺好笑：「這幫節度使哪個不欺君？卻來跟我說這是大罪，真是滑天下之大稽！」

面上仍恭敬道：「晚生一路行來，屢遭危難，才弄得衣衫不整，失了禮數，還望各位節帥包涵。」遂站起身，將檄書宣讀一番。

眾人聽檄書內容竟是皇上要大家共剿朱全忠，不禁面面相覷，頗有疑色。馮道見他們不信，解釋道：「前些時候，梁王派兵進入皇城，意圖造反，想必各位節帥已經聽說了，幸好聖上鴻福齊天，躲過一劫，如今暫避鳳翔頤養，但梁王惡膽包天，竟派大軍包圍鳳翔，聖上因此派晚生前來傳詔，命眾藩鎮一起伐罪除逆。」

王師範大聲喝斥：「徐小將說得不錯，你果然是個騙子、刺客！聖上如此痛恨岐王，怎可能投奔鳳翔？」

楊行密道：「前些時候，梁王廣發英雄帖，說韓全誨焚燒長安宮城，夥同逆賊李茂貞逼迫聖上西巡鳳翔，梁王曾派判官李擇、裴鑄前往鳳翔奉迎聖駕，但李茂貞不肯放人，梁王欲召集天下兵馬共圍鳳翔，保皇救駕，你卻說梁王才是逆賊，有何證據？」

馮道恍然明白他們是接到朱全忠的邀帖，才祕密聚集在這，共商應對之策，心想：「朱全忠先下手為強，這事可麻煩了。」便將檄令拿到他們面前，道：「相信以兩位節帥的慧眼，必能分辨真偽。」

兩人一看蓋印果然是聖上發兵用的信璽，已知不假，但只憑一個小乞丐手中的檄書，就要公然與朱全忠為敵，實在太過冒險，只眉頭緊鎖，沉吟不語。

馮道正想該如何說服，站在後方的一名錦衣儒士忽然出聲：「你可是馮小兄？」直穿過兩人走到馮道面前，大力抓住他肩膀，驚喜道：「想不到咱們又見面了！」

馮道認出他是與自己談論過《道德經》的趙匡凝，歡喜道：「哈！趙大爺也在這裡！啊！

晚生失禮，應稱呼您『趙節帥』才是。當年我不知您正是『國家昏亂有忠臣』的荊襄節度使，真是有眼不識泰山！」心中暗喜：「趙匡凝在此，事情便好辦了。」

趙匡凝回想起當年馮道戲弄群雄、讚揚自己一事，笑得合不攏嘴，拍拍馮道的肩，又對楊、王二人道：「是自己人，徐小將肯定是誤會了。」

楊行密疑道：「光儀真認識他？」「光儀」是趙匡凝的字。

趙匡凝笑道：「不只認識，還十分投契，這孩子……」見馮道已經長大，哈哈一笑，道：「不過兩、三年不見，已是翩翩君子了。」

馮道險些噗笑出聲，幸好強行忍住，心想：「我一身破爛，渾像個小乞丐，趙匡凝卻能睜眼說瞎話，硬說成翩翩君子，做戲的功力當真一流，我可不能輸了！」當下一揖到地，恭敬道：「當年晚生得趙爺指點學問、解救性命，沒有一日不想著報答您的恩情，今日得以重逢，真是……」伸袖抹了眼角，語聲哽咽：「真是……蒼天有眼！」

趙匡凝心想當時自己一掌送這小子離開，想不到這孩子倒是長心眼的，心中歡喜，扶起他哈哈大笑：「好說！好說！舉手之勞罷了！」

馮道故意貼近他低聲道：「聖上也十分惦記您，讓我此趟前來，一定要好好問候您。」這話雖然說得小聲，以楊行密和王師範的功力卻必然聽見，兩人心中不禁揣思：「難道聖上和趙匡凝達成什麼協議嚒？」

趙匡凝微笑道：「聖恩榮寵，臣愧不敢當。」又對楊、王二人道：「馮小兄真是個人才，學問好，行事俠義，有勇有謀，將來不可限量！」

楊行密心知趙匡凝向來高傲挑剔，卻對眼前乞丐語多讚賞，又想徐知誥行事幹練，這小子居然能闖過他的防守直奔來此，確實有些本事，道：「既然馮使君專程前來，這事……」

徐知誥在一旁聽得刺耳，忍不住瞄向褚寒依，卻見她雙頰胭紅，眉眼含笑地望著馮道，頓時更覺刺眼，心念一轉，當即拱手道：「啟稟節帥，末將有一想法。」

楊行密知道他一向足智多謀，或有法子拒絕聖上的旨意，微笑道：「你說。」

徐知誥道：「如今聖上待在鳳翔城裡，情況如何並無人知曉，誰是忠臣、誰是逆賊，怎辨得清？這印璽或許不假，但李茂貞連聖上都敢囚禁，逼出一道檄書又算什麼？」

王師範立刻大聲附和：「不錯！徐小將果然聰明，一針見血！這檄書肯是李茂貞那逆賊逼聖上寫的！」又嘲笑馮道：「憑你這副德行，是逆賊同黨還差不多，怎可能是朝廷使臣？」

趙匡凝心中不悅，沉聲道：「英雄出少年，王兄可不要小看了！他曾經出手救過聖上，還出言戲侮韓建那廝，氣得他活蹦亂跳，連李茂貞都臉色鐵青，卻無可奈何。」

王師範握拳道：「英雄好漢就該比拳頭狠硬、武功高強，搬弄三寸口舌是娘們的手段，能有什麼真本事？」

趙匡凝冷笑道：「在李茂貞這幫豺狼虎豹面前，有誰敢說一句真心話？滿朝文武只怕找不出一個！」

王師範素以忠義自許，卻因懼怕朱全忠淫威，甘做鷹犬，這事於他始終是奇恥大辱，見趙匡凝明諷暗斥，一時羞怒交加，揚起重拳就要砸去，楊行密大扇輕輕一拂，以一股柔勁將他的拳頭帶了出去，打圓場道：「大家要齊心救出聖上，別為一點小事傷和氣。」王師範只得忿忿然收了手。

馮道生怕三人翻臉壞了事，也趕緊賠笑：「如今聖上危難，誰都該出一份心力，各位節帥出兵救難，是忠君愛國，晚生奔波四地，勸說各方，也是一片丹心！最不恥的是有些藩鎮兵強馬壯、屬地豐饒，受大唐恩典，卻不念皇恩，只想著自己利益，想坐山觀虎鬥，一個兵子兒也不肯出，那才是奸臣逆賊！三位節帥都是赤膽忠忱的大英雄，絕不會做出這樣的事，你們說是不是？」王師範一時無言可駁，只得默然點頭。

楊行密緩緩說道：「聖上被奸臣挾迫，身為臣子自當分憂，只不過這事忽然翻盤，究竟該如何進行，我們總得和各路英雄重新商議、從長計議！」

馮道聽他分明是推托之詞，道：「聖上早安排好計劃，各位只要遵旨而行即可。」

徐知誥道：「梁王早一步廣發英雄帖，力邀眾軍共圍鳳翔，難道在這短短時間裡，馮使君便已突破汴梁軍封鎖，將檄書送達各地，說服各藩鎮改變主意？」

如今朱全忠勢大，要公然與之作對，必須聯合各軍，否則下場必慘，單只有他們三軍，是無力對抗的，楊行密心中擔憂，但不好直言相問，以免顯得自己貪生怕死，對皇帝不忠，由小將徐知誥問出，只能說他年輕衝動。

馮道瞄了徐知誥一眼，暗想：「他看似魯莽而問，其實既切中要害，又懂主子心思，真是個厲害人物。」微笑道：「聖上得知你們會受朱全忠欺騙，派了很多使臣去送檄書，不獨晚輩一人，這等大事，自需要各路義軍共襄盛舉。聖上還允諾功成之後，參與臣子皆有封賞，晚生打聽到聖上有意授楊節帥東面諸道行營都統、檢校太師、中書令，封吳王，另兩位節帥也各有封賞，但最重要的是……」微微一笑：「三位節帥這次的任務，絕對是個好差事！」

三人並不相信，楊行密感慨道：「出兵打仗，不知又要死傷多少人命，怎麼也不算好差事。」

馮道微笑道：「在這次殺朱大計裡，三位節帥只需負責襲擾後方，不必衝鋒前線！」

賞賜豐厚，又不必和朱全忠直接拼命，三人不由得亮了眼，徐知誥冷冷道：「天下豈有這麼便宜的事？我三方只需襲擾汴梁軍後方，又是誰去做前鋒軍？」

馮道心想：「誰去對付朱全忠，都是雞蛋碰石頭，他們在意的唯李克用一人而已！」硬擠出一抹奸詐笑意：「聖上看不順眼誰，便讓誰做這苦差事了！」

眾人恍然大悟，都露出滿意笑容，馮道見他們心意鬆動，更鼓動簧舌：「忠義之輩最怕受奸人挑撥利用，無端成了逆賊，倘若各位誤信梁王讒言，率兵攻打鳳翔，卻發現落入被義軍包圍的困境，到時不但全軍覆沒，還背上逆反的千古惡名，豈不冤枉？」

趙匡凝立刻配合演出，從馮道手中取過檄書高高舉起，慷慨激昂道：「若不是馮小兄冒死送來這份檄書，我們做了逆臣還不自知，當真慚愧！朱全忠食大唐俸祿，不思報君恩，反而揮兵逼主，這不仁不義的賊子，真是人人得而誅之！」

王師範心想若能除去朱全忠，不只可擺脫控制，還能除去污名，獲得封賞，遂痛下決心大聲道：「我們本是天子藩籬，君父有難，卻只強兵自衛、危而不持，縱容逆賊到這個地步，使聖上失守宗祧，這都是做臣子的過錯！我們過去迫於形勢，才和朱賊虛與委蛇，那些窩囊事就不提了！現在他敢公然逼迫聖上，我們怎能不領兵護駕？」

楊行密卻仍眉頭緊鎖，馮道見他不肯鬆口，又道：「如今李克用已枕戈待旦，準備發兵了，三位節帥要盡快整軍配合，切莫錯過這千載難逢的良機了！」

楊行密和徐知誥互望一眼，心知肚明：「我們的探子傳回消息說李克用並不肯出兵，這小子分明說謊！」

徐知誥故意欽慕道：「聽說晉王所向無敵，我們長居南方，始終無緣會見，但不知這位沙陀英雄長得何等模樣？」

楊行密心領神會，微笑道：「不錯！本帥也久仰晉王威名，倘若馮使君能取來他的畫像，我們便相信你所言不假，自會領兵勤王。」

馮道拱手道：「一旦晚輩送來晉王畫像，還請各位信守承諾，揮軍併進，共剿朱賊，各位節帥高義，晚輩先行謝過。」又轉向徐知誥，笑道：「徐小將，我的衣衫被惡賊弄破了，想向你借一套衣衫、兩匹駿馬。」

徐知誥聽他暗諷自己是惡賊，卻不能拒絕，只好一一照辦，馮道笑嘻嘻地道謝之後，便得意揚揚地帶著褚寒依離開。

褚寒依想到今日違背少樓主，心中忐忑，一路悶不吭聲，馮道問道：「妹妹在想什麼？」

褚寒依不能說實話，只道：「我聽說李克用從不畫像，他們提這要求，豈不是刁難人？」

馮道微笑道：「他們不相信我說服了李克用，所以提出這要求。一個不肯畫像的人，如果願意讓你畫像，便是心中相信了你；像李克用那樣的人，肯和我面對面安安靜靜坐上一個時辰，肯定是和我相談甚歡了。」

褚寒依蹙眉道：「你可有把握？」

馮道自信道：「楊行密以為他出了難題，殊不知我只需瞧李克用一眼，便能憑記憶畫個七、八分像，根本不用和他對面靜坐。」

褚寒依喜道：「既是如此，咱們快快趕路，把這事辦好。」

馮道微笑道：「難得和妹妹遊山玩水，何必趕路？最好是慢慢晃悠，走到天荒地老。」

褚寒依板了臉道：「軍情緊急！」

馮道笑問：「徐知誥為難我時，妳為何出手相救？」

褚寒依俏臉一紅，別過玉首，道：「我怕你不能完成任務，有負李茂貞之託。」

馮道奇道：「妳幾時和李茂貞交情這麼好？」

褚寒依一咬朱唇，道：「我奉樓主之命，要襄助李茂貞對付朱全忠。」

馮道哈哈一笑，褚寒依哼道：「你又笑什麼？」

馮道湊近她臉頰，目光探入她眼底，道：「小姑娘不誠實！」

褚寒依雙頰更紅，避開他目光，道：「我怎麼說謊了？」

馮道搖頭道：「妳有交情的不是李茂貞，而是徐知誥！」

褚寒依哼道：「我不明白你說什麼！」

馮道笑道：「妳不只認識徐知誥，還熟得很，卻為了我得罪他，我心裡快活得很！哈哈！」便長笑縱騎而去。

（註❶：徐知誥，字正倫，小字彭奴，之後更名李昪。其身世眾說紛紜，有一說李昇生父是李榮，另一說是潘榮，他在開元寺中被吳將李神福收養後改姓李，後被楊行密欣賞收為養子，之後再被徐溫收養而取名徐知誥，待建立南唐後，又改回李姓。由於他是南唐開國皇帝，因此南唐史皆稱他是大唐皇裔的後代，例如徐鉉的《江南錄》中指李昇是唐憲宗八子建王李恪的玄孫，但五代史、宋史皆不以為然，吳越史更對他的背棄祖氏有一番嘲諷。）

九〇一・三　詔書引上殿・奮舌動天意

晉州長寧關使張承暉於當道錄到張浚榜並詔曰，張浚充招討制置使，令率師討臣，兼削臣屬籍官爵者。臣誠冤誠憤，頓首，頓首！伏以宰臣張浚欺天蔽日，廊廟不容。讒臣於君，奪臣之位……況臣父子三代，受恩四朝，破徐方，救荊楚，收鳳闕，碎梟巢，致陛下今日冠通天之冠，佩白玉之璽。臣之屬籍，懿皇所賜；臣之師律，先帝所命。臣無逆節，濬討何名？陛下若厭逐功臣，欲用文吏，自可遷臣封邑，以俟就第。奈何加諸其罪，孰肯無詞……且陛下阽危之秋，則獎臣為韓、彭、伊、霍；既安之後，罵臣曰戎、羯、蕃、夷。海內握兵立事如臣者眾矣，寧不懼陛下他時之罵哉？

《李克用上章論訴》

馮道帶著詔書直奔晉陽，褚寒依緊緊相隨，兩人一路同行，鬥嘴不休，褚寒依說不過時，總氣呼呼地修理他，馮道也不介意，反而覺得別有情趣，幾日後，倒也平安抵達了「邢州」。

馮道叮囑道：「再過去就是河東，但這地方仍屬朱全忠轄下，時時有兩軍交戰，極不安穩，要小心些。」

話才說完，便聽見前方馬蹄雜沓，上百名汴梁軍騎馬呼喝，趕逐一群百姓，許多老人小孩跌倒在地，被鞭子打得渾身是血，少女少婦們盡衣衫破爛，露出赤裸身子。汴梁軍不只揮鞭抽打，更手舞長刀來回屠戳，每殺一人，總歡呼喝彩、喧聲笑鬧，百姓們只嚇得奔逃哭叫、推擁滾撲，不一會兒，已是血肉橫飛。

原來邢州地處汴梁和河東的交界，汴梁軍為防奸細藏匿，時時點閱戶口，一遇可疑人物往往隨意打殺，有時興致一來，也不管老幼，一律當成沙陀族人大舉屠戮，看到美貌女子更是絕不放過。百姓都知道「寧可下地獄、不可入邊境」，能逃的早就逃光了，這群百姓卻不知怎麼被擄到這裡。領頭的牙校鐵蹄奔踏在屍首上，高舉鮮血淋漓的長刀，哈哈大笑：「殺得好！叫沙陀蠻子知道咱們的厲害！」

「住手！」馮道和褚寒依見不得百姓受難，齊聲阻止。

那牙校聽得有人叫喊，策騎越眾而出，斥道：「小子活得不耐煩了，敢來管老子的閒事！」他臂彎夾了一名滿面泥灰、長髮披臉的纖弱少女，見褚寒依生得明珠瑩然、玉輝生光，登起色心大起，將手中少女拋甩出去，笑道：「小姑娘，別跟那個小兔爺，來服侍老子，有妳樂的！」說著雙腿一挾，催馬向褚寒依衝去。

「惡賊！」褚寒依冷斥一聲，揚手射去銀針，那牙校一個翻滾落馬，倒地斃命。汴梁軍見狀，登時像炸開了鍋般，大叫：「他們殺了牙校！」高舉長刀衝向馮道兩人，將他們包圍起來，瘋狂砍殺，兩人只得奮力抵擋。

卻說方才的少女被牙校拋出，在空中翻了兩個觔斗，跌落在地，又滾到數尺之外，一動也不動，似已摔死。人群中一個小男童趁亂奔向少女，撲在她身上，哭喊：「姐姐！姐姐！」一名汴梁軍見男童奔逃，呼喝道：「小子竟敢逃走，找死！」疾衝過去，長刀揮處，砍向男童背心，男童呻吟一聲，便已斷氣，雙手仍牢牢抱著姐姐。少女聽見男童呼喊，驚醒過來，才摟住弟弟，卻看見他的鮮血在面前噴飛如柱，少女嚇得尖聲驚叫，那名汴梁軍見她尚未死透，又策馬過來，揮刀砍向她腦袋！

馮道和褚寒依被百多名汴梁軍圍住，見姐弟二人遭難，卻無法援救，既著急又難過，忽然間，密林深處傳來高吭的長喝聲：「賊人——斃命來！」竟似戲子唱曲。

「咻！」一支疾箭如光掠過，直接洞穿那名汴梁軍的身子，「哐啷！」一聲，汴梁軍手中長刀落地，睜著大眼俯身趴下，龐大的身軀正好覆蓋住少女。

「有伏敵！」汴梁軍雖吃了一驚，但個個藝高膽大，並不害怕，反而策馬殺進樹林。

一陣箭光咻咻掠過，「碰碰碰！」那幫汴梁軍連唉哼都來不及，就一起倒斃，其他汴梁軍被這等氣勢驚呆了，不敢再衝動，只小心翼翼地舉刀防備。馮道也吃了一驚，心中暗呼：「見鬼了！這人手法之快、勁力之強、準頭之精，簡直是鬼魅！」

樹林中緩緩飄出一張大花臉，眾人不禁嚇了一大跳，馮道心中大叫：「真是見鬼了！」仔細瞧去，才發現是一個黑衣人騎著黑色駿馬，戴著花臉面具，但天色黑暗，他身影又掩在樹林裡，才讓人誤以為是花臉妖鬼。

「一——個——不——留！」大花臉長聲一喝，又似戲子唱曲，他身旁的八名弓箭手立刻以箭搭弓，瞄準目標，颼颼颼連珠發射。

汴梁軍想揮刀抵擋，卻已來不及，又被利箭射倒一片。其餘汴梁軍見勢不對，嚇得回馬就走，那幫弓箭手豈肯罷休，夾著胯下駿馬風馳電掣地追上，手中利箭咻咻幾聲，就將殘餘的汴梁軍盡數殲滅。

大花臉穩穩坐在馬背上，只仰首望天，對部屬瞬間屠滅百多名汴梁軍，似家常便飯一般，連看也懶得看。馮道心中暗讚：「這幫人箭術奇佳，當真是百步穿楊，例無虛發，但比起大花臉仍稍遜一籌。」他有意結交，便上前拱手道：「多謝英雄出手解危。」

大花臉長弓揚起，利簇瞄準馮道眉心，冷笑道：「誰說我要救你們？」

馮道心知他只要指尖一鬆，就是穿腦之禍，不禁臉色霎白、背脊發寒。大花臉見馮道流露懼意，心中輕視，哼道：「我只不過看見朱賊狗子，就心癢難耐，非射死不可罷了！」便收了弓箭，一拉韁繩，準備掉頭離去。

百姓們見雙方大戰，早就四散逃了，唯獨死了弟弟的少女像受到太大刺激，仍呆坐在一片屍山血海中，雙手抱著男童輕拍他背心，似哄小孩入睡般柔聲吟唱：「一十時，顏如蕣華曄有暉，體如飄風行如飛，孌彼孺子相追隨……」那聲音清脆天真，語氣卻十分悲傷，彷彿一個純真孩子歷經慘酷戰火，無力抗爭，只能發出淒涼哀吟。

大花臉原本要離去，一聽見這天籟般的聲音，不禁停步回首，藏在面具後的精眸湛出一道利光，深深凝注著少女，問道：「妳為何唱『百年歌』？」

少女緩緩抬起頭，她滿面塵泥血污，一雙驚恐的眼瞳卻亮如黑星，輕聲道：「弟弟聽了百年歌，就能一年年長大，年年和我相伴，百年不離……」

眾武士原本殺人不眨眼，聽了她似有魔力的淒楚歌聲，再望著全身染血的男童屍身，心中竟感到一絲酸楚：「她不知道男童死了嚒？」

大花臉問道：「妳叫什麼名字？家中可還有人？」

少女雙眸浮了淚水，低聲道：「小娘子名喚劉玉娘，家中只餘姐弟倆相依為命……」

「她來了！」褚寒依方才見少女披頭散髮、滿臉血污，並沒有認出人，乍聽到「劉玉娘」三字，不由得暗暗心驚：「她為了吸引李存勖，不惜犧牲這麼多無辜百姓，陪她上演一齣大戲，連我也矇騙了，真是好厲害的手段！」又想：「她肯定認出我了……」心中雖忐忑，但此時兩人各有任務，只能假裝不識。

花臉武士微然思索，冷聲道：「帶回去！」說罷即策騎揚長離去。

馮道見大花臉行事俠義勇決、舉止瀟灑快意，心中欽慕，恨不能與之結交，忍不住高聲呼喊：「英雄慢走！喂！喂！大花臉！」

大花臉卻不理會，在八名神箭手的擁衛之下，遠遠去了。馮道原想施展輕功追上，但害怕他的弓箭，不敢太過靠近，才一猶豫，對方已消失在樹林裡。

褚寒依道：「這人性情古怪，故意戴面具嚇人，箭法之厲卻是世所罕見，不知是哪一派人馬？」

馮道一時也猜想不出，道：「再過去就是太原府了，到了那裡或可打聽。」

太原盆地周圍環山，中間低平，北方有一巨大湖泊「晉澤」，西側「呂梁山」蜿蜒曲聳，中間有汾河貫穿盆地，與南方的晉水交會，太原府治「晉陽城」就位於晉水、汾河的交匯處。

晉陽城的地形極為特殊，汾水從中間穿過，將晉陽分成東西兩座城池，當年武則天指派並州長史崔神慶在汾河上架設一座大石橋，橋上建立一座中城，將東、中、西三城聯結為一座大晉陽城，定為「北都」，後來唐玄宗將它更名為「北京」，與西京長安、東京洛陽齊名。

馮道和褚寒依行到太原邊境，憑著張承業給的令牌過了關卡，在邊境守軍的指示下，登上河畔小舟，順著汾河往晉陽城方向緩緩前進。

時值初冬，悠長的晉河籠罩在雪色波光裡，前方城池氣象宏偉、巍峨聳立，隱在細雪飛白間，點點燈火化成團團光環，如霧如迷，引人遐想，馮道不禁湧生思古幽情：「當年太宗居住在這裡，號稱『太原公子』，是何等瀟灑快意！」又想：「舉凡才德兼備、智勇雙全的男子皆有響亮稱號，我既來到太原公子故居，也應當見賢思齊，取個響亮稱號，才配得上我一身本事，小馮子……小馮子這名號實在不大好聽，有了！不如就叫『小馮公子』！」

小舟順著水流緩緩進入晉陽城，夾岸兩側的景致一一呈現，馮道原以為晉陽風情必是荒涼粗糙，想不到這裡宮城殿堂、飛閣山亭、寺觀寶塔到處林立，在粗獷大器的外表下，蘊藏著古色古香的韻味，令他看得眼花繚亂、驚喜連連。

褚寒依見岸上盡是騎馬攜槍、剽悍不羈的武士，輕輕一嘆：「當年則天皇帝將晉陽建設得十分繁榮，兩岸有許多坊里供百姓做買賣，行舟捕魚川流不息，一片豐庶和樂，如今平民屋舍已成荒蕪，只餘防禦工事，我們卻還要為這地方帶來戰禍……」語氣中流露出對武則天的仰慕與今日戰情的無奈。

馮道見她俏立船頭，柳眉依依、眸光曖曖，嬌脆語聲輕訴憂憐蒼生的心境，在飛雪襯托下，更顯仙姿玉立、楚楚動人，不禁讚嘆：「當年的則天女皇再美，也不過如此了！」心中陶陶然，忍不住便大聲道：「小馮公子一定不辜負妹妹期望，會盡量減少百姓傷亡！」

褚寒依瞪大了美眸，奇怪地望著他：「小馮子幾時成了小馮公子？」

馮道聽她語氣嘲諷，也不以為意，微笑道：「小馮子是公的，加個『公』字，恰恰成了小馮公子！」

褚寒依聽這話中暗指他並非宦官，俏臉一沉，冷聲道：「要加也該加兩個『公』字，稱『小馮公公』才是！」

馮道實在不解她為何非逼自己當公公不可，卻不敢與之爭辯，免得又被五花大綁，無奈之餘，只聳聳肩，自得其樂地道：「太原公子娶了則天女皇是千古美談，我小馮公子娶了寒依妹妹，也是才子佳人，美事一樁！」

褚寒依冷冷道：「你瞧我美貌，便生了蠢念頭，就不怕將來死在我手裡？」

馮道笑道：「有道是『不入虎穴，焉得虎子』，我不冒點風險，怎麼得小母虎？」

褚寒依哼道：「暴虎馮河，死而無悔者，吾不與也！」她知道馮道最仰慕孔子，便故意以孔子的話嘲笑他，表示自己不與莽夫來往。

馮道一聽，立刻以下文回應，笑嘻嘻道：「幸好妹妹不喜歡莽夫，而我小馮公子正好是『臨事而懼，好謀而成』，最符合妳佳婿的條件，妳說咱們是不是天造地設的一對兒？連孔夫子都會拍手贊成呢！」

褚寒依哼道：「小馮公公『臨事而懼』的本事，我是見識多了，能不能『好謀而成』，就不得而知了！」說罷即別過頭去，不再理會他。馮道被一陣嘲諷，也不介意，只安坐下來，支頤瞪眼，大肆欣賞佳人的嬌美風情。❶

小舟行到西城門，兩人下了船，馮道便帶著褚寒依先尋到張承業的居所，說明來意。褚寒依終於明白馮道真正目的是扶持皇帝，暗思：「樓主說大唐已無可救藥，全是因為皇帝昏庸，我該如何說服他背叛那昏君？」想到兩人之間隔著詭譎萬變的局勢，心中便惶惶不安。

張承業見馮道前來，既驚又喜，喜的是這小子貌似膽小無比，關鍵時刻，竟能冒死護送皇帝脫離險境，確實堪當大任；驚的是他身中李茂貞劇毒，還奔波千里四處找救兵，可見鳳翔城情況危急，連李茂貞也擋不住朱全忠了。

兩人連夜商討應該如何行事，張承業提筆寫了十四個名字，為馮道分析情況：「明日會見晉王時，十三太保必會作陪，他們雖號稱十三，其實史敬思、康君立、李存孝三人已經去世，而四太保李存信因不得李克用信任，長年藉病休養，也不會現身。」

馮道問道：「四太保為何不得李克用信任？」

「此事說來話長！」張承業道：「十三太保最勇猛者，其實是名列十三的李存孝，當年他屢立戰功，深受晉王喜愛，卻因此遭到眾將領嫉妒，其中四太保李存信最是忌恨他，竟設下毒計誘使李存孝叛變。晉王並不想殺李存孝，卻沒有人為他求情，最後也只好將愛將車裂而死，他時常惋惜李存孝的死，有一回，十二太保康君立看不下去，流露出不以為然的神情，晉王一怒之下，竟將康君立處死，李存信知道後，心中十分害怕，鬥志全失，此後連連打敗仗，更失去晉王的信任，從此一蹶不振。」

馮道暗想：「李克用是個性情中人，明日我可得摸著他的性子說話，不可惹怒他。」

「至於十一太保史敬思卻是為救晉王而死。」張承業提筆將四人名字劃掉，又一一介紹其他太保長相特徵，最後道：「十三太保之中，說話最有分量的是三太保李存勖，他是晉王的嫡長子，身分自是不一般。除此之外，鐵林軍使周德威也是重要人物，他是晉王的生死兄弟，太保們還要尊稱他一聲叔叔，這個人也不能得罪。」

馮道將每個人的特性謹記在心，又思索該如何應對，張承業見他眉頭深鎖，微笑道：「小子也不必太擔心了！李存勖一向贊成出兵援救其他藩鎮，以對抗朱全忠，明日只要他開個口，鳳翔便有救了！」

翌日一早，張承業便趕緊帶了馮道去見李克用，緒寒依為免自己的美貌惹來麻煩，將雪白玉臉塗得稍黑，柳眉畫成飛揚劍眉，又改穿男裝，扮成馮道的隨行護衛。

三人策騎來到西城，只見一座宏偉巨大的城池矗立前方，周長約二千五百二十步，崇高四丈八尺，整座城池以青石砌築地基，夯土夾板築牆，牆厚丈餘，其堅固厚實堪稱世間第一！

晉陽乃是李唐的發源地，也是北方阻擋外族入侵的前哨站，因此歷代唐帝對晉陽莫不投入大舉建設，馮道一邊經過城關，一邊仔細觀察形勢，見四周開挖壕溝做為第一道護城屏障，再往前走，夾牆內還大量種植荻、蒿、楚等荊藤植物，城內的巨柱全是精銅所鑄，金光綠藤交相輝映，顯得金碧輝煌，炫麗無比，忍不住讚道：「妙！妙極了！」

褚寒依在煙雨樓主的調教下，養成了精緻品味，見馮道對這景物竟大加讚嘆，哼道：「金光閃閃、花花綠綠，粗俗得很！」

馮道笑道：「妹妹莫要小看了，這粗俗之物可是價值連城。」

褚寒依道：「越是價值連城，越是搜刮民脂民膏！」

馮道微笑道：「這價值連城不只是金銀財寶，還值上整座晉陽城的人命！」

褚寒依難以置信，眨著水亮的美眸望著他，馮道樂得向心上人細細解釋，享受她崇慕的眼光：「話說春秋時候，晉國規定卿大夫不許擁有武器，否則要犯滅族之罪，但萬一外人包圍晉陽，武器無法運入城中，可就不妙了！於是趙簡子想了這個法子，在牆內種植荊藤，既加強城牆的堅韌穩固，也能阻卻洪水灌流，戰時還可用它們做成箭杆，而銅柱堅實無匹，熔化之後便可製做箭頭，此後這傳統便一直保留下來。」

張承業笑讚道：「小子有見識！」

褚寒依想不到一座城池的建構竟有如此學問，驚嘆道：「這趙簡子真不簡單！」

馮道見她改扮男裝，原本嬌美的容顏更添幾分英俏，別有一番風情，便悄悄策馬貼近，笑嘻嘻道：「幸好歷代皇帝有先見之明，將這兒蓋得固若金湯，相信朱全忠怎麼也攻不進來，我和妹妹就躲在這裡，長相廝守，永不分離了！」

褚寒依雙頰一紅，羞嗔道：「白日也作夢！你快想想怎麼應付那個殺人不眨眼的李克用吧！」便策馬向前奔去。

馮道和張承業也催馬跟上，三人通過青銅龍飾城門，便下馬步行，晉陽宮裡宣光殿、建始殿、嘉福殿等十幾座殿閣林立，氣象雄偉、建構非凡，直看得馮道嘖嘖稱奇。

張承業領路在前，馮道、褚寒依隨行在後，三人小心翼翼地進入「大明宮」，只見殿內深處有一道龐然巨影，濃眉大鬍、滿臉粗豪，魁梧霸氣地坐在虎皮大椅上，宛如一頭猛壯的虎王昂踞山崗，威厲地俯視天下，任誰見了，都會打從心底發寒。

這一會面，馮道終於知道李克用為何從來不畫像，因為這頭猛虎只能用一隻獨眼睥睨天下！

原來李克用從前打仗時，失去一隻眼睛，便以眼罩遮住，儘管如此，他全身散發的氣勢仍威震四方，使那隻獨眼更形猙獰可怖，彷彿能射出十七、八道刀光，將人狠狠砍成數段。

馮道被這氣勢一嚇，險些拔腿就跑，但想到自己肩負重任，只得用雙手牢牢按住顫抖的大腿，心中嘀咕：「腿兒啊腿兒！你們千萬別亂跑，你們一亂跑，小馮子的腦袋可就安不住，也要跟著跑了！」他雙腿顫抖不止，索性躬身跪下，未等張承業引介，便自行叩首拜了三拜，趁這三拜時間，努力調息，將昨日擬好的說詞在心中整理一遍。

李克用見這朝廷使臣竟如此卑躬屈膝、刻意討好，實在可笑，冷嘲道：「你行這大禮，是想求我救援李茂貞？」

馮道心神稍定，腦子也清楚了，便抬首望向李克用，拱手道：「不！晚生是皇上所派，並非是岐王的使者。這三拜之禮也不是求您出兵，而是敬重您的忠君之義。」

李克用哈哈大笑：「世人都說我是掠土逼君的蠻子，你竟說我是忠臣，還向我叩拜？這奉承也未免太過了，咱們武將可不興這一套！」那隻獨眼射出一道凌厲殺光，喝斥道：「本王最敬重的是英雄豪俠，最痛恨的就是耍口舌的諂媚小人！來人！將他拖出去宰了！」

兩旁武士立刻大步上前，一左一右地挾住馮道，張承業大吃一驚，急想怎麼解危，褚寒依指夾銀針，就要出手救人，馮道趕緊大喊：「慢著！」

李克用冷冷一笑：「怎麼？本王殺人，小子膽敢有意見？」

馮道顫聲道：「晉王殺誰，晚生萬萬不敢有意見，但您砍的是我的腦袋，我若一聲不吭，可太對不起生我的爺娘了！」

李克用一向孝順，聽他提及雙親，點頭道：「說得有理，本王就允你說完再死！」

馮道咽了口唾沫，勉強擠出一抹微笑：「言不由衷才是小人，晚生方才拜禮，實乃肺腑真心，怎是小人？」

李克用冷冷盯著他道：「本王沒耐心跟你窮磨耗，李茂貞讓你帶什麼話，你有膽子就直說，別拐彎抹角！你說幾句，待會兒本王便剁你幾刀，你可斟酌清楚了！若是沒膽子開口，就彆在肚裡，拍拍屁股走人！」

馮道心中盤算：「開口是被李克用砍死，閉口是被李茂貞毒死，算起來，還是開口活命機會大些……」當下硬著頭皮道：「當年李茂貞、韓建、王行瑜等人聯手劫掠聖上至華州，只有晉王您不畏艱危，獨自率軍南下勤王，剿滅叛軍王行瑜。您上書請求繼續討伐李茂貞，聖上見您勞苦功高，因此授予『忠正平難功臣』，封晉王。」

李克用聽他揭了李茂貞的瘡疤，覺得十分快意，已相信他並非李茂貞所派，卻仍威嚇道：「小子，你說八句了！」

馮道見他口氣雖狠，但粗橫的臉上流露一抹笑意，暗吁一口氣，放了膽子滔滔說道：「後來晉王率軍返回河東，在渭北遇到天雨阻路，無法前進，有人勸您乾脆轉進長安暫作歇息，您的謀士、都押衙蓋寓說：『聖上回京之後，夜夜睡不安穩，如果我軍此刻渡過渭河，聖上還能安心麼？既是勤王，為什麼要進入長安？』❷

晉王笑說：『就連蓋寓都不相信我，更何況天下人！』便收兵回去，這胸襟是何等豪氣磊落！此事已傳遍鄉野，朝廷大臣、山林隱士無不豎起大姆指，稱讚飛虎子將軍忠不顧難、死義如己，乃大唐真忠臣！

晚生心中對您佩服得五體投地，得知聖上要送敕令到河東，就毛遂自薦，一心盼望能見到晉王風采，今日心願得償，喜不自勝，才忘情地叩拜起來，剛剛只拜了三禮，還不足以表達晚輩景仰之情。」說著又拜了兩拜，這才起身。

李克用想不到世上還有人敬仰自己的忠義，心中頓時湧起一陣激動，想起了遙遠的往事——

從前沙陀只是突厥的一支小部族，沒有自己的草原牛羊，總是流浪四方，無處安生，只能靠著替別族殺敵，換取糧草物資，他們有時為吐蕃殺敵，有時替回紇征戰，甚至參與了大唐平定西突厥、薛仁貴征鐵勒和安史之亂。

為求生存，沙陀拼命提高戰鬥力，在一場場死戰中，把自己磨練成最尖利的長槍，只要出擊，便能為雇主取得勝利，在驍勇善戰的胡人之中，沙陀永遠是最強悍的先鋒部隊。

然而「功高震主」乃是千古不變的道理，吐蕃利用沙陀打了幾回勝仗後，發覺他們實在太勇猛了，這支橫掃天下的傭傭兵團，今日能為他們殺敵，明天也可聽命大唐、回紇，掉轉槍頭過來對付自己，實是一大隱患。

當時回紇剛好攻占了「涼州」，與暫駐「甘州」的沙陀比鄰而居，吐蕃擔心萬一雙方勾結就太危險了，於是先下手為強，命令沙陀遷移到青藏高原。沙陀也不是傻子，知道青藏高原荒蕪千里、寸草不生，一旦去了，定會全族滅絕，為了保存原本就稀少的部族血脈，他們決定聚集三萬多族民，沿著黃河支流「姚水」南下，直奔大唐懷抱。

高宗時期，沙陀曾是大唐的臣民，他們深信在那個富饒的國度裡，必有立足之地，卻想不到這一條求生路染滿了血腥與殺戮！

吐蕃一見沙陀竟敢違令，轉而投奔大唐，簡直氣壞了，立刻派出十數萬大軍追殺，一路上雙方激戰數百回，直到沙陀逃進大唐領域，三萬部眾只餘一萬，險些被滅亡。

慶幸的是，大唐之所以是偉大的王朝，正因為胸襟廣闊、兼容並蓄，對於曾經背叛的沙陀不念舊惡，仍賜予一塊立足之地，讓他們安居樂業，於是沙陀開始為大唐戰吐蕃、打回紇、守邊境、平內亂，建立無數輝煌功績。

即使如此，沙陀在唐廷中並沒有什麼地位，仍然只是會打仗的蠻子，直到第十任首領朱邪赤心鎮壓了「龐勛起義」，受到唐懿宗接見，欽賜國族姓名「李國昌」，才真正獲得了榮耀！

十二歲的李克用看著父親頂上的光環，知道自己從此改姓大唐國姓「李」，心中興奮無比，從那一刻起，他便告訴自己要一生盡忠大唐，報效君恩。

但好景不常，巍巍大唐竟漸漸走向末路，起初李克用也忠心耿耿地為唐室平亂，卻屢遭奸臣陷害，到後來，情況越演越烈，朝廷幾次召喚他們出兵，勝戰之後卻不肯發軍糧，逼得他為子弟兵的存亡憤而開殺，大肆劫掠，以補空缺；他幾回出生入死救護皇帝，始終得不到信任，一腔赤誠只被視為狼子野心，甚至平藩的第一把刀就是砍向河東！

他心中鬱悶無人可訴，以沙陀軍之勇猛粗蠻、異族血統，沒有人不懷疑他暗藏逆心，就連身邊的十三太保也隨時等著跟他起義稱帝，他一向強悍粗略，並不在意別人怎麼想，更不會對子弟兵流露一點愁悒，然而馮道這一番話卻直指他內心，令他頓覺心中志向終有人理解，天地間之知己，除了監軍張承業，唯有眼前青年而已！

李克用心中感慨，面上仍是一貫的豪邁笑意：「小子很有見識，今日咱們好好暢談一番，來人，擺酒設宴！」

沙陀本是北方民族，即使已住在宮殿裡，仍依照傳統習俗，在「大明宮」的廣場上架設巨大的穹廬氈帳、幾座八尺銅爐和六隔大鼎，以燒烤牛羊的方式招待賓客。

馮道被請入氈帳之中，見帳內十分寬敞，擺設的器物華美大方，前方一張大大的紫光檀木桌散發著幽幽光澤，勝似碧玉瓊瑤，行雲流水的黑色紋理，宛如山水墨畫，馮道暗暗咋舌：「這紫檀光木素有帝王木之稱，李克用真是好大的氣派！」又想：「他行事用物毫不避諱，難怪要惹皇帝生疑，讓有心人士造謠誣陷！」

主位下方有兩排桌几，擺滿各式酪餅、奶漿，酒罈子鋪了滿地，隨時可拿上來灌個痛快，實在讓人垂涎欲滴，但四周站滿黑鴉鴉的士兵，個個身形彪猛，彷彿一拳便能轟碎了人，又教人心驚膽跳。馮道知道他們就是李克用的親衛、西北最狂悍的「鴉軍」，不禁暗暗嘀咕：「這飛虎子請客，還要擺個龍門陣在旁邊，真是嚇死人不償命，幸好他們像黑木頭般一動也不動，否則這飯怎能吃得安穩？」

李克用坐在首座，左右兩邊是李嗣源等十三太保，馮道被安排在張承業旁邊，褚寒依則坐在馮道身邊。眾人圍坐在氈帳裡，幾名奴僕輪流獻上酒菜，李克用笑道：「馮使君儘管嚐嚐，不必客氣！」

馮道擼起衣袖，擺出準備大快朵頤的姿態，笑道：「晉王好意，晚生不敢辜負，定會把桌上佳餚掃個精光！」便大口吃了起來。

李克用心中歡喜，待馮道吃了兩口羊肉，又道：「馮使君，本王給你介紹幾位義子，你替我品看品看，瞧他們如何？」話說請馮道評量，其實是炫耀自己的猛將。

馮道立刻放下手中羊骨，高舉酒杯向眾太保道：「十三太保威名如雷貫耳，晚生能親睹尊顏，真是三生有幸，怎敢妄言品評？在下先喝為敬。」說著仰首飲酒，豈料舌尖才沾到一滴酒，已火辣如麻，暗呼：「什麼酒這麼烈？」便不敢真的乾盡酒水，只做做樣子。

李克用笑道：「這是河北的老白乾，本王費了好大的功夫才抓到一個懂漢代古法釀造的酒匠，你可不能浪費。」

馮道自己就是河北人，在劉仁恭的剝削下，有時連米粒都吃不到，哪還有餘糧釀酒？對老白乾只仰其名，從未目睹，此時忽然嚐到，心中又是感動又是驚嘆，聽李克用勸酒，便忍耐著將整杯喝盡，瞬間整個胸腹都燒了起來。

「好！」李克用見馮道乾杯，十分高興，哈哈笑道：「你們都給馮使君敬敬酒。邈佶烈，你是大哥，你先來！」

李嗣源首先站起，向馮道敬了酒，兩人早已相熟，但馮道假裝不識，李嗣源也就不認。馮道大聲讚道：「我曾聽說大太保忠勇耿直，一心護衛晉王，連山崩地裂也撼不動，今日一見，果然是條忠義好漢！」這短短幾句話其實富含深意，他曾見到李茂貞屢屢挑撥李嗣源和李克用的關係，所以今日他不誇讚李嗣源軍功高大、武力勇猛，只強調「忠義」二字。

李嗣源言語不多，卻是個明白人，向馮道微微點了頭，眼中流露一絲感激，道：「馮使君過譽了，孩兒為父王盡忠盡孝，本是應該。」

李克用果然很高興，笑道：「我這個孩兒樣樣好，就是耿直了點，什麼事都一板一眼，不似馮使君機靈！」

馮道微笑道：「晚生那一點小機靈，怎比得上晉王的大智慧？」

李克用笑道：「你安安份份的，本王一定不會虧待你的。」又道：「嗣昭，你也給馮使君敬酒。」二太保李嗣昭站起來，舉酒道：「馮使君。」

馮道原以為沙陀勇士都是粗猛高大，想不到李嗣昭生得精悍短小，比自己還矮了幾分，見他精光平穩，比李嗣源還沉默寡言，心想此人能在眾多猛將中名列第二，絕不可小覷，連忙回酒道：「二太保智勇雙全、膽略過人，在下很是佩服。」

李嗣昭與李嗣源個性有些相似，都是忠義規矩，很體貼李克用的心意，他曾因李克用一句告誡，就改掉酗酒惡習，因此李克用很信任他。李嗣昭雖不喜歡朝廷使臣，但見義父很欣賞馮道，就不為難他，只好好地喝了酒，便即坐下。

此時帳幕掀開，走進一位紅袍將軍，李克用一見來人，便熱絡喚道：「德威，快過來！」

那人黑頭黑臉，宛如黑炭頭，眉目緊斂，不露喜怒，一看便知是百戰沙場的老將，他腰間懸掛一把丈許長、血紅色的大陌刀，刀身比尋常陌刀還長了三尺，通體透著灼灼殺氣，一看便知是飽飲鮮血的凶器，寶刀配英雄，莫過於此！

那人先解下陌刀擱放在帳外，向李克用拱手行了禮，再走到他身邊的位置坐下。李克用拍拍他的肩膀，向馮道介紹：「馮使君，這是我的好兄弟，也是我河東頭號大將周德威，我和他是不打不相識、英雄惜英雄，他不只刀法高明，還有一項獨特本事，僅憑煙塵形狀大小，就能判斷敵軍人數！」

戰場之上，對敵的兩軍常會虛實相欺，有時會誇大軍數，以威懾對方；有時會示弱，以施突襲，只有確實掌握敵軍數目，才不會受欺騙，從而擬出最完美的作戰策略。周德威憑藉這觀煙塵的本事，打贏不少勝仗，李克用十分看重他，便特意向馮道誇耀。

馮道見周德威年逾四十，滿身肅穆之氣，暗想：「方才他身上佩掛一把重逾百斤的大陌刀，走路沉而無聲，可見這人武功之高，猶勝過嗣源大哥，是河東第二把好手！」心中油然生畏，不敢胡言亂語，只恭恭敬地舉酒道：「晚生見過周將軍。」

周德威點點頭，把酒喝了，一雙銅鈴大眼炯炯精爍，深深盯著馮道，就像炭堆裡燃燒著熊熊火焰。馮道見他竟一口氣喝光一碗烈酒，暗暗咋舌：「難道他肚子是鐵打的？」又被瞧得心裡發毛，只好一直低頭假裝喝酒，好避開他目光。

周德威見他一個小酒杯怎麼也喝不完，冷冷道：「小子，我聽說你來這兒，是奉了皇帝之命，想教我河東軍去送死？」

馮道正一點一滴慢慢吞酒，聽到這話，險些對著黑臉將軍噴灑出酒水，他情急之下，猛吸一口氣，硬生生把酒水呼嚕吞下，只嗆得滿臉通紅、連連咳嗽，一邊捧著肚子，一邊張大了口拼命搧風，眾將領瞧見他滑稽模樣，都笑翻了天，對朝廷的怨氣也吐了不少。

許久，馮道才緩過氣來，眾太保都等著看他翻臉走人、鬧出笑話，想不到馮道卻大吸一口氣，讚道：「好痛快！這滋味就像飲入大唐勇將的赤忱熱血，教人全身都暖了起來！晚生已將這一刻感動融入身子了，回朝之後定會將它傳達給聖上，讓聖上明白河東軍都是報效朝廷、死義如己的勇士！」

眾太保見馮道不但順藤摸瓜地把「送死」和「死義熱血」牽扯在一起，還不忘提醒眾人要忠君愛國，原本要嘲笑馮道的話都哽在喉間，一張張黑臉似堵了污泥般。

周德威不笑不怒，只黑沉著一張臉，冷聲道：「我河東好漢固然是一腔赤忱、滿身熱血，卻不想讓人當傻子，騙去送死！」

馮道拱手道：「周將軍言重了！當年項羽大破秦軍，贏得各路諸候仰望，奠立霸主地位，憑得就是破釜沉舟、一往無還的決心，因此『死地』往往是否極泰來的契機，能激發將士們最大的戰力。」

周德威明知馮道是巧辯，但他生性嚴肅，不擅言辭，一時無法反駁，眾將領眼看馮道狡辯佔了上風，心中雖想修理他，卻實在兜不出這般文謅謅的話，只你眼看我眼，無言以對。帳外忽傳來一聲大笑：「好一個『陷之死地然後生』！」兩名男子大步流星地走進來，眾太保彷彿看到救星駕到，目光都亮了起來，紛紛擠眉弄眼地打暗號，要他們給馮道下馬威。

方才朗笑的是左邊那名武將，年約三十多歲，方臉剛正、濃眉飛揚，一看便是豪邁爽朗之人；右邊則是一位儒將，年紀稍輕，高瘦斯文，行止幹練，隱斂的目光看似謹守本分，其實透著一股文人傲氣。

兩人一文一武、耀眼分明，李克用向馮道介紹：「這是我的九兒和郭參軍！」

馮道記得張承業曾說九太保李存審喜談兵事、足智多謀，決策制勝、從無遺悔，因此得了一個「百勝將軍」的稱號，李克用也非常信任他，讓他統管義兒軍；郭崇韜則是個文人參軍，雖不上場打戰，但因熟讀兵書，往往能提出極佳戰略。李克用喜愛勇士，因此郭崇韜軍階不高，李存勖卻十分看重他，時常與他討論戰陣事宜。馮道暗想：「這兩人肯定不好對付……」

李存審笑問：「馮使君方才說『死地』能激發將士戰力，因此要我河東將士去送死？」

馮道聽他話中故意設下陷阱，便好言答道：「不是讓將士們送死，而是在艱危的環境中磨練本事。將軍熟知兵法謀略，應知《孫子兵法》裡有一說：『投之亡地而後存，陷之死地然後生。夫衆陷于害，然後能為勝敗。』沙陀勇士不就是每每將自己置諸死戰中，浴火磨煉，最後才成為最鋒利的尖兵？」

李克用大讚道：「說得好！我沙陀一向是以戰養戰、死中求生，才闖出今日這番局面，教天下人都不敢小覷，就連朱賊也奈我不得，今日又怎能懼戰？」

郭崇韜微笑道：「馮使君雖然熟讀兵書，但畢竟是一介書生，理解上可能有誤，《孫子兵法．九地篇》裡所謂的『死地』，指的是『不奮戰就會全軍覆滅』的地方。今日鳳翔遠在他方，我軍可安然待在太原，又何必將自己陷入死地？」

馮道不疾不徐道：「既然郭參軍談及《孫子兵法．九地篇》，必然知道有一種『衢地』，乃是『諸侯之地三屬，先至而得天下衆者』，以當今形勢來說，天子所在的鳳翔，正是諸侯相毗鄰、各軍爭相望的衢地，兵書上又說：『衢地則合交』，意思是只要搶先進入衢地，結交各諸侯，就能得到天下眾軍的援助，如此大好機會，晉王怎能錯失？」

李存審笑道：「馮使君好會說話，存審敬你一罈！」他果然一口氣喝下一罈酒，舉臂抹了抹嘴，道：「我們河東好漢向來是英雄惜英雄、喝酒拼交心，你若不喝光一罈酒，便是不把我們當兄弟，既然不是兄弟，任你說得再動聽，我們也不相信！」

馮道方才幾杯下肚，已經是盡力而為，暗想：「這酒烈得像火，灌下一罈，小馮子立刻成了燒酒醉雞，昏死在這兒，任人切片宰割，哪還有說話的力氣？他是故意出難題，不讓我說服晉王。」心思一轉，道：「烈酒英雄血、明月忠臣心，九太保是英雄俠士，當配滿罈熱血，小弟沒什麼本事，唯有一腔赤誠，只好舉杯對天子，聊表忠臣心了。」說罷拿起小酒杯，高舉對天子方向致意，再淺嚐一點杯中酒水。

「烈酒英雄血、明月忠臣心？」李存審聽馮道妙語連連，總能四兩撥千斤地避開挑釁，忍不住哈哈大笑：「說得真好，難怪義父如此欣賞你！」

郭崇韜笑問：「在下也來討個水酒喝，但不知使君給我喝些什麼？」

馮道微笑道：「烈酒英雄血、明月忠臣心，清茶君子行、素琴美人音！參軍是一介儒君，自然只有清澈茶水才配得上參軍的品行了！」說著將桌上的清茶倒入兩個小杯中，自己拿了一杯，另一杯準備遞給郭崇韜。

郭崇韜尚未接過，六太保李嗣本性情剛烈急躁，見李存審、郭崇韜言辭鬥不過馮道，還頗有惺惺相惜之意，不等李克用介紹便自站起，大聲道：「咱們是打仗的將軍，不是抓雞的書生，喝什麼茶？在這兒就是要大口喝酒、大塊吃肉，那才痛快，馮使君，你敢不敢與我拼酒？」他說「抓雞的書生」意思是「手無縛雞之力的書生」，但覺這句子文謅謅又囉哩囉嗦，說也說不全，便自行省略了。

馮道見李嗣本個子不是最高大、武藝也不是最高強，但目光殘橫、凶氣勃勃，宛如一頭狠勇好戰的畿狗，雖不是領軍的王者，卻絕對是團夥中最拼命的狠角色，心想：「只要身邊有兄弟助勢，這人連老虎都敢挑釁！閻王好見，小鬼難當，我可不能得罪他！」但方才連喝幾杯，已是肚如火燒，只得陪笑道：「這麼好的酒，只有英雄豪傑配喝得，小弟酒量極淺，也不是什麼英雄，怎敢與六太保拼酒？」

李嗣本大聲道：「你說什麼英雄血、什麼心，我都不懂！我只知道你不拼酒，就是瞧我不起！」

馮道與周德威、李存審還能機鋒相對，遇到李嗣本這大老粗耍流氓，便沒轍了，他雙眉一蹙，擺出一副慷慨赴義的姿態，道：「為不辜負六太保的盛情，我定要乾盡這一杯！」其實杯中只餘三分之一酒水，就算乾盡，也不過一口而已。

李嗣本立刻大聲抗議：「不是喝一口，是一口氣喝光一罈，才叫拼酒！」也不理會馮道說什麼，逕自拿起一罈酒，豪氣道：「咱們各自喝光一罈，你若撐住了，再喝第二罈，喝到最後看誰先倒下，便算輸了。」他果然一口氣乾盡，又從地上撿了一罈酒直拋過去，道：「馮使君，該你了！」

馮道眼看一個大酒罈當頭砸來，連忙高舉雙臂，拼命運功抵擋，卻被酒罈上的力道帶得連轉數圈，弄得暈頭轉向。眾將領見他模樣滑稽，都哈哈大笑，李嗣本得意道：「馮使君還沒喝酒便醉了？」

馮道好容易站穩了，將酒罈放在地上，假意拭了拭額上的汗水，道：「六太保好強悍的英雄氣啊！酒氣混著英雄氣撲身而來，小弟心中折服，自然連站也站不穩了！」

李嗣本被他一番稱讚，樂得開懷，馮道趁機舉起酒罈，倒了一點酒水入小杯子裡，淺嚐道：「這酒有六太保的熱血英雄氣，珍貴得很，一口剛好，莫要多浪費在小子身上了！」

就在馮道暗暗慶幸以巧言再次化解危機時，十太保李存賢已興沖沖站起：「六哥，你要拼酒，算我一份！」洪鐘大聲宛如晴天轟雷。

馮道險些被這平地雷聲嚇得打跌，忍不住瞪大眼睛朝他看去，只見這十太保一站起，比原本魁梧的沙陀將領整整高出快兩個頭，再加上身材猛壯，一團團肌肉結實纍纍，簡直就是一座大肉山，馮道只覺得自己彷彿成了小矮子，心中暗嘆：「沙陀猛將如林，難怪河東能屹立不搖，強如朱全忠也撼不動他們。」

眾將領聽到拼酒，個個興高采烈，都道：「也算我一份！」

六太保李嗣本大聲道：「老規矩！誰輸了酒，便給十弟摔一跤，誰先爬不起來，就算輸了！」

眾太保歡喜附和：「好！就依老規矩！不摔不長勁兒！」

馮道這才知道十太保善長角牴，望了望他宛如肉山的大個兒，又望望眾太保魁梧的身形，不禁暗暗咋舌：「摔到爬不起來？這得灌多少酒、摔多少跤？」

李存審瞄了馮道一眼，微笑道：「馮使君，我也算你一份。」

馮道心中暗罵：「這百勝將軍果然不是好相與，殺人都不帶刀！」卻只能滿臉堆笑，搬出皇帝做擋箭牌：「在下身骨瘦弱，禁不起折騰，萬一摔散了，又拼不回來，總不能教小侍衛拎著一袋骨頭回去面聖吧。」

李嗣本興災樂禍地說道：「這跤也不是白摔，若是你耐得住，撐到最後一個，就能從這次擄回來的美人兒先挑三個享受，最輸的那一個，給眾兄弟當三天奴隸，任憑使喚！你若不參與，便是不給我們十三太保面子！」

馮道心想：「勤王的事還沒著落，我可不能得罪他們，但要給這大個兒摔一下，豈不成了肉餅？」支吾道：「小弟酒量甚淺，怎敢在各位面前放肆？」眼望李克用求救，盼他出聲打個圓場，豈料李克用一點兒也不懂他的暗示，笑道：「馮使君，他摔跤跟搔癢癢一樣，沒什麼好怕的！你和他們玩鬧在一塊兒，很快就熟絡了。」

馮道心中慘呼：「你武功高強，自然覺得這大個兒摔跤是搔癢癢，可你見過大象給螞蟻搔癢癢嚒？」又悲情地望向張承業，張承業正想該如何求情，李嗣本忽然高舉長臂指向褚寒依，道：「既然馮使君不給面子，派其他人下場也行，教你身邊這個小護衛出來應付便是！」

馮道心中一驚：「妹妹如花似玉，怎能讓你們摔來摔去？」全身立刻充滿英雄救美的勇氣，跳了出來，道：「小弟若不下場，可太不夠誠意啦！」

李克用笑道：「本王給你們作證人了，」大掌一拍，喊道：「開始吧！」

眾人都歡呼叫好、哄鬧不已，唯獨馮道憋屈著一張臉。李嗣本直接拿起酒罈呼嚕呼嚕一下子就灌完，馮道才喝一小口已喉頭發熱，肚腸都快燒起來，心想：「這麼喝下去，我肯定要昏了，反正又喝不贏，早早認輸便是！」又想：「既然摔定了，我可得保持清醒，想個好法子對付這大個兒！」便把酒碗放在口邊做做樣子，滿腦子想的都是如何摔跤，身骨才不會散開。

眾太保等著看好戲，李嗣本最先按捺不住，道：「馮使君，你還要喝多久？老母牛都生完小牛了！」

馮道正要開口辯解，猛地後腰一緊，被李存賢長臂一伸，像抓小雞般直接拎起，馮道嚇得掉了手中酒罈，李存賢雖然龐大，身手倒是靈活，足尖一勾，便把那罈酒挑了起來，一手舉罈大口灌酒，一手不動如山地將馮道高舉過頭，馮道掙脫不得，只能四肢亂揮亂舞，口中哇哇大叫：「喂！喂！我酒還沒喝完，還沒分輸贏，你怎能……」

李存賢趁他說兩句話的時間，已喝完一罈酒，舔了舔口舌，道：「小子，你早就輸了！」甫說畢，大臂高高舉起，猛力揮一個大圈，打算把馮道像拋球般遠遠拋丟出去！

李嗣源、張承業、褚寒依都吃了一驚，同時提氣，準備飛奔出去接人，卻見馮道雙手狠狠揪住李存賢的頭髮，雙腿緊緊圈住他的長臂，抵死不肯放手。李存賢吃痛之下，力氣分叉了，沒把人摔出去，氣得大叫：「犯規！犯規！有你這麼耍潑皮的嚒？」他平常與兄弟們角牴，比的是技巧和力氣，再加上太保們個個高大，絕不會有人死死纏在對方身上，因此他萬萬想不到馮道會使出這一招，只氣得暴跳如雷，雙臂連揮連抓，想要把對方甩下來。

馮道卻像小猴子攀住大樹般，任枝幹高來盪去，蹭得一隻鞋子都飛了，就是不肯放手，心中哼道：「你想摔死我，還不准我耍潑皮？」到後來，已不是李存賢抓住馮道，而是馮道死皮賴臉地攀在他頭頸上。眾將領只看得捧腹大笑，倒成一團，就連訓練有素，宛如木頭的鴉軍都忍俊不住，噗笑出聲。

李存賢但覺眾人都在嘲笑自己，簡直氣炸了，再顧不得馮道是朝廷使臣，大掌往後一伸，緊抓住馮道後頸，整個人猛向前滾了一個葫蘆，打算拿頭頂的馮道狠狠去撞地面。

這一撞，馮道不是腦袋開花，就是頸骨斷折，他一看李存賢的動作，即猜知意圖：「糟了！他想撞死我！」心念方轉，李存賢的頭頂已快要著地，電光火石間，馮道真氣聚向腳姆指尖，用力點向李存賢腋窩下的笑穴，「哈——哈！」李存賢原本要滾地，忽然怪叫一聲，身子大力一個顛扭，橫摔出去，兩人抱成一團滾了兩圈，馮道順勢溜進李存賢懷裡，以這個人肉厚墊擋著，自然沒受什麼傷。

李存賢氣得火冒三丈，惡狠狠地瞪大了眼，口中卻不停地哈哈大笑，笑得滿臉通紅，呼呼喘氣，全身漸漸沒了力氣，馮道也跟著哈哈大笑：「多謝十太保手下留情，咱們果然是好兄弟啊！哈哈！哈哈！」一邊假意抱住李存賢表示好感情，一邊悄悄伸指點開他的笑穴。李存賢穴道一解，頓時鬆了口氣，馮道趁這瞬間，奮力滾出他的懷抱。

李存賢本來覺得馮道作弊，萬般不甘心，未料馮道最後幫他留了面子，一時間，不知該如何回應，只怔怔望著馮道離開，好半晌，才訕訕起身，回去座位，他一口悶氣無處發，只一味低頭喝酒。其他將領看得目瞪口呆，心中都暗罵：「這小子當真是奇葩！」唯有李克用哈哈大笑，覺得這小子有趣極了。

馮道不在乎眾人的目光，氣定神閒地撿回鞋子，仔細穿好，又整了整凌亂的衣冠，才向李克用拱手道：「晚生遵奉晉王之命，與眾太保玩鬧，讓晉王瞧笑話了。」

李克用想幫李存賢扳回面子，笑罵道：「大家說好玩角牴，你不守規矩，亂用什麼怪招？」

馮道望了一眼仍氣惱不休的李存賢，恭謹道：「晚生尊敬諸位太保有如兄長，若非晉王親口指點，豈敢以怪招對付？」

李存賢驚愕地望向李克用，那表情彷彿在問：「義父教這小子用無賴招式對付我？」眾將領則暗暗想道：「這小子用了卑鄙手段，還敢賴到義父頭上，簡直是自找死路！」

果然李克用臉色一板，喝斥道：「小子胡說什麼！本王武功絕頂，豈會像你那般耍無賴？」眾將領都等著看好戲，心想：「小子死定了！瞧你還怎麼自圓其說？」

馮道仍是一派從容，微笑道：「晉王方才不是教導晚生和十太保玩搔癢癢嗎？晚生得您點撥，自是銘記在心，遵旨而行，因此逃過十太保重重一摔，保住一條小命，這都是晉王的指點之恩！」說罷深深一揖。

李克用一時張大了口，答不出話來，半晌，才爆出哈哈大笑。張承業不禁搖頭暗笑：「這小子喝酒不行、武功不行，偏偏有空口活死人的本事！」李嗣源見識過馮道的奇才，也不禁莞薾：「三弟聰明博學，這幫粗漢子想比口舌，有誰說得過他？」

褚寒依心中好氣又好笑：「這傢伙沒半點本事，還敢出頭挑釁十三太保！既要逞英雄，也不堂堂正正，盡耍些無賴手段！」她美眸一掃，見四周都是人見人怕、鬼見鬼愁的惡煞，又想：「說他沒本事，天下間有誰敢站在晉王府裡大放厥辭，還把這一幫蠻子治得服服貼貼？說他耍無賴，卻一肚子學問，句句有理有據；說他膽小，他屢屢不顧危險，為我挺身而出……這個人啊，真教人摸不透！半點兒也稱不上英雄，可我怎麼……」但覺又是氣惱又是羞臊，俏臉不禁微微一紅，眼底卻浮了甜甜笑意：「偏偏著了他的道！」

李存賢心想既是義父親口指點，自己也不算輸得太慘，胸中鬱氣豁然開朗。李嗣本卻想：「這小子滿口吹捧，哄得義父如此開心，倘若義父收他做十四太保，咱們可都要被比下去了！」急道：「義父，這小子耍詐，還……」

李克用大手一揮，道：「人家一個朝廷文臣，你們文也試了、武也試了，還不夠嚒？大夥兒鬧著玩罷了，何必這麼較真？」

馮道又向眾太保獻了一杯水酒，道：「小子無狀，多謝晉王、太保大哥們海涵。」

李克用笑道：「你坐下吧！」又呼喝道：「來人！上歌舞！」

樂師們立刻鳴笳擂鼓，奏起澎湃激昂的大漠樂曲，一群戴著黑花面具、上身赤膊的武士魚貫而入，在前方表演起「大鷹舞」，燈火映照下，他們長年征戰的肌膚閃爍著棕色光芒，每一塊肌肉都充滿著勃勃鬥志，展臂跳躍間，矯健優美、勁力雄強，宛如群鷹翱翔在天蒼地茫的大草原裡，展現出震撼磅礴的氣勢。

李克用從未對朝廷使臣如此禮遇，張承業看在眼底，對馮道十分滿意，也對出兵護駕多了幾分信心。

眾太保觀看豪邁的歌舞，彷彿回到了草原，但覺拿酒碗實在不過癮，都拿起酒罈大口灌飲，李克用喝得醉醺醺，覺得痛快了，才道：「聖上有什麼話，你就放膽直說吧！」

馮道說道：「聖上只有發兵敕令和一句口諭：『朕之忠臣、能臣，唯晉王一人而已！』」

李克用濃眉一挑，歡喜道：「聖上真這麼說？」

馮道鄭重道：「聖意如天，晚生怎敢胡謅？又有幾個膽子敢欺瞞晉王？」

李克用胸懷大慰，哈哈笑道：「既然如此，本王也不能辜負聖意！明日就點將備馬，準備出發鳳翔……」話未說完，前方一名跳舞的花臉武士長臂揮轉，樂曲頓時一落，變成淒涼肅殺的曲調，武士們原本跳著凱旋舞，似打了勝仗歡喜回歸，來到皇帝面前排排下跪，等著封賞，想不到竟走出一名裝扮成劊子手的武士，手持大刀要砍下他們的頭顱！

這慘烈的情景衝突了原本的歡樂，李克用頓時酒醒幾分，不禁越看越怒，正要喝斥樂師，領頭的花臉武士忽然開口，高聲悲唱：「陛下——臣父子三代，受恩四朝，破徐方、救荊楚、收鳳闕、碎梟巢，致陛下今日冠通天之冠，佩白玉之璽。臣之屬籍，懿皇所賜；臣之師律，先帝所命。臣無逆節，濬討何名？陛下若厭逐功臣，欲用文吏，自可遷臣封邑，以俟就第。奈何加諸其罪，孰肯無詞？」他昂首站起，又拱手唱道：「陛下——讒臣於君，奪臣之位，可嘆！可恨！削臣官爵，臣誠冤誠憤，頓首，頓首！」戲中武士個個伏跪在地，大聲嚎泣，氈帳內一時冤氣沖天，聞者無不動容。

當年皇帝決定平藩，李克用曾寫了奏疏陳訴冤情，這戲文正是奏疏內容，可皇帝仍是不管不顧，硬是派大軍攻打太原。眾將領看到這一場戲，觸景傷情，這些年的憤恨、冤屈、怨懟一陣陣湧上心頭，都握緊雙拳，悲憤難已，李克用更是怒氣勃發，「碰！」大掌猛地一拍，桌上酒杯、碗盤盡嘎嘎跳動，紫光檀木桌立刻綻現一道裂痕！

馮道雖不知原委，也聽出今日皇帝前來求援，這幫武士就故意在使臣面前上演一齣鳴冤記，大肆諷刺！他暗叫不妙，趕緊拱手道：「從前聖上受奸佞逼迫，才委屈了諸位，如今朱全忠領兵圍攻鳳翔，誰忠誰奸，天下人已十分清楚，只要一舉殺了朱全忠，從此再不會有人在聖上面前進讒言。晉王是當世豪傑，胸襟廣闊，相信您絕不會為了過往的小恩怨，損及大義。」

李克用心想：「小子說得有理，聖上允許我除掉朱賊，可是千載難逢的好機會，我若還念著舊怨，心胸未免狹窄了！」緩緩收了怒氣，悵然道：「做臣子的怎能計較聖上的過失？」

「多謝晉王。」馮道正感如釋重負，領頭的花臉武士揚手止了樂曲，憤然扯下面具，朗聲道：「孩兒反對！」面具下露出一張桀傲不馴卻俊亮至極的臉龐。

張承業悄悄告訴馮道：「他就是三太保李存勖，晉王最寵愛的嫡子。」

馮道從聲音、身形認出此人正是樹林中遇見的大花臉，見他相貌雄偉瑰麗，身形修長結實宛如獵豹，氣質不似一般沙陀軍粗蠻，而是在獷悍之中流露出胸懷春秋的開闊沉厚，暗讚：「果然是虎父無犬子！」但想：「公公說他一向贊成出兵，今日看來卻似乎不然……」心中不禁生了一絲憂慮。

李存勖拱手道：「父王，每回聖上阽危之秋，要我們出兵救駕，就稱讚您為韓、彭、伊、霍，一旦脫出險境之後，又罵我們是戎、羯、蕃、夷！」❸

李克用頓時回神，大掌一拍桌子怒道：「不錯！聖上每回都說好話，事後就翻臉不認！」「啪！」一那紫檀光木桌直接斷成兩半，馮道不禁嚇了一跳，其他人卻是見怪不怪，立刻有僕衛迅速靈巧地悄悄換上一張新桌，一點也不影響酒宴進行。

馮道定了定心神，誠懇道：「晉王勞苦功高、河東軍士英勇忠義，聖上豈能不知？他曾對朝臣說：『克用父子之於唐室，猶如劉虞、劉和父子之於漢室。』」

李存勖冷笑道：「聖上這句話，我父子擔待不起，那劉虞、劉和乃是漢室忠臣，我父子不過是外邦蠻子，何敢自言忠心？」

馮道說道：「劉虞、劉和父子為救漢獻帝，領兵勤王，卻被奸臣公孫瓚誣陷，以至劉虞被殺，最後劉和聯合的是鮮卑、烏丸這些忠於漢帝的外族，才殺了公孫瓚這幫小人。可見人心之險，不分華夷，歸順的外族有忠貞之士，本朝臣子也有弄權小人。」

李克用猛力一拍大腿，讚道：「這話本王愛聽！我們沙陀兒郎便是快意恩仇，你殺我一刀，我便狠砍你十刀，你敬我一分，我也敬你十分！不像中原人一肚子詭壞，明明狼子野心，卻要裝作忠臣孝子，像崔胤和朱全忠，既想作婊子又要立牌坊！」

馮道聽到最後一句，忍不住哈哈笑道：「晉王真是快人快語，說得大快人心，不枉晚生冒著生命危險，千里奔赴，只為求見晉王尊顏。」

李克用心中大暢，深吸一口氣，下定決心：「傳本王教令，整備兵馬……」

李存勖見父親喜不自勝，心知他會衝動答應，搶話道：「如今汴梁、鳳翔相鬥，正是我們漁翁得利的大好機會，孩兒以為應該先保住實力，再伺機而動，若是強出頭，只會成了先鋒砲灰！聖上不念您功勞也就罷了，但我們有多少子弟兵可以這樣一直犧牲？」

李克用想了想，但覺愛兒所言實是有理，一時猶疑，馮道只得再接再厲：「『君使臣以禮，臣事君以忠』，今日聖上禮賢晉王，晉王見君主有難，卻不發兵相救，只顧保守自己，豈是為臣之義？」

李存勖哼道：「君不君、臣不臣！聖上若有仁君胸懷，我沙陀自有忠臣之義！朱賊一死，聖上就不怕我們一方獨霸嚒？誰能保證這不是聖上的一石二鳥之計？」

李克用大掌猛力一拍木桌，「轟」得一聲，新木桌直接碎裂一地，怒道：「亞子說得不錯！萬一這是個毒計，本王可不能帶著子弟兵往圈裡跳！」

馮道見他隨手一拍，硬逾剛鐵的紫檀光木桌竟然碎了，內力實在驚人，不由得暗暗咋舌：「幸好他愛拍桌子，不拍腦袋，否則我就算有九顆腦袋，也不夠他拍了！」他心中雖害怕，仍鼓起勇氣拱手道：「晉王英勇，舉世皆知，不只晚生心中敬仰，特來拜見，就連三尺稚蒙都稱頌晉王彪虎生翼，說只要您肯出兵，必能復興唐室，朱賊立滅矣！」輕輕一嘆，惋惜道：「晚生相信晉王絕不是懦弱之輩，卻堅持不出兵，難道是近年朱賊鋒芒太盛，才讓晉王有了顧忌？」

李克用本就好戰，聽馮道暗指他畏懼朱全忠，如何耐得住？轉問李存勖：「亞子，從前每遇朱賊攻打其他藩鎮，你都勸我要放下過往恩怨發兵相助，如今聖上有難，你倒是反對了？」

李存勖見父親心中不悅，頗有責怪之意，只態度堅定，不疾不徐道：「此一時、彼一時也，如果朱賊是以大欺小，我們自該援救，但汴梁、鳳翔雙方勢均力敵，這一鬥正好兩敗俱傷。」

馮道說道：「如果朱全忠滅了鳳翔，就會全力攻打河東，到時河東更是不保。」

李存勖道：「就算朱全忠最後滅了鳳翔，戰後也是傷敵十分、自傷七分，等鳳翔城破，汴梁軍疲，我們正好來個螳螂捕蟬、黃雀在後，才是出兵的好時機。更何況皇帝在李茂貞手中，我們這一出兵，非但損傷在前，萬一事情功成，李茂貞必會將大功攬在身上，說他拼死保皇，到時候，他李茂貞是獨占鰲頭，我們損兵折將，卻是為人作嫁！」

李克用連連點頭，心想：「亞子說得不錯，可不能便宜李茂貞那老狐狸！」

馮道反駁道：「晉王智勇威望都遠勝李茂貞，只要登高一呼，必是各方響應，以您馬首是瞻，怎輪得到李茂貞出頭？到時汴梁軍受到各方大軍圍殺，一定望風而逃，這大好機會，晉王絕不能錯失！」

李存勖怒道：「那些人表面上打著忠君護國的旗幟，骨子裡做的都是趁火打劫的勾當，行止反覆、無信無義，只有我們是真正與朱賊誓不倆立，到時拼死出力的只會是我們，最後更只會落得孤軍無援的下場！」

李克用被連澆了幾桶大冷水，一時清醒，靜默不語。馮道想不到李存勖箭術厲害，言辭也犀利如鋒，今日算是遇到對手了，搖頭嘆道：「倘若晉王堅持不肯出兵，只怕會落人口實，說您上不能報聖恩，下不能安庶民，從前的忠義全是虛偽，您一世清白、堅貞執守，就真的毀於一旦了！」

這番話刺中了李克用的痛處：「不錯！世人都懷疑我的忠心，這次我若不出兵，可永遠落個惡名了。」

李存勖冷哼道：「馮使君一言之辯勝於九鼎之呂，三寸之舌強於百萬雄師，難怪聖上會派你前來！」又對李克用道：「大丈夫做大事業，常需忍一時之辱，待鳳翔和汴梁鬥個兩敗俱傷，咱們再出兵，便能還父王清白，到時世人只會說您智勇雙全，遠勝朱全忠、李茂貞那兩個莽夫！」

馮道說道：「戰局瞬息即變，誰能掌握絕對？三太保處處盤算，萬一李茂貞在眾軍幫助之下，真僥倖勝了朱全忠，成了忠君保國的萬軍領袖，晉王心中不遺憾麼？」

李克用深吸一口氣，問道：「各方藩鎮真準備聯盟了？」

馮道鄭重答道：「過兩日，趙匡凝、楊行密、王師範等人的祕密結盟書便會送來，聖上還派了其他宣諭使聯絡西川王建等藩鎮。」

李存勖知道這一來，父親必然心動，非下重手不可，索性下跪，拱手道：「鳳翔曾與我軍交戰數次，殺我兵士成千上萬，累仇甚深，弟兄們心中都立誓要討回血債，若父王強行派軍前往救援，大家肯定不服氣，輕則隨意出戰、敗軍而返，徒傷兵力，重則恐怕會激起兵變，還望父王三思！」

「兵變」二字是軍中大忌，李存勖這話說得極重，李克用不禁變了臉色，馮道心知再爭辯下去已然無益，他二人終歸是父子，萬一李克用怒火大發，倒楣的肯定是自己，只好哈哈一聲乾笑：「三太保真是言重了！」趕緊瞄了張承業討救兵。

張承業拱手道：「大王，三太保說得極有道理，此事關係重大，不能草率決定，免得將士們心中不快。」李克用默然點頭，張承業續道：「我倒有一提議。」他在皇帝面前為李克用說

了不少好話，又幫助河東處理許多政務，因此李克用十分敬重他，道：「都監請說。」❹

張承業道：「馮使君千里遠來，不妨讓他歇息一下，今晚大家回去好生思量，明日再召十三太保前來共商大事，無論贊成或反對，各人都須表達立場，到時便以多數意見為依歸。如果大家不願出兵，咱們便養精蓄銳，伺機而動；但如果將士們都鬥志昂揚，願拼死為大王立下千古功勳，便該一鼓作氣，趁勢出擊！」

李克用聽到「將士們願拼死為大王立下千古功勳」，十分受用，大喜道：「都監果然見識高明，這提議好極！」

李存勖再要出言阻止，李克用一揮手堵了他的話，朗聲道：「都監說得很對，就讓眾將一起決議，將來是生是死、是勝是敗，大夥兒都無怨尤！」

（註❶：《論語述而篇》原文：「暴虎馮河，死而無悔者，吾不與也。必也臨事而懼，好謀而成者也。」意思是「孔子不需要莽夫隨行，需要的是小心行事、以智謀取勝的人」。「臨事而懼」在文中是「小心謹慎」之意，而褚寒依是依字面意思諷刺馮道「膽小怕事」，兩者文意有些不同，特此說明。）

（註❷：都押衙是藩鎮下屬，掌軍機謀劃、軍將調遣。）

（註❸：「韓、彭、伊、霍」分別是韓信、彭越、伊尹、霍光，意指影響朝政的重臣名將。）

（註❹：都監即監軍的稱呼。）

九〇一・四

素練風霜起・蒼鷹畫作殊

武皇之有河東也，威聲大振。淮南楊行密常恨識其狀貌，因使畫工詐為商賈，往河東寫之。畫工到，未幾，人有知其謀者，擒之。武皇初甚怒，既而謂所親曰：「且吾素眇一目，試召之使寫，觀其所為如何。」及至，武皇按膝厲聲曰：「淮南使汝來寫吾真，必畫工之尤也，寫吾不及十分，即階下便是死汝之所矣。」畫工再拜下筆。時方盛暑，武皇執八角扇，因寫扇角半遮其面。武皇曰：「汝諂吾也。」遽使別寫之，又應聲下筆，畫其臂弓撚箭之狀，仍微合一目以觀箭之曲直，武皇大喜，因厚賂金帛遣之。《五代史補》

酒宴結束之後，馮道和張承業、褚寒依回到監軍府密商，馮道嘆道：「李存勖識見不凡、口舌厲害，幸好公公臨門一腳，把事情拖上一拖，否則我真應對不出來了！」

張承業道：「從前晉王不肯援救其他藩鎮，都是亞子勸他出兵，想不到這一回他竟然堅持反對，實在出乎意料，連咱家也沒主意了，只好拖上一拖！」

褚寒依著急道：「當初你信誓旦旦能辦成這事，如今遇到李存勖阻擾，萬一事情不成，不只鳳翔難救，你也會毒發身亡！」

馮道歡喜道：「原來妹妹擔心我毒發身亡，要當了寡婦？」

褚寒依俏臉一紅，啐道：「都監在這兒呢，你還胡說八道！」

馮道學著老夫子搖頭晃腦，道：「『所謂誠其意者，毋自欺也。如惡惡臭，如好好色，此之謂自謙』，討厭惡臭便說討厭，喜愛美人兒就大方欣賞，這才是坦蕩蕩的君子！更何況公公是自己人，有什麼不能說？日後咱們成親，我還要請他主持婚典呢！」❶

褚寒依氣得跺足道：「你先想想明日該怎麼辦！」

馮道悠然道：「什麼怎麼辦？既然以多數為意見，只好說服十三太保同意出兵了！」

張承業搖頭道：「不可能！」

褚寒依愕然道：「這是為何？他們再強悍，只要威逼利誘，總有空子可鑽。」

張承業道：「十三太保個個性子不同，唯一相同的是對李存勖心服口服。」

馮道咋舌道：「這人年紀輕輕，竟如此厲害？」

張承業道：「李存勖十一歲便跟著晉王上戰場，文能填詩譜曲，武能統兵打仗，有一回他隨晉王入宮，聖上見到他，很是驚奇，撫著他的背脊讚許說：『這孩子外表雄奇，可亞其父，長大後必是國家棟樑，莫忘了要為朝廷盡忠！』還賜他鸂鶒酒卮、翡翠玉盤，晉王覺得十分榮耀，便將他的小名取為『亞子』。

待李存勖年紀稍長，通曉春秋之後，更具宏觀，所提的戰略無一不中，不只晉王信任他，十三太保乃至整個河東軍都十分佩服他，再加上他是王位繼承人，又有誰敢得罪？只一個晚上時間，要說服那班將領反對他，實在不可能！」

馮道不憂反喜：「這就好，我還怕那班老將瞧李存勖年輕，不夠佩服他呢！」

張承業喜道：「難道小子已有主意？是想請大太保出面？」

馮道驚嘆道：「公公果然厲害！連我和嗣源大哥有交情都看得出來？」

張承業得意道：「你二人眉來眼去，豈能逃過咱家法眼？他屢屢想幫你說話，卻礙於李存勖，不好出聲，唾沫是吞了一口又一口，咱家年紀雖大，耳朵可不聾！不過你這小子也算本事，連李嗣源都攀搭上！他雖寡言處靜，不如李存勖鋒芒四射，卻仁義兼備，很得軍心，如今軍中威望比得上李存勖者，也只有這大太保了，如果由他出面說服，一定會多些勝算。」

馮道哼道：「我才不要依靠嗣源大哥的關係，爭取那一點點勝算，我要憑自己的本事讓李存勖啞口無言！」

褚寒依急道：「你命在旦夕，還鬥什麼氣？」

馮道微笑道：「是鬥氣還是鬥智，明日妳便知曉！但有一件事，就是我們說服十三太保時，需有人引開李存勖，免得被他發現。公公，他可有什麼喜好？」

張承業道：「他最喜歡聽曲賞戲文。」

褚寒依道：「我去纏住他！」

馮道想起徐知誥的陷害，連忙阻止：「不行！不行！妹妹這麼美麗，倘若他看上妳，就太危險了！」

褚寒依見他著急，心中歡喜得意，卻故意道：「小馮公公，你也說李存勖是不世出的英雄好漢，是嚒？」

馮道點頭道：「小李子確實不差，連小馮公子也有些服氣！」

褚寒依微笑道：「我和他既是郎才女貌、興趣相投，自該湊到一塊兒！」說罷毫無留戀地轉身離去。

馮道敲自己一個爆栗，慘呼：「你這笨腦袋！竟想出笨法子把老婆送入狼口！」

張承業哼哼笑道：「小子捉弄人家，欺騙她說你是公公？」

馮道無奈道：「我不是故意欺騙她，是陰錯陽差！」

張承業取笑道：「也不知你是笨還是聰明？其他事機靈似鬼，感情事卻糊裡糊塗，你不向她說清楚，任你有通天徹地之能，她也瞧不上你。」

馮道臉上一紅，尷尬道：「她認定我是公公，我怎麼解釋她也不相信，我總不能掀開褲衩說：『姑娘，妳誤會了，我真不是公公，妳若不相信，任妳驗明正身！』」

張承業喜道：「既然誤會已成，不如弄假成真，你就乖乖拜入咱家門下，真當個小公公。」

馮道啐道：「公公別做夢啦！寒依妹妹從小便與我訂了親，於情於義，我都要娶她的！」

張承業哼哼笑道：「你這小子雖然不錯，可惜對手是李存勖，人家文武雙全、英猷外決，將來還會繼承王位，你一個鄉下小子如何相比？」

馮道拍拍胸脯自信道：「小馮子知書達禮、滿腹經綸，也是青年才俊，但最重要的是，我專情一致，絕不三妻四妾，小李子豈能與我相比？總有一天，妹妹會明白的。」

張承業不以為然，卻也懶得與他囉嗦：「時間不多，咱們還是辦正事吧！明日參議者，除了晉王之外，有九位太保，再加上鐵林軍使周德威共十人，你覺得誰可能說服？」

馮道微笑道：「這件事只需幾句話便能成功。」

張承業愕然道：「幾句話就成？那你在大殿上為何不說？」

馮道微笑道：「因為這些話不宜我這個外人去說，只有公公說的話才夠分量！」附在張承業耳邊悄聲一說，又道：「至於嗣源大哥嘛，我自己去見他！」

張承業立刻出發，悄悄召集了八位太保到偏殿集合，二太保李嗣昭問道：「都監深夜召我們前來，有何要事？」

張承業道：「今日之爭，你們都知曉了，明天大家就要表明立場，此事關係重大，我怕你們做了錯誤決定，不得不來提點兩句。」

眾太保面面相覷，九太保李存審問道：「這一戰關係到我河東軍的生死榮辱，不知都監有何指示？」

張承業道：「我說的關係重大不是指這個，我們與朱全忠交戰也不是一朝一夕，此刻情況是緊張些、嚴重些，卻也嚇不倒沙陀兒郎。」

眾將紛紛呼喝：「不錯！我們幾時怕過朱賊？」

張承業問道：「那你們贊成或反對出兵？」

李嗣昭沉吟道：「我們不怕朱賊，只不過亞子說現在不能出兵，得緩一些。」

張承業道：「我說的關係重大就是這個，你們萬萬不可弄錯風向！」

眾將盡皆愕然，李嗣昭又問：「此話何意，還請都監指教。」

張承業道：「晉王心中想趁這大好機會狠狠修理朱賊，亞子卻出言阻止，你們想想，能打卻得彆著手腳，明明是英雄好漢，卻得裝龜孫子，晉王心中會痛快嚒？」眾將支吾道：「這……」張承業又道：「這還不打緊，如今聯軍已成，就差一個領袖，萬一最後朱全忠兵敗，這鋒頭讓李茂貞搶了去，晉王會甘心嚒？」

眾將心中猶疑，六太保李嗣昭大聲道：「亞子說不是不打，只不過晚些時候打，要伺機而動。」

張承業道：「兵貴神速，你們不知道嚒？三太保句句在理，卻偏離了晉王的心意，你們真支持他，就更得贊成出兵。」眾將不解道：「這是為何？」

張承業深吸一口氣，鄭重道：「如果你們只聽從三太保的話，卻忽略了晉王的心意，必會令晉王疑忌三太保的威望超過了自己，從此生了嫌隙，父子猜疑、兵將離心，那麼敵軍不攻，河東也自破了，這才是最嚴重之事！」

太保們都是沙場上直來直往的武將，平時雖沒有太多心思去想這些細巧權謀，卻也不是傻子，聽張承業這麼一點，立刻明白其中道理，「功高震主」、「父子相殘」等念頭紛至遝來，不由得暗捏一把冷汗，連忙拱手道：「多謝都監提醒。」

深夜中宵，李嗣源尚未就寢，仍在內廳研究軍情，心中也反覆思量明日決議時，該不該贊成出兵？忽聽下人傳報說馮道求見，連忙命人帶他進來。

僕衛到門外接應馮道，說道：「將軍和安副將在內廳研究軍情，請馮郎君隨我來。」

兩人一路走進內廳，馮道發現這屋舍雖大，卻十分簡略，既沒有華麗裝飾，也沒有幾個僕人，實在不像河東大將軍的居所，路上巧遇一名少年剛好揹柴薪回來，領路的僕衛向少年致意道：「三郎。」那少年點點頭，一言不發，便轉身離去，要把柴薪揹往柴房安放。

馮道見這位「三郎」相貌雄偉，衣著、舉止不像富貴公子，反倒像賣力工作的伙夫，但眉宇間有一股沉毅之氣，是個苦幹實幹、胸有志氣之人，好奇問道：「這三郎是將軍的三兒？」

僕衛低聲道：「不是！他原本姓王，是魏夫人隨嫁過來的孩子。」又壓更低的聲音道：「他雖然不是將軍的親兒，但將軍心地寬厚，並沒有嫌棄他，仍是視如己出，還為他取名從珂，平時就呼喚小名阿三，所以我們都稱他三郎。」輕輕一嘆，又道：「但他天生沒有公子命，從小跟著夫人顛沛流離，好不容易入了將軍府，還是得做苦工！」

馮道問道：「將軍既然厚待他，為何還要做苦工？」

僕衛苦笑道：「這年頭天天打仗，打仗得養兵，將軍又十分體恤部屬，所有的薪俸都用來犒賞士兵，他自己過得清苦，家裡也窮哈哈，全靠魏夫人和這位養子打工養家。」

馮道原以為李嗣源只是把多餘的獎賞分給下屬，想不到他連自己的軍餉都拿出去，過得如此艱辛，想到方才宴會之中，其他將士都玩樂享受，心中對這位大哥更生敬佩。

僕衛又道：「三郎十歲來到將軍府，除了打工養家，便是跟著將軍練武，如今已十六歲了，將軍開始教他一些打仗的本領，再過不久也要上戰場了！」

馮道微笑道：「英雄不怕出身低，三郎雖出身卑微，卻任勞任怨、十分隱忍，頗有龍困淺灘的氣度，他日遇得良機，必如蛟龍迎風出海，騰空高飛。」僕衛不大懂這文謅謅的話，只以為馮道說的是客氣話，便笑笑應對。

談話間，兩人已快到內廳，副將安重誨宛如守門神般，雙臂交叉抱胸，昂立在長廊入口，擋住內廳進出的唯一通道，精銳的目光遙遙瞪著東南方，烏沉的臉上浮現一絲歧視嘲笑之意。

馮道見他的姿態隱含一種護衛內廳、拒人於外的意思，順著他的目光望去，見那方向正是李從珂離去的背影，心中奇怪：「他討厭李從珂嗎？」

安重誨見馮道出現，旋即收回目光，轉而盯在馮道身上，雖不像上回見面那樣喊打喊殺，一雙銅眼仍是厲厲如刀，沒有半點善意，他冷冷對僕衛道：「交給我行了！」那僕衛惶惶望了安重誨一眼，又深深行了一禮，才轉身離去，態度比提起李嗣源時還恭謹。

馮道明顯感受到安重誨的敵意，並沒有把自己視為兄弟，雖不明白為什麼，但他一向與人為善，便恭恭敬敬喚道：「安大哥！」

安重誨點點頭，道：「將軍已經等候許久了！」忽又壓低聲音警告道：「將軍是個忠厚之人，不懂得提防小人，才會認你當兄弟，你若敢傷害他，我絕不放過你！」

馮道恍然明白安重誨為何拒人於外，他自認是李嗣源最死忠的兄弟、橫沖都軍第二把交椅，因此他絕不允許任何人接近李嗣源，無論是受疼愛的養子李從珂，或是被視為三弟的自己，誰敢威脅他的地位，都是必須拔除的眼中釘！

馮道眉目一挑，對上安重誨炯炯精光，微笑道：「安大哥放心吧，我心中十分尊敬將軍，絕不會傷害他。只要晉王答應出兵，小弟會立刻離開晉陽，如果安大哥在此事能夠施得上力，還請多多成全，好讓小弟可以早日回鳳翔覆命！」

安重誨聽到他不會在晉陽久待，已放了一半的心，但並不理會馮道的示好，冷聲道：「晉王出不出兵，眾將領自會定奪，你休想憑著巧舌慫恿將軍為你出頭，讓他得罪三太保，卻成全你自己在皇上面前的功勞！」

馮道搖頭笑道：「看來安大哥對小弟誤會很深！我方才明明說『請安大哥成全』，而不是『請將軍幫忙』，如果你不願意成全，小弟絕不會勉強你。至於將軍，你看著吧，看我會不會陷害他！」

安重誨壓根就把自己當做是李嗣源的分身，即使馮道特意提醒兩人是不同的，他仍然分不清「請安大哥成全」和「請將軍幫忙」有什麼區別，只覺得這小子在耍弄口舌，玩文字遊戲，心中打定主意：「待會兒無論他說什麼，我都要阻止，絕不能讓將軍上當！」

馮道見了他的神情，內心不禁生出一絲感嘆：「當今亂世，趁火打劫的梟雄不少，寬厚仁義的英雄卻不多，嗣源大哥是難得的真豪俠，偏偏身邊有這樣的人，還引為知己，這安重誨私底下不知阻擋了多少賢士入門，真是可惜了！」

兩人不再交談，心中卻各有所思，不一會兒，已來到內廳門口，李嗣源正埋首研究軍情，一聽到腳步聲，立刻放下手中地圖，歡喜迎上，猛力抓了馮道雙臂，激動道：「當時大哥見你滾下山谷，以為你死了，心中著實難過，想不到你會來到晉陽，還成了宣諭使。」

馮道也十分開心，笑道：「那時我幾乎丟了小命！託大哥鴻福，雖經歷一波三折，倒也活了下來。」

李嗣源拉了馮道一起坐到桌邊，笑道：「來來來！咱們三兄弟難得相聚，一定要好好聊聊！」拿了酒壺要為三人斟酒，道：「你已長大，成了男兒郎，可以大口喝酒了。」

馮道忙推辭道：「不行！不行！我今日灌了太多酒水，已經頭暈腦脹，絕不能再喝酒了，請大哥為我準備一點茶水即可。」

李嗣源笑道：「是大哥糊塗！」又高聲喚道：「來人！換一壺醒酒茶！」

僕衛一邊遞換茶水，李嗣源一邊說道：「今日之爭，大哥不擅口才，未能為你出聲，心中實在過意不去。」

馮道微笑道：「咱們歡喜敘舊便好，大哥有大哥的立場及難處，我明白的。」

李嗣源仔細瞧他半晌，笑道：「兩年多不見，你不一樣了。」

馮道微笑道：「大哥倒沒什麼變，只是更加威武了。」

兩人敘了一會兒別來情由，李嗣源允諾道：「放心吧！明日我會贊成出兵。」

安重誨一夜無聲，很少參與討論，只冷眼看著李嗣源對馮道的熱絡，心中頗不是滋味，此時聽李嗣源為支持馮道，竟主動贊成出兵，幾乎要發作，卻聽馮道說道：「不！我今夜過來，除了和大哥歡聚，便是要請大哥明日反對出兵。」

李嗣源愕然道：「這是為何？」

馮道誠懇道：「大哥如果相信我，請依我說的做吧。」

李嗣源深望他許久，沉聲道：「如果你信我這個大哥，便老實答我一句話。」

馮道說道：「大哥請說，我盡力而答。」

李嗣源道：「你失蹤這段日子，學了不少本事，是不是與聖上有關？」

馮道明白他要問的是「安天下」之祕，不禁有些遲疑，李嗣源道：「你莫要怪大哥多嘴相問，事關我沙陀十數萬兄弟的性命，我必須鄭重。」

馮道自是相信李嗣源，卻忍不住瞄了安重誨一眼，安重誨目光深沉，不吭一聲，李嗣源卻代他回答：「重誨是我出生入死的好兄弟，也為我處理許多軍機事宜，沒什麼事需要瞞他。你放心，今日我們說的話絕不會傳入第四人耳中。」

馮道只好說道：「承蒙聖恩眷寵，我的確學了一點本事，但那些本事絕非外界傳說的那樣。」

李嗣源點點頭，道：「既然你坦言相告，大哥自當信你，明日我會反對出兵！」

馮道見夜色已深，便起身告辭：「大哥，我實在累了，明日還要面見晉王，得回去養足精神，來日方長，咱們慢慢再敘。」

李嗣源雖想與他多相聚，聽他說疲累，也不好再挽留，道：「好，我讓人送你回去。」便呼喚僕衛安排馬車送馮道回府。

安重誨不知馮道玩什麼把戲，冷冷道：「你真相信他嘜？」

「相信！」李嗣源拍拍他的肩，笑道：「你也累了，早些回去休息吧。」

馮道回到監軍府時，見張承業也已經回來，問道：「公公，事情辦得如何了？」

張承業哼哼笑道：「咱家出手，豈有不成？」

馮道呼了一口氣，頹然坐倒，呆望著窗外迷濛月色，許久，才長長一嘆：「明知此戰艱困，河東軍會損失慘重，我卻設計使他們出兵！」

張承業並肩坐到他旁邊，也望著窗外迷月，道：「如今唯一能抗衡汴梁者，也只餘河東了，這是不得已而為之。」又問：「李嗣源那邊沒問題吧？」

馮道支吾道：「我讓他……反對出兵……」

「你讓他反對出兵？」張承業心想這麼一來，豈不多生枝節？忍不住尖聲道：「你小子搞什麼鬼？咱家費勁去說服其他太保，你卻讓李嗣源反對出兵？」

馮道悶聲道：「我已經出賣了他的兄弟！」

張承業一愣，怔然半晌，終長嘆一聲：「你這麼做，其實已保護了他，一來，他不用承擔慘亡之罪，二來，所有人都反對李存勖時，唯獨李嗣源支持，必會令李存勖心中感動，而更加信任他。」

馮道嘆道：「浩蕩皇恩、兄弟之義，如何兩全？」

張承業拍拍馮道的肩安慰道：「他們原本就是大唐軍臣，食君之祿、擔君之憂，就算捨命報國也是應當的，你不必想這麼多。」想了想，又道：「公公問你一句話，你需老實說，這一戰，河東真會全軍覆沒麼？」

嘆。

馮道嘆道：「公公不是希望平藩嚒？」

張承業道：「平藩、收回皇權是聖上的心願，咱家只能盡力輔佐，但……」不禁深深一嘆。

馮道說道：「但李克用對你實在禮遇，十三太保也十分敬重你，你捨不得他們！」

張承業又嘆：「晉王曾當面允諾我，絕不會造反當皇帝，我瞧他是真心話！至於十三太保，咱家看著他們，就像看著一群小兄弟，年紀小一點的，更像是從前在宮裡帶的小公公呢！」

馮道哈哈大笑：「好壯碩的小公公！他們若是知道了，可不知是什麼神情？」

張承業尖聲罵道：「死小子！敢取笑咱家，瞧我不揍死你！」舉掌揮去，拍向馮道後腦袋，馮道一個彎身閃過，叫道：「公公別打！我實話說了，晉陽有龍氣！」

「龍氣？」張承業掌風說收便收，愕然道：「什麼意思？」想了想，又道：「當日咱倆在『青史如鏡』時，你便說大唐龍氣積蘊在天龍山底，太祖、太宗是從太原晉陽起兵，攻入長安，建立我偉大鼎盛的大唐王朝，晉陽有龍氣不足為奇，但龍氣與這一戰有啥關係？」

馮道敲了敲額頭，似乎不知該怎麼解釋，思索半晌，才道：「我只是初通《天相》，一時間也看不明白，只知道天下大亂，這龍脈之氣混亂而斷，復又生起，我依據『地理篇』所述，猜想晉陽雖會經歷一場浩劫，但不致滅絕才是。」

張承業仰首望天，欣慰道：「這一定是說我大唐國祚危而不絕，亂而復生，上蒼保祐啊！」

馮道說道：「我依據書中『人相篇』觀察，李存勖相貌雄奇，頭方頂高、鼻直而厚，身如萬斛之舟，駕於巨浪之中，搖而不動，引之不來，乃是居尊天子之相……」

張承業本來連連點頭，聽到「天子」二字，不由得一愣，道：「如何是天子之相？」

馮道心想天下再怎麼亂，也輪不到沙陀人當中原皇帝，便自行改口道：「乃是王公將相之格。」

張承業鄭重道：「這就對了！他承襲王位，至多是王侯將相，天子二字絕不可隨意出口。」

馮道點頭稱是，續道：「嗣源大哥鼻準洪直、地角圓闊，背負三山如護甲，臍深納李腹垂箕，更是老年福澤豐厚、富貴無極之相……」心中不由得一凜：「富貴無極，豈不又是天子之相？」瞄了張承業一眼，見他神色平淡，並不覺得「富貴無極」這四字有什麼，暗想：「就算李克用真的造反，必會傳位給李存勖，怎輪得到嗣源大哥？更何況大哥對義父忠心耿耿，又比李存勖年長十多歲，李存勖繼位之後，絕沒有反將王位傳給老大哥的道理，該是我多心了！」

張承業見他若有所思，急問道：「有啥問題？書中還說了什麼？」

馮道思索不出所以然，但想《天相》是歷代隱龍傳下的精要，應不會有錯，搔了搔腦袋，道：「我悟性不夠，有些玄機一時還勘不透！但書中說：『胡人相鼻，太原人相重厚』，他二人鼻準高圓，身骨也是胸襟開闊、腰圓背厚，將來必有大作為，怎麼看也不是夭折之相。」

張承業點點頭，馮道又道：「我還為這一戰卜了易卦，是大凶大吉、先凶後吉、短凶長吉，綜合來看，河東應不至覆滅才是。」

張承業拍拍胸脯，呼了一口長氣：「這就好。」

馮道嘆道：「否則我就太對不起嗣源大哥了！」

這一老一小對著窗外，但覺情勢比夜雲更詭譎，心情比月色更迷茫。

卻說褚寒依根據張承業的指示，施展輕功，悄悄潛進李存勖的府院，一路來到後花園，見幽幽樹影間，李存勖正一手舉杯獨酌，一手擎槍旋舞，口中還高聲唱曲：「一十時。顏如蕣華曄有暉。體如飄風行如飛。孌彼孺子相追隨。終朝出遊薄暮歸。六情逸豫心無違。清酒將炙奈樂何。清酒將炙奈樂何……」他姿態瀟灑曠放，歌聲深情淒昂，槍光暈染著金蔥燈火，整個人影融入了飄飄飛雪之中，俊美到有些不真切。

褚寒依想不到這個殺伐決斷的天之驕子，歌聲竟如此動人，不禁停了腳步，屏住氣息，靜靜凝望，眼前男子不過十六少年郎，渾身已是身經百戰、睥睨天下的傲氣，她不由得打從心底讚嘆：「劉玉娘真是好眼光，選了這樣一個文武精采的夫婿，可這樣的男子怎會甘心臣服於人，又怎會投靠煙雨樓？」她正打算上前拜會，卻聽見遠方傳來一陣優美迷離的簫聲，心知是劉玉娘來了：「看來我也不必再牽扯進去。」便悄悄退出，轉回張承業府邸，想到劉玉娘的心機手段，不禁為李存勖感到一絲惋惜：「他們之間，究竟會是怎樣的一場糾纏？」

李存勖聽見簫聲，心中一愣：「是誰在為我伴樂？」卻捨不得打斷這觸動心弦的樂曲，只盡情高聲吟唱：「二十時。膚體彩澤人理成。美目淑貌灼有榮。被服冠帶麗且清。光車駿馬遊都城。高談雅步何盈盈。清酒將炙奈樂何。清酒將炙奈樂何……」

他出生於草原，還沒走路就會騎馬，還不會拿碗筷，就會彎弓射箭，十一歲跟著父親上戰場，手中的槍桿比他的個頭還高，面對的敵人都比他強壯，到底打了多少仗、殺了多少人，他已記不得了，什麼是歌舞昇平，想都不能想，免得失去鬥志，他只好將滿腔情懷寄託戲曲之中，想像自己也能醉生夢死、歡樂浮華地揮霍生命，而不是睜眼醒來，就是嗜血殺敵。

「三十時。行成名立有令聞。力可扛鼎志干雲。食如漏卮氣如熏。辭家觀國綜典文。高冠素帶煥翩紛。清酒將炙奈樂何。清酒將炙奈樂何！」

經歷了千百次浴血奮戰，沙陀軍終於成了天下最悍猛的部隊，也為大唐立下無數汗馬功勞，爭得了無上榮耀，但好景不常，漸漸地，他們戰功越輝煌，皇帝就越不安，既要倚靠他們賣命打仗，又想削減他們的力量，每每打完仗、平完亂，承諾的兵器軍糧總是拖欠不發，或東扣西折，只給個錢幣一千緡、米一千石。

面對這等景況，李克用習慣了沙陀的傳統，只要財糧短缺，出去打殺一通，就能搶貨到手，遇有抵抗者，就格殺無論。百姓提起沙陀軍就怕，總罵他們是蠻子、強盜，沙陀軍紀越敗壞，越不得民心，對抗朱全忠和其他藩鎮就越無力。李存勖看在眼裡、憂在心裡，但如今大權還不在手中，也無法改變這情況。

「四十時。體力克壯志方剛。跨州越郡還帝鄉。出入承明擁大璫。清酒將炙奈樂何。清酒將炙奈樂何……」

年歲漸長，看著父親滿面風霜，義兄們奔波拼命，卻屢屢被朝廷背叛，他漸漸明白沙陀軍再鋒銳，始終是掌握在別人手裡，即使對大唐忠心不貳，仍隨時會被剷除，就像當年被吐蕃趕盡殺絕一樣。

他心中隱隱有一絲蠢動，覺得為別人賣命打仗，不該是沙陀永久的宿命，他們為什麼不建立自己的輝煌基業，安享真正的榮華太平？

父親十分疼愛他，他不只心中感念，也敬愛父親「雖千萬人吾往矣」的雲天豪氣，所以他從未想要奪權干政，只告訴自己要耐心等待，等到有朝一日，聚積了足夠的力量，必要帶領族人站上輝煌的歷史戲台，演一齣屬於沙陀族的擎天大戲！

正當李存勖唱得快意、喝得歡暢，心中那一點蠢動終於燃成豪氣壯志時，簫聲忽然頓止，只留悵然餘韻。

李存勖心中一震，好似如夢初醒，情不自禁地施展輕功循著簫聲來處追去，他飛越屋簷，奔過草場，追入樹林，隱約見到前方有一名綠衫少女穿梭林間，眼看就要消失蹤影，情急之下，他毅然取出背後利箭，猛地射去！

劉玉娘耳聽後方風動，忍不住回身望去，卻見一道箭光劃空射來，不禁嚇得花容失色，只能拼盡全力向後疾掠，但李存勖箭技一絕，她速度再快，如何比得上箭光？「嗤！」一聲，箭簇已穿過她髮髻中心，箭勁雄強，竟拖著她倒滑數尺，「剁！」一聲，將她釘在樹幹上，無法動彈！

劉玉娘驚魂甫定，才伸手拔下釘住髮髻的箭枝，李存勖已隨箭光而至，雄強的手臂瞬間扼住她頸項，另隻手的兩指托起她的下頷，冷聲問道：「妳是誰？為何潛入我王府？」他俊美至極的臉龐俯視著對方，熱烈的精光肆無忌憚地欣賞著她絕美的容顏。

劉玉娘蒼白的玉容恢復了一點血色，更顯嬌媚難言，烏黑的瞳眸滴溜溜一轉，回以一個肆無忌憚的打量，微笑道：「我來瞧瞧天下人說的英雄驕子是什麼模樣？」

李存勖很意外來人如此美麗有趣，英眉一挑，道：「妳見到了，以為如何？」

劉玉娘仰望著這張意氣風發、自信昂揚的臉龐，微笑道：「雄才大略、經緯遠圖，放眼當今天下，無幾人可比。」

李存勖唇角勾起一抹傲氣微笑：「不是無幾人可比，是根本無人可比！」

兩人相距寸許之內，李存勖只要稍稍一施臂力，劉玉娘就會氣窒頸斷，可她沒有半點懼意，反而露出兩個酒窩，甜甜一笑：「我心中的大英雄權掌天下、勢達地極，王公走卒、英雄梟雄，莫不為其折腰，你雖然好，卻還差了些！」

「哦？」李存勖並不相信，笑道：「世上豈有這樣的人物？」

劉玉娘雙眸迷離地凝視著他，惋惜道：「等有一天你夠資格了，我會告訴你他是誰，但現在我要走了！」

李存勖露出一抹迷人壞笑：「妳以為我會放妳走麼？」他雖不是縱情聲色、搶奪民女的禽獸，卻也不是謙謙君子，既有美人兒自己送上門來挑釁，他又何必客氣，當下俯首狠狠吻落劉玉娘的朱唇，又猛力扯開她衣襟，笑道：「妳特意來看我，我怎能讓妳失望！」

劉玉娘感受到火熱的男子氣息狂亂撲來、游移在自己胸頸間，不禁玉頰霞燒、心口怦怦跳，她使力想掙脫，李存勖卻更猛力抱緊她貼近自己壯碩的胸膛，那雙有力的臂膀越箍越緊，直讓她透不過氣來。

劉玉娘既無法掙脫，索性安靜不動，只斷斷續續地喘氣道：「三太保……武功高強，小女子無力抵抗……你可以得到我的人，卻得不到我的心……終歸到底，你還是輸給他了……」

李存勖狠狠咬破她的唇，猛然放開她，冷聲道：「那個人是誰？妳又是誰？」

劉玉娘輕抿沾著血珠的櫻唇，促狹道：「我想見你時，就會來見你，或許見得多了，就告訴你答案！」

李存勖激情過去，忽然覺得這少女莫名其妙，自己更莫名其妙，居然和一個陌生女子糾纏不清，道：「妳走吧！」

劉玉娘見他目光微沉，伸出柔膩的指尖輕撫他的髮鬢，輕聲問道：「三太保年紀輕輕，竟喜歡百年歌？」

李存勖滿懷遠大志向不能伸展，只能借曲抒意，方才聽見簫聲，覺得她是個知音人，便直言答道：「我五歲時，父王大破孟方，在三垂岡設置酒宴，當時有伶人彈奏百年歌，唱到後半段衰老年歲時，聲辭悲切，聞者無不悽愴，父王抱著我捋鬚笑道：『我漸漸老了，亞子這奇兒，二十年後，就能代我征戰四方了！』如今我已十六了，卻還沒替他打敗強敵！」

劉玉娘柔聲讚道：「三太保胸懷鴻鵠志、心繫孺慕情，真大丈夫也！」

李存勖悵然道：「今日我阻了父王的心願，只怕他心裡不痛快！」

劉玉娘道：「因為你不肯出兵援救鳳翔？」

李存勖眼底閃過一抹精光，冷笑道：「這妳都知道？」

劉玉娘神祕一笑：「天下英雄的動靜，我都知道！不然我為何來看你？」

李存勖饒有興味地「哦」了一聲，劉玉娘昂起玉首，自信道：「如今最大的事，莫過於鳳翔圍城，李茂貞和朱全忠都以仁義之師自居，指責對方逼迫皇帝，一時僵持不下。而天下人的眼睛都盯著晉王，等看他的動作，可我卻知道這場戰役真正的關鍵並不在三位大人物身上，而是——」她頓了頓，美眸直直凝望李存勖，道：「你！」

李存勖哈哈一笑，道：「有趣！」

劉玉娘微笑道：「只有你能左右晉王的決定，我很好奇你會做怎樣的決定，所以就來看看你是怎樣的人，恰巧看見李茂貞的使者也來了！」

李存勖恨聲道：「那使者真是巧言善辯，將大家迷惑得團團轉！軍兵易受煽動，但將帥必須明辨時機，就算得罪父親，我也不能把十幾萬弟兄的性命白白搭上！」

劉玉娘微微一笑：「雖然你比不上我心目中的大英雄，也算是人中龍鳳，我就相助你一次。」

「妳？」李存勖並不相信，冷笑道：「我李存勖豈需要一個弱女子相助？」

劉玉娘柳眉一挑，道：「你不信？我先送你一樣事物當做見面禮！」說著從懷中拿出一封密函。

李存勖收了密函，笑道：「原來妳是替人送信的！」

劉玉娘俏皮一笑：「我不是信使，我說了，我是來幫助你的！」

李存勖知道她不會輕易說出來歷，也不再逼問，只道：「妳幾時再送信來？」

「下回你再聽見簫聲，便是我來了。」劉玉娘伸出白皙柔嫩的小手，輕輕撫閉他的雙眼，用一種迷媚動人的聲音輕輕道：「你若耐不住，就閉上眼，想像我時刻陪在你身邊！」

李存勖雙眸感受著她溫柔挑逗的撫觸，心中慾火再度被挑起，劉玉娘卻已飄然遠去，李存勖也不阻止，他很享受這獵人與獵物追逐的趣味，待少女的甜香全然消失了，他才睜開眼，打開密函一看，不禁冷笑：「有人愛耍小聰明，明日定要教他自食惡果！」

翌日，馮道不願褚寒依再涉險，連哄帶騙地將她留在監軍府，只單獨隨張承業前往草場。

爍爍驕陽下，李克用領頭在前，眾將領排列兩側，宛如虎王領著虎群，個個都散發著縱橫戰場的老練與劍拔弩張的殺氣。

李存勖雖然最年輕，站在一列老將之中，非但不遜色，反而彰顯出青春熱烈的朝氣，就像一輪初升的太陽，即將綻放萬丈光芒，開啟新天地。他犀利的目光緊緊盯著馮道，微揚的唇角流露出志在必得的笑意，馮道在這一群虎豹之中，就像隨時會被撕吞的小羊。

李克用笑道：「馮使君，今日讓你見識見識我沙陀好漢的身手！」

草場遠處立著兩座圓靶，左邊的圓靶上方寫著「不出兵」，右邊則寫著「出兵」，靶心比一般來得小，馮道以「明鑒」雙眼看去，才發現那是十四粒穀麥所黏成，李克用的意思很明白，是向朝廷使臣炫耀己方的實力——沙陀軍武藝高強、騎射俱佳，每一個將領不只能百步穿楊，更有百步穿「米」的本事。

馮道不禁暗暗佩服：「沙陀軍入我大唐不過短短百年，已經橫掃八方，今日一見，確實不凡，幸好他們對付的是汴梁軍，若是掉轉槍頭對付朝廷，可就大大不妙！」想到自己曾在皇帝面前誇下海口，憑著《奇道》書裡的兵法就能鎮壓一眾藩鎮，如今看來，真是井蛙之見，小覷天下英雄了！

李克用拿起背後弓箭，興致勃勃地想一展武藝，眾太保心中都想：「都監說不可忤逆義父的意思，我們且看義父是否會射向右邊『同意出兵』的圓靶。」

「父王，孩兒有一事稟報。」李存勖忽然走近，將密函呈了上去。

李克用接過密函打開，一見之下，登時怒火衝天，對馮道斥吼道：「好小子，你竟敢嘲笑本王！來人，將他帶去左邊！」

馮道不知哪裡出了差錯，急道：「晚生有什麼得罪，還請晉王言明……」一句話尚未說完，已被高壯如巨人的李存賢一把抓起，像大鷹拎小雞般拎到「不出兵」的標靶前方。

李存賢的大掌壓在馮道頂心，沉沉一哼：「小子，你也有今天！」

馮道知道昨日得罪了他，嚇得乖乖站定，不敢亂動，生怕他不小心用了力，就爆裂自己的腦袋，眼看李克用已舉起大弓，再按捺不住急喊道：「晉王！我是聖上派來的，您不能私自處刑！」

李克用怒道：「我飛虎子要殺誰便殺誰，連天皇老子也不怕，怕什麼皇帝小子，有什麼不能私刑？當初孫揆奉旨攻打太原，我把他抓起來餵鋸子，鋸來鋸去鋸不斷，我就叫人用木板將他夾緊，非要活活鋸成兩半不可，那灰孫子一直到死，都哀嚎不止！我一箭射死你也算便宜了，再多說一句，我便活活鋸死你！」

馮道萬萬想不到昨日還擺酒設宴，一派英雄俠義，今日便翻臉不認，成了鋸人狂魔，心中暗罵：「這幫藩鎮個個不是人！不是奸狡惡鬼，就是兇狠狂魔！」左右是個死，總不能真的閉口認命，只好加把勁喊道：「晚生究竟犯了什麼錯，你說出來，好讓我死得瞑目！」

李克用恨聲道：「昨晚楊行密送了一封書信，說你表面來談出兵，其實是想偷描本王畫像！」

馮道心中又罵：「楊行密這偽君子，既不出兵，又不想得罪好友趙匡凝，便故意設下難題，還通風報信地想害死我！」急道：「楊行密讓我來畫像，我心中仰慕晉王，便答應了他，也自信能畫出一幅好畫！」

李克用聞言更是怒不可抑，只剩的一隻眼睛幾乎要噴出火來：「本王少了一隻眼睛，你卻故意來畫我？我非在你身上射出十七、八個窟窿不可！」箭簇厲厲對準馮道，只要手指一鬆，這可惡小子就會立斃當場。

十三太保皆是身經百戰、視死如歸的勇將，見義父如此生氣，也感到不寒而慄：「昨日都監才要我們支持這小子，想不到義父轉眼就要殺了他……」都暗暗慶幸自己未做下蠢事。張承業已嚇出一身冷汗，卻知道自己無論怎麼出手，也救不下馮道，一時不知該如何是好。

馮道但覺前方好似有一頭猛虎，張開血口獠牙就要吞吃自己，不禁嚇得頭暈目眩、身子打顫，幸好他素來有急智，搶在李克用射箭前的剎那，一口氣急呼：「晉王英姿威武，傲絕古今，若不留下畫作，後人怎知道世上曾有如此英雄？」

這番話觸動了李克用內心的遺憾，一時怔然，想了想，終放下手中弓箭，沉聲道：「想必你是頂尖畫師了！別說本王氣量狹小，不給你機會，今天你若畫不出好畫，我這一箭就會射向『不出兵』的箭靶，順便射穿你腦袋！」他命人給馮道送上紙筆，又點上一柱香，道：「本王沒多大耐心，只給你一柱香時間。」

馮道深吸一口氣，心思急轉：「我該怎麼畫像，才能令晉王歡喜？」見李克用坐在大樹下，兩旁僕衛拿著大大的八角扇猛搧，為他平熄滿身怒火。馮道靈機一動，快速揮毫，不到半柱香，就完成圖畫，讓李存賢拿去呈給李克用。他不知李克用是否滿意，心口只怦怦而跳。

李克用見畫中人物相貌英武，坐在樹下拿八角扇搧涼，扇角正好遮住了失明的眼睛，心中暗喜：「幾筆草畫，就把我的神韻勾勒出來，這小子確有兩下子！」獨眼一瞇，露出似笑非笑的神情，哼道：「小子，你畫技雖不錯，但這是向我諂媚，一點也沒有武人氣魄！」掌心一施內力，畫紙便碎成雪花！

馮道只嚇得雙眼緊閉，等著腦袋開花，卻聽李克用道：「你還有半柱香的時間！」

馮道趕緊提筆重畫，但腦中一片空白，這麼短的時間實在畫不出什麼，眼看香柱越燒越短，他心口也越跳越快，腦子更是糊塗。

「嘎——」天空傳來一陣蒼鷹長嘯，忽然激醒馮道，他抬眼望去，頓時靈思湧動，在最後半刻，快速揮灑幾筆，一幅威武畫像油然而生。

李克用見畫中人物馳騁草原、彎弓射箭，一隻獨眼瞇起來，好像正瞄準天空一對翱翔的大鵰，英姿威武、豪邁曠放，更將他一箭雙雕的好本事顯揚出來，不由得哈哈大笑：「放了小子，賞黃金百兩！」隨手拿起弓箭，「咻！」一聲，正中「出兵」的靶心！❷

（註❶：「所謂誠其意者……此之謂自謙」出自《禮記》。）

（註❷：《五代史補》中記載了楊行密找江南畫師畫李克用的趣事，但畫家不是馮道，特此說明。）

九〇一・五　薰然耳目開・頗覺聰明人

李嗣昭等攻慈、隰，下之，進逼晉、絳……嗣昭等屯蒲縣。乙未，汴軍十萬營于蒲南，叔琮夜帥眾斷其歸路而攻其壘，破之，殺獲萬餘人。氏叔琮、朱友寧進攻李嗣昭、周德威營。時汴軍橫陳十里，而河東軍不過數萬，深入敵境，眾心恟懼。德威出戰而敗，密令嗣昭以後軍先去，德威尋引騎兵亦退。叔琮、友寧長驅乘之，河東軍驚潰，擒克用子廷鸞，兵仗輜重委棄略盡。李克用聞嗣昭等敗，遣李存信以親兵逆之，至清源，遇汴軍，存信走還晉陽。汴軍取慈、隰、汾三州。《資治通鑑．卷二六三》

「報！」晉陽城外鼓聲大作、火砲聲響，一匹駿馬馳向城門，大叫：「周將軍、二太保已拿下沁、慈、隰三州，大軍正開往絳州，直逼晉州！」

河東軍聽聞喜訊，一片歡聲雷動，久久不息，李克用更是笑得闔不攏嘴，當晚就在穹廬裡設置酒宴，與子弟兵同歡：「德威和嗣昭幹得好！汴梁那班豬狗，一遇上我沙陀猛虎，只有逃回豬窩的份兒！」這次他派了二太保李嗣昭、鐵林軍使周德威聯袂出征，兩人都是最勇猛厲害的大將，幾日之間，便連下數州，捷報頻頻。

九太保李存審笑道：「上回朱賊攻下晉、絳兩州，把王珂擒去，害我們折損三個同盟，如今就要把失地奪回來了！」

「不錯！」十太保李嗣賢大聲道：「周叔叔和二哥可替咱們出一口氣了！」

馮道和張承業相視一笑，都想沙陀軍果然勇猛，先前實在太杞人憂天了。馮道趁機鼓舞李克用：「晉王指揮有方，梁軍一擊而潰，相信再過不久，便可揮軍直入汴州！」

李克用哈哈大笑：「不錯！再過不久，本王就親領大軍，踏破朱賊老巢！」眾軍兵聽到大王要親征，都歡呼縱飲、意興高昂，只有一人面色凝重，沒有半點興奮之情，李存勖冷聲道：「朱全忠連失三州，怎麼可能不回援？」

六太保李嗣本道：「朱賊對付李茂貞還行，敢來這裡，只會被義父打得滿地滾爬！」

李存勖不以為然道：「前線的探子黎明時會趕回來，那時才可真正掌握前方戰況。」

李克用一揮手，道：「今晚大家都很歡喜，亞子，你別掃興，放鬆點，好好享樂就是！」談笑間，幾名奴僕輪流獻上一盤盤巨大的烤牛羊，李克用抽出佩刀割下一條烤羊腿，大大咬了一口，笑道：「這羊腿最是鮮嫩，馮使君，你趁熱嚐嚐！」

一名奴僕挨到馮道身邊，恭謹地為他斟酒割肉，馮道也豪氣地拿了羊腿大口咬下，但覺肉鮮汁甜、酥嫩馨香，讚道：「好個羊腿！」

李存勖冷冷一哼：「好個狗腿！」

馮道心道：「孔夫子說『非禮勿聽』，他愛吐無禮言語，我不聽就是。」他自己不怎麼在意，李克用卻是眉目一沉，顯然也聽見李存勖的譏諷，正要開口訓斥兒子，馮道心想：「大戰在即，可不能讓他父子鬧彆扭，小馮子大人大量，非但不與小李子計較，還幫大小李子搓和搓和。」便搶在李克用責罵兒子之前，舉酒相敬道：「晉王，這酒真好！我聽說這是三太保初次入宮時，聖上因為喜歡他，御賜的佳釀。」一句話牽回李克用父子與皇帝之間的情誼。

李克用這酒不輕易拿出來，聽馮道識貨，十分歡喜，回想起皇帝恩賞、父子之情，心中一暖，驕傲道：「不錯！亞子很得聖上賞識，我這個做父親的，也很有面子！」李存勖聽父親稱讚自己，不再出聲，只大口大口地喝著悶酒。

馮道又道：「聖上知道晉王功勞，必會大加賞賜。」

李克用笑道：「馮使君，多虧你力勸我出兵，我先賞你一個大禮！」一揮手，便有僕衛把一盒金銀珠寶送到馮道桌上。馮道吃了一驚，忙推辭道：「晚生奉旨而來，只是謹守本分，晉王之功、眾將士之辛勞，晚生萬萬不敢掠美。」

李克用呵呵笑道：「馮使君不必客氣，場上拼命殺敵、場下縱情享樂，方不失男兒本色！這回打了勝仗，他們已帶回一大批俘虜，本王就賞你幾個美人兒玩玩！」說罷一招手，立刻有士兵拖拉著一群被擄的女子進帳來，眾女子哭哭啼啼，將士們卻是歡呼鼓噪，盡流露垂涎之色。

馮道初見沙陀軍的勇猛，確實嘆服，但待了一段時日，在晉陽所聞所見，盡是軍兵們大肆炫耀在戰場中殺了多少人，搶了多少財寶、玩樂多少女子，馮道心中不禁感慨：「大戰在即，他們還如此放蕩，難怪沙陀軍再勇猛，也成不了大氣候，這腐敗的軍紀實是最大問題，若無法改變，就算小勝幾場，也難以持久，更非仁義之師，我不能只依靠他們輔佐聖上，得另外想法子……」

李克用見馮道蹙眉思索，以為他難作選擇，便大聲喝道：「教她們全抬起頭來，讓馮使君好好挑選。」聽眾將鼓噪不停，又道：「剩下的才分賞給你們！」

女子們跪伏在地，聽周遭聲聲鼓喝，害怕得縮成一團，頭更低了，哭得更大聲了，李克用心中不耐，喝道：「誰再哭一聲，本王便砍了她腦袋！」眾女嚇得連忙收聲，硬生生抬起頭來。

褚寒依緊握粉拳，心中忿忿：「果然是一群蠻子！」想起楊行密素有「玄德」之名，嚴禁軍兵擾民，更覺得義父說的不錯，當今英主非南方豪傑莫屬。

馮道聽見褚寒依呼吸急促，知道她心中不悅，原想拒絕，但見眾將士凶橫粗蠻的急色模樣，心中一嘆：「我若拂逆了晉王好意，他必會大發雷霆，這些女子更會落入蠻軍手中，我人小力薄，救不了天下可憐人，但既然遇上，自該盡力而為。」便向李克用敬酒道：「多謝晉王賞賜，但晚生有一不情之請……」李克用笑道：「說吧！」

馮道露出一抹尷尬笑容，支吾道：「這環肥燕瘦的，匆促間實難決定，晚生想請晉王將她們全送到監軍府，再慢慢挑選……」

眾將士一聽這小子竟想包盡豔福，群聲嘩然，李克用卻不生氣，反而哈哈大笑：「能生死共赴、財寶共分、女人共享，才算是好兄弟，這點小事有什麼難？本王允你了！」便揮手教人把眾女子送到張承業的府邸。

眾將士原以為可狂歡一場，見落了空，心中都是氣憤，個個目光如火，正想發作，馮道已高舉桌上的珠寶盒，歡聲道：「晉王說眾將士勞苦功高，要財寶共享，這盒珠寶要賞賜給大家！」便把珠寶大力拋灑出去。這批女子並非絕色，眾軍原本不怎麼稀罕，見馮道大方補償，登時歡聲雷動，拼命去搶，笑鬧成一團，

李克用見馮道如此識趣，更是暢懷大笑：「馮使君慷慨豪爽，有我沙陀英雄的氣概，不如你就留下來，一起輔佐本王！」

馮道拱手道：「晚生還需回去向聖上覆命，只能辜負晉王厚愛，但日後不管身在朝廷、在鄉野，在天涯海角各地，只要晉王吩咐一聲，晚生必盡力而為。」這番話雖拒絕了入幕邀請，卻留下合作之意，李克用對朝廷裡又多了一名眼線，也十分歡喜。

李存勖不願再看下去，氣悶地喝了口酒，便自行離席，召了參軍郭崇韜一起回去籌劃戰陣事宜，絲毫不因勝戰而稍有鬆懈。

褚寒依心中不悅，也悄悄離席，馮道喝得少，還保持清醒，見眾人歡笑一團，李克用不再注意自己，便趁機溜了出去，到帳外尋找褚寒依，尋了好一會兒，才發現她獨自倚坐在晉水畔的小舟裡，美眸眺望明月，柳眉輕蹙，左手拿著一樹枝，右手輕輕捻斷葉子，口中喃喃有詞，但聲若蚊鳴，無法聽見。

馮道一時好奇：「妹妹古里古怪，難道是唸什麼咒語？」忍不住運起「聞達」玄功偷聽，卻聽她每捻一片葉子，就問一句：「是公公，不是公公？」

馮道心中歡呼：「不是公公！不是公公！妳問葉子做什麼？它啥也不知情，何必為難人家？妳想知道，我一股腦兒全告訴妳！」正興沖沖地想上去解釋一番，卻見褚寒依忽然把手中枝葉全碎個精光，罵道：「臭公公！死小馮子！臭小馮子！滿口謊話的小騙子！我定要將他五花大綁，痛揍一頓，再刺他一百零八針！」

馮道一時懵然：「我怎麼得罪她了？」想到她下手凶狠，頓時把話吞回肚去：「美人如月，只可遠觀，不可褻玩，等她消消氣再說。」便只遠遠欣賞，但見她神情楚楚、倩影依依，月宮嫦娥也不如她飄逸美麗，一時頭昏耳熱，壯了膽氣：「罷了！罷了！我呆呆站在這兒，活像個傻子，男子漢大丈夫，幾拳還挨不起麼？我且聽聽她有什麼委屈。」便施展輕功奔到小舟上，與她相對而坐，咧嘴一笑：「妹妹好興致，獨個兒賞月，卻不叫上我？」

褚寒依一見他到來，便站起身，冷冷道：「小馮子公公，恭喜你三妻四妾、妻妾滿堂！」

馮道冤枉道：「我幾時妻妾滿堂了？」

褚寒依哼道：「李克用獻上大把美人兒，環肥燕瘦任君挑選，你一心想娶妻，豈不合了心意？」

馮道心想：「原來妹妹誤會了，我可得好好解釋。」便認真道：「我不是一心想娶妻，是一心想娶妳……」

褚寒依聞言愕然，隨即怒掌揮去，「啪！」馮道正陶醉在傾心訴情裡，冷不防挨了一巴掌，簡直是莫名其妙，卻見褚寒依美眸楚楚，氣苦道：「你這個下流小人！」她為了維護馮道，不惜得罪徐知誥，被下了處罰令，心中已是萬分忐忑，想不到馮道面對可憐的俘虜，不思解救，還妄想蒐羅一屋子美女同歡，簡直就是人面獸心的急色鬼，但覺一個巴掌不解氣，又飛起一腳，向馮道踢去：「無恥淫賊！」

「我怎麼無恥了？」馮道還眼冒金星，見飛足又踢來，嚇得連忙施展節義步法中的「嫘祖養蠶」，上半身硬生生橫扭出去，好避開這一擊。但兩人困在小舟裡，相距不過三尺，褚寒依足尖一拐，又已踢到面門，馮道不得不施展擒拿手去抓她足踝，褚寒依足踝忽然被握，又羞又急，驚呼道：「放開我！」

「我……」馮道一句話還未出口，褚寒依已氣得飛起另一足尖，踢向他額心。馮道只得放手，仰身閃過，褚寒依正使勁抽回足踝，頓時整個人向後飛去，眼看就要掉入河裡，「妹妹小心！」馮道撲身拉住她足踝，往前一帶，褚寒依凌空翻了一個斛斗，從倒飛變成前撲，馮道長臂大展，嘻嘻笑道：「妹妹自投羅網，小馮子不必客氣！」想順勢接抱住她，褚寒依卻是嬌斥一聲：「無賴！」雙掌左右開弓地向馮道雙頰拍去，要賞他兩大巴掌，馮道吃了一驚，趕緊縮身蹲下。

褚寒依正往前撲飛，馮道這麼一縮蹲，她又要飛越船頭掉入水中，千鈞一髮間，她伸手抓向豎立在船邊的櫓槳，一個借力，穩穩站上船頭，同時揮起櫓槳，朝還屈蹲的馮道狠狠打下：「我打死你這個淫賊！」

馮道暗呼：「這一打下去，小馮公子腫得豬頭豬臉，豈不成了小馮公豬？」此時他若不跳水避禍，就只能縮身從褚寒依跨下滾過！但想：「我堂堂大丈夫，豈能這麼滾過去？肯定讓她一輩子瞧不起！」再顧不得失禮，奮力躍起，向褚寒依直撲過去，雙手疾奪那支櫓槳，誰知褚寒依巧腕一轉，櫓槳忽然不見，馮道眼看這雙手一抓，竟抓向她胸口，心中一驚：「非禮勿抓！」書呆子的本能發作，立刻縮回了手，卻不想那櫓槳「呼！」一聲，已從另一頭轉來，重重掃向他背心！

馮道被打得猛向前飛，幾乎就要飛落河裡，心中不由得大叫：「孔夫子明明沒說『非禮勿抓』這一句，你就不該縮手……唉喲！小馮公豬慘變落水狗！」電光火石間，他急使一招「荊山鑄鼎」，足尖勾定住船角，將身子硬生生甩了回來，「碰」地一聲，滾落在船板上，痛得他牙呲嘴裂，暗罵：「夜叉婆下手這麼狠，我可不能束手待斃！」趁這機會，雙臂環抱住褚寒依的小腿，使勁往下一拖，戟指朝她小腿重重戳下：「我點妳穴道，瞧妳怎麼發狠！」

褚寒依想不到他非但沒有落水，還突施反擊，一個站立不穩，便仰身跌落，她心中一急，雙腿連蹭，口中連連罵道：「卑鄙小人！無恥！」

馮道雖知道穴位，卻不曾真正點過穴，再加上兩人打鬥使小舟搖晃劇烈，急切間，指尖盡失了準頭，他另一手抱不住褚寒依的小腿，頭肩被踢中好幾下，本能地鬆開雙手去護頭頂，這一鬆手，褚寒依趁機狠狠踢向他頂心，「唉喲！」馮道被踢得翻倒在地，一陣頭暈目眩，爬不起身。褚寒依一個反身脫出，左臂緊緊扼住馮道咽喉，將他壓制在地，右手夾著銀針，倏地往他左眼刺去！

馮道原想掙扎起身，驚見銀光一閃，不由得大駭：「難道她想殺我？」這一針輕則毀眼、重則穿腦，但無論如何也閃躲不過，他索性豁了出去：「不入虎穴，焉得虎子？我既想娶這隻小母虎，只好拿命拼搏一把，若賭輸了，就當我瞎了眼、看錯人，活該變成瞎子！」瞬間將七成真氣都聚到眼皮上，成了一塊鐵眼皮，這一來，他全身力氣盡失，就像死了般。

「嗤！」褚寒依針尖觸到他眼皮，倏然頓止，見他軟軟不動，覺得有些不對勁，伸手去探他口鼻，竟無半點氣息，不由得吃了一驚，但想他詭計多端，上回在洞穴裡裝死，騙得自己流露情意，這次可不能再上當了，怒道：「你再裝死，信不信我刺瞎你眼睛！」

馮道仍是癱軟如泥，褚寒依想起剛才踢中他頂心，不禁有些擔憂：「難道我出力太重，踢死他了？」忍不住輕拍他臉頰，又大力搖晃，喚道：「小馮子！小馮子！」過了一會兒，見馮道還是不動，便用臉頰貼著馮道胸口去聽心跳，此時馮道真氣都聚在眼皮，心跳變得極輕極慢，褚寒依心中慌亂，已無法集中耳力去聆聽，一時感受不到活人正常的心跳，玉臉倏地慘白，口中不停喚道：「你怎麼了？你快醒醒！你……你不要嚇我……」說到後來忍不住抱著馮道嗚嗚哭了起來：「誰教你欺侮人家，都是你不好……」

馮道心中一嘆：「妳打得我半條命也沒了，卻說我欺侮妳？孔夫子說：『唯女子與小人難養也』真是有道理！」他心思這麼一轉，褚寒依便察覺他仍有心跳，驚喜道：「你……」一句話未說完，冷不防被馮道夾摟住，一個翻滾壓在身下，褚寒依嬌斥道：「你這個賊小子，明明活著，又裝死騙人！快放開我！」

馮道生怕她又起來打人，雙手緊緊抓住她雙腕，一屁股坐在她腿上，不讓她稍動。褚寒依只氣得雙足亂踢：「淫賊！騙子！壞東西！快放開我！」

馮道被罵過「武功不濟、本事低微、粗鄙的鄉下小子」，他都不在意，唯獨自認斯文守禮，至今連女子都沒真正碰過，卻被褚寒依左一句「淫賊」、右一句「下流」的辱罵，他脾氣再好，也忍不住怒從心起，惡狠狠道：「梟雄惡霸、皇帝節帥，我都能周旋，就不信治不了妳這個惡婆娘！今天，我非好好整治妳不可！」

褚寒依怒道：「你敢欺侮我？」

馮道哼道：「我是淫賊，怎麼不敢欺侮妳？」

褚寒依驚道：「你……你想怎麼樣？」

馮道說道：「我定要好好欺侮妳！」

褚寒依氣呼呼道：「你究竟想怎麼樣？」

馮道原是謙謙君子，這次動粗實非得已，哪有什麼折磨人的手段，更別說欺侮小姑娘，一時不知該如何對付她，又不敢放手，翻來覆去只那麼一句：「我就好好欺侮妳！」

褚寒依聽得煩了，怒道：「你再不放手，我就……就……」

馮道得意道：「妳動也不能動，又能如何？」

褚寒依最是驕傲不肯服輸，從前馮道多所忍讓，她便無法無天，如今想到自己一片真心託付賊人，又被壓制得不能動彈，頓時羞惱、委屈、驚慌諸般情緒紛至沓來，不禁生出一股較量到底的執拗勁，一咬牙道：「我就不活了！」

馮道一愕：「不活？」驚見她竟然香舌微吐、猛力咬落！

兩人這麼激烈打鬥，船繩不知何時鬆脫了，船身緩緩飄出許久，此時正好從「中城」下方穿過，進入陰暗橋下，四周陷入一片漆黑。馮道未料褚寒依性情如此剛烈，嚇了一跳，想放開她，又怕她會反過來痛下殺手，他雙手雙腳忙著壓制人，只餘一張口舌可用，情急之下，想也不想地俯身以口封住她的口，舌尖猛力突入她貝齒間，不讓她咬落，心中暗呼：「在下並非有意輕薄，實在是救人第一……」這念頭尚未轉完，忽覺得嚐到了世上最甜美香嫩的滋味，一時茫茫然如被迷魂奪魄、飄飄乎如入神仙洞府，已不知身在人間。

「嚶……」褚寒依吃了一驚，雖想掙扎，但這一觸碰便似觸動了洪水閘門般，滿懷情意傾洩而出，一時心潮起伏如洪濤波蕩、嬌軀酥軟如陳酒長醉，再不知今夕何夕。

兩人原有情意，乍然間嚐到了甜膩如蜜、熱烈如火的滋味，自是意亂情迷、神思昏茫，不知不覺便相擁一起，再捨不得分開，直到小舟穿過「中城」下方，緩緩行出陰暗橋影，一縷燈火微刺進來，褚寒依才驀然清醒，不由得羞怒交加，嬌嗔道：「你這個下流小人！還不放手？」

馮道好不容易溫香軟玉抱個滿懷，怎捨得放手？笑咪咪地辯解：「所謂『君子動口不動手』，在下不能動粗動手，這才動口了，所以這實在不是小人之舉，而是君子之道！」

褚寒依聽他說得振振有辭，只氣得柳眉倒豎、雙頰緋紅：「李克用送你一屋子美人，你還不快滾回去，抱著我做什麼！」

馮道見她粉頰紅撲撲的模樣，煞是有趣，笑嘻嘻道：「原來姑娘吃醋了！」

褚寒依聽他嘲笑自己，正想發作，馮道卻促狹道：「妳忘了我是小馮公公！就算是滿屋子美人，也只能眼巴巴看著！」

褚寒依嬌嗔道：「看也不准！你多看一眼，我便刺瞎你雙眼！」

馮道驚呼：「妹妹醋勁真大！既然看也不准，明日我便讓公公送她們出府。」

褚寒依聽了稍稍解氣，卻仍覺得委屈：「你這麼本事，日後肯定很多美人送上門了，就算現在送走她們，將來也是妻妾滿堂，又有什麼差別？」

馮道笑道：「妻妾滿堂有什麼好？子孫滿堂才是福氣！」

褚寒依一時不解，愕然道：「什麼子孫滿堂？」

馮道貼近她耳畔輕聲道：「咱倆自幼便訂了親，本該青梅竹馬一起長大，可惜後來分開了，否則早就生一窩娃娃了！」

褚寒依羞紅了臉，啐道：「誰和你生一窩娃娃？你當我母豬麼？」

馮道見她俏臉紅嫩、美眸迷濛，不由得心神蕩漾，又想一親芳澤，褚寒依卻似忽然想起什麼，哇地一聲哭了出來。

馮道好容易贏得芳心，此刻真是戰戰兢兢，生怕她改了主意，一見她哭，連忙問道：「怎麼啦？怎麼啦？」

「你是個公公！怎麼子孫……那個子孫……」褚寒依越想越傷心，越說越羞臊，粉拳如雨點打下，氣惱道：「你明明是個公公，卻來糾纏人家，不是欺侮人麼？」

馮道大大鬆了口氣，哈哈一笑：「我從來不是公公！」

褚寒依一愣：「你明明是公公，卻怎麼不是公公了？」她不肯相信，竟捶得更加用力、哭得更加傷心。

馮道實在是丈二金剛摸不著腦袋：「妳到底希不希望我是公公？」

「你……你……」褚寒依一時也說不清楚：「我……我……總之都是你不好！」

馮道見她哭得梨花帶淚，心生愛憐，忍不住緊緊抱了她，好聲相哄：「別哭！別哭！」

褚寒依忽感到他身子有異，猛地睜開眼瞪著他，驚呼道：「你不是公公！你……你……真的不是公公！」

馮道笑道：「妳知道了我的大祕密，我只好娶了妳，把妳變成自己人了！」說著趁其不備，又親吻了她。褚寒依心中衝擊，一時無法思想，只羞得滿臉通紅，緊緊閉了眼，什麼樓主禁令、少女矜持全拋至九霄雲外。

兩人就這麼相依相偎，任小舟蕩漾在一片迷離月色之中，心中滿是濃情蜜意，馮道不禁想道：「倘若我能與妹妹一世相好，莫說當皇帝了，連神仙我也不當！」他初嚐情愛滋味，但覺這事太過匪夷所思，比書中任何道理都沒道理，甚至比「天相」、「奇道」還玄奇，自己明明被折騰得半死，還一股腦兒送上門挨打挨罵，好討她歡喜；當美人兒傾心相依，又是另一番滋味，教人身子熱烘烘、心裡甜蜜蜜，恨不能掏心挖肺地全交給她，好證明自己朗朗青天、一片真意，不禁感慨：「師父啊！您是修道高人，清心寡欲，恐怕沒嚐過這麼古怪的滋味，所以您只教導徒兒周旋群雄，卻沒教我怎麼馴虎！小馮子本事不高，好不容易馴了一隻小母虎，就頭暈腦脹，險些去了半條性命，比周旋帝王節帥還費勁！」

忽然想起後宮佳麗三千，正是個大大的老虎窩：「難怪皇帝都不長命，可偏偏人人搶著當皇帝，真是奇哉怪哉！幸好師父有先見之明，只讓我當隱龍，不必當皇帝，否則小馮子肯定無福消受，小命早早休矣！倒不知師父遇上什麼老虎，才看破紅塵，出家修仙？以師父的本事，那隻小母虎肯定是世上最凶悍的母老虎，就像則天皇帝那麼厲害！幸好寒依妹妹只是虛張聲勢的小母貓……」他摟著褚寒依柔若無骨的身子，聞著細細甜香，但覺萬分慶幸，又想：「女子真是奇妙，從前冷冰冰、凶巴巴，像隻張牙舞爪的小母虎，一旦交了心，就變成乖乖小母貓，就算打人咬人，似乎也不怎麼痛了！」忍不住道：「幾隻老虎若是打起架來，小馮子哪還有命在？」

褚寒依正沉醉兩情相依中，驟然聽見老虎，驚愣道：「你說什麼？哪裡有老虎？」

馮道笑嘆道：「一山不容二虎，我已經有一隻小母虎，豈敢再招惹第二隻、第三隻？李克用送我一窩小母虎，豈不是要我的命？」

褚寒依板起俏臉，道：「你一再說我是小母虎，瞧我怎麼修理你！」舉起粉拳便捶向他胸口，馮道一把捉了她小手，笑道：「小夜叉，雖然打是情、罵是愛，但妳不必愛我愛得這麼瘋狂，以後下手可得輕些，知道嚒？」

「你壞死了！」褚寒依破涕為笑，粉拳輕捶，身子卻軟軟倚入他懷裡，再捨不得分開，依偎半晌，忍不住又問：「我從前殺你、折磨你，你為什麼喜歡我？」

馮道哈哈一笑：「妹妹心地善良，豈會真的害死我？」

褚寒依愕然道：「我殺你、害你，你還說我心地善良？」想一想，覺得馮道分明是在嘲諷自己，嗔道：「你總是嘻皮笑臉，不正經說話！」

馮道冤枉道：「我幾時不正經了？那日我聽妹妹唱『過華清宮』，曲中滿是憂懷天下之志，便教我一見鍾情，後來妳邀我上船，我見到妹妹如詩如畫的美貌，心中驚嘆：『原來這就是傳說中的白狐狸！小馮子你死定了，你這輩子都要被她迷得暈頭轉向，逃不出小狐仙的手掌心了！』，但真正令我下定決心非卿不娶，是因為妳聽見嫣兒姑娘害怕，便替她去服侍皇帝。」

褚寒依心中一震，怔怔望著他，好半晌才道：「你怎麼知道我是代替嬌兒去的？」

馮道微笑道：「老公神機妙算，有什麼不知道的？」

褚寒依小嘴一扁，委屈道：「可差點讓假皇帝欺侮了……」

馮道安慰道：「老公不是在妳身邊保護妳嚒？當時我便立志要娶妳為妻，可是妳太美了，我又不敢妄想。」

褚寒依嬌哼道：「你不敢妄想，卻敢妄為！那日你在承香殿裡欺負我，可欺負得夠了！」

馮道笑道：「後來妳在洞裡將我五花大綁，可算是一報還一報了！但妳沒殺我，我便知道妳對我也有情意，後來妳不顧徐小子生氣，與我一起逃走，我心裡歡喜得很。」

褚寒依臉頰暈紅，啐道：「我真該任你受人宰殺，也免得給你取笑，受你的氣！」

馮道忍不住又去抱她，溫言道：「日後我一定會好好疼愛你，絕不讓妳受氣。」

褚寒依嗔道：「你不過是甜言蜜語地哄我罷了！」

馮道舉手立誓道：「我對妹妹一片真心，天地明鑒！」

褚寒依伏在他懷裡，委屈道：「我十歲時……第一次執行任務，因為本事不濟險些死去，那時我便知道如果不勤練功夫，可太危險了，後來我當上堂主，就狠逼她們練功，她們卻不明白我的苦心，背地裡都罵我是夜叉婆……」

「夜叉婆？」馮道險些笑了出來，幸好及時咬住牙關，才沒又招來毒打，他低頭望去，見褚寒依神色淒楚，心中頓生了愛憐：「她年紀幼小便被派去執行危險任務，難怪養得一身怪脾氣，我日後都得逗她歡喜，不讓她傷心才是。」便溫言安慰：「以後樓主再派妳做什麼危險任務，都告訴我，老公會幫妳擺平！」

褚寒依昂起嬌俏的小臉，眨著水亮大眼望著他，不敢相信地問道：「你是說真的？」

馮道自信道：「天底下沒有小馮公子解決不了的事，從此老公便是妳的依靠了！」

褚寒依倚在他懷裡，輕聲道：「小馮子，你真好！」

馮道聽她語聲軟膩，心神一蕩，低頭在她頰邊輕輕一吻，道：「待此間事結束，我便向煙雨樓主提親。」

褚寒依心中一震，急道：「不行！你別去見樓主，他不會答應，除非你……你……」她原本想說「除非你背叛皇帝，投靠煙雨樓，否則樓主絕不會允許婚事」，支吾半天，終把話吞了回去。

馮道問道：「除非什麼？」

褚寒依一時歡喜一時憂愁，卻只搖搖頭，道：「沒什麼。」

馮道拍拍胸膛自信道：「放心吧，無論樓主提出什麼刁難條件，為了妹妹，我一定能做到。」

褚寒依一咬朱唇，輕聲道：「你別胡亂誇下海口。」

馮道心想：「每回提到煙雨樓主，妹妹便多有顧忌，看來這事真不好辦，我不能心急。」

遠方傳來一陣人聲，褚寒依趕緊掙脫馮道的懷抱，端坐到船頭邊，馮道也不好再強求，便起身拿起櫓槳，一邊划船回去，一邊欣賞美人兒雙頰霞燒的嬌態，褚寒依被他瞧得羞臊，忸怩道：「你好好划船，別淨瞧著人家！」

馮道唉嘆道：「別的美人兒也不准瞧，自己的老婆也不准瞧，小馮子真命苦！」

褚寒依啐道：「又來胡說八道！」

「好吧！那我便說個正經事，」馮道說道：「李茂貞的六寸斷腸丹快到期限，我想請妹妹替我去鳳翔拿解藥。」

褚寒依雙頰一紅，囁嚅道：「如今李克用已出兵，我們可一起回鳳翔。」

馮道聽出她不想和自己分離，心中又是歡喜又是難捨，溫言道：「傻妹妹，我也想和妳一起，但李存勖不會放我離開。」

褚寒依怒道：「如今連戰皆捷，他還不放人嚒？」

馮道嘆道：「這場仗是我挑起的，不到勝負分曉，李存勖絕不會放我走，我留在這兒幫忙，也可多幾分勝算，只是要勞煩妹妹為我奔波一趟，路上或有危險，妳可願意？」

褚寒依自信道：「我盡量避開戰場，揀小路走就是，應付幾個賊兵有什麼困難？我一定準時把解藥帶回來！」

馮道將懷中一紙書信交給她，道：「妳讓李茂貞依計行事。」褚寒依點點頭，馮道笑道：「老公的性命就交給妳啦！」忽地在她頰上一啜，褚寒依一愣，俏臉飛紅，不敢望向他，只低聲道：「我快去快回，這就出發！」她見小船離岸不遠，便施展輕功縱飛上岸，倏然遠去。

馮道心嘆：「也不必這麼快吧，可以再溫存一下……」直到看不見那美麗身影，才收回心思，摸摸自己頭上的腫包，笑吟吟道：「因禍得福！哈！就算小馮公子被打成小馮公豬也值得！真值得！小馮公豬娶小夜叉，雖是差強人意，卻也是天生絕配！」

他將小舟穩穩靠在岸邊，又仔細掛好船繩，便準備返回氈帳，一回頭，猛然看見一張玉白詭異的臉笑嘻嘻地望著自己，嚇得他險些跌入水中，罵道：「公公不好好喝酒，卻像個鬼魂般悄無聲息地貼近來？」

張承業哼哼笑道：「我怎麼像鬼魂啦？是小子被妖精勾得魂魄都飛了，人都走遠了，還癡癡瞧著，才沒發現我。」

馮道聳聳肩，道：「回去喝酒吧。」

張承業嘲笑道：「小美人離開，傻小子難分難捨，想借酒澆愁。」

馮道笑道：「酒是穿腸毒藥，我怎麼也不會借酒澆愁的！」

張承業哼哼笑道：「你想拿解藥，大可讓我派人去鳳翔，怎捨得讓小美人奔波？難道留在這裡比去鳳翔危險？」

馮道苦笑道：「真是什麼事都瞞不過公公的火眼！這場戰爭對雙方來說，都是不死不休，倘若河東真輸盡家底，李存勖必要我陪葬，到那時候，有沒有解藥也沒多大分別了，讓她早點離開總是好的。」

張承業白眉一蹙，道：「連戰皆捷，你卻急著遣走小美人，難道情況有變？」

馮道嘆道：「說到打仗，李存勖確實是個人才，他既不看好，小馮子怎有信心？我曾說此戰是先凶後吉，如今連戰皆捷，凶事何來？可見他說得不錯，再過不久，汴梁軍必會大舉反撲，但晉陽城堅牆固，又有李克用和十三太保這樣的高手坐鎮，我實在想不出朱全忠有什麼法子能對晉陽造成凶劫。」

張承業沉吟道：「咱們不能坐以待斃，得想想法子才行。」

正當兩人仔細討論時，城內忽傳來一陣尖銳號角聲，張承業臉上閃現一絲驚惶：「有緊急情況，咱們快回去！」便拉了馮道躍上岸，一起奔向大明殿廣場。

河東軍還沉醉在歡樂慶宴中，乍聽到號角聲催促，驀地驚醒，轟的一聲全站起來，李克用一口乾盡手中酒罈，黑沉著一張臉，大步走向帳外，登上城樓觀看情況。

馮道和張承業趕了回來，也一起登上城樓，只見黑夜之中，旌旗招展，數萬軍兵整整齊齊排列在廣場上，個個頭戴銀盔、身披重裝鎧甲，背繫弓、腿上槊，手持八尺烏槍，隊伍前面飄揚著六纛牙旗，旗下點燃一盞盞燈籠，紅火閃耀，與烏亮的槍尖交映成一片血色肅寒的殺光！

原來李存勖聽聞急報之後，在半刻間已升旗點將，準備應戰。馮道見狀，也不禁佩服：「李存勖治軍的手段確實厲害，這幫莽漢剛剛還是一盤散沙，只顧縱情享樂，才一會兒，就被他整理得妥妥當當，河東軍中，只有嗣源大哥的橫沖都軍可與之相比！」李存勖、李嗣源同為帝王相貌一事，不禁又浮上心頭：「幸好他們是好兄弟，否則必有一番龍爭虎鬥！」

李克用來到軍兵前方，喝問：「怎麼回事？」

此時十三太保已集結在他兩側，李存勖立刻趨前稟報：「二哥偷襲絳州，前鋒軍出師不利，原本想趁著軍兵士氣仍高昂，轉攻臨汾，誰知遇上汴梁大軍。」

李克用不悅道：「幾日前，探子才回報說晉絳守軍只有兩萬，何來大軍？只一丁點小兵，嗣昭也不能應付嚒？」

李存勖道：「朱全忠看連失三州，果然發動反擊，派了朱友寧領兵數萬，歸氏叔琮節制，陸續攻拔澤、潞二州，如今屯軍在岐下。」

馮道心中一愣：「原來這次主將是氏叔琮，上回他遭遇電殛，竟然不死，這傢伙可真是功力深厚！」

「失了澤、潞二州？」李克用濃眉微鎖，沉聲問道：「嗣昭有何應變？」

李存勖道：「前方情況未明，需等下一次回報。」

李克用沉吟片刻，道：「你有甚麼看法？」

李存勖本來不願出兵，但事已至此，也迅速擬好了對策，道：「根據探子所報，氏叔琮統制五萬軍兵向南進發，孩兒猜測他們是想奪取蒲縣為據地，已派四哥前去接應。」

四太保李存信一直頹靡不振，李存勖為顧及兄弟情義，趁著連戰皆捷，命他前去援助，想讓他再次立功，李克用如何不明白兒子的用心，沉聲道：「你四哥不大靠得住！」

李存勖道：「父王放心，四哥的兵馬只是誘餌，當氏叔琮見我軍增援，必會把大軍往後撤，憑藉呂梁山之險、晉水之隔，集中兵力頑抗，孩兒會親自領軍繞過晉水，從後方突襲，來個前後夾攻。」

李克用精光湛射，笑道：「不錯！那是氏叔琮唯一的退路！朱全忠的本事馬馬虎虎，如今被困鳳翔，動彈不得，只能派氏叔琮那隻三腳貓前來，有什麼用處？」語畢仰天大笑，眾將領也跟著哈哈大笑。

馮道心想氏叔琮武功非凡，在李克用眼中卻如此不堪，不由得暗暗咋舌：「倘若氏叔琮是三腳貓，小馮公子豈不是二腳貓、一腳貓了？」瞄了李克用一眼，又想：「真不知這頭沙陀飛虎遇上不老神功會如何，能抵得住麼？」

談笑間，號角聲急傳而來，又一名探子馳到，火速奔上城樓，未等詢問，即拱手稟報：「啟稟大王，那日我軍在襄陵縣的牧馬道上休息，準備向臨汾進發，誰知氏叔琮那狗賊竟派了兩名深目虯鬚的武功高手，假扮成沙陀兵，潛入我軍大殺一通，兄弟們忽然遇襲，又聽到康懷貞奪取據地的消息，二太保心想應是汴梁大軍來到，不宜硬碰，便暫時撤退，如今屯紮在蒲縣。」

李克用怒斥道：「嗣昭中計了！」

探子一臉茫然，不知如何中計，李存勖蹙眉道：「氏叔琮原本就打算奪取蒲縣，必會在那裡設下機關，二哥這麼一退入蒲縣，正好落入陷阱，汴梁軍會從後方包圍，來個甕中捉鱉……」話未說完，遠方又傳來嗚嗚號角聲，急促淒厲，宛如催魂奪命之音，眾人忐忑不安，直等到黎明時分，第三名探子滿身殘破地趕了回來，在兩名軍兵夾扶下，蹣跚登上城樓稟報。

李克用濃眉一蹙，問道：「情況如何？」

探子垂首道：「啟稟大王，氏叔琮率十萬大軍繞到蒲縣南方紮營，乘夜截斷二太保的歸路，橫陣十里，我軍僅有數萬，又深入敵境，不免有些驚慌，周將軍見軍心不穩、情況不妙，趕緊讓二太保率大軍離開，他自己領了五百騎兵斷後，卻抵擋不住對方攻勢！」

李克用臉色倏變，喝問道：「結果呢？」

探子顫聲道：「氏……氏叔琮攻破營壘，俘斬我軍萬餘人，奪了數百匹戰馬，還與朱友寧一路追擊，我軍驚慌潰逃，兵器糧秣全丟失了……」

李存勖急問：「四太保的兵馬呢？他應該會去蒲縣接應！」

「四太保……」探子垂了首，咬牙道：「四太保行軍到一半，聽到消息，就……回頭了！」

李克用怒吼道：「什麼叫『就回頭』了？」

李存勖想不到自己給李存信一個機會，他竟然因為害怕，棄弟兄不顧，李存勖簡直氣炸了，只緊握雙拳強行忍抑，急問道：「後來呢？」

探子惶惶地望了兩人一眼，吞吞吐吐道：「廷……廷鸞因此落入敵手……」

李廷鸞是李克用的庶次子，李克用聽聞愛兒被抓，不由得臉色大變，氣吼道：「氏叔琮欺人太甚！本王定要將他碎屍萬段！」❶

探子見李克用大發雷霆，嚇得雙腿幾乎軟倒，李存勖反而鎮定下來，連忙拉住幾欲衝動的父親，道：「父王莫急，探清楚情況再說。」又問探子：「那氏叔琮呢？」

探子顫聲道：「說也奇怪，氏叔琮分領二萬精兵向南而去……」

李克用怒道：「那賊子怕我殺了他，急著逃走！」

探子又道：「但另外的八萬大軍已經朝這裡來了！」

眾將聞言，都暗暗吃驚，李存勖道：「如今軍情緊急，氏叔琮還分撥二萬軍兵去南方，肯定是挾持二哥返回鳳翔，要將人質交給朱全忠。」又拱手道：「是孩兒一念之仁，調錯將領，才造成失誤，我這就領兵出發，將弟兄們救回來。」

李克用想到氏叔琮竟敢捋虎鬚，如何忍得下？怒道：「不！用兵要快狠準，小小一個氏叔琮，拖拉半天還收拾不下，豈不讓朱全忠笑掉大牙？本王要親自收拾那傢伙！你坐鎮城中指揮，對付那八萬大軍。」

李克用做這個決定，並非只是怒氣衝動，此刻朱全忠被牽制在鳳翔，若能除去氏叔琮，便是斷去汴梁軍一大支柱。當初他一口氣派出李嗣昭、周德威兩員大將，就是希望能一舉殺掉氏叔琮，想不到竟一敗塗地，如今時間越來越急迫，朱全忠隨時可能掉頭回來，因此他決定親自出征：「鴉軍聽令！汴梁軍以十萬雄軍欺我兄弟，我河東勇士要執起長刀討回血債，決不容任何人欺侮！」他內力深厚，聲音遠遠傳了出去。

河東軍連打幾次勝仗，士氣正高昂，忽然聽到敗仗的消息，都忿忿不平，想討回一口氣，聽大王這麼傳令，登時精神大振，歡呼不止。

傳令兵立刻高舉號角，嗚嗚吹起，城池大門緩緩打開，李克用快速下了城樓，整好隊伍，跳上一匹高大神駿的黑馬，威風凜凜，長槍一指，宏聲喝道：「衝！」猛力一扯韁繩，閃電般縱騎馳出晉陽城。隨他出生入死、形影不離的鴉軍親衛立刻跟上，五千兵馬瞬間發動，疾衝向南方，馬蹄隆隆震響，宛如暴風怒捲而去。

馮道心中納悶：「李存勖派了這麼多探子，消息卻屢屢失誤，究竟出了什麼問題？」便拉了張承業，道：「公公，咱們也跟去瞧瞧！」

兩人趕緊各揀了一匹健馬疾追上去，但奔馳半天，鴉軍已近蒲縣，馮道兩人騎術不如鴉軍，所騎的運輸馬也不如戰馬，只遠遠落後，馮道見西南方有一片聳立崖壁雕刻一座七丈高的摩崖巨佛，十分顯眼，急催馬過去，道：「公公，咱們站到大佛頂上觀戰，居高臨下才看得清楚。」

這尊巨佛是太原最有名的「蒙山大佛」，當年高祖李淵巡幸晉陽時，將這間寺院賜名「開化寺」，後來高宗李治與武則天又贈送大佛一件碩大無比的金袈裟，這地方不只歷代唐帝十分看重，就連李克用接掌太原後，也著手修整了一番，因此儘管戰火頻仍，蒙山大佛一直保存良好。

張承業和馮道施展輕功，沿著崖壁、佛身一路飛奔而上，剛抵達佛頂，下方景象卻教人驚得目瞪口呆！

「氏叔琮的大軍在那兒！追！」李克用見遠方煙塵無盡，大聲呼喝，率領五千精兵急追二萬汴梁軍，如此以少追多，卻沒有一人懼怕，鴉軍似一陣黑色旋風般捲上了高崗，氣勢虎虎、威風凜凜，準備大開殺戒，將人質救回來。

忽然間，李克用感應到氣氛有異，急勒馬停住，眼觀四面、耳聽八方，鴉軍也急剎住馬兒，立於其後。

李克用大喝：「快退！」眾軍才一掉頭，後方山坡已射發千萬利箭，宛如大雨傾盆灑來！

「圓盾陣！」李克用一聲急令，鴉軍立刻以盾牌圍成圓圈，抵擋住飛箭。待急箭過後，李克用判斷出南方敵軍較少，當機立斷喊道：「向南衝！」

前鋒軍才衝下山坡，突然間，號角大響、馬蹄奔騰，震耳欲聾，汴梁軍從四面八方的山坡後衝湧出來，鴉軍陡然遇襲，一時人馬雜遝，死傷無數，不得不退回高坡。

李克用見他們膽怯，怒罵道：「萬把人也殺不死嚒？」

軍兵們驚慌叫道：「有埋伏！是汴梁大軍！至少有五萬大軍！」

話才說完，數萬汴梁大軍宛如汪洋大海般包圍住高坡，鴉軍無路可退、無處可躲，只能緊緊集結在高坡上，但這樣一來，目標明顯，毫無遮掩，直是任人宰割，就像矗立孤島上，隨時等著被巨浪洪濤吞沒。

李克用原本想一鼓作氣殲滅敵人，怎料中了陷阱，心中雖不忿，卻也不懼，但想沙陀族能橫掃天下，憑的就是軍士勇猛、鬥志高昂，五百往往可抵一萬，只要振起軍心，便有活路希望，大喝道：「幾個毛頭小兵就想困我飛虎子，簡直不知死活！來一個、殺一個！瞧我掃下一群腦袋！」他飛身而起，長槍一掃，一口氣掃下幾十名汴梁軍，那些小兵怎禁得起他的內力，連哀呼都來不及，已骨碎肢斷、血肉飛濺，鴉軍立刻歡呼大振、鼓勇作戰。

李克用見軍心振起，一馬當先衝入敵軍，大喊：「瞧我斬下千萬敵首！」長槍左揮右挑，力雄如巨柱，汴梁軍不敵其鋒，盡震飛出去。

李克用有心炫耀功夫，雙手高舉長槍，轉如旋風，震出一圈圈龐大氣勁，轉眼就要掃落千百顆人頭，為子弟兵開出一條血路，忽然間，十幾名汴梁軍從左側竄身而出，如雄鷹般猛撲向李克用！

「找死！」李克用右手仍握緊長槍，繼續掃人頭的攻勢，左手本能地放開槍柄，猛發掌力向左側軍兵轟去，「碰碰碰！」汴梁軍震飛的同時，竟有一股龐大無匹、足以撼動天地的力量急速壓迫而至，就像地獄煞氣衝湧出來，頃刻間就要摧毀他的護體神功，不留半點生機！

李克用不禁胸口窒息、寒毛直豎，一陣顫慄直竄心頭，因為他已意識到那個人並不是普通軍兵，甚至不是氏叔琮，而是他今生最可怕的宿敵——

朱全忠知道偷襲機會稍縱即逝，必須一舉中的，因此這一擊是精算過的，他火力全開地轟向李克用的肩膊，這一拳有千鈞之重，輕則肩臂受創，重則骨碎身亡，李克用擅使長槍，雙臂靈動最是重要，一旦肩臂受傷，功力便大打折扣。

李克用萬萬想不到以朱全忠今日之地位，竟然不顧身分地假裝小兵偷襲，也終於明白周德威和李嗣昭為何會連連敗仗。

原來朱全忠早已潛藏在汴梁軍中指揮戰略，他算準李克用好大喜功、愛子心切，遂不斷放出錯誤消息，又設計擄走李廷鸞，目的就是引誘李克用親征，再擺下今日這大陣仗對付他，李克用果然中計，落入陷阱！

仇人相見，分外眼紅，李克用心中狂罵十八遍：「賊胚子！」口中卻不敢吐一個字，只全速收回力氣聚到左肩，但此刻他全身力氣分散四處，已來不及收回，逼命瞬間，他足尖一蹬，身如疾箭，直接飛脫馬背，落到另一匹馬上，借著馬兒向外飛奔之力，避去正面衝擊，但左肩仍然受到餘勁震盪，令他五內翻湧，吐出一口鮮血。

「轟！」一聲，他原本的盔甲鐵馬卻沒那麼好運，被朱全忠巨力一個衝撞，爆炸成血粉。

李克用眼見愛馬慘死，怒不可遏，一口氣尚未回過來，朱全忠已飛身追近，「碰碰碰！」數十道飛拳如巨石落雨般轟砸而下。

李克用拼盡全力彈身而起，飛躍到另一匹馬上，同時長槍一劃，槍光激成墨影，橫散成大片黑牆，擋住對方拳勁，身下的馬兒卻又暴斃倒地，眨眼之間，朱全忠連出五擊，李克用連換五匹馬、連斃五匹馬！

朱全忠追如電光，亂拳以石破天驚之速砸去，李克用連連退掠，槍舞如風，連人帶槍捲化成一條墨色飛龍，尖光不時竄入滿天拳影之中，兩人對面相鬥，奔躍在人馬雜遝間，手上過招，足下施展絕頂輕功，點點掠過千萬槍尖、馬首、眾軍頂心，相距始終在一丈內，比速度、比內力、比運氣，每一分毫釐之差都是生死之距，沒有半點僥倖！

一時間氣勁碰然，遇者即死，所過之處，自動清出一大片空地。

李克用原本受了傷，又是退掠，情勢已然不利，偏偏朱全忠狡猾多計，見他足尖剛點落一名汴梁軍的盔頂，右拳猛轟他胸口，左拳卻轟向那名汴梁兵腦袋，「碰！」下方一排軍兵同時暴裂彈飛出去，李克用腳下落空，身子頓然下墜，原本抵擋在前方的長槍歪斜出去，胸口空門乍現。朱全忠暴拳對準李克用的心口，就要一舉轟斃他，不料寒鴉槍倏然一閃，似墨龍般一個彎繞，從側邊突竄過來！

這一招乃是兩敗俱死的絕狠之招，朱全忠若不收拳抵擋，就要被洞穿雙頰、震破腦袋！

朱全忠已佔上風，外邊更有數萬大軍包圍，犯不著拿命去拼，瞬間收拳退身，只這一剎那，李克用已經穩住身形，反守為攻，「嗤嗤嗤嗤！」槍光漣漣，猛刺十數擊，槍尖宛如靈巧的鴉喙，點、啄、搠、挑，不斷刺探對方拳拳相接的氣場弱隙處。

朱全忠想不到他受了肩傷，槍法還如此神妙，不由得退了一步，這一退，氣場微微混亂，李克用立刻覷準弱陷，唰唰唰連刺三槍，一槍追一槍，每一槍都足以劈山破石，直貫破朱全忠的拳勁氣場，逼近他面門半尺處，凝聚槍尖的驚天巨力倏然炸開，宛如千百隻嗜血寒鴉衝奔出來，戳向朱全忠眼、鼻、唇、耳、喉等人身最弱處。

朱全忠大吃一驚，飛身疾退，同時雙拳使出小巧博擊，在面門前交織成一片密密如實的氣牆，總算擋去四、五十擊，保住一命，但仍被餘勁震得雙耳嗡嗡、兩眼昏茫，耳、鼻、口都流下血來。

沙陀軍之勇猛無敵，就在於拼死不要命，而李克用這沙陀軍首，更是天下第一不要命之人！

他見到朱全忠如此惜命，心知這是對方最大的弱點，立刻再下狠招，拼著胸口受創的危險，長槍倏地甩到朱全忠身後，朱全忠這一疾退，背心幾乎撞上槍尖，當下兩臂一分，一拳仍往前轟向李克用胸口，另一拳狠狠砸向後方槍尖！

豈料李克用這是虛招，見對方力道兩分，長槍倏地抽回至前方，將全身內力集中於雙臂，槍尖對準朱全忠心口直刺過去。

朱全忠眼看一團墨影當胸襲來，自己一分為二的力道絕對抵擋不住，倏地衝天飛出，李克用雙臂一揚，一道道槍光如驚龍吐電，狂射而出，朱全忠身在半空，拳勁也如暴雨轟石地砸下，「碰碰碰！」兩大頂尖高手的磅礴巨力正面對衝，每一交擊，俱是天地震撼、風雲變色，整片高坡搖晃跳動，似要崩垮了般，氣勁一圈圈向外散去，四周軍兵被餘威掃及，皆倒地斃命。

數擊過後，兩人都被對方強烈的氣勁震得遠遠分開，遙遙對望。

朱全忠一抹臉上血漬，笑道：「當年曹操與劉備青梅煮酒，論述天下英雄說：『唯使君與操耳』，本王也曾與克用兄共滅黃巢、把酒言歡，一起品論時局，如今風雲再起，天下真英雄果然只有你我二人！」

李克用想起從前和他喝一回酒，險些丟了性命，長槍一抵，呸道：「本王真後悔與你結交，再跟你喝酒，只會髒了口！」

「無論克用兄如何怨恨我，還是得認清現實——」朱全忠一指四周，笑道：「你這幫小烏鴉是插翅難飛了，所差者只是亂箭射死還是重拳轟死！」

李克用環目一掃，見鴉軍被層層包圍，與自己隔絕開來，他們幾次奮不顧身的突圍，都告失敗，一時無計可施，汴梁軍也不急著下殺手，雙方一時呈現對峙。

朱全忠笑道：「本王敬你是條漢子，決定給個機會，倘若你能勝出一招半式，我便放他們一條生路！」

李克用乃是蓋世驕雄，自負武藝絕頂、沙場無敵，無論單打獨鬥還是領兵打仗，怎麼也不會輸給朱全忠，可不知為何，汴梁勢力竟然漸漸勝出，他早已滿腔不忿，聽對方語氣竟是瞧不起自己，打算手下留情，他更是怒火沖燒，氣吼道：「放你的狗屁！明明是老子的手下敗將，還敢大言不慚！所有恩怨，咱們今日一併算清，不死不休！」瞬間火力全開，如狂風暴雨般攻去。

朱全忠見他雙目火紅，攻如瘋鴉，知道他已中了激將法，不到最後一口氣，絕不會罷手，更不會逃走，此刻只需避免致命傷，便能以拖待勝了，當下身影飄飛、雙拳連發，穩穩守住四方。

李克用原想一舉殺了朱全忠，趁汴梁軍群龍無首、陣腳大亂之際，帶鴉軍迅速撤離，見朱全忠一味遊走閃躲，不願硬拼，立刻改變戰術，手中寒鴉槍旋轉騰飛，如萬蛇四處鑽營，朱全忠向左突竄，長槍便橫飛向左，擋住去路；朱全忠向右斜出，長槍便右掃而至，逼他退回。

李克用寒鴉槍越轉越快、越轉越快，周遭氣流被帶得快速旋繞，到後來，他連人帶槍幻化成一條翱翔九垓的墨龍，蟠繞在朱全忠身周，漸漸鎖住朱全忠飄移的身法。

張承業和馮道躲在高處觀戰，見李克用雖然受了偷襲，百招過後，已然反守為攻，一顆吊著的心終於放下，張承業歡呼道：「晉王果然厲害！」

雖然李克用扳回一城，但再次見識了不老神功的威力，馮道仍像初次見到那樣震撼！一般來說，力量重者，難以快速；速度快者，多是輕巧，偏偏朱全忠的不老神功既快又重，氣力源源不絕，上百道重拳打下來，不過是一個呼吸之間，且沒有半分減弱，面對這樣無止盡的攻擊，再深厚的武功都不堪負荷。

馮道擔憂道：「當時李茂貞面對不老神功，接戰到七百拳時，便開始氣虛力乏，就算李克用高明些，最多再挨個七百拳，也會支撐不住，他既然佔了上風，就應該快快退去，不該拖延在此，逞強非要殺了朱全忠不可！」

張承業白眉一蹙，道：「晉王這麼做也是不得已，他受傷在先，又有一票子弟兵被圍困在千軍萬馬之中，最好的策略就是一舉殺了朱全忠，令敵軍大亂，若不這麼拼搏，根本沒有活路。」

馮道心中思索：「李茂貞、李克用是當世少數可與朱全忠對抗之人，兩人卻採取完全相反的戰術！李茂貞心知自己不敵，大多以鳳翼抵擋，保留體力，且懂得適時退場；李克用自負高強，心知拖延越久越不利，想速戰速決，因此不顧生死，一味強攻，但朱全忠武功絕頂、心智狡猾，怎可能輕易解決？」

他實在想不出李克用要如何打贏這場仗，又想探究朱全忠的罩門，便運用「明鑒」雙眼仔細觀察戰況，只見朱全忠全身上下被包裹得有如黑繭，只能身子疾轉如陀螺，雙臂揮揚得有如千臂如來，抵擋住四面八方密如驟雨的攻擊，而寒鴉槍尖不斷瘋狂衝撞、啄擊，彷彿千萬墨鴉如海潮湧出，撞得頭破血流，也要撞破前方的山牆。

兩人激戰許久，李克用長槍帶動四周空氣狂旋不休，漸漸形成一個徑長丈許，含著千鈞萬力的龍捲旋風，宛如墨龍蟠捲直上雲霄，強大的捲扯力道，狠狠逼迫著風暴中心的朱全忠，任他再剛強，到最後也只有破體碎身一途！

朱全忠緊閉雙眼，但覺護甲髮膚幾乎要片片碎裂，非但不懼怕，反而更加驚喜：「烏影寒鴉槍果然名不虛傳，我能與之交手，已不枉此生！」

他一生以嗜殺血戰打出天下，敵人越是高明，他越是激昂興奮，自從攀至高峰後，幾乎難再嚐到這種迷毒般的滋味，今日這一戰，將他畢生的精華都逼了出來，心知此後再無這樣機會，決定傾力一搏，瞬間功盈全身，將不老神功飽提至頂點，長喝道：「天荒地老、神拳不老，斗轉星移、唯我無敵！」雙臂急速揮轉，重重疊疊的拳勁交織出一圈堅厚的氣牆護在身周，硬是將這毀天滅地的墨龍旋風阻擋在三尺之外。

李克用見他拳勁壘壘成一團團氣石，剛硬難破，再加注柔勁，細絲般的槍氣如鴉羽散飛，輕輕竄入拳石間隙，以千百細刃的方式割劃朱全忠全身！

朱全忠雖咬牙守住要害，不讓對方突破，但一雙肉拳如何承受得住鐵槍千百刺擊？不過片刻，護甲已是破爛不堪，全身傷痕累累，血灑如飛雨，情況十分慘烈，即使他以快速的身法擋下每一道致命槍，但猛厲的槍勁也震得他全身傷口滲血不止，使氣血快速流失。

一把寒鴉槍竟能同時使出百種刺擊術，並含有槍尖如喙、槍桿如龍、槍氣如絲三種內力變化，實已到了匪夷所思、登峰造極的地步！

這一打法是李克用與朱全忠激戰數回之後，苦苦思索出來剋制不老神功的招式，既然不可能一舉殺了他，就只能較量看看是朱全忠的氣血先流乾，還是自己的內力先耗盡。

張承業尖聲叫好：「晉王這一戰術高明至極！」

馮道也不得不佩服李克用這「兩敗俱傷」的打法確實可怕，心中存了一絲希望：「晉王已圍得朱全忠不得動彈，只差致命一槍！」

偏偏兩人過上近千招，李克用的致命一槍總是擦身錯過，未能真正刺中朱全忠，馮道越看越焦急：「不老神功真氣源源不絕，時間一長，最是有利，李克用這種快猛打法，卻是最耗力氣，倘若他不能在三千招之內勝出，一旦內力耗盡，情勢必急轉而下！我這一腳貓的小馮子都想得到，李克用如何不知？」他越看越覺得不對勁，心念一轉，驚呼：「糟了！李克用危險了！」

張承業啐道：「小子瞎了眼嚒？晉王明明將朱全忠逼得寸步難行，無論是內力或速度都高過一籌，再加上這一戰術是專剋不老神功，大有機會勝出！」

馮道說道：「倘若只有二人相鬥，李克用的戰術自然好極，真可能殺了朱全忠，再不濟，也能一走了之。可他們身陷萬軍包圍之中，只要朱全忠受到重傷，這千萬軍馬必會發動強攻，但那時李克用已消耗大半，還有力氣突圍嚒？鴉軍也不能倖免！」

張承業越聽越不安，急問：「小子說得有理，但晉王為何不走？」

馮道又道：「晉王不顧鴉軍斷送在敵人手裡，也要殺了朱全忠，他該走不走，必有原因。」

張承業想了想，終於明白其中關鍵，驚呼道：「他若死了，晉陽那批小崽子肯定鬥不過朱全忠，只有被屠殺的份兒！」想到屠城之禍，不禁心中激動、渾身顫抖。

馮道憂急道：「晉王心知中了陷阱，已難全身而退，不惜豁上一條命、犧牲五千鴉軍，也要與朱全忠同歸於盡！倘若他死在這裡，李存勖絕對放不過我們，更會直接反抗朝廷！」

張承業咬牙道：「不錯！河東若反了，聖上就更艱難了，於公於私，我都得下去幫忙！」

馮道連忙阻止：「不行！現在下去，還未幫到李克用，便被大軍圍殺了。」

張承業尖聲叫道：「難道眼睜睜看晉王死去嚒？」

馮道安慰道：「公公別急，待我仔細瞧瞧，看能不能想出辦法。」

他聚精會神地觀看兩人激戰，看著朱全忠每出一拳，李克用如何抵擋，忽然發覺朱全忠雙臂轉劃間，似有一種規律，又摸不著頭緒，他決定以「聞達」雙耳聆聽風聲、氣流變化，去分辨朱全忠的氣勁運用。

初時，天地間萬聲湧動，軍馬嘶鳴、馬蹄奔遝、鴉軍悲吼、汴梁軍吶喊、兵刃交擊，聲聲交疊紛呈，甚至是刀槍刺入血肉的擠壓、摩挲聲，都收入馮道耳中，他努力沉心靜氣，漸漸地，萬聲緩緩消退，似迷霧遠去，每一種聲音卻又清晰得如在耳畔。

他將心思專注到朱全忠和李克用的對戰上，過了片刻，所有景象都似寂然無聲，十分遙遠，只餘下兩位驕雄的打鬥聲，左方是氣吞嶽瀆的李克用，右方是力拔山河的朱全忠，兩人交手太快、力道太重，那氣流一波一波的激盪，宛如驚濤駭浪，轟轟衝擊著馮道的耳膜，令他雙耳欲破、腦袋欲裂，甚至胸口氣窒、不能呼吸，實在無法探究根源。

「時間緊迫，我得盡快想出辦法！」馮道從來沒有試過將全身精、氣、神都聚到耳朵是什麼情況，心中害怕自己會不會承受不住巨聲衝擊，成了聾子或爆裂而亡，但如今勢態緊急，也顧不得了，只能強忍痛苦，猛提一口氣，瞬間將全身力氣聚至雙耳，出乎意料地，兩雄對決、血戰殺戮所有景象都成了一片模糊，天地不再轟聲隆隆，反而成了一個奇異的封閉世界，達到「收宇入耳」的境界。

「咚！」馮道眼前乍然一片黑暗，軟軟倒落。

一榮一枯，當他的雙耳達到頂盛，眼睛便看不見、口鼻不能呼吸，身體四肢也虛軟無力，瞬間從佛頂滑了下去，幸好張承業一把抓住他。

馮道似聽到張承業的低聲呼喊，口中想回答，卻全身乏力，說不出聲音，他的意識聚集到遠方的朱全忠，漸漸地，耳中再聽不見其他，連李克用的聲音也不見了，四周只迴蕩著一陣槖籥伸縮的聲音，彷彿天地變成一只巨大風箱，收放不休。

馮道心中奇怪：「我明明把意識集中到朱全忠，怎會出現一只大櫜籥？」再凝聽半晌，赫然發現那竟是朱全忠的呼吸聲，每當他出拳時，一股強大氣勁衝湧而出，幾乎同時間，周遭的氣流竟從四面八方被吸了回去，傳回朱全忠的丹田，天地之氣一入一出，在他體內形成一個漩渦，又被吐了出來

馮道但覺不可思議：「他居然能回收真氣？」

依照常理，掌力一旦擊出，真氣便散向四方，消失不見，朱全忠卻能在真氣還未全然散開時，又快速吸收回去，就算無法收足十成，也回收了七成，待這些真氣進入他的丹田，一陣迴轉後，便奔流至四肢百脈，使精、氣、神重新提昇至清明飽滿的境界，彷彿從沒有消耗過，隨著他再度出拳，真氣又被吐了出來，再吸收、迴轉，形成自身與寰宇一輪又一輪的循環，因此他的內力能悠長不滅。

馮道恍然大悟：「原來如此！『斗轉星移、唯我無敵』意思是身如寰宇，真氣在體內斗轉星移，就能使出源源不絕的拳勁，世上神功當真無奇不有！」想到自己身上的「榮枯鑑」也是玄妙無比，就見怪不怪了：「但他究竟怎樣回收真氣，我得查出其中關鍵，才可能想出破解之道！」

再聆聽半晌，赫然聽見朱全忠身周發出極細微的嗤嗤響聲，密如群蜂振翅，馮道只覺得匪夷所思到了極點：「一個人身上怎能同時發出這麼多整齊而細小的聲音？好像千百隻細針不斷刺入千百個小點……小點……」驀地張開眼睛，叫道：「我明白啦！是細孔！是風聲穿入身上千百個細孔的聲音！」

張承業見馮道忽然昏迷，正打算為他輸入內力，卻見他陡然坐起又鬼吼鬼叫，不禁嚇了一跳，尖聲道：「小子中邪嚒？別嚇公公！」

馮道來不及解釋，一溜煙地滑下大佛，叫道：「咱們快回晉陽！我知道怎麼破解不老神功了！」

（註❶：依據史料年代分析，李落落應是李克用的庶長子，於公元八九六年被羅弘信所殺，李廷鸞則是庶次子，於公元九〇二年被梁軍擒獲而死，兩人都比李存勖年紀大，因此李存勖稱呼李廷鸞二哥。李存勖雖是李克用的三兒，卻是嫡長子，再加上兩個哥哥早早戰死，因此一直是李克用認定的接班人。）

《**十朝・隱龍・卷二，見龍在田** 待續》

國家圖書館出版品預行編目(CIP)資料

十朝. 首部曲；隱龍 / 高容著. -- 二版. -- 臺中市；
白象文化事業有限公司, 2023.01
冊； 公分. --
ISBN 978-626-7253-50-2 (全套；平裝)
863.57　　　　112000289

高容作品集 13 十朝：隱龍．卷一，潛龍勿用

作　　者：高容
作者 fb：www.facebook.com/kaojung.dass
策劃團隊：大斯文創
聯絡電子信箱：dassbook@hotmail.com
總 編 輯：奕峰
責任編輯：李秀琴
文字校對：李秀琴　鄭鉅翰　高容
封面設計：陳芳芳工作室

發 行 人：張輝潭
出版發行：白象文化事業有限公司
地　　址：412 台中市大里區科技路 1 號 8 樓之 2（台中軟體園區）
出版專線：（04）2496-5995　傳真：（04）2496-9901
經銷地址：401 台中市東區和平街 228 巷 44 號（經銷部）
購書專線：（04）2220-8589　傳真：（04）2220-8505

印　　刷：漢斯國際印刷有限公司
地　　址：新北市新莊區化成路 63 巷 6 號 4 樓之 3
電　　話：（02）2998-2117

ＩＳＢＮ：978-626-7253-50-2
訂　　價：全套三卷 1200 元
2019 年 1 月　初版
2023 年 1 月　二版

www.facebook.com/kaojung.dass